Le bébé d'un docteur islandais

*

Une noce dans les Alpes

*

Une promesse à tenir

LOUISA HEATON

Le bébé d'un docteur islandais

Traduction française de
MARIE-JOSÉ LAMORLETTE

BLANCHE

HARLEQUIN

Collection : Blanche

Ce roman a déjà été publié en 2021

Titre original :
THE ICELANDIC DOC'S BABY SURPRISE

HARPERCOLLINS FRANCE
83-85, boulevard Vincent-Auriol, 75646 PARIS CEDEX 13
Service Clients — https://www.harlequin.fr/contenu/contactez-nous
ISBN 978-2-2805-2283-0 — ISSN 0223-5056

Édité par HarperCollins France.
Composition et mise en pages Nord Compo.
Imprimé en août 2025 par ScandBook UAB en Lituanie
en utilisant 100% d'électricité renouvelable.
Dépôt légal : septembre 2025.

FSC
www.fsc.org
MIXTE
Papier | Pour une gestion forestière responsable
FSC® C021394

Pour limiter l'empreinte environnementale de ses livres, HarperCollins France s'engage à n'utiliser que du papier fabriqué à partir de bois provenant de forêts gérées durablement et de manière responsable.

1

Le Dr Merry Bell secoua la tête, consternée, en entendant la musique diffusée par la radio du taxi. De sirupeux chants de Noël joués *ici* ? En Islande ?

Elle aurait pu s'y attendre en Angleterre. Des airs de Noël passaient à la radio depuis la mi-novembre et, du coup, elle ne l'écoutait plus dans sa voiture. À la place, elle avait chargé quelques podcasts. Ou des livres audio. N'importe quoi plutôt que la fausse jovialité que la saison des fêtes apportait.

La façon dont les gens devenaient complètement idiots à l'approche de décembre était effarante. Elle ne se sentait nullement touchée par cette fièvre. Noël ne faisait que lui rappeler la pire erreur de sa vie.

En venant en Islande, elle avait espéré autre chose. De la musique islandaise traditionnelle, peut-être...

Merry regarda avec agacement par la fenêtre du taxi qui gravissait lentement un col encaissé. De hauts tas de neige bordaient la route de chaque côté et de gros flocons blancs s'écrasaient silencieusement sur le pare-brise. Ils étaient chassés par les essuie-glaces qui semblaient lutter contre le blizzard – lequel s'était levé juste après l'arrivée de son avion à Reykjavik.

On ne voyait pas une neige pareille en Angleterre.

Je devrais peut-être essayer de l'apprécier ?

Mais elle ne le pouvait pas. Elle avait l'esprit occupé par autre chose. Par sa destination et l'homme au centre de cette destination – le Dr Kristjan Gunnarsson. Un homme qui lui donnait chaud et qui l'inquiétait. Qui accélérait son sang dans ses veines. Qui pouvait faire fondre toute cette neige d'un seul regard brûlant.

Même à présent, la seule idée de le revoir et de devoir lui annoncer la nouvelle l'envahissait d'une chaleur intense qui faisait palpiter son cœur.

Elle songea à l'occasion à laquelle ils s'étaient rencontrés. La dernière fois qu'elle l'avait vu, il était nu dans son lit, la rappelant à lui avec une étincelle dans ses yeux d'un bleu de glace et un signe de son doigt incurvé.

Hawaï.

Ils s'étaient tous les deux laissé emporter le dernier soir. Elle avait jeté la prudence aux quatre vents et décidé de prendre un risque – après tout, elle n'aurait plus jamais à le revoir !

Tel avait été son plan, en tout cas.

Avant le début du colloque médical, elle était allée se promener sur la plage et l'avait vu émerger de l'océan dans un maillot de bain qui le moulait, l'eau ruisselant sur sa silhouette sculpturale.

Elle avait étouffé un petit cri d'admiration. James Bond et Monsieur Darcy sortant de l'eau n'auraient pas supporté la comparaison avec cet athlète ! Observer Kristjan avait été comme regarder Poséidon lui-même surgir des vagues. Il avait passé une main dans ses cheveux, essuyé son visage, puis il était resté planté là, à la contempler, attendant qu'elle dise quelque chose.

Elle avait souhaité faire une remarque gentille, ou amusante, mais les seuls mots qui étaient sortis de sa bouche avaient été : « L'eau paraît bonne. » Et il avait rétorqué : « Seulement l'eau ? » avec un accent charmant qu'elle n'avait pas été capable de définir, et un sourire en coin auquel aurait dû être attaché un panneau « Prudence ».

Attention ! Peut causer d'intenses rougeurs et une accélération du cœur.

Cela avait été le début de l'histoire. Le flirt. Elle avait espéré qu'il n'était qu'un touriste – mais non, il participait au colloque. Il avait même été l'un des intervenants, parlant des déterminants sociaux de la santé chez l'enfant.

Elle était restée assise dans la salle, l'observant sur l'estrade. Son costume gris le gainait superbement, ses longs cheveux blonds étaient ramassés en une tresse de Viking dans son dos. Elle avait *essayé* de se concentrer sur ses paroles. Mais elle n'avait pu penser qu'à cette première image qu'elle avait eue de lui – la forme de ses muscles bien dessinés, les gouttes d'eau qui s'accrochaient à ses pectoraux, la façon dont son maillot collait à son corps – et à ce qu'elle aurait donné pour passer les doigts sur sa chair brûlante...

Merry ne s'était jamais considérée comme une personne lubrique, mais en le regardant, en l'écoutant, elle s'était sentie d'humeur coquine, tout excitée, et des picotements de désir l'avaient parcourue.

Quand sa conférence avait été terminée, elle n'avait rien pu faire : ses pieds l'avaient propulsée vers lui. Elle voulait le remercier pour ce discours passionnant. Il s'était tourné pour la saluer, ses yeux clairs plongeant dans les siens, et elle avait eu l'impression de se changer en une flaque sous l'intensité de son regard.

Il lui avait offert une boisson. Puis une autre. Et elle avait appris qu'ils étaient tous les deux sans parents. Elle avait été abandonnée dans un carton devant un presbytère, où des chanteurs de cantiques de Noël l'avaient trouvée. C'était ainsi qu'elle avait été baptisée Merry, comme dans *Merry Christmas*, « Joyeux Noël ». Et le secouriste qui avait été appelé et l'avait tenue dans l'ambulance s'appelait Bell, comme une clochette de la chanson *Jingle Bells*. Ce nom de famille avait semblé convenir, puisque c'était Noël... À l'école, les plaisanteries sur son nom n'avaient pas manqué.

Pour Kristjan, les débuts dans la vie n'avaient pas été aussi terribles. Il avait eu une famille, au départ, mais il avait perdu ses parents de bonne heure et il avait été pris en charge par les services sociaux.

Mais être assis dans ce bar, à partager leur histoire, les avait liés d'une manière qu'elle n'avait pas prévue. Avant de réaliser ce qu'elle faisait, elle lui avait donné son numéro de chambre et cela s'était fini – ou cela avait commencé ? – ainsi.

La nuit la plus brûlante de sa vie, et pas seulement parce qu'ils étaient sous les tropiques.

Pendant son mariage, le sexe avait été rapide et sommaire, ne visant qu'au plaisir de son mari qui s'endormait tout de suite après. Avec Kristjan cela avait été complètement différent, il avait fait *chanter* son corps. Lui avait montré que son plaisir à elle était aussi important que le sien.

Rien que de penser, maintenant encore, à ce qu'il lui avait fait éprouver physiquement, elle se sentait échauffée et troublée jusqu'au plus intime d'elle-même. Dieu merci, il faisait nuit, et le chauffeur ne pouvait pas voir la rougeur de ses joues. Ni comment elle se trémoussait sur son siège en faisant comme si elle cherchait simplement à se mettre à l'aise.

Que dirait Kristjan à son arrivée ? Serait-il heureux de la revoir ? Ou bien allait-elle découvrir que l'homme qu'elle avait cru célibataire était, contre toute attente, marié et avait une femme dont il avait oublié de lui parler ? Une *vie* qu'elle était sur le point de chambouler ?

Parce que... comment un homme tel que lui pouvait-il être seul ? Ce n'était pas possible... À moins qu'il ne fût l'un de ces séducteurs endurcis qui aimaient enchaîner les conquêtes sans jamais s'engager, pour éviter les complications ?

Quoi qu'il en soit, il allait apprendre la nouvelle de sa vie. Une fois qu'elle serait arrivée dans son *Bed & Breakfast,* elle se doucherait, se changerait, mangerait un morceau et se coucherait tôt. Elle le verrait le lendemain. Demain, elle lui dirait ce qu'elle avait à lui dire, puis elle repartirait.

Elle aurait fait ce qu'il fallait. Moralement parlant. Elle ne souhaitait pas qu'il interfère dans la situation, n'en avait pas besoin, et si elle avait été seule en cause, elle ne serait même pas là.

Elle fronça les sourcils, essayant de voir à travers le blizzard, de comprendre ce qu'étaient les lumières qu'elle apercevait dans le lointain. Le chauffeur de taxi qui l'avait embarquée à l'aéroport lui avait dit que le trajet jusqu'à Snowy Peak prendrait environ deux heures. Pendant tout ce temps, elle n'avait vu que du noir et du blanc.

Elle savait seulement où Kristjan travaillait. Il le lui avait dit alors qu'ils étaient allongés face à face sur de moelleux oreillers blancs, et que sa main glissait le long de son flanc, lui caressant la taille, la hanche, la cuisse. Puis il l'avait attirée contre lui et ils avaient recommencé.

Elle savait ce qu'elle voulait faire. Elle voulait le garder. Mais elle n'avait pas besoin de Kristjan. Elle n'avait besoin de personne et serait plus qu'heureuse d'être tout pour ce bébé. Son enfant ne serait pas laissé dans un carton, comme elle l'avait été. Pour lui, les cartons, ce serait seulement pour s'amuser.

Elle se rendit brusquement compte que le taxi s'était arrêté. Elle fronça les sourcils et se pencha en avant.

— Quelque chose ne va pas ?

Parce que, apparemment, ils n'étaient arrivés nulle part ! Devant eux, la route était effacée par la neige et, tout autour d'eux, il faisait noir.

— La route devient trop dangereuse. Vous devez marcher à partir d'ici.

Merry regarda la neige, puis ses tennis. Tous ses bagages étaient dans le coffre. Il n'était sûrement pas sérieux ?

— C'est une plaisanterie ?

L'homme brun se tourna pour lui faire face.

— Pas du tout. Je vais faire demi-tour ici. Rentrer avant que la route soit impraticable.

— Mais... Nous sommes au milieu de nulle part !

— Snowy Peak est au sommet de cette montagne. C'est à dix minutes.

— Si ce n'est qu'à dix minutes, vous pouvez m'emmener ! Je vous *paye* pour que vous me transportiez jusque-là.

— Ça monte trop. La neige est trop épaisse. Très dangereux. Vous devez y aller à pied.

— Vous n'y pensez pas ! marmonna-t-elle, exaspérée.

— Vous voulez avoir un accident ? Tomber dans un ravin ? C'est ce qui arrivera, si je continue.

Elle put voir qu'il était sérieux. Elle n'avait pas remarqué la lente et pénible ascension de la voiture parce qu'elle était trop occupée à penser à sa rencontre avec Kristjan. Maintenant, elle se rendait compte de la situation.

Elle apercevait une lueur au sommet de la montagne. Des lumières ? Celles de Snowy Peak ? Elle savait que l'hôpital était par là. Et si c'était seulement à dix minutes...

De mauvais gré, elle tendit de l'argent au chauffeur, qui sortit ensuite pour l'aider à prendre ses bagages. La neige tombait encore plus fort, lui cinglant le visage. Et maintenant qu'elle avait les pieds dedans, elle ne lui paraissait plus aussi jolie que de l'intérieur du taxi. Elle n'avait ni les chaussures ni les vêtements qu'il fallait. Et les roulettes de sa valise ne serviraient à rien dans la neige !

— Vous êtes sûr que c'est ce qu'il faut faire ? cria-t-elle au chauffeur pour se faire entendre à travers les sifflements du vent.

— Oui. Allez-y. Bientôt, ce sera trop difficile.

N'est-ce pas déjà trop difficile ?

Merry accrocha un sac à son épaule et s'efforça de traîner sa valise derrière elle pour monter la route dans la tempête. Elle sentait le froid s'insinuer dans ses chaussures et ses habits tandis qu'elle avançait lentement. Les collants épais qu'elle portait sous sa robe auraient pu être très fins tant elle avait l'impression d'avoir les jambes nues.

Derrière elle, elle vit les feux arrière du taxi disparaître dans l'obscurité et elle pesta avant de se remettre à patauger dans la neige qui lui arrivait aux genoux. Elle comprenait le chauffeur, à présent. Elle se demandait comment il avait pu arriver jusque-là sans chasse-neige.

Elle était transie, trempée et avait mal aux jambes. Mais juste au moment où elle pensait abandonner, elle arriva au sommet du col.

Devant elle brillaient les lumières de Snowy Peak, des globes jaunes et blancs chaleureux, et sur un côté se dressait un immense bâtiment dont elle vit le nom : Hôpital pour enfants de Snowy Peak. Elle laissa échapper un soupir de soulagement.

Ignorant où se trouvait la pension, elle se dirigea vers l'hôpital qui lui offrait un refuge contre le froid et la nuit.

Alors qu'elle franchissait les portes coulissantes, accueillie par une bouffée d'air chaud bienvenue, elle vit tous les regards se tourner vers elle et comprit de quoi elle devait avoir l'air…

Le Dr Kristjan Gunnarsson avait été plus qu'heureux de pousser le fauteuil roulant du jeune Aron vers la boutique de l'hôpital. Le petit garçon avait attendu des jours, depuis son opération de la colonne vertébrale, pour goûter à sa barre chocolatée préférée.

Kristjan lui avait promis qu'il l'aurait dès qu'il pourrait s'asseoir dans un fauteuil roulant et y rester sans souffrir pendant une heure. Ce moment était arrivé.

Maintenant, il le ramenait vers les ascenseurs en traversant le vestibule. Soudain, il remarqua la femme qui venait de franchir la porte d'entrée, traînant derrière elle une valise couverte de neige. Elle s'arrêta, redressa son bagage et fit tomber la neige qui couvrait ses épaules et ses cheveux châtain foncé.

Elle paraissait misérable, transie et trempée, et elle ne portait pas du tout ce qu'il fallait pour l'hiver en Islande. Des tennis, des collants verts, une robe de laine jaune et une veste courte… Il ne connaissait qu'une seule femme capable de s'accoutrer ainsi, mais la dernière fois qu'il l'avait vue, elle était à Hawaï, même si elle vivait à Brighton, en Angleterre.

Et maintenant il semblait qu'elle fût là.

Merry. Le *docteur* Merry Bell.

Elle ne l'avait pas encore aperçu et il prit un instant pour essayer de ralentir sa respiration tout en l'observant. Ses cheveux paraissaient plus longs. Plus longs que lorsqu'il les avait écartés de sa nuque pour embrasser sa peau brûlante, la fois où ils avaient pris une douche ensemble, elle lui tournant le dos, les mains appuyées sur les carreaux…

La nostalgie l'envahit au souvenir de cette nuit et de la matinée qu'ils avaient passée ensemble. Elle ne ressemblait à aucune femme qu'il avait pu rencontrer. Il avait quitté Hawaï – l'avait quittée, elle – avec des souvenirs à la fois tendres et extrêmement intenses, en se disant qu'il valait probablement mieux qu'elle habitât un autre pays.

Pour sa tranquillité d'esprit.

Elle avait été la première femme dans sa vie qui lui avait fait désirer davantage qu'une simple aventure de passage, mais il ne nouait jamais de relations durables, et passer plus d'une nuit avec elle serait allé à l'encontre de toutes les règles qu'il s'imposait. Des règles qui tenaient tout le monde à distance, comme il aimait s'en assurer. Parce que ainsi il ne risquait pas d'y avoir de souffrance. S'il ne devenait pas proche de quelqu'un, s'il ne s'impliquait pas émotionnellement, il n'aurait pas à affronter les pertes qui arriveraient tôt ou tard.

Mais le séjour à Hawaï remontait à quand ? Trois mois, en gros ? Que faisait-elle ici ? Était-elle venue travailler ? Il y avait un poste à pourvoir. Toutefois, pour autant qu'il le sache, l'hôpital avait choisi d'attendre que les fêtes soient passées pour recruter.

Il brûlait d'aller la trouver et de découvrir ce qu'elle faisait là. Comme si elle avait capté ce désir, leurs regards se croisèrent et il en sentit l'impact le frapper violemment – à l'estomac, et *plus bas.*

Elle écarta légèrement les lèvres, comme sur le point de dire quelque chose, puis elle se reprit et il eut du mal à ne pas réagir. Il prit un instant pour se ressaisir, feignant de vérifier le frein du fauteuil d'Aron.

— Excuse-moi, Aron. Je reviens tout de suite.

Puis il se dirigea vers Merry.

En s'approchant, il put voir les cristaux de neige dans ses cheveux sombres et la façon dont son maquillage avait coulé autour de ses yeux, les ombrant, les faisant paraître sensuels. Il ralentit en arrivant plus près, prenant son temps pour la contempler. Elle semblait avoir besoin d'une bonne douche brûlante et il ne put songer à rien de mieux que de la conduire en haut, dans la salle du personnel, où il y avait une salle d'eau, et de l'aider à se dévêtir.

Mais il était de service et ce n'était pas le moment de tenter une opération de séduction.

Avait-elle conscience que la pointe de ses seins, durcie par le froid, apparaissait à travers sa robe de laine ?

Il releva les yeux vers son visage.

— Bonsoir, Merry.

Il put voir qu'elle était aussi troublée par sa présence qu'il l'était par la sienne, et cela lui fit plaisir. Il regarda ses joues s'empourprer et elle resserra sa veste autour d'elle, comme si c'était une armure.

— Bonsoir, Kristjan.

2

Bon, ainsi elle ne l'avait pas imaginé. Kristjan était vraiment aussi superbe que dans son souvenir. Grand, avec les épaules larges, fort et musclé. Et paraissant aussi séduisant avec des habits que sans.

Ne pense pas à lui nu. Ça ne va pas t'aider !

Elle crispa les paupières pour tenter de faire disparaître l'image incongrue, mais c'était comme essayer d'ignorer la présence d'un éléphant dans la pièce. Vous ne pouviez vous empêcher de regarder l'énorme créature grise. Sauf que son éléphant à elle ressemblait à un Viking venu du fond des âges. Il aurait eu l'air aussi à l'aise avec un casque à cornes et une masse d'armes que dans ce costume dont le gilet dévoilait un ventre ferme et plat. Et elle savait qu'en dessous se trouvaient des abdominaux parfaitement dessinés...

Elle se força à regarder ailleurs et remarqua l'immense sapin décoré au milieu du vestibule de l'hôpital. La musique de *Noël blanc* tombait des haut-parleurs.

Noël. *Berk.*

— À quoi dois-je ce... plaisir ? demanda Kristjan.

Elle pouvait sentir ses yeux qui la détaillaient et elle souhaita de nouveau porter quelque chose d'un peu plus adéquat. Elle tira encore sur les pans de sa veste pour s'efforcer de la fermer.

Elle ne s'était pas attendue à rencontrer Kristjan en arrivant de l'aéroport. Elle avait pensé que le taxi la conduirait à la pension où elle avait réservé une chambre, afin qu'elle puisse s'installer, se changer et se retrouver face à lui dans ses conditions *à elle.* Elle n'avait pas prévu de le voir dans ses vêtements de voyage.

— Le chauffeur de taxi m'a larguée en route et m'a obligée à marcher sur la dernière partie du trajet. Il était censé m'emmener dans un B&B. J'ai pensé que quelqu'un, ici, pourrait m'indiquer comment y aller...

Elle espéra que sa voix paraîtrait aussi indifférente qu'elle le souhaitait.

Il regarda à l'extérieur.

— Vous êtes arrivée à pied *par ce temps* ? s'exclama-t-il, paraissant en colère.

— Je n'ai pas vraiment eu le choix. Alors... Pouvez-vous me dire où est la pension Kerling ?

— Cette tempête va durer un moment et je ne peux pas vous laisser ressortir dans ces habits glacés et mouillés...

— Vous ne pouvez pas me *laisser* le faire ?

Pour qui se prenait-il ?

— Vous pouvez dormir ici cette nuit.

Dormir ici ? À l'hôpital ?

— Non. Je ne peux pas.

— Il y a plein de lits dans les salles de garde.

Et elle savait exactement ce qui se passait dans les salles de garde.

Elle se sentit rougir de nouveau, consciente qu'elle ne voulait pas que Kristjan sache où elle dormait. Il pourrait attendre quelque chose d'elle. La reprise de leurs aventures au lit, par exemple. Et elle n'était pas ici pour cela ! En aucune façon, elle ne souhaitait ou n'avait besoin d'une relation avec cet homme. Même si elle avait brièvement caressé l'idée que, après avoir entendu sa révélation, il la soulèverait de terre dans le soleil couchant, à l'instar des futurs pères dans les films romantiques.

Non, il l'avait divertie une nuit, quand elle était convaincue qu'elle ne le reverrait jamais, et maintenant que c'était devenu plus compliqué, elle n'avait pas besoin qu'il aggrave encore les choses, avec ses yeux bleus, ses bonnes intentions et ses beaux muscles...

— Je préférerais me rendre à la pension.

— Pourquoi ?

Amusé, il se pencha vers elle.

— Vous croyez que je vais me faufiler dans votre chambre au milieu de la nuit ? chuchota-t-il.

Elle se rappela comment il lui avait murmuré à l'oreille ce qu'il allait lui faire cette nuit-là à Hawaï, et elle frissonna à ce souvenir.

— Vous avez froid. Il faut au moins que vous vous réchauffiez, que vous vous séchiez et que vous vous changiez.

Elle dut admettre que c'était une bonne idée, surtout dans son état. Ce qu'il ne savait pas. Pas encore.

Elle accepta avec réticence.

— D'accord...

Il sourit et s'avança pour prendre sa valise, puis la guida jusqu'aux ascenseurs où Aron attendait.

— Aron, voici le Dr Bell. Docteur Bell, voici Aron Mikkelsson.

Le petit garçon dans le fauteuil roulant avait du chocolat autour de la bouche. Merry lui sourit.

— Bonsoir, Aron.

— Vous êtes anglaise ? demanda-t-il.

Elle fut impressionnée qu'il parle anglais.

— Oui.

— Vous connaissez la reine ? ajouta-t-il, excité.

Elle sourit en secouant la tête.

— Je crains que non.

— Oh. Bon...

Elle jeta un coup d'œil à Kristjan quand les portes s'ouvrirent et choisit de se placer de l'autre côté du fauteuil d'Aron pour mettre de la distance entre eux.

Il appuya sur le bouton du 4e étage et ils montèrent en silence. Elle faisait de son mieux pour ne pas le regarder, mais son corps était parfaitement conscient de sa proximité. Bientôt, elle n'y tint plus et lui jeta un coup d'œil avant de baisser les yeux sur Aron en souriant.

— Alors, Aron, pourquoi es-tu à l'hôpital ?

— Il a été opéré, répondit Kristjan. D'une tumeur maligne de la moelle épinière.

Merry hocha la tête et sourit de nouveau à Aron parce qu'il

était plus facile de regarder l'enfant que l'homme. Un homme extrêmement viril...

Un bref regard à sa main gauche posée sur la chaise roulante lui montra qu'il n'avait pas d'alliance. Est-ce que cela signifiait quelque chose ? Tous les hommes mariés n'en portaient pas, et elle ignorait tout des traditions islandaises en matière de mariage. Peut-être que les hommes, ici, ne portaient pas de bagues ?

Les portes de l'ascenseur s'ouvrirent, révélant un couloir enjolivé de décorations de Noël et de dessins de rennes bondissant dans la neige. Le bureau des infirmières arborait un sapin miniature, des guirlandes entouraient le tableau d'affichage et il y avait dans un coin une pile de cadeaux qui atteignait presque le plafond.

— Attendez-moi ici. Je vais installer Aron dans sa chambre.

Elle acquiesça et le regarda s'éloigner, poussant le fauteuil roulant du petit garçon. C'était étrange de le contempler dans cet environnement. Elle ne l'avait vu qu'au colloque, faisant son intervention, ou nu. Elle avait presque oublié qu'il était pédiatre, comme elle.

De loin, elle l'entendit dire quelque chose à Aron, ce qui les fit rire. Il s'entendait visiblement bien avec l'enfant. Elle s'avança pour regarder dans la chambre par la vitre du couloir. Kristjan souleva le petit garçon pour le remettre dans son lit, lui donna un livre puis lui ébouriffa les cheveux.

C'était là un aspect différent de lui qui piqua son intérêt. Mais elle s'en voulut d'être troublée. Peu importait qu'il soit formidable avec les enfants. Ce n'était pas son problème. Elle fit demi-tour et retourna au bureau des infirmières.

Il devait se demander pourquoi elle était là. Était-il trop tard pour prétendre que sa présence avait une autre raison, et pour rentrer simplement chez elle sans rien dire ? Il n'aurait jamais à savoir la vérité ! Il vivait en Islande et elle, en Angleterre. Les chances qu'ils se rencontrent de nouveau étaient minces...

Mais elle savait qu'elle ne pouvait pas faire cela. Pas à lui et pas à son bébé. En grandissant, elle aurait fait n'importe quoi pour savoir qui étaient ses vrais parents. Ce bébé dans son ventre avait un père, elle savait qui il était et où il se trouvait. Son enfant méritait de le connaître. Même s'ils ne se verraient sans doute presque jamais.

C'était ainsi que les choses allaient se passer. C'était son plan et elle n'attendait rien d'autre. Elle lui dirait pour le bébé, lui annoncerait qu'elle voulait le garder puis elle rentrerait chez elle. Elle commencerait une vie avec son enfant à Brighton. Son bébé saurait tout. Il connaîtrait son père et sa mère. Il aurait ce qu'elle n'avait jamais eu. Et si un jour il voulait se rendre en Islande... Eh bien, ils verraient à ce moment-là.

Elle sentit la présence de Kristjan derrière elle avant de se tourner pour le regarder.

— Bon..., dit-il.

— Bon...

Elle lui décocha un bref sourire.

Ce n'était pas le moment. Pas ainsi. Elle était dans un état affreux, frissonnante, et il était de service. Il méritait d'être mis au courant quand il aurait le temps et le loisir de s'asseoir pour l'écouter. Pour l'instant, elle voulait juste quitter ses habits mouillés.

Et se glisser dans ses bras ? Imagine comme ce serait bon de te presser de nouveau contre son corps chaud et solide...

— Vous avez parlé d'un endroit où je pourrais me changer ?

Il hocha la tête.

— Bien sûr. Laissez-moi prendre ça.

Il prit sa valise à roulettes puis la précéda.

Elle le suivit, admirant sa façon de se contenir et de ne pas lui poser de questions. Mais après tout, c'était son style ; à Hawaï, il avait su à merveille retarder son propre plaisir, s'assurant qu'elle jouisse d'abord... Un frisson la parcourut et elle se frotta les bras ; elle avait la chair de poule.

Il la conduisit jusqu'à une porte marquée *Adeins Starfsfölk* et l'ouvrit sur une salle du personnel, avec des casiers, un petit coin cuisine et une autre porte menant à une salle de bains.

— La douche est par là. Vous voulez de l'aide ?

Elle le regarda fixement, se sentant devenir écarlate, se rappelant la douche qu'elle avait prise avec lui.

— Non ! Certainement pas !

Il sourit.

— Je plaisante, Merry. Je suis de service. Détendez-vous.

Elle relâcha son souffle, soulagée.

Il prit un bout de papier sur la table basse et y inscrivit un numéro.

— C'est mon numéro de portable. Demandez à une infirmière de me contacter quand vous aurez fini.

Elle prit le papier, sachant qu'elle ne l'appellerait pas. Lorsqu'elle se serait douchée et changée, elle demanderait aux infirmières de lui indiquer sa pension. Puis elle reviendrait le lendemain, pour lui parler du bébé.

— Merci.

— C'est avec plaisir.

Il lui sourit et elle s'autorisa à le regarder dans les yeux, se demandant ce que ce serait que d'être davantage pour lui qu'une parenthèse dans le temps. De se laisser emporter dans son lit, de nouveau, et qui savait quoi après ?

Mais l'instant passa tandis qu'il lui donnait sa valise.

— C'est bon de vous voir, Merry.

Elle lui sourit brièvement et baissa les yeux. Lorsqu'elle les releva, il était parti, et la déception qui l'envahit la laissa à la fois confuse, perturbée et désorientée.

Elle se rendit dans la salle de bains et verrouilla la porte derrière elle.

Rafraîchie, au chaud et au sec, elle prit ses affaires et sortit, prête à aller demander de l'aide aux infirmières. Mais lorsqu'elle quitta la salle de bains, décidée à s'échapper, elle trouva Kristjan assis sur un canapé, lisant un journal qu'il posa à son entrée. Il inclina la tête de côté pour la regarder d'un air appréciateur, sourit et se leva.

Elle se sentit comme un petit lutin, devant lui. Un vilain petit lutin qui avait été surpris à vouloir quitter l'antre du Père Noël sans être vu.

— Vous êtes là ! lança-t-elle d'un ton accusateur.

— Oui.

— Mais vous êtes censé travailler.

— Et vous étiez censée m'appeler, mais j'ai comme l'impression que vous alliez partir sans le faire – je me trompe ?

Elle s'empourpra.

— Que se passe-t-il, Merry ? Pourquoi êtes-vous ici ?

Il semblait sincèrement vouloir le savoir. S'en était-il inquiété depuis qu'il l'avait laissée ?

Elle lui devait la vérité. Pourquoi le faire attendre ?

Parce que je ne pensais pas que cela se passerait ainsi.

Elle s'était imaginée assise avec lui dans un café – un endroit public, en tout cas, où aucun d'eux ne pourrait faire une scène. Où elle ne pourrait pas se permettre de lui tomber dans les bras. Parce que ces dernières semaines, elle avait été habitée par une gamme d'humeurs et d'émotions à lui donner le tournis, et elle n'était pas complètement en état de se fier à son corps, en cet instant – ni aux réactions de ce dernier.

Elle avait constaté en particulier un changement alarmant dans sa libido. Il ne lui avait pas fallu longtemps pour remarquer qu'elle semblait exacerbée – durant son voyage, elle avait prêté attention à tous les beaux hommes qu'elle croisait. Et maintenant elle était avec *lui*. L'homme qui était la cause de tout.

Elle était sensible à tout ce qui le concernait. Sa façon de se tenir. Son sourire intrigué. La manière dont il posait ses mains sur ses hanches en la regardant d'un air interrogateur.

— Je suis ici pour vous voir, répondit-elle.

Ses yeux bleus se plissèrent. Était-il content de sa réponse, ou inquiet ?

— Pourquoi ? demanda-t-il. Ce que nous avons partagé à Hawaï a été formidable, mais ça s'est terminé quand vous avez quitté votre chambre d'hôtel dans cette jolie robe bleue.

Il se souvenait de ce qu'elle portait ? C'était gentil...

— Ce n'est pas terminé.

Kristjan sourit.

— Vraiment ? Comment ça ?

Il y avait de la curiosité dans sa voix.

— Je n'ai jamais de relations à long terme, Merry. Cela dit, si vous êtes intéressée par une relation purement sexuelle, je suis...

— Je suis enceinte, Kristjan. De votre enfant.

Elle déglutit avec peine, attendant sa réaction, observant la myriade d'émotions qui se peignait sur son visage. Elle vit le choc. De la surprise. De l'incrédulité. Il battit des cils, se détourna, puis pivota de nouveau vers elle comme s'il voulait lui poser une question, sans que rien sorte de sa bouche.

Elle ne l'avait jamais vu manquer d'assurance. Durant tout le temps qu'elle avait passé avec lui, il s'était montré sans faille, se contrôlant, sachant exactement ce qu'il faisait à tout instant. Il avait toujours semblé mesurer ce qui se passait, et comment cela arrivait, mais à présent, en cet instant précis, il était désarçonné et elle pouvait voir combien c'était déconcertant pour lui.

Il réagissait avec les mêmes émotions qu'elle lorsqu'elle avait vu ce bâtonnet virer au rose dans sa salle de bains, chez elle. Une totale incrédulité… Le déni de la vérité qui était sous son nez !

Elle était contente que ce ne soit pas facile pour lui parce que cela n'avait pas été facile pour elle.

Et maintenant il savait.

Sa mission était remplie.

Je peux m'en aller.

3

Kristjan entendait siffler le vent glacé au coin de l'hôpital et, par la fenêtre qui se trouvait derrière Merry, il voyait de gros flocons de neige ballottés de-ci de-là. Elle avait l'air d'un ange, debout devant ce décor hivernal qu'encadrait une guirlande.

Un très petit ange.

Qui portait son bébé.

Son bébé.

Il éprouvait une intense bouffée d'émotions. Certaines qu'il pouvait identifier, d'autres pas trop. Elles passaient si vite – comme la neige dans la tempête – présentes un instant, disparues le suivant.

Jamais, dans sa vie, il ne s'était attendu à une complication de ce genre. Il adorait les enfants – aimait les aider à aller mieux pour pouvoir les renvoyer chez eux –, mais il n'avait jamais pensé en avoir un à lui.

Avoir un enfant signifiait avoir une relation, s'engager, et c'était le genre de choses auxquelles il n'avait jamais aspiré. Parce que cela vous exposait à toute une nouvelle gamme de souffrances, et le monde était déjà assez cruel comme cela. Être dans une relation avec quelqu'un, c'était savoir que l'on pouvait perdre cette personne à tout moment, et il avait déjà subi plus de pertes douloureuses qu'il ne l'aurait souhaité.

Seulement maintenant – maintenant que c'était arrivé et que Merry se tenait devant lui, attendant sa réaction –, il sentait naître en lui un sentiment qu'il avait laissé de côté pendant très longtemps. Un sentiment qu'il avait écarté de lui dès qu'il avait été capable de prendre une telle décision.

Son bébé. *Le sien.*

Elle devait être enceinte de trois mois. Il regarda son ventre encore plat. Il la vit couvrir ce ventre de ses mains comme si elle pouvait protéger le bébé de son regard.

— Vous voulez le garder ?

Il savait que c'était une question horrible, mais il pensait bien que, si elle avait fait tout ce chemin pour lui annoncer sa grossesse, il était fort probable qu'elle le veuille. Toutefois, il avait besoin d'en être sûr. Il avait besoin qu'elle dise les mots.

Une lueur décidée passa dans ses yeux couleur chocolat.

— Oui, je le veux. Je le garde. Je n'attends rien de vous, Kristjan. Je me suis juste dit que je devais faire ce qu'il fallait en vous prévenant. Et maintenant que c'est fait, je peux rentrer chez moi.

Il fronça les sourcils. Rentrer chez elle ? Elle plaisantait ! Redescendre de la montagne ? Par cette tempête ? Et ils n'avaient rien décidé. Rien du tout ! Qu'allait-il se passer à l'avenir ? Pour les questions d'argent, de droits de visite et autres mesures pratiques ?

Pourquoi est-ce que je pense à ça ? Ce n'est pas comme si j'allais être un père à plein temps. Elle vit dans un autre pays !

Cette pensée s'immisça dans son âme telle une racine aux multiples ramifications. Une racine qui s'empara du désir secret qu'il avait enfoui en lui depuis si longtemps, puis étendit ses radicelles dans tout son être et remonta à la surface avec de tendres bourgeons verts, leurs feuilles s'ouvrant à la lumière, se révélant à lui.

Je ne peux pas la laisser repartir. Pas encore.

— Pas par ce temps, vous ne pouvez pas, dit-il. Avez-vous regardé dehors ? Le col va être plus traître que jamais. Des gens sont morts dans des conditions moins dures que celles-ci.

Elle fronça les sourcils, regardant par la fenêtre.

— Jusqu'à quand devrai-je retarder mon départ ? Demain ?

Elle ne savait vraiment rien de la météo de son pays.

— Je dirais au moins quelques jours.

Le visage de Merry refléta son choc.

— *Quelques jours ?* Mais je dois reprendre l'avion après-demain ! Ma place est réservée !

— Vous n'y arriverez pas. Nous appellerons l'aéroport pour changer votre vol. Apparemment, vous allez rester ici jusqu'après Noël.

— Mais...

Il put voir ses pensées se succéder à toute allure sur son visage tandis que son regard allait de lui à la fenêtre et vice versa. Elle était vraiment magnifique. Même lorsqu'elle était arrivée, trempée et frigorifiée, il avait eu envie de la prendre dans ses bras et de l'attirer à lui. De sentir de nouveau son corps doux contre le sien. Tous ces sentiments qu'il avait étouffés depuis qu'elle l'avait quitté à Hawaï étaient revenus en force.

Et maintenant qu'elle paraissait perdue et désespérée... Eh bien, cela lui donnait envie de s'occuper d'elle. Mais il ne le pouvait pas. Parce qu'elle portait son enfant. Tout geste qu'il ferait pour reprendre ce qu'ils avaient terminé à Hawaï lui ferait penser qu'ils partageaient une sorte de relation – ce qui n'était pas le cas.

Un bébé, cependant... ce n'était pas rien.

C'était énorme. C'était un engagement monumental. C'était s'ouvrir à un monde de chagrins et de souffrances possibles et, jusqu'ici, durant la majeure partie de sa vie, il l'avait évité en restant célibataire et en n'ayant à s'occuper que de lui-même. C'était une règle qu'il avait suivie toutes ces années et qui lui avait bien réussi.

Maintenant, tout allait changer. S'il s'impliquait dans cette histoire – *quand* il s'y impliquerait...

— Je vous trouverai où loger, dit-il.

— Il n'y aura rien de libre. On est en décembre. Toutes les chambres d'hôtel sont réservées par des vacanciers qui amènent leurs enfants au parc d'attractions de Wonderland. J'ai réussi à avoir la dernière chambre du B&B et elle n'était disponible que pour deux nuits. Ils m'attendent. Je suppose que je pourrais leur demander de dormir sur un canapé ou par terre, pour la suite...

Wonderland était un immense complexe construit près de Snowy Peak, un paradis de Noël pour les enfants et leurs familles.

Il rapportait beaucoup d'argent, ce qui était bien pour l'économie locale car il employait beaucoup de gens du coin.

Kristjan soupira, prenant une décision sans se laisser le temps de la creuser.

— Alors vous allez rester chez moi.

— Quoi ? Je ne peux pas faire ça !

— Je n'accepterai pas que la mère de mon enfant dorme n'importe où. Pas quand il y a un lit parfaitement confortable sous mon toit.

Elle le regarda d'un air incertain. Elle mordillait sa lèvre inférieure d'une façon qu'il trouva très déconcertante et qui produisit d'étranges effets au-dessous de sa ceinture.

— Un lit d'invité ? demanda-t-elle.

— Vous croyez que je vous demanderais de dormir avec moi ?

— Eh bien…

— Détendez-vous. Je suis plus que capable de vous résister. Vous ne risquerez absolument rien.

Il espéra qu'il paraissait crédible, car lui *savait* ce qu'elle lui faisait éprouver. Et lui offrir de rester chez lui pour les prochains jours allait être… étrange. En particulier parce qu'il n'avait jamais introduit personne auparavant dans son espace personnel. Et certainement pas quelqu'un comme elle…

— Je suppose que je dois vous dire merci.

— Je vous en prie.

— Mais est-ce que je devrai rester là, à me tourner les pouces sans rien à faire ?

Il réfléchit un instant.

— Vous pourrez travailler à l'hôpital, comme un privilège. Vous êtes pédiatre et nous avons justement besoin d'un médecin supplémentaire pour la période des fêtes.

Elle hocha la tête.

— Très bien. Je me sentirai mieux si je gagne ma vie. Ainsi, je pourrai vous payer pour le gîte et le couvert.

— Ce n'est pas utile.

— Oh ! mais si !

Il la dévisagea, ressassant l'idée d'aller jusqu'à elle, de la prendre contre lui et de l'embrasser jusqu'à ce qu'elle se taise. Il n'avait pas l'habitude que les gens discutent ce qu'il décidait, et sa détermination à le payer pour rester chez lui semblait exciter davantage son désir pour elle. Ce qui lui semblait curieux, car Hawaï était derrière eux et il ne revenait jamais en arrière. Il allait toujours de l'avant.

Il réussit à garder ses distances.

— Alors allons trouver le directeur tout de suite pour vous faire engager. Ensuite vous devrez changer vos habits.

Il sourit, décidé à la décontenancer.

— Pardon ? Ils sont parfaitement acceptables...

— Vous enfilerez un uniforme.

Avec un sourire plus large encore, il lui tint la porte ouverte.

— Après vous.

Il l'observa tandis qu'elle passait devant lui dans son pull à col roulé noir et sa jupe violette. Il sentit au passage le parfum de son shampoing. Un parfum floral, très agréable, qui échauffa ses sens et lui donna envie de saisir une mèche de ses cheveux pour la respirer.

Seulement il s'abstint. Il ne pouvait pas faire cela.

À la place, il contrôla ses impulsions et la conduisit au bureau du directeur.

Merry prit son premier dossier, le parcourut des yeux et se dirigea vers le lit. Une toute petite fille était perdue dedans, entourée d'ours en peluche.

— Bonjour. Je suis le Dr Bell. Peux-tu me dire ton nom, mon cœur ? demanda-t-elle en souriant.

L'enfant avait trois ans, mais paraissait deux fois moins âgée.

— Tinna.

— Salut, Tinna ! Heureuse de te rencontrer. Maintenant, peux-tu me dire ce qui t'a amenée ici aujourd'hui ?

Elle regarda les parents, qui se tenaient debout de l'autre côté du lit et se regardaient en fronçant les sourcils. Visiblement, la langue allait poser un problème. Merry se tourna pour chercher de l'aide et vit Kristjan qui s'approchait.

— Besoin d'assistance ?

Irritée, elle pinça les lèvres.

— La barrière de la langue...

— Ah, d'accord... Je vais traduire pour vous.

Ce qu'il fit. Il expliqua que la petite fille avait fait une brève attaque. Elle souffrait de la maladie de Tay-Sachs, qui affectait principalement les bébés et les jeunes enfants. Une maladie incurable. Elle empêchait les nerfs de fonctionner, ce qui faisait que les jeunes patients ne pouvaient plus se servir de leurs muscles. Ils avaient des difficultés pour avaler, des attaques, et les crises finissaient par être fatales. Peu de victimes de cette maladie dépassaient l'âge de cinq ans.

Merry posa le dossier et s'assit au bord du lit. Elle sourit à Tinna.

— Bon. Alors nous allons te donner un médicament pour que ce qui t'est arrivé aujourd'hui ne se reproduise plus. Tu es d'accord, Tinna ?

— Elle veut savoir s'il aura mauvais goût.

— Non, répondit Merry en souriant. Comment te sens-tu à présent ?

— Bien.

Elle se tourna vers les parents.

— Avez-vous remarqué une certaine raideur dernièrement ? Des problèmes d'élocution ? Des difficultés de déglutition ?

— Un peu.

— Bon. De la physiothérapie pourra l'aider. Nous voulons que Tinna continue à bouger et à être forte aussi longtemps que possible.

— Va-t-elle rester longtemps à l'hôpital ? demanda Kristjan, traduisant la question des parents. Ils attendent de la famille pour Noël et ils veulent savoir s'ils pourront la ramener chez eux.

— Je comprends.

Elle se tourna vers les parents.

— J'aimerais la garder au moins vingt-quatre heures, pour plus de sûreté, et sous médication. Si elle n'a pas d'autre crise, je ne vois pas pourquoi vous ne pourriez pas la ramener à la maison.

— Merci, docteur.

— Je vous en prie.

Elle leur serra la main, dit au revoir à Tinna puis se rendit avec

Kristjan au bureau des médecins. Tout semblait petit autour de lui, du fait de sa haute taille. Il lui sourit.

— Alors, comment s'est passée votre première consultation ?

— Bien. Mais je suis vraiment désolée pour cette petite fille et ses pauvres parents. La maladie de Tay-Sachs est terrible... Comment affronter, en tant que parent, le fait que votre enfant ne vivra pas ?

Elle s'assit pour rentrer ses notes dans l'ordinateur, attristée par le sort de Tinna. Elle s'efforça de chasser ces pensées morbides, en vain, et lutta soudain contre les larmes. Cette maladie était héréditaire, et elle n'avait aucune idée de sa propre histoire médicale ! Son propre bébé pouvait tomber malade. Elle semblait être en bonne santé, et Kristjan aussi – pour le moment. Mais que leur réservait l'avenir ? Ils ne pouvaient pas le savoir et cela la terrifiait.

— Est-ce que ça va ? demanda Kristjan d'un ton inquiet.

Elle afficha un grand sourire et haussa les épaules.

— Oui, pourquoi ?

— Vous vous êtes brusquement arrêtée de taper et vous avez semblé flotter un moment.

— Je réfléchissais.

— À quoi ?

Pardon ? S'attendait-il à ce qu'elle partage toutes ses pensées avec lui ? De quel droit ? Juste parce qu'elle avait couché avec lui et qu'elle portait maintenant son bébé, estimait-il être autorisé à tout savoir d'elle ? Peut-être qu'accepter de loger chez lui était une mauvaise idée. Après tout, que savait-elle de lui ?

Mais elle ne pouvait pas lui faire part de ses doutes. De quoi cela aurait-il l'air ? *Je n'ai pas envie de venir chez vous, finalement, parce que vous pourriez être un psychopathe.*

— J'ai faim, c'est tout. La journée a été longue.

Il la dévisagea un instant.

— Bien sûr. Je n'y ai pas pensé. Avez-vous mangé pendant le vol ?

— Non, il n'a duré que deux heures.

— Je vais aller vous chercher quelque chose.

— Vous n'êtes pas obligé ! marmonna-t-elle.

Mais il était déjà debout, paraissant plus grand que jamais.

— Bien sûr que si. Vous ne savez pas encore où sont les provisions, à la cuisine. Que souhaitez-vous ? Du salé ou du sucré ?

Elle était tellement affamée qu'elle aurait mangé n'importe quoi !

— Les deux ! répondit-elle.

Il sourit.

— Une femme dotée d'un solide appétit ? Voilà qui me plaît.

Parlait-il toujours de nourriture ? Elle n'aurait su le dire. Il la regardait comme s'il avait voulu la manger, elle !

Elle sentit ses joues s'échauffer et elle détourna les yeux pour reprendre ses notes.

Ce fut seulement lorsqu'il s'éloigna qu'elle s'interrompit pour le regarder. Son postérieur était joliment moulé, tout comme ses cuisses musclées, par son pantalon. Sa tresse, attachée par un lacet de cuir, arrivait presque au milieu de son large dos. Elle se remémora ce que cela avait été d'être pressée contre ce corps solide, et cela éveilla une autre sorte de faim qu'elle espérait avoir éliminée.

Elle allait travailler et vivre avec le Dr Kristjan Gunnarsson pendant quelques jours au moins. Peut-être même une semaine ! Jusqu'après Noël !

Ce n'était certes pas une famille qui lui manquerait... Et elle se dit qu'il était presque de sa famille, à présent. Quoi que l'avenir leur réserve, il ferait toujours partie de sa vie, désormais, à cause de leur enfant.

Qu'est-ce que cela me fait ressentir ?

Kristjan était très beau à contempler et fait pour susciter ses fantasmes, mais qu'était-il d'autre, par ailleurs ? Un bon médecin, supposa-t-elle. Il soignait des enfants malades, et il fallait être solide pour cette tâche. Il devait être fort émotionnellement. Et il était très doué au lit...

Elle pesta et chassa de nouveau ces pensées classées X. Elle devait se montrer sérieuse dans cette affaire. Parce qu'elle n'allait pas le laisser décider de tout. C'était peut-être leur bébé, mais il s'agissait de *son* corps, de *sa* vie. Et aucun homme – aussi beau soit-il ou aussi capable de la faire crier d'extase – ne se chargerait jamais de diriger son existence.

Elle avait donné à un homme le droit de tout contrôler, jadis.

Non. Je ne le lui ai pas donné. Il l'a pris.

Alors elle ne laisserait jamais Kristjan Gunnarsson lui prescrire quoi que ce soit.

Jamais.

4

Kristjan n'avait jamais amené une femme chez lui, auparavant. C'était *son* espace, un espace réservé. Le fait qu'il l'ouvre maintenant à Merry, la femme qui portait son enfant, lui faisait vraiment un drôle d'effet...

Il l'observa tandis qu'elle entrait et remarquait la grande cheminée en coin qui dominait la pièce, ainsi que le sapin décoré dressé à côté. Les hautes fenêtres qui allaient du sol au plafond, ornées de petites lumières blanches, et les guirlandes de pin garnies de boules lumineuses et de rubans argentés.

Que pouvait-il dire pour justifier ce décor ? Il adorait Noël. Comme ses parents, tant d'années plus tôt. Et à chaque saison des fêtes, il était déterminé à honorer leur mémoire en se surpassant par rapport à l'année précédente.

C'était pourquoi il avait tant de décorations de Noël, chez lui. En s'en donnant à cœur joie, il se sentait plus près d'eux. Il se remémorait la façon dont sa mère aimait décorer le sapin avec lui. Celle dont son père feignait d'être le Père Noël.

Et pour faire comme s'il n'était pas seul, il travaillait chaque Noël à l'hôpital, avec tous ces enfants qui n'avaient pas la chance de rentrer chez eux. C'était spécial et cela lui réchauffait le cœur.

Merry se tenait près de la cheminée et regardait autour d'elle.

— Vous aimez Noël ?

— Pas vous ?

— Pas vraiment.

Il pensait que tout le monde aimait Noël.

— Pourquoi ?

Elle haussa les épaules, et il sut qu'elle savait pourquoi – elle ne voulait simplement pas le lui confier. Et après tout, pourquoi le ferait-elle ? Ils se connaissaient à peine. Il avait invité une étrangère chez lui pour passer quelques jours. Et elle était enceinte de lui ! Si ce n'était pas de la folie !

— Je vais vous faire visiter quand j'aurai allumé le feu.

Il le fit démarrer, et une fois qu'il flamba bien, il se releva pour montrer à Merry la cuisine, les salles de bains, la chambre d'ami. *Sa chambre.*

Elle resta sur le seuil de la pièce et contempla le lit de grande dimension. Il sourit en voyant sa gêne.

— Ne vous inquiétez pas. Je ne projette pas de vous séduire.

Elle le regarda.

— Tant mieux car je n'ai pas l'intention d'être séduite.

Il alla jusqu'à elle, la dominant de toute sa hauteur, et baissa les yeux sur son beau visage.

— Venez. Je vais vous servir quelque chose à boire.

C'était bon d'être aussi près d'elle, de nouveau, et en dépit de ses affirmations, il ne put s'empêcher de penser à ce que ce serait de l'embrasser.

Peut-être lut-elle cette pensée dans ses yeux car elle tourna les talons et descendit l'escalier. Arrivée en bas, elle s'arrêta, paraissant nerveuse.

— Vous avez une maison charmante.

Il alla se placer à côté d'elle.

— Merci.

— Même si elle donne l'impression que le Père Noël a décidé de faire des siennes, ici.

Il sourit.

— Vous vous y habituerez. Nous, les Islandais, nous adorons Noël.

— Je commence à m'en rendre compte.

— Avant que vous repartiez, vous l'aimerez aussi.

— Oh ! je ne crois pas !

— Non ?

Elle le regarda dans les yeux.

— Non.

— Ma petite reine des neiges... Mais nous allons faire fondre votre cœur, soyez sans crainte.

— Il est bien tel qu'il est. Vous avez parlé de boire quelque chose ? Laissez-moi m'en occuper. Que désirez-vous ?

Il haussa un sourcil. Il désirait un tas de choses. Surtout quand il la regardait debout dans sa salle de séjour, se donnant du mal pour ne pas être charmée par sa maison. Par exemple, il avait envie de la déshabiller et de lui faire l'amour devant la cheminée. Ou de l'emmener à l'étage et de lui rappeler ce qu'ils pouvaient faire ensemble sous une douche. Ou peut-être de la conduire dehors et de l'initier aux délices d'un bain brûlant entouré de vapeur...

Mais il voulait aussi garder la tête sur les épaules.

— Du thé sera bien. Merci.

Il la suivit dans la cuisine et la regarda se familiariser avec les placards et les tiroirs. Il sourit en voyant son dégoût évident pour ses mugs qui avaient tous l'air de puddings de Noël.

Elle plongea le nez dans la boîte à thé et fit la grimace.

— À quoi est parfumé ce thé ?

— Pomme aux épices et poire au gingembre.

— Sérieusement ?

— Attendez de le goûter. Ne mettez pas de sucre – ajoutez une cuillerée de ceci.

Il lui tendit une bouteille de sirop d'érable.

— C'est pour les occasions spéciales.

— Comme ?

— *Noël,* Merry, *Noël !* Allez, dites-moi – pourquoi détestez-vous tant cette fête ? Parce que vous avez été abandonnée à Noël ? Il me semble me rappeler que vous me l'avez dit.

Elle lui tendit son thé et s'adossa au comptoir.

— Non. J'adorais Noël, autrefois. La promesse qu'il contenait, ce qu'il signifiait...

— Alors qu'est-il arrivé ?

Elle secoua la tête comme si elle ne pouvait croire qu'elle allait lui raconter son histoire.

— Un garçon.

Il opina, comprenant ce qu'elle ne disait pas. Et cela ne fit que renforcer ses propres raisons de rester célibataire. *Vous laissez les gens pénétrer dans votre vie, vous devenez vulnérable et ils vous font souffrir.* C'était toujours ainsi. Se tenir à l'écart des relations était définitivement la chose à faire.

Mais il regarda le ventre de Merry. Pensa au bébé qui y grandissait. Il ne pourrait pas rester en dehors de *cette* relation-là. Il pouvait garder ses distances, mais il était quelqu'un de correct et il assumerait ses responsabilités.

— Je vous présente mes excuses au nom de tous les hommes.

Il sourit et leva sa tasse pour porter un toast.

— Et maintenant, un autre type m'a mise enceinte et je vais être une mère célibataire, dit-elle.

— Il faut être deux pour ça, Merry. Et nous nous sommes protégés.

— Je sais bien !

— Vous prévoyez de rester en Angleterre ?

Elle se mit à rire.

— Vous comptez que je m'installe en Islande ?

— Non.

Si.

Le fait de savoir qu'il aurait un enfant dans ce monde, mais qu'il ne pourrait pas le voir le perturbait, maintenant qu'il y pensait. Cela faisait longtemps qu'il n'avait pas eu de famille, et à présent...

Il sourit de lui-même – et de l'incongruité de la situation. Ce matin encore sa vie était la même que d'habitude – pas de relation, pas d'engagements –, et il était heureux. Et ce soir ? Ce soir il s'inquiétait de savoir dans quel pays son enfant allait vivre car il voulait le voir tous les jours.

C'est vrai. Je veux le voir tous les jours.

Être père n'aurait jamais été sa décision. Il n'avait jamais souhaité être lié à quiconque. Cela avait toujours été son mode de fonctionnement. Mais maintenant qu'il était face à cette réalité, il était surpris de constater qu'il avait des opinions sur la question.

Il était un homme opiniâtre quand il faisait quelque chose. Il était totalement impliqué dans son travail à l'hôpital. Être pédiatre était sa vie ! Alors l'idée de n'être père qu'à moitié ne lui plaisait pas du tout. Cela ne lui ressemblait pas. Envoyer de l'argent et des cartes d'anniversaire ne suffirait pas. Il voulait être *partie prenante.*

— Tant mieux, dit Merry. Parce que ma vie est en Angleterre.

— Elle pourrait être ici.

— Au pays de la glace et de la neige ? Je ne crois pas !

— Vous en viendrez à aimer ce pays. Faites-moi confiance.

— Je ne vais pas me déraciner et changer d'existence parce qu'un *homme* veut que je le fasse.

— Alors faites-le parce que le père de votre enfant vous le demande.

Il la regarda fixement, voulant lui montrer qu'il était sérieux.

Elle lui rendit son regard et il put voir qu'elle était effrayée. C'était inscrit sur son visage. Il n'aimait pas la voir terrifiée. Il n'aimait voir personne dans cet état. Il combattit l'envie d'aller à elle et de la prendre dans ses bras car il savait qu'elle n'en avait pas besoin en cet instant et qu'elle ne l'apprécierait pas. Elle verrait cela comme une tentative de sa part de lui imposer ce qu'il voulait.

Un homme l'avait blessée. Gravement. Il ne savait pas exactement comment, mais il savait que s'il voulait avoir une chance d'avoir son enfant dans sa vie, il devait persuader cette femme qui lui échauffait le sang qu'elle pouvait avoir une vie *ici.* Lui ne pouvait pas aller en Angleterre, l'Islande coulait dans ses veines ! Il avait une histoire, ici. Des racines. Et... C'était un bon endroit pour élever un enfant.

Je suis fou de seulement considérer cette idée !

Mais il savait qu'il le devait.

Il avait perdu la famille qu'il avait eue et, par la suite, il avait souvent souhaité avoir *quelqu'un.* Quand il voyait les autres enfants de l'école se précipiter dans les bras de leurs parents, à la grille. Quand ces parents affectueux les soulevaient de terre et leur plantaient des baisers sur les joues. Il avait eu cela. Autrefois.

Après la mort accidentelle de ses parents, son oncle et sa tante l'avaient recueilli un moment, mais cela n'avait jamais été la même chose. Ils n'avaient jamais voulu d'enfants et se retrouver soudain parents avait été une transition difficile pour eux.

Ils s'étaient donné beaucoup de mal, certes, mais Kristjan savait qu'il était une charge pour eux. Il s'était senti comme une pièce rapportée, et il avait si désespérément souhaité de l'amour qu'il n'avait ressenti que de la colère. Adolescent, il s'était rebellé. Il avait eu des ennuis pour des choses idiotes… et avait fini par être confié aux services sociaux. Mais cette colère l'avait conduit à se débrouiller seul et à vivre sa vie à sa façon.

Il voulait autre chose pour son propre enfant.

Son fils ou *sa* fille aurait un père qui l'attendrait à la grille de l'école, et il savait qu'il serait le genre de père à soulever son enfant dans ses bras et à le couvrir de baisers !

— Laissez-moi vous le prouver, dit-il.

— Me prouver quoi ?

— Que vous et le bébé pourriez avoir une belle vie ici, dans ce pays.

Elle serra son mug de Noël entre ses mains et le dévisagea. Le considéra.

— Vous voulez faire partie de sa vie ?

— Oui.

Avait-elle entendu trembler sa voix ? Lui, il l'avait entendu trembler. Mais cette affirmation signifiait vraiment quelque chose pour lui. Même s'il était au courant depuis peu de son statut de père, il savait qu'il aurait besoin de faire partie de la vie de son enfant.

— Donnez-moi jusqu'au nouvel an. Si vous n'êtes pas convaincue, alors vous rentrerez en Angleterre et nous nous organiserons.

Elle le dévisagea un long moment et il ne put déchiffrer son expression. Allait-elle lui donner cette chance ? Resterait-elle ?

En cet instant, il n'avait aucune idée de la façon dont il s'y prendrait pour la persuader que ce serait bien pour elle de venir s'installer de manière permanente dans un autre pays, mais il savait qu'il devait essayer.

C'était Noël ! La saison de la bienveillance qui devait récompenser les hommes et les femmes de bonne volonté. Il *fallait* qu'elle lui donne une chance. Une chance de connaître son enfant. De *l'aimer*. Tous les jours.

— D'accord, dit-elle.

— D'accord ?

— Je reste jusqu'à ce que les routes soient dégagées, puis je m'en irai. C'est clair ?

Il hocha la tête, sachant que la saison des fêtes, avec sa féerie, et le temps hivernal seraient de son côté. À cette période de l'année, la plupart des touristes étaient déjà arrivés, bien avant Noël, et une fois que les routes étaient impraticables, elles le restaient longtemps. S'il tenait Merry occupée avec son travail et lui montrait toutes les merveilles de cet endroit, elle n'aurait peut-être pas le temps de consulter la météo et l'état des routes parce qu'elle tomberait amoureuse.

De l'Islande, bien sûr.

Un coup frappé à la porte de la chambre tira Merry d'un profond sommeil. Elle n'avait jamais aussi bien dormi. Ce lit était incroyable ! Le matelas n'était pas trop dur, les couvertures étaient chaudes et épaisses avec, posée dessus, une courtepointe en fausse fourrure blanche.

La veille au soir, après s'être retirée dans sa chambre pour s'installer et une fois en pyjama, elle avait passé les doigts dans la fourrure, ne pouvant croire que ce cadre luxueux lui fût destiné ! Et le mieux, c'était les décorations de Noël réduites au minimum : de grosses bougies blanches posées sur le rebord de la fenêtre, une guirlande de houx au-dessus de la cheminée et des petits bonshommes de neige sur la table de chevet.

Elle s'était couchée et avait donc dormi comme une souche jusqu'à ce que Kristjan la réveille.

— Entrez !

Il ouvrit la porte en souriant, portant un plateau qu'il lui posa sur les genoux. Il y avait des œufs brouillés, des toasts, du chocolat dans un mug qui avait l'allure d'un cadeau de Noël, un bol de müesli, du lait et un petit vase contenant un rameau de gui.

— Ne mangez pas le gui, il est toxique, dit-il avec un grand sourire.

Elle lui sourit en retour et se redressa contre ses oreillers, prête à se restaurer, puis elle constata qu'il restait debout à côté du lit, la regardant, vêtu d'un beau jean noir très moulant et d'une chemise à carreaux.

— Vous allez me regarder manger ? demanda-t-elle.

Il s'assit sur le bord du lit et prit un bout de toast.

— Non, je vais aller prendre mon petit déjeuner dans une minute.

— Bon... Vais-je avoir droit à ce régime tous les matins ?

Il sourit.

— Est-ce que cela vous persuaderait de rester ?

Elle but une gorgée de chocolat ; il était parfait.

— Il faudra plus que des petits déjeuners au lit pour me convaincre de tout abandonner.

— Ah... D'accord. Et qu'entendez-vous par « tout » ? Pour que je sache avec quoi je suis en compétition.

Elle hésita avant de répondre. Elle ne pouvait pas dire « ma famille ». Sa mère adoptive était morte à la suite d'une longue maladie et son père adoptif était parti, ne pouvant supporter de voir décliner sa femme. Elle en avait conclu qu'elle était peut-être destinée à rester seule, toujours.

C'était pourquoi ceci lui causait un tel choc. Le fait que Kristjan veuille s'impliquer dans la vie de son bébé. Qu'il essaie de la garder en Islande. Il ne lui restait plus grand-chose chez elle, hormis de mauvais souvenirs. Mais...

— Mes amis. Mon travail, répondit-elle.

Il hocha la tête et se leva, avalant le reste du toast et se léchant les doigts maculés de beurre fondu. Merry fut très troublée par ce geste. Elle savait quel plaisir cette langue pouvait donner, dans d'autres circonstances...

— Très bien. Bon appétit. Nous devons être au travail dans une heure.

— D'accord.

Il se dirigea vers la porte.

— Kristjan ?

Il se retourna.

— Oui ?

— Merci pour le petit déjeuner au lit. C'était très gentil à vous.

Il lui sourit.

— C'était un plaisir, Merry.

Puis il s'en alla. Elle l'entendit descendre l'escalier et ne put s'empêcher de penser à ce qu'elle avait accepté : rester là jusqu'après Noël. Le laisser essayer de lui prouver qu'il serait bon pour elle de s'installer en Islande.

Elle ne voulait pas lui dire que son « chez elle », à Brighton, était un minuscule appartement doté seulement de quelques meubles. Un endroit où elle ne s'attardait pas, prise par son travail. Ni que son voisin du dessous jouait de la musique rock jusqu'au petit matin. Ni qu'elle avait perdu la plupart de ses amis quand elle avait emménagé là, pour fuir sa vie avec Mark.

Oui, elle avait son métier – mais elle pouvait l'exercer n'importe où. Ses collègues étaient formidables, mais elle ne les fréquentait pas en dehors de l'hôpital. Sauf pour la fameuse soirée de Noël qu'elle n'avait jamais beaucoup appréciée.

Et maintenant Kristjan voulait essayer de la convertir à l'esprit de Noël. En lui montrant les joies de la vie à Snowy Peak.

Il voulait faire partie de la vie de ce bébé – ce qui était un choc pour elle. Une petite part d'elle-même était heureuse qu'il se montre concerné, mais une autre était terrifiée.

S'il était comme son père adoptif ? S'il partait quand les choses deviendraient difficiles ?

Les bébés n'étaient pas de tout repos. Ils n'étaient pas toujours de mignons chérubins dormant au creux d'une fleur géante, comme dans les publicités. Il y avait des vomissements, des diarrhées, des pleurs tout au long de la nuit...

Bon sang, et si elle n'y arrivait pas, *elle* ? Sa propre mère avait baissé les bras et était partie. Qu'est-ce qui lui disait qu'elle ferait une bonne mère ? Après tout, ce n'était pas dans ses gènes...

La crainte de l'avenir, de l'inconnu, jetait une longue ombre noire sur la suite de son existence.

5

— Vous êtes prête ? Il faut y aller.

Merry était en train de mettre ses snow-boots d'emprunt pour marcher de la maison de Kristjan à l'hôpital. Le trajet leur avait pris une bonne vingtaine de minutes la veille au soir, dans la neige épaisse, et elle avait été émerveillée par la vue du ciel étoilé. Il était différent du ciel anglais – plus clair, les étoiles étaient plus brillantes...

Marchant derrière la silhouette athlétique de Kristjan, elle avait bataillé pour le suivre. Il était habitué à cette neige. Pas elle. Deux ou trois fois, il avait dû s'arrêter pour la laisser le rattraper, et à un moment donné il lui avait pris la main pour l'aider à franchir un tas de neige particulièrement haut.

— Presque. Je dois juste prendre mon manteau.

— Emmitouflez-vous bien... Nous n'allons pas directement à l'hôpital.

Il enfonça un épais bonnet de laine sur sa tête et ouvrit la porte tandis qu'elle fermait l'anorak qu'il lui avait prêté.

— Ah bon ?

— Non. Nous avons été appelés pour une urgence.

— Ah bon ?

Elle réfléchit. Une urgence ? Avec les routes bloquées ? Comment allaient-ils s'y rendre ?

— Vous aimez les chiens ?

Elle haussa les sourcils, perplexe.

— Les chiens ?

Il sourit d'un air énigmatique et sortit. L'ayant suivi, elle vit déboucher au coin de la rue une meute de neuf chiens, attachés les uns aux autres, qui tirait un traîneau garni de fourrures.

Elle resta plantée à les contempler, fascinée. C'étaient des huskies comme elle en avait vu à la télévision, une fois, certains gris, d'autres blancs ou bruns. Le chien de tête était tout noir et avait l'air d'un loup.

Kristjan lui décocha un grand sourire.

— Je n'ai pas pu avoir des rennes volants. J'ai été prévenu trop tard.

Merry le regarda prendre les rênes des mains du conducteur qui était descendu du traîneau.

— Voici Henrik. L'attelage est à lui.

Elle regarda le propriétaire des chiens, impressionnée.

— Vous venez ?

Elle serait facilement restée là, à admirer les bêtes, mais elle savait qu'elle devait se ressaisir. Quelque part se trouvait un enfant malade ou blessé, et plus elle tarderait, plus il souffrirait.

Elle monta dans le traîneau, se glissant sous les fourrures, et elle sentit que ses pieds touchaient des boîtes et des paquets. Elle se pencha et vit qu'il s'agissait d'équipement médical.

— Ainsi, vous avez toujours ce traîneau prêt à partir ? demanda-t-elle.

Kristjan sourit et hocha la tête.

— Yah ! cria-t-il en faisant claquer les rênes.

Les chiens se mirent à courir et Merry étouffa un cri ravi. De la neige poudreuse lui cinglait le visage, mais peu importait. C'était merveilleux !

Ils passèrent à toute allure devant des magasins et des maisons, tous décorés pour Noël. Elle voyait des guirlandes lumineuses et des sapins partout. À un coin de rue se dressait un bonhomme de neige et, un peu plus loin, quelqu'un avait sculpté dans la glace un château digne d'une princesse.

Très vite les chiens les emmenèrent hors de la ville et se dirigèrent vers Wonderland, où tous les touristes amenaient leurs enfants pour rencontrer le Père Noël et profiter du village de Noël. Ils passèrent sous une arche faite entièrement de bois de rennes et suivirent une route couverte de neige. Soudain, les chiens obliquèrent, guidés par Kristjan, et quittèrent la route pour aller vers les sapins noirs et la forêt qui se trouvaient au-delà.

Merry pouvait à peine respirer. Cela ne ressemblait à rien de ce qu'elle connaissait ! Elle devait réprimer le besoin de pousser des cris de joie et de demander à Kristjan d'aller plus vite encore.

Les clochettes des chiens tintaient et elle finit par apercevoir au-devant d'eux un petit campement avec un feu de camp qui projetait un panache de fumée dans le ciel sombre.

Bien sûr, se dit-elle. *La lumière du jour n'arrivera que bien plus tard.*

Derrière elle, Kristjan avait dû tirer sur les rênes car les chiens ralentirent et s'arrêtèrent, haletant dans l'air glacé.

— Ça va ?

Il descendit du traîneau et lui tendit sa main gantée pour l'aider à descendre à son tour.

— Je suis en pleine forme !

Elle aurait voulu en dire plus, ajouter qu'elle avait trouvé le trajet en traîneau fantastique. Mais elle savait qu'ils étaient là pour travailler.

— Pour quoi sommes-nous ici ?

— Un gosse avec une jambe cassée, probablement.

Il regarda autour de lui et vit un homme qui sortait d'une des tentes et leur faisait signe de venir.

— Prenez le kit de premier secours.

Hochant la tête, Merry rabattit les fourrures et prit le sac. Elle le tendit à Kristjan, qui le passa à son épaule.

— Pouvez-vous prendre l'Entonox ?

Elle se saisit d'un sac bleu plus petit et marcha avec lui dans la neige qui leur arrivait aux genoux. Ils rejoignirent l'homme qui attendait devant la tente.

— Egill ? dit Kristjan.

L'homme hocha la tête.

— *Ja. Sonur minn er inni.*

Il écarta les pans de la tente pour les laisser entrer. Merry baissa la tête pour pénétrer à l'intérieur, où il faisait plus chaud qu'elle ne s'y attendait. Tous deux s'empressèrent de s'approcher du petit garçon qui était étendu par terre sur des sacs de couchage, une jambe relevée par un oreiller.

— Salut, mon bonhomme. Je suis le Dr Gunnarsson, mais tu peux m'appeler Kristjan, et voici le Dr Merry Bell, qui est anglaise. Tu parles anglais ?

— Un peu.

Merry s'agenouilla près de lui et lui sourit.

— Comment t'appelles-tu ?

— Arnar, répondit-il timidement.

— Peux-tu nous dire ce qui s'est passé, Arnar ? demanda Kristjan en troquant ses gants de laine contre des gants chirurgicaux.

— J'ai essayé de grimper à un arbre.

— Et tu es tombé ?

Arnar hocha la tête et frémit légèrement.

Merry regarda ses jambes, couvertes d'une épaisse combinaison.

— Tu étais haut, dans cet arbre ?

— Au sommet.

— Environ deux mètres cinquante, dit le père. J'étais dans la tente. Je pensais qu'il jouait.

— Bon. Eh bien, il va falloir regarder cette jambe, Arnar. Et pour cela, nous devons découper ta combinaison pour ne pas la bouger plus que nécessaire.

Kristjan sortit des ciseaux du sac et se mit à couper doucement l'étoffe en partant de la cheville. Pendant ce temps, Merry ausculta l'enfant, s'assurant qu'il n'avait pas d'autre blessure.

Elle se tourna vers le père.

— Lui avez-vous donné des antidouleurs ?

— De l'ibufen.

Elle fronça les sourcils.

— De l'ibuprofène ?

Kristjan acquiesça.

— Regardez : il y a une bosse visible au-dessus de la cheville. Il va falloir lui mettre une attelle. Arnar ? Merry va te donner un médicament à respirer pour que tu n'aies pas mal. Tu te sentiras peut-être un peu étourdi, mais c'est tout.

— D'accord.

Merry sortit l'Entonox du sac et le donna au petit garçon en lui expliquant comment faire. Kristjan traduisit.

— Maintenant, nous allons bouger ta jambe pour mettre l'attelle. Le pouls est bon ? demanda-t-elle à Kristjan en baissant le ton.

— Oui, mais il va falloir réduire la fracture en tirant sur le pied, murmura-t-il.

— Bon.

Merry se tourna de nouveau vers Arnar.

— Je vais tenir ton autre main et je veux que tu te détendes au maximum en respirant régulièrement et profondément. Egill, pouvez-vous lui parler ? De n'importe quoi, juste pour le distraire.

Le père acquiesça puis il s'agenouilla près de son fils pour commencer à bavarder en islandais. Merry aida Kristjan à installer l'attelle et elle le regarda saisir le pied de l'enfant avant de donner un coup sec, très rapide.

Arnar poussa un cri de douleur.

— C'est fini, Arnar, dit Kristjan. Je vais fixer l'attelle et tu auras droit à une promenade en traîneau. Tu aimes ça ?

L'enfant hocha la tête.

Quelques instants plus tard, Kristjan le soulevait dans ses bras pour le mettre dans le traîneau. Les chiens étaient couchés dans la neige, leur souffle se changeant en vapeur. Merry enveloppa le petit blessé dans les fourrures et l'attacha avec des sangles de sécurité. Puis elle monta à côté de lui.

— Tu es prêt ?

Arnar acquiesça, souriant, soulagé par l'Entonox.

Kristjan grimpa à l'arrière et prit les rênes.

— Nous allons à l'hôpital pour enfants de Snowy Peak, Egill, lança-t-il. Vous connaissez ?

— Oui. Je vous suivrai à skis.

— Entendu.

Il fit claquer les rênes en laissant échapper un cri bref et les chiens se mirent en branle. Ils reprirent la direction de Wonderland, sur la route de Snowy Peak. Merry admira la façon dont les Islandais se déplaçaient dans la neige sans paraître incommodés le moins du monde. C'était tellement différent de l'attitude des Anglais qui se lamentaient au premier flocon !

Elle prit la main d'Arnar sous les couvertures tandis qu'ils fonçaient vers l'hôpital. Elle espérait qu'il n'aurait pas besoin d'une opération. L'os n'avait pas percé la peau, mais ils ignoraient à quel point la fracture était grave, et s'il aurait besoin de plaques ou de vis.

Alors qu'ils traversaient le parc d'attractions, quelques personnes leur adressèrent des signes de la main. Quand ils dépassèrent un chasse-neige muni de clochettes, le conducteur salua Arnar et klaxonna. L'enfant regarda Merry en souriant, et elle sourit à son tour. Les gens paraissaient si amicaux, ici ! Sans doute était-ce dû à la saison des fêtes, mais c'était peut-être aussi leur caractère. Une petite communauté dont les membres s'occupaient les uns des autres parce que la vie était parfois difficile.

Kristjan voulait qu'elle reste dans son pays. Ou au moins qu'elle l'envisage. Pour qu'il puisse voir son enfant. Pour qu'il puisse être un père.

Elle ne s'était pas attendue à y réfléchir comme elle le faisait. Tout changer. Était-ce possible ? Ou bien regardait-elle la situation avec des lunettes roses parce qu'elle voulait y croire ?

Ils ralentirent en approchant des portes de l'hôpital, et Merry reconnut Henrik, le propriétaire du traîneau, qui sortait avec un fauteuil roulant équipé d'un support pour les jambes. Il était emmitouflé dans un manteau en mouton retourné.

Il les salua de la main et les chiens aboyèrent gaiement en le retrouvant.

— Et voilà, Henrik ! lança Kristjan. Je vous le ramène entier.

— Merci. Comment va le petit ?

— Fracture du tibia et du péroné, je pense. Il faut lui faire passer une radio.

— J'ai amené le fauteuil.

— Merci. Je ne vous ai pas présentés, tout à l'heure. Henrik, voici le Dr Merry Bell. Merry, Henrik est notre sauveur en cas d'urgences.

Elle descendit du traîneau et serra la main d'Henrik, qui lui sourit.

Pendant ce temps, Kristjan transférait Arnar du traîneau dans le fauteuil.

— Vos chiens sont merveilleux, dit-elle. Très forts. Très rapides.

— Les meilleurs de Snowy Peak, et de loin. Le secret, c'est de leur faire manger du renne.

— *Du renne ?*

L'estomac de Merry se contracta.

— Oui, pour qu'ils volent !

Puis Henrik partit d'un gros rire, et elle vit que Kristjan et Arnar riaient aussi de la plaisanterie du maître-chien. Elle pinça les lèvres, vexée, puis se mit à rire à son tour.

— J'ai bien marché, hein ?

— En effet, dit Kristjan.

Puis ils pénétrèrent tous les trois dans l'hôpital.

— Regardez ça, dit Kristjan en désignant la radio sur l'écran de l'ordinateur. Le tibia et le péroné sont cassés en plusieurs endroits.

Merry soupira.

— Une fracture comminutive. Il va devoir être opéré.

— Je vais avertir les chirurgiens. Il faudra qu'ils descendent parler au père d'Arnar.

— Pauvre petit. Lui qui voulait juste s'amuser !

Elle se penchait par-dessus son épaule pour voir l'écran et il ne pouvait s'empêcher d'inhaler son parfum. Elle sentait si bon qu'il l'aurait croquée, et cela le distrayait un peu trop...

Le temps qu'ils avaient passé ensemble pour aller chercher Arnar avait été révélateur. Il s'était demandé comment elle allait réagir pendant le trajet en traîneau, mais elle avait paru en savourer chaque minute. Quand il l'avait regardée, il avait vu son immense sourire et il avait souri lui-même de son plaisir.

Il était important pour lui qu'elle apprécie son séjour en Islande s'il voulait rester en contact avec son enfant. Il était resté éveillé dans son lit la nuit dernière, très conscient qu'elle dormait dans sa chambre d'ami, essayant de définir ce qu'il éprouvait à l'avoir là, chez lui. Parce que, s'il gardait le bébé dans sa vie, elle en ferait partie aussi, et cela signifierait nouer une relation avec quelqu'un – quelque chose qu'il avait toujours évité à tout prix.

Maintenant c'était inévitable, et que ressentait-il ? Tout avait changé depuis la veille. Il s'était attendu à un jour de travail ordinaire, et voilà... Une relation était la dernière chose qu'il souhaitait, pourtant en l'espace de quelques heures il était passé de l'état de célibataire endurci à celui de futur père, et passait du temps avec la mère de son enfant !

Il lui plaisait certainement d'avoir Merry près de lui. Elle le troublait comme aucune femme ne l'avait jamais fait. Il s'était estimé chanceux qu'elle vive dans un pays éloigné pour ne pas être tenté de poursuivre avec elle ce qu'il avait commencé à Hawaï, cependant... En cet instant même, il pourrait facilement la tourner face à lui et approcher ses lèvres des siennes – mais ils étaient au travail, il y avait des limites, et...

Pouvait-il enfreindre tous ses principes pour cette femme ? Il devait se rappeler ce qui était important, ici. Il faisait tout cela pour son *enfant.* Pas pour elle. Et même si elle logeait chez lui pour le moment, ce ne serait pas toujours le cas. C'était temporaire. Un moyen de parvenir à un but. Il fallait qu'il pense à la situation d'ensemble.

Si seulement elle n'était pas aussi diablement désirable !

Poussant un soupir, il s'écarta de l'écran, sachant qu'il avait besoin d'espace. De prendre du recul. Elle s'insinuait sous sa peau et il n'aimait pas. Il n'y était pas habitué.

— Je vais prévenir le père.

— D'accord.

Il s'éloigna d'un pas raide, essayant de comprendre pourquoi il se sentait si irritable, tout à coup. Était-ce parce qu'elle avait changé tout son avenir en apparaissant ici ? Parce que la nouvelle de sa grossesse avait fait sortir de ses rails tout ce qu'il avait cru important ? Peut-être avait-il été stupide de penser qu'il pouvait traverser la vie sans nouer aucun attachement important ? Mais cela avait fonctionné jusqu'à présent, et il s'était dit qu'il s'en sortait bien – jusqu'à ce qu'elle lui annonce qu'elle attendait leur bébé. Là, il avait changé de voie. D'un coup. L'idée qu'elle portait sa fille ou son fils était brusquement devenue le pivot de son existence et il ne voulait pas y renoncer.

Je veux être le meilleur père qui existe. Mon enfant le mérite. J'ai perdu mes parents. Je ne peux pas laisser mon fils ou ma fille perdre son père.

Alors il ne pouvait pas la laisser partir... Et les intempéries le favorisaient grandement ! Tout ce qu'il lui restait à faire à présent, c'était définir comment il allait s'adapter à la présence de Merry dans sa vie. Son corps était attiré par le sien d'une façon inimaginable. Son désir de la toucher, de se perdre en elle comme il l'avait fait à Hawaï, était incroyablement fort...

Peut-être que, s'ils couchaient une nouvelle fois ensemble, il pourrait se libérer de son envie d'elle ?

Ou bien était-ce l'idée la plus ridicule qu'il ait jamais eue ?

Et si jamais cela avait l'effet inverse et la lui faisait désirer encore plus ? Parce que c'était ainsi qu'il se sentait actuellement : voulant davantage, comme un accro à elle. Elle était sa drogue. Son oxygène...

Après avoir parlé à Egill, il alla se faire un café. En passant dans la salle, il vit un collègue qui parlait à Merry et la faisait rire à gorge déployée avec une plaisanterie quelconque. S'efforçant de ne rien ressentir, il se dirigea vers le local du personnel.

Ce n'était rien. Juste des collègues qui bavardaient. Ils faisaient connaissance, Merry s'adaptait à son environnement temporaire de travail. C'était normal. Elle cherchait à se faire des amis. Mais il ne savait même pas que Johann parlait anglais !

Tandis qu'il était assis avec sa tasse de café, il ne put s'empêcher de penser qu'il voulait être celui qui la faisait rire, et cette pensée – cette reconnaissance de ses sentiments – le fit froncer les sourcils. Bon sang, qu'est-ce qui lui passait par la tête ?

Parce que ce n'était pas normal pour lui.

Il ne se souciait pas de ce genre de chose.

Il ne tenait pas à avoir des relations.

D'accord ?

— Vous avez préparé le dîner ?

Kristjan ferma la porte d'entrée derrière lui, tapa des pieds sur le paillasson pour se débarrasser de la neige et alla dans la cuisine où Merry se tenait debout, remuant quelque chose dans une marmite.

— Vous avez préparé le petit déjeuner, c'était mon tour.

— Qu'est-ce que c'est ?

— Un minestrone maison et des petits pains que j'ai cuits moi-même.

Elle souleva un torchon propre pour lui montrer les petits pains qui refroidissaient, s'attendant à le voir sourire - mais il ne sourit pas. Était-elle allée trop loin ?

— J'espère que cela ne vous ennuie pas. Mais vous avez eu la bonté de me loger, le moins que je puisse faire est d'aider... D'autant que vous ne voulez pas me laisser payer mon hébergement.

Il hocha la tête puis s'écarta d'elle pour prendre une mandarine dans la corbeille à fruits. Il la pela et la mangea par quartiers.

— Tout va bien.

— Vraiment ? Vous ne me donnez pas cette impression.

— C'est juste... que je dois m'adapter, c'est tout.

Elle comprit.

— À avoir quelqu'un qui vit avec vous ?

Il ne répondit pas, continuant à manger sa mandarine.

— Je comprends, vraiment, reprit-elle. Si c'est trop pour vous, je peux aller à la pension. Je les appellerai plus tard, quand nous aurons dîné.

Alors qu'elle avait été choquée au début par son offre de l'héberger, maintenant elle se sentait triste à l'idée de s'en aller. Kristjan avait une maison tellement agréable - même si elle ressemblait à la caverne du Père Noël. Elle était chaude, confortable et spacieuse, avec d'immenses canapés moelleux, des coussins, des couvertures et des feux de bois. Et c'était la situation parfaite pour qu'ils apprennent à se connaître mieux.

Elle ne doutait pas que le B&B serait moins accueillant, mais elle partirait si Kristjan regrettait de l'avoir invitée chez lui.

— Non, n'en faites rien. Restez, s'il vous plaît.

— Vous êtes sûr ?

Il hocha la tête.

— Oui.

Il jeta la peau de la mandarine à la poubelle puis se lava les mains et les essuya avec un torchon décoré de bonshommes de neige. Elle ne put s'empêcher de sourire. Il adorait vraiment Noël !

Elle fit de son mieux pour ne pas le regarder, mais c'était difficile. Elle avait été intime avec cet homme. Il l'avait vue nue. Il avait caressé chaque parcelle de sa peau. Et elle, de son côté, connaissait très bien son corps. Savait ce que c'était que de le sentir contre elle. Sa solidité. Sa force. Quel effet cela faisait de l'avoir allongé près d'elle, d'avoir ses bras autour d'elle, ses lèvres goûtant ses replis les plus secrets...

Parfois, quand elle était avec lui, elle ne pouvait penser à rien d'autre. Et maintenant, elle était dans sa cuisine, préparant un dîner emplissant la maison de fumets délicieux – et elle ne songeait qu'à oublier la soupe, à éteindre le gaz et à le mettre nu là, sur-le-champ.

Mais elle savait qu'elle ne le pouvait pas. Ce serait une impulsion aberrante et elle avait appris auparavant, à ses dépens, que l'impulsivité ne causait que des problèmes.

— Si vous vous asseyiez, afin que je serve ?

— D'accord.

Ne pouvant le regarder une seconde de plus, elle se détourna de lui tandis qu'il prenait place à la table. Son désir pour lui l'habitait jusqu'au tréfonds d'elle-même ; or elle savait qu'elle ne pouvait se fier au désir, à la tentation, à ce genre de chose. Ce n'était pas quelque chose de réel. Une fois que l'impulsion était passée, il ne restait qu'une grosse erreur – et elle ne souhaitait pas jouer avec l'avenir de son enfant.

Elle avait mis le couvert après avoir fouillé dans les placards pour trouver de la vaisselle qui ne soit pas aux couleurs de Noël. En vain. Toutes les assiettes et les plats étaient blancs, ornés de flocons de neige argentés. Elle devrait se faire à cette fête détestée, qu'elle le veuille ou non !

Avec une louche, elle remplit deux bols de soupe, en plaça un devant Kristjan et l'autre à sa place. Puis elle posa sur la table un petit panier contenant les pains frais.

— J'espère que vous aimez la soupe ?

— Oui. Mais je n'ai pas mangé de soupe maison depuis longtemps.

Il goûta et eut un sourire agréablement surpris.

— C'est délicieux ! Comment avez-vous appris à la faire ?

— Sur Internet.

Il avait bon appétit. Il termina son premier bol et en prit un second, accompagné de petits pains. Merry le regardait manger avec un sourire satisfait.

— J'espère que vous avez encore de la place pour le dessert ?

Il haussa un sourcil en la regardant. Se sentant rougir, elle s'empressa de se lever de table.

— Pas de cette nature. Le genre de dessert qu'on mange.

— C'est ce à quoi je pensais.

Elle s'efforça de ne pas lui laisser voir à quel point elle était troublée et mit leurs bols dans le lave-vaisselle.

— Je ne l'ai pas fait moi-même. Je l'ai acheté en rentrant.

— Qu'est-ce que c'est ?

— Hum... je ne sais pas comment le prononcer, mais c'est un gâteau avec de la confiture et des croisillons.

Elle le sortit du frigo pour le lui montrer.

— Ah... *Hjonabandssaela.*

Elle fronça les sourcils.

— Qu'est-ce que ça veut dire ?

— Mariage heureux.

— Vous plaisantez ?

— Non.

— Oh...

Elle posa la tarte sur la table et la coupa, puis lui servit une part. Mieux valait qu'elle change de sujet.

— Dites-moi pourquoi vous aimez autant Noël.

— Mes parents adoraient cette fête. Ils m'ont transmis cette passion, et après leur mort il m'a semblé bien de la perpétuer. Cela me fait me sentir proche d'eux. En outre, les gens sont plus heureux à Noël et j'aime que les gens soient heureux.

— Je suis désolée pour vos parents. C'était un accident de voiture, n'est-ce pas ?

Il lui en avait parlé à Hawaï.

— Dans le col où vous êtes passée, pendant une tempête.

Vous comprenez pourquoi que je ne tenais pas à ce que vous repassiez par là.

Elle hocha la tête. Pas étonnant qu'il soit attaché à ce pays. Les souvenirs y abondaient pour lui. Alors qu'elle-même avait toujours changé d'endroit. Sa mère adoptive était allée de ville en ville à la recherche des meilleurs soins, mais cela n'avait pas suffi à stopper sa maladie.

— Dites-moi pourquoi vous *détestez* Noël, demanda-t-il. Ne croyez pas que je ne vous ai pas vue plisser le nez devant mes décorations.

Elle eut un petit rire.

— J'ai fait la plus grosse erreur de ma vie une veille de Noël, et chaque année me la rappelle.

— Voulez-vous me dire ce qui s'est passé ?

Elle soupira.

— Je me suis mariée un 24 décembre, alors que j'étais très, très jeune. J'aurais dû me méfier. Je me suis laissé emporter dans une romance avec un homme plus âgé, captivée par la magie de Noël, et tout a mal tourné.

— Vous êtes divorcée ?

Il paraissait surpris.

— Oui. Il s'appelait Mark. Ma plus grosse erreur. Mon plus grand regret.

— Qu'est-il arrivé ?

Il semblait sincèrement intéressé, et Merry se dit qu'il n'y avait pas de mal à lui raconter son histoire. Après tout, il lui avait ouvert sa maison, il était juste qu'elle lui parle d'elle. Ils allaient être longtemps dans la vie l'un de l'autre.

— J'ai rencontré Mark dans une boîte de nuit où j'étais entrée en mentant, car il fallait avoir vingt et un ans et je n'en avais que dix-huit. Il y avait de quoi être claustrophobe, là-dedans. On pouvait à peine bouger, tant il y avait de monde. Il faisait sombre, mais j'ai soutenu le regard d'un barman qui faisait des cocktails extraordinaires. C'était Mark. À la seconde où nos yeux se sont croisés, je me suis dit qu'il semblait en faire des tonnes juste pour moi. Il était mince, charmant, drôle. Nous nous sommes mis à parler puis à flirter. Et avant que je comprenne ce qui se passait, nous sommes tombés follement amoureux. Il m'a persuadée de m'enfuir avec lui à Gretna Green pour un mariage express et nous nous sommes mariés la veille de Noël.

Elle se rappelait son excitation, son bonheur d'avoir trouvé quelqu'un qui la voyait telle qu'elle était et voulait être avec elle. Elle avait tellement eu l'habitude d'être abandonnée, que rencontrer une personne qui voulait s'engager vis-à-vis d'elle et l'aimer durablement l'avait grisée.

Kristjan l'écoutait, le visage indéchiffrable.

— Et ensuite ?

Elle eut un rire cynique.

— Nous étions enivrés par la joie de la saison des fêtes, et la vie était fabuleuse ! Nous sommes rentrés d'une lune de miel extraordinaire - un week-end à New York - et c'est alors que la réalité s'est imposée. Durement... La bulle a éclaté. Mark est retourné travailler, je suis retournée à la fac de médecine, et mon mari est devenu quelqu'un d'autre.

— Comment ça ?

— Il se montrait follement jaloux, possessif. Il voulait toujours savoir où j'allais, avec qui j'allais parler, et s'assurer que mes habits étaient convenables. Il a essayé de m'imposer ce que je devais porter, il me disait que je n'avais pas besoin de me maquiller, comment nettoyer l'appartement, etc. Il s'est changé en une personne aigrie que je ne reconnaissais pas, et j'avais peur de lui.

— Était-il violent ?

— Pas au début. Cela a commencé de façon feutrée. D'abord un accident, selon ses dires, et il s'est montré terriblement désolé après. Je l'avais rendu fou de jalousie au point qu'il n'avait pas pu se retenir, m'a-t-il dit. Si seulement j'avais fait ceci, ou cela... En gros, sa colère résultait toujours de ma faute.

Cette première fois, elle avait été si choquée qu'elle s'était convaincue que ses excuses étaient réelles. Qu'il ne l'avait vraiment pas fait exprès et que, peut-être, la faute lui incombait à elle, pour l'avoir mis dans cet état.

Avant de connaître Mark, elle était persuadée de savoir ce qui était acceptable dans une relation et ce qui ne l'était pas.

Elle était sûre que, si un homme la frappait un jour, elle partirait immédiatement.

Mais quand c'était arrivé dans la réalité... tout avait été plus compliqué. Et elle avait pensé qu'elle aimait encore son mari.

Très tourmentée, elle avait eu besoin de parler à quelqu'un et s'était confiée à une amie. Celle-ci l'avait persuadée qu'il était dangereux de rester avec Mark.

Réalisant que son mariage, son rêve, était un échec, elle avait été dévastée.

— N'avez-vous pas essayé de partir ?

— Si. Une camarade de fac m'a proposé de dormir chez elle. Mais il m'a retrouvée.

Elle fit une pause, songeant à cette nuit. À ce qu'il lui avait fait. Elle avait été terrifiée, et quand il l'avait menacée de se tuer si elle ne rentrait pas avec lui, elle avait eu peur d'avoir sa mort sur la conscience. Elle était revenue avec lui, pensant que, cette fois, tout irait bien. Il l'aimait ! Mais tout ce qu'il avait voulu, c'était qu'elle soit seule avec lui. Se venger de l'humiliation qu'elle lui avait fait subir en partant.

— Il m'a punie de l'avoir quitté, m'a terrifiée en me disant ce qu'il me ferait si jamais j'essayais de recommencer. Mais le lendemain, quand il est parti travailler, j'ai saisi ma chance et je suis allée à la police. Ils m'ont trouvé une place dans un refuge pour femmes afin que je me remette et prenne les mesures nécessaires. Maintenant, vous savez pourquoi je ne suis pas fan de Noël, ni des décisions trop rapides.

— Je suis désolé que vous ayez autant souffert.

Elle haussa les épaules.

— Vous n'y êtes pour rien.

— Vous non plus.

Elle le dévisagea, déconcertée. Elle avait toujours cru que c'était de sa faute. Si Kristjan disait que non, c'était... nouveau pour elle. Elle ne savait pas quoi penser.

Il était étonnant.

Cet homme qu'elle avait rencontré à Hawaï, avec qui, s'était-elle dit, il serait amusant de passer une nuit torride, était plus profond qu'elle ne l'avait jugé au début. Il n'était pas seulement un régal pour les yeux et les sens. Il était intelligent, aimable et – oserait-elle le dire ? – il avait un grand cœur.

Le Dr Kristjan Gunnarsson se révélait à coup sûr comme une surprise.

Et une belle surprise !

6

Kristjan ne pouvait se sortir de la tête tout ce que Merry lui avait confié ce soir-là en dînant. Il était de nouveau allongé dans son lit, réfléchissant à ses émotions et à ses sentiments, essayant de les définir et de les comprendre.

Qu'elle ait été si mal traitée par un homme... C'était le genre de chose qui le faisait sortir de ses gonds et lui donnait honte d'appartenir à la même espèce.

Il était content qu'elle s'en soit sortie. Content qu'elle soit allée voir la police. Elle avait dû se sentir si effrayée. Si seule. Il ne laisserait rien de tel lui arriver de nouveau. Jamais. Pas s'il était dans les parages – ce qu'il espérait. À condition qu'elle reste...

Mais c'étaient ces sentiments protecteurs nés en lui qui le perturbaient. Ces sentiments et le fait qu'elle soit couchée dans la chambre voisine de la sienne avec son bébé dans son ventre.

Il ne s'était pas attendu à ressentir de telles choses. Ni aussi fortement.

Incapable de dormir, il rejeta ses couvertures, enfila un T-shirt blanc et alla boire un verre d'eau à la cuisine. Comme il ne voulait pas la déranger, il fit de son mieux pour ne pas faire de bruit. Mais comme il savait qu'il était bien réveillé et qu'il ne pourrait pas dormir, il décida de pratiquer des exercices physiques afin de se fatiguer – et prendre quelques heures de repos avant le lendemain.

Il fit des pompes et des abdominaux. Puis il sortit ses haltères de derrière le canapé et commença à muscler ses bras.

Évacuer sa colère et sa frustration lui fit du bien. Finalement, lorsqu'il fut épuisé, il but un verre d'eau et tourna la tête vers le fond de l'appartement.

Merry se tenait sur le seuil du couloir, l'observant.

Il ne l'avait pas entendue sortir de sa chambre.

— Désolé. Vous ai-je réveillée ?

Elle secoua la tête.

— Non. J'avais soif et... Heu... je ne voulais pas vous faire perdre votre rythme.

Il haussa les épaules.

— Je ne pouvais pas dormir. Que voulez-vous boire ? De l'eau ? Du lait chaud ? Je pourrais vous préparer un chocolat ?

— Je n'ai plus soif.

Vraiment ? Alors pourquoi le regardait-elle ainsi ? Il y avait du désir dans ses yeux mordorés, et ses joues étaient roses.

Le fait qu'elle le contemple de cette manière était une tentation. Une tension flottait dans la pièce et il était conscient du peu de vêtements qu'ils portaient tous les deux. Ils pourraient se retrouver nus en quelques secondes. Il pourrait lui montrer tous les délices qu'il rêvait de partager avec elle depuis qu'elle était installée chez lui.

Il s'était langui de cette femme après Hawaï, et avait été très soulagé qu'ils soient séparés par une vaste étendue d'eau.

Qui n'était plus là.

Mais entreprendre quelque chose constituerait... Quoi ?

Ils travaillaient déjà ensemble et vivaient pratiquement sous le même toit. Elle était enceinte de son enfant. S'il commençait à avoir des échanges physiques avec elle, en plus...

Il ne voulait pas qu'elle interprète mal les signaux. Oui, il la désirait. Il se sentait excité simplement en la contemplant et il avait envie de céder à ses besoins et à ses désirs. Mais ce ne serait pas que du sexe. Leur relation était déjà assez compliquée sans qu'ils se sentent *impliqués* l'un vis-à-vis de l'autre. Il ne pouvait pas se permettre de se lancer dans une relation physique avec cette femme, puis d'avoir des sentiments pour elle, car alors elle représenterait quelque chose de spécial qu'il n'imaginerait pas perdre.

Confondait-il commodité et désir ? Et comment pouvait-il

oublier ce qu'elle lui avait dit ? Elle avait reconnu qu'elle avait été folle amoureuse d'un homme, auparavant, et que tout avait mal tourné pour elle.

Il essayait de la convaincre de rester définitivement en Islande afin qu'il puisse voir son enfant – être un père chaque jour et pas seulement pour les vacances et les anniversaires. Avait-il vraiment envie de gâcher cela ? Parce que, s'il avait une relation avec Merry et que celle-ci échouait, il ne pourrait blâmer que lui-même lorsqu'elle retournerait en Angleterre.

Il alla vers elle, hésita, combattant ses tourments intérieurs.

Ne l'embrasse pas. Ne l'embrasse pas. Ne l'embrasse pas.

— Bonne nuit, Merry. Dormez bien.

Avec une bonne dose de détermination et de frustration, il passa près d'elle pour se rendre dans sa chambre, dont il ferma doucement la porte.

À l'intérieur, il soupira de dépit et alla dans sa salle de bains attenante.

Il avait à coup sûr besoin d'une douche froide.

— Bonjour, je suis le Dr Bell. Pouvez-vous me dire ce qui vous a amenés aujourd'hui ?

Merry sourit à la famille qui lui faisait face. Une maman, un papa et une petite fille. Kristjan lui avait assigné Agnes, une infirmière, pour travailler avec elle et traduire ses échanges avec ses patients.

La mère expliqua qu'ils avaient vu leur médecin ce matin-là parce que Hekla avait très mal au ventre et vomissait de temps à autre. Il l'avait auscultée, avait senti une boule et leur avait conseillé d'aller à l'hôpital.

— D'accord...

Merry étudia l'enfant. C'était une fillette mince et pâle, âgée de douze ans. Elle avait deux belles tresses dorées – et était en train de mâchonner le bout de l'une d'elles.

Sa mère la lui ôta de la bouche.

— Hekla, veux-tu t'installer sur cette couchette pour que je puisse t'examiner ?

Merry procéda à une auscultation du cœur, des poumons, de l'oxygénation, de la tension... Tout était normal.

— Veux-tu t'allonger, maintenant ? demanda-t-elle en souriant. Je vais palper ton ventre, si tu es d'accord.

— Oui.

Hekla s'allongea sur le dos. Merry commença ses palpations et ne tarda pas à trouver ce que le généraliste avait signalé : une boule de la taille d'une balle de golf qui n'aurait pas dû être là. Cette boule se déplaçait.

— Bien. Je pense que nous devons faire un scanner, Hekla. Je vais t'envoyer dans une autre pièce où une grande machine prendra une photo de ton ventre. Quelque chose bloque tes intestins. Tu n'as rien avalé de particulier ?

La fillette secoua la tête.

Laissant la famille dans la cabine, Merry alla inscrire Hekla pour un scanner puis elle appela la salle Olaf pour s'assurer qu'ils avaient un lit de libre car elle soupçonnait que sa jeune patiente devrait être opérée.

Alors qu'elle raccrochait, Kristjan arriva au bureau, paraissant particulièrement délectable dans un costume trois-pièces bleu marine qui mettait en valeur le bleu clair de ses yeux. Aussitôt, elle sentit son corps se mettre en alerte maximale, comme la nuit précédente, quand il était venu vers elle et qu'elle avait cru – *espéré* – qu'il allait l'embrasser.

D'ordinaire, sa libido était déjà élevée, mais la grossesse la décuplait. Aussi, après avoir vu ses muscles puissants jouer de façon si lisse sous sa peau et travailler de façon parfaitement coordonnée, elle avait eu du mal à s'endormir ! À la seule pensée qu'il était couché dans la chambre voisine...

Elle l'avait entendu prendre une douche et avait lutté contre l'envie d'aller le rejoindre, comme à Hawaï. Mais elle s'était sermonnée sévèrement. Cette concupiscence qu'elle éprouvait était une distraction et elle ne devait pas y céder. Elle était ici pour décider si elle allait rester en Islande ou pas. Si elle pouvait déplacer son existence dans ce pays. Pas pour se livrer à des jeux sexuels avec Kristjan, même si elle savait que ce serait merveilleux...

Mais le sexe compliquait les choses, non ? Les aventures

d'une nuit étaient agréables, mais elles étaient fugaces, et il n'y avait rien d'éphémère dans leur situation actuelle. Nouer une relation avec Kristjan, fût-elle uniquement sexuelle, ne ferait que troubler le contexte.

— Salut, dit-elle.

— Salut. Comment ça se passe ? Votre traductrice vous donne-t-elle satisfaction ?

— Oui, Agnes est formidable. Là, j'attends que ma patiente passe un scanner.

— Parfait… Je suis allé voir Arnar, il a été opéré et va bien.

— Tant mieux…

Kristjan avait de grandes mains larges. Fortes. Capables. Aux ongles nets. Elle ne pouvait cesser de les regarder, se remémorant leurs caresses. Comment un homme aussi baraqué pouvait-il être aussi doux ?

— Merry ? Est-ce que ça va ?

— Pardon… Quoi ?

— Je vous disais qu'Arnar devrait rentrer chez lui aujourd'hui, avec des béquilles, mais vous sembliez ailleurs.

Elle sourit, sentant ses joues s'empourprer.

— Je suis ailleurs. Je suis en Islande.

Puis elle alla rejoindre Hekla et ses parents pour les accompagner jusqu'au scanner. Ensuite, elle s'assit dans le box réservé aux médecins et attendit que les images apparaissent sur l'écran. Et, soudain, elles furent là. La fillette avait une masse de six centimètres dans son duodénum ; elle bloquait presque le pylore. Pas étonnant qu'elle ait des douleurs… Mais qu'est-ce que c'était ? Était-ce malin ? Ils ne le sauraient qu'en ouvrant. Hekla devait être opérée.

Avec un soupir, Merry alla parler aux parents.

— Quoi ? Une boule de cheveux ?

Le chirurgien sourit.

— Oui.

Merry se rappela comment Hekla mâchonnait en permanence

le bout de sa tresse. Avait-elle vraiment avalé autant de cheveux ? Cela paraissait incroyable.

— Merci, dit-elle.

— Je vais aller parler aux parents, déclara le chirurgien.

— Très bien. J'irai voir Hekla lorsqu'elle sera ramenée en salle.

Puis Merry se dirigea vers le local du personnel. La journée avait été longue, elle était fatiguée et avait faim. Mais il y avait autre chose qui l'inquiétait : elle avait quelques contractions et avait perdu un peu de sang. Le cœur battant plus vite, elle se demanda ce qu'elle devait faire. Allait-elle perdre son bébé ?

Non ! Cela ne peut pas arriver !

Ce bébé était sa première occasion d'avoir une vraie relation par le sang. Un enfant ! Quelqu'un qu'elle pourrait adorer et qui l'aimerait inconditionnellement en retour. Elle avait peut-être été choquée de découvrir qu'elle était enceinte, mais elle s'était faite à cette idée et, maintenant, elle ne pouvait supporter la pensée de faire une fausse couche !

— Merry ? Vous êtes pâle comme un linge. Est-ce que vous allez bien ?

Kristjan la regardait.

— J'ai des pertes de sang.

Il fronça les sourcils.

— Vous souffrez ?

— Un peu.

Elle sentait monter sa peur, et sa mâchoire inférieure se mit à trembler de façon incoercible. Elle avait juste envie que quelqu'un la prenne dans ses bras et lui dise que tout irait bien.

— Il faut que vous passiez une échographie.

Elle hocha la tête, se sentant toute petite et impuissante.

Il vint jusqu'à elle pour lui prendre les mains et l'obligea à le regarder dans les yeux.

— Restez positive.

— Je suis terrifiée.

Il la fit asseoir sur un canapé.

— Ne bougez pas. Je vais tout arranger.

Un collègue de Kristjan accepta de les prendre tout de suite. Au bout des vingt minutes les plus longues de sa vie, il regarda enfin Merry s'allonger sur la banquette pour faire son échographie.

Il éteignit les lumières. Devait-il lui tenir la main ? Il ne savait pas très bien ce qu'il devait faire. Ni où il en était dans sa relation avec Merry. Ils étaient amis, se dit-il. Ils s'entendaient bien et ils vivaient même ensemble. Mais avaient-ils une relation ?

Il y avait entre eux cette attirance brûlante qui était souvent très perturbante. Mais pour le reste, il avait l'impression d'être en territoire inconnu. Il n'était plus l'homme qui refusait de s'impliquer avec quiconque pour ne pas avoir à s'inquiéter. Son bébé était dans le ventre de Merry et il essayait de la persuader de rester en Islande.

Mais, surtout, il savait qu'elle devait être terrifiée. Et qu'elle se croyait probablement seule. Alors il lui prit la main.

Surprise, elle se tourna pour le regarder.

— Nous sommes ensemble, quoi qu'il advienne, murmura-t-il.

Elle sourit, visiblement reconnaissante.

— Où en êtes-vous de votre grossesse ? demanda Magnus.

— Euh... J'approche des quatorze semaines. Lors de ma dernière échographie, le bébé en était à douze semaines et six jours.

— Bien.

Il passa du gel sur le ventre de Merry et commença à promener le détecteur. Puis il tourna l'écran pour qu'ils puissent voir.

— Nous avons un battement de cœur. Regardez.

Kristjan fixa l'écran, en état de choc. C'était son bébé ! Son cœur battait à toute vitesse. Il ressemblait à un haricot et il pouvait le voir bouger ses bras et ses jambes.

— Oh ! mon Dieu ! Tout va bien ?

— Absolument. Il peut y avoir de petits saignements, parfois, mais ce n'est pas grave.

— Alors tout va bien se passer ?

Merry lui pressa la main et il lui rendit son geste.

— À partir du moment où vous êtes prudente. Surveillez les pertes de sang, et si elles s'aggravent, revenez me voir.

Magnus sourit à Merry puis à Kristjan.

— Qui eût dit que M. le Célibataire endurci engendrerait un enfant ?

— La vie réserve des surprises, Magnus.

— Effectivement.

Merry réprima un petit cri.

— Il bouge !

Kristjan était à court de mots. En cet instant de pure joie, il était abasourdi, craignant de se mettre à pleurer s'il tentait de parler, alors qu'il n'avait pas versé une larme depuis l'âge où il avait compris pour la première fois qu'il était seul au monde.

Il avait vu beaucoup d'échographies, mais aucune de *personnelle.* C'était là *son* bébé. *Son* enfant. *Sa* création.

Sa famille.

Il serra fort la main de Merry puis posa un baiser dessus.

— C'est le signe qu'il est en bonne santé, dit Magnus. Je vais le mesurer, maintenant.

Kristjan contemplait l'écran, fasciné, ne voulant pas perdre un instant avec son enfant. Il sentit monter des larmes qu'il essuya discrètement, espérant que personne ne verrait rien. Il était trop tôt pour savoir si c'était un garçon ou une fille, mais cela restait stupéfiant.

— Tout paraît bien. Le bébé est à un peu plus de treize semaines, commenta Magnus.

— Ça correspond, dit Merry.

— Pouvons-nous avoir un cliché ? demanda Kristjan.

— Bien sûr.

Magnus en imprima plusieurs puis il donna du papier à Merry pour qu'elle s'essuie le ventre.

— Voilà, j'ai fini. Je ne vois aucun problème.

— Merci, Magnus. C'est gentil à toi de nous avoir reçus.

— Je t'en prie. Je vous laisse vous débrouiller. À plus tard.

Le médecin parti, Merry regarda Kristjan en arborant un immense sourire.

— Je pense que c'est la chose la plus incroyable que j'aie jamais vue.

Il sourit.

— Moi aussi.

— Pouvons-nous y arriver, Kristjan ? Pouvons-nous être les parents dont ce bébé a besoin ?

Il n'était pour lui aucunement nécessaire d'y réfléchir. Il savait qu'il donnerait sa vie pour son enfant s'il le fallait.

— Oui, nous le pouvons. Si nous restons ensemble.

Elle hocha la tête pour montrer qu'elle l'avait entendu, mais il n'aurait su dire si elle était d'accord avec cette condition. Il n'avait aucune idée de ce qu'elle allait faire. Il espérait qu'elle resterait en Islande. Il en avait besoin.

— Avez-vous des projets pour ce soir, Merry ?

— Non, à part me reposer. Pourquoi ?

— Il y a quelque chose que je veux vous montrer.

— D'accord…

— Mais rentrons d'abord nous changer.

— Wonderland ? Vous m'emmenez à Wonderland ?

Ils approchaient de l'arche en bois de rennes sur une motoneige. Kristjan était arrivé devant sa maison avec l'engin, lui avait demandé de monter dessus et de se tenir à lui si elle en éprouvait la nécessité. Elle avait été réticente à le faire, mais dès qu'il avait démarré, elle s'était accrochée à lui, les bras autour de sa taille, le visage pressé contre son dos. Pendant quelques minutes, elle s'était autorisée à fermer les yeux, à se détendre et à profiter du moment.

L'Islande en hiver était tout simplement un autre monde. Du moins dans les montagnes. Elle avait pensé qu'elle détesterait ne pas avoir de longues heures de jour, mais elle s'habituait à l'obscurité et à toutes les lumières de Noël. Et maintenant, Kristjan allait la propulser dans un endroit qui célébrait cette fête.

— C'est un lieu très spécial pour moi, dit-il.

Il gara la motoneige d'un côté de la route puis l'aida à descendre, et elle admira ce qui l'entourait.

Chaque édifice ressemblait à une petite maison en pain d'épices. Sauf que la neige sur les toits n'était pas du sucre et que les décorations n'étaient pas des bonbons. Les rues étaient éclairées par des bougies électriques et il y avait du vrai houx et du vrai gui. Tout le monde était habillé chaudement – bonnets de laine, écharpes et gants – et de la musique de Noël était diffusée par des haut-parleurs cachés. Des familles allaient de cabane en cabane, regardant les boutiques pleines de confiseries et autres articles de Noël.

C'était une surdose de Noël.

Merry faisait de son mieux pour détester l'ensemble et montrer sa désapprobation, mais c'était difficile : Kristjan la regardait en souriant tandis que la neige tombait à gros flocons, et elle ne put s'empêcher de rire.

— Quoi ? dit-elle.

— En réalité, vous adorez tout ça.

— Oh ! vraiment ?

— Avant la fin de la soirée, vous chanterez des chants de Noël.

— Vous voulez parier là-dessus ?

Son sourire s'élargit.

— Bien sûr ! Combien ?

— Si je chante un chant de Noël avant la fin de la soirée, j'irai travailler habillée en lutine, demain.

— Entendu. Mais pas demain. Demain, je veux que vous restiez à la maison pour vous reposer.

Il lui tendit sa main gantée et elle la serra, se sentant sûre de gagner. Elle n'avait jamais, de sa vie, chanté un chant de Noël ! Elle connaissait les paroles de la plupart d'entre eux, cependant. Comment faire autrement quand on en était gavé depuis le début du mois de novembre ?

— Alors où allons-nous, exactement ?

— À la Fondation des Lutins.

Elle haussa un sourcil. C'était d'un kitsch !

— Montrez-moi le chemin, cher compagnon.

Kristjan s'inclina, amusé, et commença à traverser la rue. Elle le suivit, remarquant que beaucoup de marchands le saluaient.

— Les gens vous connaissent ? Vous venez souvent ?

— Tout sera révélé en temps voulu.

— Un homme plein de mystères !

— Tout le monde a ses secrets...

Il sourit.

Une boutique vendait des livres, et Merry s'arrêta pour regarder la vitrine.

— Vous aimez les livres ? demanda Kristjan.

— Je les *adore* ! Mon auteur préféré est Nicola Drake. Regardez ! Ils ont son dernier roman. Je ne l'ai pas encore lu.

La librairie était déjà fermée.

— Oh ! flûte ! Il va falloir que je revienne pour l'acheter.

— Peut-être que le Père Noël l'apportera.

— Peut-être...

Elle se tourna vers lui.

— Désolée. Vous vouliez me montrer quelque chose qui compte beaucoup pour vous.

Elle n'avait aucune idée de ce que pouvait être cette Fondation des Lutins. Il était adulte et médecin. Que venait-il chercher dans ce paradis pour les enfants ?

Ils tournèrent dans une autre rue, sous la neige qui tombait toujours. Quelqu'un avait fait un bonhomme de neige – ce qui n'était jamais arrivé à Merry dans son enfance –, et un bâton qui lui servait de bras était tombé. Elle s'arrêta pour le remettre en place.

— Vous êtes gagnée par l'esprit de Noël, docteur Bell ?

— Non, répondit-elle en souriant. Je suis médecin et je répare les gens.

En riant, Kristjan la prit par les épaules pour l'entraîner devant une autre cabane.

LA FONDATION DES LUTINS.

Elle lut la pancarte qui était rédigée en anglais et en islandais – « Alfasjodurinn ». Au-dessous était écrit en caractères plus petits :

FONDÉE PAR LE DR KRISTJAN GUNNARSSON.

Stupéfaite, elle se tourna pour le regarder, attendant des explications, mais il se contenta de sourire d'un air mystérieux et la fit entrer.

La chaleur qui régnait les frappa. Kristjan l'aida à ôter son manteau, qu'il suspendit à un crochet, et ce fut à ce moment-là qu'elle découvrit ce qui l'attendait : l'endroit était plein d'enfants d'âges variés, que deux adultes installaient sur une scène. Certains étaient habillés normalement et d'autres en costume. Il y avait une sorte de troll des montagnes et un bossu revêtu de fourrure noire. Merry nageait en pleine confusion.

— Kristjan ! Tu es là !

L'une des organisatrices vint les rejoindre avec un grand sourire et lui donna une tape dans le dos.

— Bien sûr, Gudrun. Je ne manquerais surtout pas ça ! Puis-je te présenter le Dr Merry Bell ? C'est une lutine, aussi, mais elle ne parle qu'anglais.

Gudrun sourit.

— Ravie de vous rencontrer. Vous êtes ici pour voir le spectacle ?

— Euh... je suppose !

— Très bien. Nous avons gardé des places devant, comme toujours, Kristjan. Nous serons prêts dans une demi-heure.

— Que se passe-t-il ? demanda Merry. Et pourquoi avez-vous dit que je suis une lutine ?

Il sourit.

— Chaque chose en son temps.

— Allez-vous me dire aussi pourquoi votre nom est sur cette pancarte ?

— Plus tard. Quand vous aurez vu le spectacle. Maintenant, laissez-moi aller vous chercher à boire à la cuisine. Voulez-vous quelque chose de chaud ?

— Un chocolat, s'ils en ont.

— C'est le cas. Attendez-moi ici.

Elle essaya de ne pas gêner les enfants et les organisateurs, et prit place sur un siège garni de coussins. C'était visiblement la première et tout le monde semblait à la fois stressé et excité.

Elle espéra que des gens viendraient pour encourager ces enfants et les attendre à la fin de la pièce, contrairement à elle quand elle était petite.

Les portes s'ouvrirent et des adultes commencèrent à entrer, pleins d'impatience. Kristjan vint lui apporter une tasse brûlante.

— Faites attention, c'est chaud.

— Qu'avez-vous sous le bras ?

— Un tabouret. Pour que vous puissiez relever les pieds. Vous êtes censée vous reposer, vous vous rappelez ?

— Je vais bien !

— Il faut que cela continue. Laissez-moi vous gâter, Merry. Je n'en fais pas autant pour tout le monde.

Elle s'installa.

— Vous êtes très autoritaire. C'est parce que votre nom est sur la porte ?

— Peut-être.

— Quelle pièce allons-nous voir ?

— C'est l'histoire de *Gryla, Leppaludi et les Garçons de Noël.*

Elle fronça les sourcils.

— Jamais entendu parler.

— Vous allez la découvrir.

Les lumières s'éteignirent, le public se tut et le rideau s'ouvrit, révélant deux personnages hideux qui furent hués. Il s'agissait sans doute des méchants. Avant de s'en rendre compte, Merry fut absorbée par l'histoire de deux trolls qui mangeaient les enfants, vivaient dans une caverne et avaient treize fils appelés les Garçons de Noël qui volaient et harcelaient les villageois durant les treize nuits avant Noël. Les parents faisaient peur à leurs enfants avec les Garçons de Noël pour qu'ils soient sages.

La pièce était à la fois drôle et effrayante.

Merry passa un très bon moment et, quand le spectacle prit fin, les spectateurs se levèrent pour ovationner les jeunes acteurs. Elle était si occupée à les applaudir qu'elle fut surprise quand elle vit Kristjan monter sur la scène pour prendre la parole.

Elle écouta, captivée. Il expliqua, en islandais et en anglais, comment la Fondation des Lutins était un endroit très spécial pour lui. Il avait voulu créer un lieu où tous les enfants défavorisés, ou souffrant d'une maladie grave, pourraient venir profiter de Wonderland et de Noël.

Merry retenait son souffle.

— J'ai perdu mes parents à un très jeune âge et j'étais très seul. Je ne voulais pas que d'autres enfants se sentent isolés comme je l'ai été. Je souhaitais qu'ils se sentent intégrés à quelque chose, une communauté, une expérience spéciale. Alors j'ai créé la Fondation des Lutins pour qu'ils montrent à travers la musique et le théâtre qu'ils sont aussi importants que les enfants « normaux ». Chaque enfant qui est monté sur scène ce soir a une histoire difficile. Mais ils se sont tous réunis pour donner de la joie à d'autres personnes à l'occasion de Noël. Comme les lutins du Père Noël. Et maintenant, j'espère que vous vous joindrez à moi pour remercier ces enfants en leur chantant une chanson et en faisant une donation, si vous le pouvez, pour que cette œuvre continue. Merci beaucoup. Vous trouverez les paroles de la chanson sous vos sièges !

Merry sentait son cœur fondre d'émotion. Quelle magnifique initiative avait prise Kristjan, en partant de sa propre histoire !

Elle chercha sous son siège et trouva la feuille. À cet instant, quelqu'un se mit à jouer du piano, et avant de réaliser ce qu'elle faisait, elle se retrouva en train de chanter *Noël blanc*.

Alors qu'ils arrivaient au refrain, Kristjan croisa son regard et lui adressa un clin d'œil. Elle sentit son cœur battre plus fort, et ses sentiments pour lui s'approfondir parce qu'elle le connaissait mieux. Puis elle se rendit compte avec un sursaut qu'il avait gagné le pari : elle chantait un chant de Noël. Il avait réussi à lui faire aimer cette fête.

Était-ce parce que c'était très différent des Noëls de son enfance ? Parce qu'ici, en dépit du froid, de la neige et de la glace, on sentait une vraie chaleur entre les gens ?

Elle se dit qu'elle voulait en savoir plus sur la fondation de Kristjan. Elle voulait être impliquée, en faire partie. Cela serait-il possible si elle vivait en Angleterre ? Probablement pas.

Quand la chanson se termina, il y eut d'autres applaudissements, puis Kristjan descendit de la scène pour venir vers elle, souriant.

— Alors ? Qu'en pensez-vous ?

— C'était formidable, Kristjan ! J'ai adoré. Que vous ayez réalisé une chose pareille...

Elle fut soudain à court de mots et sentit des larmes lui piquer les yeux. Elle qui ne pleurait jamais, qui voyait cela comme une faiblesse ! Elle lutta pour se contrôler et inspira à fond.

— Je suis très impressionnée.

Il hocha la tête.

— Bien. Et vous avez chanté !

— Oui.

— Donc vous allez vous habiller en lutine la prochaine fois que vous irez travailler ?

— Je le ferai.

Il eut un grand sourire.

— Je suis impatient de voir ça.

Elle se mit à rire, toute tension quittant son corps quand elle vit son regard ravi et malicieux.

— Moi aussi.

Merry n'avait plus de saignements, et les contractions avaient cessé. Rassurée de surcroît par l'échographie, elle se sentit prête à reprendre le travail après une journée de repos.

Le costume de lutine était accroché à la porte du local du personnel. Kristjan le lui avait trouvé dans un placard, à côté d'un costume de Père Noël.

— C'est pour le jour de Noël, dit-il. Nous distribuons des cadeaux aux enfants hospitalisés.

— Vous vous habillez en Père Noël ?

— Oui, et j'en suis fier. Allez vous changer, maintenant. Quand ce sera fait, je prendrai une photo. Il ne faudrait pas laisser tomber dans l'oubli un événement pareil !

— Hum...

Elle prit le costume et se rendit dans un vestiaire pour l'enfiler. Il se composait d'un bonnet vert à plume blanche, d'une tunique en velours vert avec de gros boutons rouges, de drôles de chausses froncées, de bas à rayures rouges et blanches et de bottines vertes ornées de clochettes.

Une fois habillée, elle se contempla dans le miroir et soupira – mais en même temps, elle souriait. Se mettait-elle à aimer Noël ? Quelques jours plus tôt, elle ne se serait costumée ainsi pour rien au monde, mais à présent... Elle commençait à se rendre compte qu'elle ne voulait pas être une trouble-fête. Noël pouvait lui donner le sourire et elle avait très envie qu'il en soit ainsi !

Finalement, il avait été épuisant de détester Noël. Tout cela à cause de Mark, l'égoïste et horrible Mark. Mais, maintenant, elle était ici, au pays de Noël, elle avait Kristjan près d'elle, un bébé à venir et tout semblait plein d'espoir. C'était la saison de l'espérance, le moment de tourner le dos à son passé et de prendre un nouveau départ.

Quand elle sortit du vestiaire, Kristjan arborait un grand sourire.

— Souriez ! ordonna-t-il avant de prendre une photo avec son portable.

Elle éclata de rire.

— Ces chaussures sont faites pour quelqu'un qui s'appelle le Dr Bell ! Ou le Dr Clochette !

Elle secoua un pied pour faire tinter les clochettes.

— Je vous trouve délicieuse.

— Merci.

Ils gagnèrent les ascenseurs et rejoignirent leur service où Agnes les attendait.

— Vous êtes... très mignonne, dit-elle en souriant.

— J'ai perdu un pari. Bon, qui est le premier sur la liste aujourd'hui ?

Elle voulut prendre le dossier sur le haut de la pile, mais sa traductrice la précéda.

— Le Dr Gunnarsson m'a dit de ne pas vous laisser travailler trop dur.

Ah oui ? Elle se tourna pour regarder Kristjan, qui haussa les épaules.

— Ne vous fâchez pas. Je prends soin de vous deux.

— Je suis une femme adulte. Je suis tout à fait capable de juger de ce que je peux faire ou pas.

— Je sais. Mais vous n'êtes plus seule en cause, désormais, alors je pense que j'ai mon mot à dire.

Il lui sourit avant de s'éloigner, ce qui irrita grandement Merry. Elle secoua la tête, puis sourit à Agnes et prit le dossier. Il était intitulé : « Ingestion d'un objet étranger. »

— Très bien, allons-y.

Accompagnée par les tintements, elle se rendit dans la salle d'attente et appela son petit patient.

— Darri Edvardsson ?

Un homme, une femme et un enfant d'environ cinq ans se levèrent. Elle leur sourit.

— Bonjour, je suis le Dr Bell. Voyons si nous pouvons régler votre problème.

— Vous êtes un vrai lutin ? demanda Darri.

— Oui.

Elle sourit en pensant aux lutins de la fondation. Elle était l'un d'eux. Abandonnée, elle essayait d'améliorer la vie des autres. Oui, elle était un lutin.

Elle commença son interrogatoire.

— Il paraît que tu as avalé quelque chose que tu n'aurais pas dû ?

Elle s'était habituée à la voix basse d'Agnes, qui traduisait tout, mais elle commençait à souhaiter pouvoir parler islandais. Peut-être pourrait-elle essayer d'apprendre, si elle restait ?

La mère de Darri expliqua que son fils construisait une grue avec des pièces de mécano. Il avait mis une pièce à la bouche pour serrer une vis, le chat l'avait effrayé et il avait avalé l'objet. D'après le petit garçon, elle faisait quatre à cinq centimètres de long. Il ignorait si elle avait des bords arrondis ou pas.

— Bon. Il vaut mieux passer une radio.

— Vous pensez qu'il va falloir l'opérer ? demanda la mère, inquiète.

— Je dois voir les clichés pour le dire, mais pour le moment, il semble aller bien. Il n'a pas mal, il ne vomit pas...

Merry retourna au bureau des médecins et appela le service de radiographie pour inscrire Darri. Il y aurait une attente d'une demi-heure, mais elle n'était pas trop soucieuse. La pièce métallique passerait sans doute normalement.

Elle entendit Kristjan rire dans une autre cabine et cela la fit sourire. Qui eût cru qu'un homme comme lui était aussi profond ? Lorsqu'elle l'avait rencontré, elle l'avait classé dans la catégorie des garçons avec qui on a une brève aventure, sans plus. Il était amusant, terriblement sexy, et elle s'était dit qu'elle ne le reverrait jamais, ce qui valait mieux car il ne semblait pas porté sur les engagements.

Et maintenant il était là pour elle. Lui ouvrant sa maison. Acceptant sa grossesse, ému aux larmes par l'échographie de leur bébé. C'était lui, aussi, qui s'occupait d'enfants défavorisés ou malades, en plus de ses petits patients qu'il soignait très bien. Il était drôle, gentil, charismatique – et il se souciait des autres.

Il me plaît. Il me plaît beaucoup.

Ce qui était perturbant de maintes façons.

Ce n'était pas censé arriver. Son plan de faire une brève visite, d'annoncer la nouvelle puis de rentrer en Angleterre était maintenant complètement chamboulé. Et elle commençait à aimer certaines choses.

Ils étaient amis – ce qui était bien, car ils auraient besoin de l'être si l'avenir devenait plus incertain. Elle ne savait toujours pas ce qu'elle allait faire. Rester ? Retourner chez elle ?

Elle allait être mère, et son bébé aurait la chance de connaître ses deux parents si elle restait. Ne devrait-elle pas faire ce qui était bon pour son enfant ? Cela ne devrait-il pas être sa priorité absolue en tant que parent ? On faisait des sacrifices pour ses enfants, non ?

C'était ce que sa mère avait fait pour elle, en l'abandonnant dans l'espoir qu'elle ait une meilleure vie que celle qu'elle-même pouvait lui donner. En tout cas, elle avait besoin de le croire.

Et sa mère adoptive avait fait tout ce qu'elle avait pu pour l'élever avant de tomber malade. Elle avait été dévastée que Merry doive prendre soin d'elle à un si jeune âge. C'était parce qu'elle avait détesté ne pas pouvoir faire plus que Merry avait choisi la médecine.

Et maintenant, elle voulait donner à son enfant ce qu'elle n'avait jamais eu : une vraie famille. Elle pouvait le faire en restant en Islande. Mais… Elle n'avait jamais envisagé de renoncer à son ancienne vie. Elle ne possédait pas grand-chose, chez elle, mais c'était *chez elle*. Tout lui était familier, là-bas, et elle avait son travail. Ils s'étaient montrés compréhensifs lorsqu'elle avait téléphoné pour dire qu'elle était bloquée pour quelques jours en Islande, mais elle s'en voulait terriblement de les avoir laissés tomber.

Qu'est-ce qui était le plus important, au fond ? Son travail, ou l'avenir de son enfant ?

La réponse était évidente, même si, en réalité, il serait difficile de trancher. Néanmoins, elle commençait bel et bien à se plaire ici. Au vu du pays, des gens, elle commençait à considérer un déménagement comme une vraie possibilité.

Et Kristjan... ?

Il était au cœur de la question. Il avait des sentiments qu'elle devait prendre en considération, aussi. Il voulait être un papa, ce qui était fantastique, car elle n'avait pas su à quelle réaction s'attendre de sa part lorsqu'elle était arrivée.

Pouvait-elle imaginer s'en aller ? Pour l'heure, elle n'en était pas sûre.

Ses sentiments pour Kristjan grandissaient. Se décuplaient. Et ses craintes croissaient avec eux.

Si tout cela se révélait une grosse erreur ?

7

— Je pensais que vous aimeriez peut-être dîner dehors, ce soir.

Kristjan se pencha sur le bureau des médecins, où Merry était en train d'entrer des données dans l'ordinateur.

Elle leva les yeux et se mit à rire en le voyant habillé en Père Noël – du bonnet rouge aux hautes bottes noires en passant par la barbe blanche.

Il devait reconnaître qu'elle avait tenu parole sur le fait de se déguiser en lutine, malgré ses sentiments envers Noël. Et il aimait la voir costumée ainsi ! Elle paraissait plus fantasque et plus belle que jamais, et entendre tinter ses clochettes quand elle se déplaçait dans le service le faisait sourire.

Les patients adoraient aussi – en particulier les plus jeunes –, et un ou deux avaient demandé où était le Père Noël. D'où le costume. Il avait décidé de participer, et le sourire qu'elle lui décochait le rendait tout chose.

— Dîner ?

Elle sembla y réfléchir.

— Pourrons-nous porter nos propres habits, ou devrons-nous rester en costume ?

Il eut un grand sourire.

— Les costumes seraient amusants, mais je vous laisse décider.

— Eh bien, même si j'ai apprécié de jouer Merry la Lutine aujourd'hui, je suis assez impatiente de mettre des vêtements qui grattent moins.

— D'accord. J'ai réservé chez Ingrid à 8 heures. C'est un restaurant en ville.

— C'est super. Merci.

— Je me suis dit que ça nous donnerait l'occasion de parler un peu de nous.

Le sourire de Merry faiblit.

— Vous voulez parler de quelque chose en particulier ?

— Non. Mais quand nous rentrons à la maison après le travail, nous mangeons et nous allons nous coucher. Il pourrait être agréable de sortir et que quelqu'un d'autre cuisine et nettoie pendant que nous avons une vraie conversation.

Il sourit de nouveau.

— Et vous savez... je crois que sortir dîner est ce que font les gens normaux.

Elle hocha la tête.

— Je l'ai entendu dire.

— Ça pourrait nous plaire.

— Peut-être.

Ils continuaient à se sourire, et il s'aperçut qu'ils étaient si absorbés l'un par l'autre que d'autres membres du personnel leur jetaient des coups d'œil amusés. Il n'avait pas fallu longtemps pour que les ragots aillent bon train dans l'hôpital.

Kristjan se redressa, et après avoir ajusté sa barbe blanche et son gros ventre, il partit soigner un autre patient. Il était content parce que Merry avait accepté de dîner à l'extérieur avec lui. Il fallait qu'ils se connaissent mieux, et le temps filait. Il ignorait totalement si elle allait partir ou pas, et il se disait que, s'il en apprenait plus sur elle, il trouverait peut-être le truc qui lui donnerait envie de rester.

Qui l'eût cru ? Le célibataire endurci qui essaie de faire fonctionner une relation.

La seule question était : de quel genre de relation s'agirait-il ?

Que mettre ?

Merry souhaitait bien s'habiller pour ce dîner à l'extérieur, mais elle ne voulait pas que Kristjan pense qu'elle se mettait sur son trente et un pour *lui*. Ce n'était pas un tête-à-tête romantique. Ils n'essayaient pas de se *courtiser* l'un l'autre. L'idée était juste de se connaître un peu mieux.

Alors quelle sorte de robe devait-elle porter pour dîner avec un ami ? Elle n'avait pas grand-chose dans ses bagages et elle n'avait pas eu le temps de faire les boutiques, mais elle avait emporté une simple robe noire, au cas où.

Il faudra que ça aille.

Après l'avoir enfilée, elle se regarda dans le miroir de sa chambre. Elle lui allait encore bien – sa grossesse se voyait à peine, même si elle remarquait un petit changement, une légère rondeur dans le bas de son ventre.

Et mes cheveux... Il faut que j'en fasse quelque chose !

Elle les tira en arrière, les empila sur sa tête, essayant une coiffure puis une autre. Finalement, elle se contenta de les relever avec une pince, mit des petites boucles d'oreilles en diamant, du rouge à lèvres et de l'eye-liner sur ses paupières.

Voilà. Je n'en ai pas trop fait. Je ne donne pas l'impression de vouloir en mettre plein la vue.

Elle enfila une paire d'escarpins à talons, mit machinalement une touche de parfum sur ses poignets, puis elle alla attendre Kristjan dans la salle de séjour.

Il était déjà là, élégamment vêtu d'un costume sombre et d'une chemise bleu clair assortie à ses yeux.

Il lui coupa le souffle, si beau et si bien habillé, et quand il lui sourit, son sourire lui alla droit au cœur.

— Vous êtes superbe, Merry.

— Cette robe ? Je l'ai depuis des années, répondit-elle, soudain nerveuse.

Ce n'est pas une sortie en amoureux. Ce n'est pas une sortie en amoureux. Ce n'est pas une sortie en amoureux.

Elle se détourna de son regard appréciateur pour prendre son sac et son manteau.

— Tenez. Je vous ai acheté quelque chose.

Il lui tendit un petit paquet enveloppé dans du papier doré.

— Pour Noël ?

— Non, pour maintenant. Pour avoir accepté de rester. Au moins jusqu'à ce que les routes soient dégagées.

Il sourit.

— Oh... je me sens sotte de ne rien avoir pour vous.

— Ouvrez-le.

Elle défit nerveusement le nœud et déplia le papier avec soin : c'était le livre de Nicola Drake qu'elle avait souhaité lire.

— Kristjan ! Vous n'auriez pas dû !

— J'ai vu qu'il vous faisait envie.

C'était vraiment très gentil ! Mais, sachant qu'elle risquait de perdre la tête à cause de cet homme aussi charmant que sexy, elle garda les yeux rivés sur le livre.

Elle ne voulait pas regarder Kristjan parce que, si elle le faisait, elle aurait envie de l'embrasser pour le remercier. Et si elle suivait cet instinct... Eh bien, ils seraient tout proches l'un de l'autre, elle inhalerait son odeur, percevrait la solidité de son corps. Alors son désir de lui pourrait faire taire toute raison et ils en oublieraient leur réservation !

— Merci beaucoup, Kristjan. Je vais le mettre dans ma chambre et nous pourrons partir.

Dans la pièce, elle resta un instant adossée au mur, à inspirer profondément. Que faisait-il, là ? À lui offrir des cadeaux attentionnés, à s'habiller en Père Noël pour qu'elle ne se sente pas ridicule d'être la seule en costume, à ouvrir une fondation pour les enfants orphelins ou défavorisés...

Qu'allait-elle encore apprendre sur cet homme ? Il devait avoir un côté sombre. Il y en avait toujours un, il fallait qu'elle s'en souvienne. Elle avait déjà pris des décisions hâtives au sujet d'un homme, dans sa vie, et il suffisait de voir ce que cela avait donné...

Après s'être sévèrement sermonnée en se regardant dans le miroir, elle alla rejoindre Kristjan, un sourire aux lèvres.

— Nous sommes prêts, je crois...

Il hocha la tête.

— Oui. Ingrid n'est pas loin, mais vous ne pourrez pas marcher dans la neige avec ces chaussures.

— Je peux mettre les snow-boots.

Il sourit.

— Ces escarpins sont plus jolis. Nous allons prendre la motoneige.

Elle se mordit la lèvre inférieure tandis qu'il l'aidait à enfiler son manteau, en parfait gentleman. Elle était très consciente qu'il était tout près d'elle, elle sentait même son souffle chaud sur ses épaules nues. Et cela la faisait frissonner de la tête aux pieds...

— Attendez ici. Je vais la sortir.

Elle attendit, son estomac se nouant lorsqu'elle entendit le moteur démarrer, puis le véhicule s'arrêter devant la porte d'entrée.

Kristjan revint et il prit une couverture posée sur le canapé avant de lui offrir son bras.

— Pour que vous n'ayez pas froid aux jambes.

Lui conseillant de s'asseoir en amazone, il l'emmitoufla dans la couverture puis il se pencha pour la lui coincer sous les cuisses. Lorsqu'elle sentit ses mains sur elle, son cœur s'emballa et elle espéra qu'il ne remarquerait pas sa réaction. Dieu merci, il monta lui-même sur la motoneige puis lui noua les bras autour de lui en les tenant d'une main. Sûrement par sécurité ?

Le restaurant n'était vraiment pas loin. Petit, confortable, intime, il avait plein de coins sombres parfaits pour des conversations intimes. Mais il était aussi très décoré pour Noël, avec de grandes guirlandes pendant des épaisses poutres en bois, des écorces d'oranges séchées, des bâtonnets de cannelle et des rubans rouges. Des chandeliers étaient allumés et des appliques brillaient.

Un serveur les accueillit et les installa sur une banquette dans un coin. Merry sourit en voyant, sur la table, les trois bougies qui flottaient dans une coupe en bois.

— C'est charmant. Vous êtes déjà venu ?

— Une fois ou deux. Nous avons fait la fête de Noël du personnel ici, l'an dernier.

— Et où l'organisez-vous cette année ?

— À Wonderland. Vous serez la bienvenue. Et vous devriez vraiment venir, ce sera amusant.

— Nous verrons.

Merry arrangea les couverts, qui n'en avaient pas besoin. La table était parfaite, tout comme cette soirée. Comme *lui*. Raison pour laquelle elle cherchait un détail qui clochait.

Ils commandèrent des jus de fruits – pomme, poire et gingembre –, et dès que le serveur se fut éloigné Kristjan engagea la conversation.

— J'ai été très impressionné que vous restiez habillée en lutine toute la journée.

— Eh bien, je suis une femme de parole.

— Je vois.

Elle sourit.

— Vous avez fait un bon Père Noël, vous-même.

— Merci.

— Pensez-vous que vous ferez un bon père ?

La question lui échappa et ses joues s'enflammèrent. Puis elle se dit : *Bon, nous voulions nous connaître un peu mieux. Autant discuter de ce qui va être important...*

— Je l'espère... Oui, je crois que je serai un père formidable. Si j'en ai la possibilité.

— Vous voulez donc être impliqué ?

— Comment ne le pourrais-je pas ? Dès que vous m'avez parlé du bébé, je... Et quand je l'ai vu à l'échographie, c'était tout simplement...

Il secoua la tête, paraissant à court de mots, avant de poursuivre :

— Je ne me suis jamais senti ainsi auparavant. Mais vous, quel effet cela vous fait-il de savoir que vous aurez bientôt un enfant à vous ?

— Je ne sais pas. Je passe de l'étonnement à l'incrédulité. Je pense que j'y croirai vraiment quand je tiendrai mon bébé dans mes bras.

Kristjan approuva d'un signe de tête.

— Je vais être honnête avec vous. Je n'ai jamais pensé vouloir être père jusqu'à ce que cela arrive et, maintenant, je sais que je le veux plus que tout.

Elle le regarda dans les yeux et vit qu'il voulait cet enfant autant qu'elle. Pour lui comme pour elle, cela ouvrait de nouvelles perspectives. Mais ils avaient besoin de savoir comment ils allaient s'organiser.

— Pensez-vous que c'est une fille ou un garçon ? demanda-t-il.

— Je ne sais pas. Voulez-vous le savoir avant la naissance ?

— Le voulez-vous, vous ?

— Je crois que j'aimerais savoir, oui. Afin de pouvoir tout préparer.

— Choisir un prénom ?

Le serveur arriva avec leurs boissons et leur donna le menu, mais, par bonheur, il ne s'attarda pas.

Elle but une gorgée du mélange de jus de fruits et le trouva délicieux.

— Vous pensez à un prénom islandais traditionnel ? demanda-t-elle.

— J'aime beaucoup les noms islandais, mais je préférerais en choisir un qui nous plaise à tous les deux, qu'il vienne de mon pays ou non.

Flûte ! Il se montrait encore chevaleresque. Qu'y avait-il à ne pas aimer chez lui ? Comment le prendre en défaut ? Peut-être était-il trop généreux ? Peut-être était-elle passée d'un homme qui ne cessait de prendre à un homme qui donnait sans compter ? Était-ce pour cela qu'il l'attirait ? Parce qu'il était l'exact opposé de Mark ?

Il faudrait qu'elle soit prudente. Très, très prudente.

— Je pense que les prénoms peuvent attendre que nous sachions ce qu'il en est.

— Tout à fait d'accord.

Ils prirent leur menu et elle feignit d'étudier les plats, mais, en réalité, elle lançait des coups d'œil à Kristjan. Elle observait son regard pendant qu'il choisissait, essayant de voir si elle pouvait détecter une trace déplaisante chez lui. Mais ses yeux bleus n'exprimaient que gentillesse, générosité et sex-appeal. Des yeux à séduire une femme, à lui demander d'aller au lit avec lui, de le laisser la déshabiller, à lui promettre des délices...

Elle avait regardé intensément dans ces yeux, une fois. À Hawaï. Stupéfaite par l'homme avec qui elle était. Un grand Viking à la tresse et à la barbe blondes, superbement musclé... S'il ne portait pas un costume et n'avait pas de téléphone portable, elle l'aurait imaginé descendant d'un drakkar ou sortant d'un décor de film.

Peut-être était-ce sa puissante virilité qui la touchait tant. Son air d'être capable de pouvoir prendre soin de la personne étant avec lui. D'offrir sa protection.

Elle ne s'était jamais, de toute sa vie, sentie protégée. Contrairement à ce qu'elle ressentait quand elle était avec lui.

— Vous voyez quelque chose qui vous tente ? demanda-t-il.

— Pardon ?

Il la regarda d'un air amusé.

— Dans le menu ?

— Oh ! oui, bien sûr ! Euh... Que me recommandez-vous ?

— Vous aimez le poisson ?

— Oui.

— Alors, les coquilles Saint-Jacques à la purée de panais et aux figues me paraissent bien, en entrée. Et en plat principal, le cabillaud à l'ail et au champagne ?

Merry hocha la tête puis elle le regarda appeler le serveur pour passer leur commande. C'était comme s'ils partageaient un tête-à-tête romantique, même s'ils avaient dit tous les deux que ce n'était pas le cas. Mais en aucune manière elle ne s'engagerait dans une relation avec cet homme. Ni avec aucun homme, merci bien. Elle ne voulait pas risquer son cœur.

Kristjan constituait-il un risque ? Avait-elle tort de le juger à l'aune d'un autre homme ?

Ils allaient être parents, donc ils seraient amenés à être impliqués l'un envers l'autre, mais jusqu'à quel point ? Parce que s'il continuait à se montrer chevaleresque, charmant, aimable et surprenant, elle ignorait comment son pauvre petit cœur allait s'en sortir !

Kristjan lui faisait tourner la tête.

Elle but une gorgée de son jus de fruits.

— Cet endroit est très agréable.

— Oui. Le chef est un très bon ami.

— Connaissez-vous *tout le monde*, par ici ?

— Eh bien, quand vous n'avez pas de famille, vous avez du temps pour les autres.

— Et c'est une petite communauté ?

— Oui.

— Vous ne trouvez jamais cela étouffant ?

— Non, au contraire. Les gens veillent les uns sur les autres, dans la montagne. Je sais que n'importe qui viendrait à mon secours si j'en avais besoin.

— Alors vous avez de la chance. Je me suis toujours sentie seule.

— Est-ce pour cela que vous vous êtes mariée aussi jeune ?

— Peut-être… Il se peut aussi que j'aie cherché une figure paternelle en Mark. J'étais une grande romantique. Je ne le suis plus maintenant.

— Vous ne laissez pas de place à la romance ?

— Inutile… Cela ne semble jamais bien se finir, de toute façon. Tous les gens que je connais qui ont une relation rencontrent des problèmes.

— Mais cela fait partie de la nature humaine, non ? On peut aussi connaître des difficultés avec ses amis, parfois. C'est le propre de toute relation.

— Et vous, pourquoi ne vous êtes-vous jamais engagé ? Qu'est-ce qui vous en a empêché ?

Il secoua la tête.

— J'adorais mes parents. Quand je les ai perdus, cela m'a brisé le cœur et je me suis juré que je ne tiendrais plus jamais à personne de cette manière. Et puis, plus tard, j'ai fait un peu le même constat que vous, j'ai vu tous ces gens qui perdent une part d'eux-mêmes pour que leur relation marche, et j'ai décidé de ne jamais faire de compromis. De rester moi-même.

— Alors vous avez toujours été célibataire ? Vous ne vous êtes jamais engagé envers personne ?

— Non, et je n'en avais pas l'intention.

— Jusqu'à moi.

Il sourit.

— Jusqu'à vous.

Le serveur vint leur servir l'entrée.

— Bonne dégustation…, dit Kristjan.

Merry regarda son assiette, superbement présentée.

— C'est magnifique.

Mais elle sentait vaciller son appétit. Il lui avait pratiquement dit qu'elle était différente. Qu'elle comptait. Seulement était-ce bien elle, ou était-ce le bébé qui changeait tout ? Elle espérait que non. Elle avait envie de sentir que c'était *elle* qui l'amenait à changer de convictions. Qu'ils partageaient quelque chose de spécial.

Elle se délecta de ses coquilles Saint-Jacques et de leur accompagnement, parfait pour le palais.

— Vous n'avez pas l'impression d'avoir manqué quelque chose ? demanda-t-elle.

— Comme quoi ?

— La camaraderie ? La proximité avec quelqu'un ? L'intimité ?

— J'ai connu les trois.

— Mais pas avec la même personne ?

— Non.

Elle soupira. Comment pouvait-elle juger de sa capacité à faire durer une relation, si cela ne lui était jamais arrivé ? Comment savoir comment il réagirait ? Être engagé l'ennuierait-il au bout de quelques mois, quand l'excitation d'avoir un bébé s'étiolerait ? Que les nuits sans sommeil, les couches sales et les pleurs commenceraient à peser ?

Peut-être que c'était là son grand défaut ! Que c'était ce qui n'allait pas chez lui ! Elle avait trouvé son talon d'Achille.

— Ainsi, vous ne vous engagez jamais. Vous devez vous rendre compte que cela peut m'inquiéter... avec votre souhait d'être un père impliqué, et tout ça.

— Je ne me suis jamais engagé *sentimentalement*. Mais j'ai bien d'autres engagements dans ma vie, Merry, et je m'y tiens. Mon travail, la fondation, mes amis... Je suis *capable* de m'engager.

Il tamponna sa bouche avec sa serviette.

— Et vous ?

Elle fut choquée par sa question.

Moi ? Je me suis mariée !

— Un mariage qui n'a pas duré. Cela n'a pas été de votre faute, mais avez-vous pris d'autres engagements sérieux depuis ? Vous considérez l'éventualité de quitter votre travail, votre pays...

— C'est ce que *vous* voulez que je fasse !

— C'était juste une remarque en passant...

Il sourit, comme s'il avait marqué un point. Elle était hors d'elle.

— Je me montre ouverte à cause de notre situation !

— Parce que, pour le moment, vous n'avez pas le choix. Les routes sont impraticables.

— Pour les voitures. Je suis sûre qu'avec votre motoneige je pourrais descendre le col.

Les yeux bleus de Kristjan s'obscurcirent.

— C'est trop dangereux. Jurez-moi que vous ne ferez jamais ça.

Elle le dévisagea un instant puis céda.

— Non, je ne le ferai pas.

— Merci. Écoutez, je suis désolé d'avoir laissé entendre que vous ne vous engagiez pas, mais vous avez fait la même chose avec moi. Je pense que nous sommes tous les deux très tendus à cause de ce qui se passe. Nous voulons tous les deux que tout aille bien et nous sommes tous les deux engagés à notre manière. Pouvons-nous nous accorder là-dessus ?

Elle haussa les épaules.

— Nous n'avons pas le droit d'échouer, Kristjan. Cela est trop important pour que nous tâtonnions en espérant que tout ira bien. Nous devons être sûrs de savoir ce que nous faisons.

— Avez-vous déjà rencontré des parents qui contrôlent totalement la situation ?

Non, elle n'en avait pas rencontré. Les parents qu'elle voyait à l'hôpital perdaient souvent la tête à cause d'un excès d'inquiétude quand leur enfant était malade ou blessé. Et sa propre mère adoptive n'avait rien pu faire quand la maladie l'avait rongée.

— Nous devons juste faire de notre mieux et œuvrer ensemble – pas l'un contre l'autre, reprit-il.

— Et votre première requête est que j'envisage de m'installer en Islande ?

— J'aimerais que vous le fassiez, oui. Vous voyez-vous quitter votre travail et votre maison en Angleterre ?

— J'y ai réfléchi.

— Et ?

— Et je ne sais pas. Vraiment pas. J'aimerais tellement croire au conte de fées ! La famille heureuse. Maman et papa sous le même toit. Un enfant heureux. Une barrière blanche autour de la maison et peut-être un chien ou un autre animal. Mais est-ce réaliste ?

— Il n'y a rien de mal à souhaiter vivre un conte de fées.

— Sauf que je ne peux pas l'avoir. Parce que je ne veux plus m'engager sentimentalement et vous non plus. Croyez-vous que nous pourrions partager une maison et mener des vies indépendantes ? Pensez-vous que je voudrais que notre enfant vous voie amener chez nous des femmes de passage ?

— Cela n'arriverait pas.

— Non ? Les femmes vous remarquent, Kristjan. Vous êtes difficile à ignorer.

— Je me concentrerais sur mon fils ou sur ma fille.

Ces mots étaient formidables, mais elle ne pouvait y croire. Pensait-il qu'il pourrait sortir coucher avec une femme chez elle ou ailleurs, puis venir les retrouver, elle et le bébé ? Elle s'en sentirait...

Quoi ? Jalouse ? Oui. Jalouse, en colère, contrariée et...

Perturbée par ces émotions, elle posa ses couverts dans son assiette.

Elle ne se sentait pas très bien.

— Excusez-moi, il faut que j'aille aux toilettes...

Kristjan la regarda s'éloigner, frustré par le cours de leur conversation. Ils n'avaient fait qu'embrouiller les choses.

Ils avaient tous les deux des désirs, dans cette affaire. Et il ne pensait pas à des désirs sexuels – même si cela aussi compliquait la situation. Parce qu'il avait beau essayer d'ignorer ce que Merry lui faisait éprouver, cela ne cessait de remonter à la surface. Et le fait qu'elle porte son bébé le changeait en véritable homme des cavernes, possessif et protecteur.

Il n'avait jamais ressenti ce genre de chose pour une femme, auparavant. C'était peut-être pourquoi il s'était montré un peu piquant ce soir ? Ripostant lorsqu'elle l'avait accusé de ne jamais s'engager...

Parce qu'il *était* engagé ! Envers leur bébé. Il tenait à procurer la meilleure vie possible à cet enfant, avec deux parents qui l'aimeraient énormément !

Je lui présenterai mes excuses quand elle reviendra.

Ils pourraient reprendre la conversation au début. Ils étaient amis, ce serait assez facile. Il n'avait pas aimé la contrarier. S'ils ne pouvaient tomber d'accord maintenant, qu'est-ce que ce serait quand le bébé serait là et qu'il faudrait prendre d'autres décisions ?

Lorsqu'elle revint, il se leva pour l'accueillir puis se rassit. Elle avait les joues un peu rouges à la lumière des bougies.

— Est-ce que vous allez bien ?

Elle acquiesça en souriant.

— Je suis désolé, Merry. Je n'avais pas l'intention de réagir comme je l'ai fait. Je suppose que je suis nerveux.

— À cause de la situation ?

— Et à cause de vous.

— De *moi* ?

— Je n'ai jamais eu personne d'important dans ma vie depuis mes parents, et maintenant, vous êtes là, portant le plus précieux des cadeaux : mon enfant. Et je sais que vous pourriez partir n'importe quand, prendre un avion et disparaître de ma vie.

Il lui prit la main sur la table et la pressa.

— Vous êtes devenue spéciale et je ne m'étais pas attendu à ça.

— Du fait du bébé ?

— Oui.

Elle hocha la tête, lui pressa la main à son tour, puis prit son verre pour boire. Elle ne croisait pas son regard, paraissant un peu agacée, et il ne voyait pas pourquoi. Ne venait-il pas de lui dire ce qu'elle voulait entendre ? Il se montrait honnête avec elle. Le plus possible.

Le serveur vint enlever leurs assiettes.

Il regarda Merry. Elle était si belle, ce soir. Dans cette petite robe noire qui mettait en valeur les courbes lisses de ses épaules et de son cou. Ses boucles d'oreilles attiraient le regard sur sa peau douce. Mais elle était toujours sublime, de toute façon. Tous les hommes présents devaient le penser.

Il s'aventurait en territoire inconnu, là – à s'attacher à une femme comme il savait qu'il commençait à s'attacher à Merry. Il lui avait dit que c'était seulement à cause du bébé, mais en réalité ce n'était pas tout. Et il ne voulait pas que ses sentiments vis-à-vis d'elle l'emplissent de confusion.

Je suppose que je dois essayer d'être sincère. Et de prendre les choses au jour le jour.

— Je souhaite que vous restiez, mais je sais que vous avez une vie ailleurs. Alors je vais me fier entièrement à vous. Si vous dites que vous réfléchissez à l'idée de vous installer ici, cela suffit pour le moment. Nous aviserons au fur et à mesure.

Elle hocha la tête.

— Oui.

Le plat principal fut fabuleux, et le dessert, plus succulent encore. C'était un *kleinur*, une sorte de beignet fourré de confiture de rhubarbe et recouvert de sucre glace.

Après le début un peu difficile de leur conversation, ils avaient parlé de sujets plus anodins. Maintenant, il était tard, et temps pour eux de rentrer.

Merry bâilla.

— Fatiguée ?

— Prête à aller au lit.

Comme elle enfilait son manteau, elle ne vit pas la façon dont les pupilles de Kristjan se dilataient brièvement. Il remercia le maître d'hôtel et ils sortirent dans la nuit glacée.

Il gelait et la neige craquait sous leurs pieds. Il l'escorta à travers les plaques glacées et lui prit la main pour l'aider à monter sur la motoneige. Il voulut draper la couverture autour de ses jambes, comme à l'aller, mais elle eut un mouvement de recul. Elle était blessée qu'il lui ait dit qu'il était plein d'attentions pour elle à cause du bébé, et seulement à cause de lui.

Il la dévisagea, l'air soucieux.

— Ça va ? demanda-t-il.

Son cœur tambourinait et elle avait les jambes molles.

— Oui. La journée a été longue, c'est tout.

— Je vais vous ramener à la maison.

Elle s'accrocha à lui durant le trajet du retour, appuyant la tête contre son dos. Elle avait conscience de ce qu'elle éprouvait, serrée contre son grand corps solide et sûr. C'était fabuleux, et elle essuya discrètement les larmes qui lui montèrent aux yeux.

Une fois rentrés, elle ôta ses escarpins en grimaçant et s'assit sur le canapé.

— Rappelez-moi de ne plus jamais porter de talons. J'ai les chevilles horriblement enflées.

Elle essaya de se concentrer sur ses pieds, qu'elle fit pivoter, mais le plaisir qu'elle avait ressenti pressée contre lui et le sentiment qu'elle pourrait le perdre, finalement, étaient difficiles à ignorer.

— Bon, nous allons regarder ça de près, d'accord ? dit Kristjan en s'installant à côté d'elle et en lui prenant doucement les pieds pour les poser sur ses genoux.

Elle avait des pieds si fins, si délicats. Ses ongles étaient peints d'une douce couleur rose. Il commença à la masser, manipulant ses chevilles en espérant lui faire du bien. Puis ses mains échauffées par ce contact glissèrent sur ses pieds tout entiers, et remontèrent même sur ses mollets.

C'était comme s'il était hypnotisé, obligé de la toucher. De rester en contact avec elle. Il ne pouvait pas la lâcher.

Il se demanda ce qui se passerait si ses mains remontaient plus haut encore, au-delà des genoux, sous l'ourlet de cette séduisante robe noire. Il y avait une fermeture Eclair sur le côté. Il pourrait la lui ôter facilement...

Il ramena ses pensées vers son massage pour tenter de les contenir, mais c'était impossible. La toucher, la tenir, c'était trop pour ses sens. Son sang bouillonnait dans ses veines et il fallait qu'il se ressaisisse avant de commettre une terrible erreur.

Avec un grognement sourd, il se leva et lui reposa les pieds sur le canapé. Puis il s'éloigna d'un pas raide.

— Qu'est-ce qui ne va pas ? demanda-t-elle.

— Rien.

— Il y a quelque chose. Parlez-moi.

Il se tourna pour la regarder. Tout ce qu'il désirait, c'était la prendre dans ses bras et l'emporter dans sa chambre.

— Vous voulez la vérité ?

— Oui.

— Si j'avais gardé mes mains sur vous, je n'aurais plus voulu m'arrêter.

Ses yeux bruns s'écarquillèrent et ses lèvres s'entrouvrirent.

— Oh...

— Et je ne pense pas que cela aurait été sage, n'est-ce pas ? ajouta-t-il, agacé par sa réaction à elle.

— Je suppose que non...

— Alors, si cela ne vous ennuie pas, je vais aller me coucher. Seul...

— D'accord.

— Avez-vous besoin de quelque chose ?

— Euh... J'aimerais un verre d'eau, si ce n'est pas trop vous demander.

Un verre d'eau. Il pouvait le faire. Il ne craignait rien. À moins qu'il ne verse ce verre d'eau froide sur son corps nu... Est-ce que la pointe de ses seins se dresserait ? Se tendrait vers sa bouche chaude ? Pourrait-il suivre la progression des gouttes d'eau avec sa langue ?

Arrête !

Il serra les mâchoires en lui apportant le verre d'eau dans sa chambre, le posant sur sa table de chevet. Il s'efforça de ne pas l'imaginer dans le lit. De ne pas se demander si elle dormait nue ou pas. De ne pas inhaler l'odeur de son parfum qui flottait dans la pièce.

Il ressortit et traversa la salle de séjour sans la regarder, n'étant pas sûr que sa résolution tienne s'il posait les yeux sur elle.

— Bonne nuit, Merry.

— Bonne nuit, Kristjan.

Ayant fermé la porte de sa chambre, il s'y adossa, souhaitant qu'elle ait un verrou, puis il sortit sa chemise de son pantalon et se dévêtit lentement.

S'il prenait encore beaucoup de douches froides, il allait se transformer en glaçon.

Kristjan se réveilla de très bonne heure et ne put se rendormir. Il décida alors d'aller nager dans la piscine extérieure de Snowy Peak, un bassin géothermal. Il avait besoin de dépenser un peu de l'énergie qui bouillonnait en lui depuis la veille au soir. C'était le genre d'énergie qu'il brûlait d'habitude d'une manière bien plus satisfaisante, mais parcourir quelques longueurs devrait faire l'affaire.

Lorsqu'il arriva, la surface de l'eau était parfaitement lisse. Dès qu'il fut en maillot de bain, il plongea et sentit la chaleur de l'eau l'envelopper. Il n'y avait personne à cette heure-là et il avait le bassin pour lui seul. Tandis qu'il nageait, ses pensées continuaient à rôder dans sa tête.

Merry. Le bébé. Comment tout cela allait tourner…

Si elle restait, achèterait-elle son propre logement ? Est-ce que ce serait ici, à Snowy Peak, ou préférerait-elle Reykjavik, plus animée ? Et s'ils avaient une dispute importante ? Est-ce qu'elle partirait ? Brandirait-elle toujours la menace de partir ? Et si elle partait, la suivrait-il ? Cette communauté, ces gens signifiaient tant pour lui. Ses parents étaient enterrés ici. Il avait une histoire, ici. Des racines.

Pourtant… Il ne pouvait imaginer de ne pas être dans la vie de son enfant.

Son impuissance, le caractère incertain de la situation étaient terriblement frustrants pour lui – un homme habitué à tout contrôler. Peut-être était-ce pour cela qu'il avait eu envie de Merry la nuit dernière ? Parce qu'il sentait que, s'il pouvait la posséder, elle serait à lui, au moins pour quelque temps ?

Il ne voulait pas d'une relation permanente avec elle, n'est-ce pas ?

N'est-ce pas ?

Il prit une grande inspiration et nagea sous l'eau aussi longtemps qu'il le put. Puis il émergea, manquant d'air, et se mit à nager le crawl à grands gestes puissants, déterminé à s'épuiser avant de rentrer chez lui.

Parce qu'il aimait son allure, le matin. Ses cheveux décoiffés, la façon dont elle bâillait, comme elle était superbe quand elle était encore ensommeillée et fatiguée… Et puis elle disparaissait dans sa chambre, en pyjama, et une demi-heure plus tard, elle en ressortait fraîche et pimpante, sentant si bon !

Il appréciait leurs bavardages tandis qu'ils se rendaient à pied à l'hôpital, la façon dont elle entourait de ses mains une tasse de café en carton, celle dont elle plissait les lèvres pour souffler sur la boisson et la refroidir…

Tant de choses s'incrustaient en lui, lui donnant envie d'en profiter davantage et, bon sang, il était incapable de dire ce qu'il voulait éprouver à ce sujet. Tout cela était censé concerner le bébé, et seulement le bébé, mais ses pensées se mettaient à tourner autour d'*elle*, aussi.

Il n'avait jamais eu de relation sentimentale. Aucune qui ait duré plus d'une nuit, en tout cas. Il s'y connaissait en attirance. Il était passé maître dans l'art du désir. Mais était-il bon pour faire davantage que ça ?

À bout de forces, il sortit de l'eau, le corps auréolé de vapeur, attrapa une serviette et se rendit au vestiaire. Ses bras et ses jambes étaient douloureux, mais c'était une douleur agréable. Il avait pris l'exercice dont il avait besoin.

Enfin, celui qu'il s'autorisait à prendre…

Il était temps de rentrer et de refaire face à la tentation.

— Vous êtes levée ?

Kristjan entra dans la maison juste comme Merry enfilait son manteau, prête à aller travailler.

— Oui. Où étiez-vous ? Je me suis inquiétée.

— Je suis allé nager.

— Par ce temps ?

— Dans un bassin géothermal. L'eau est très chaude.

Il alla mettre le sac qu'il portait dans sa chambre, puis revint et prit sa veste.

— Prête ? demanda-t-il en souriant. Comment vont vos chevilles, ce matin ?

— Beaucoup mieux, merci.

— Vous allez bien ?

— Très bien.

L'ambiance était un peu étrange. Merry sentait la tension qui subsistait entre eux après la nuit précédente. Il avait été difficile d'être allongée dans sa chambre, fixant le plafond, en sachant qu'à quelques mètres de là Kristjan était couché dans son propre lit, souhaitant être dans le sien !

Si elle était honnête, elle avait aussi désiré qu'il la rejoigne, mais son esprit logique n'avait cessé de lui dire qu'il valait mieux qu'il s'en soit abstenu. Il s'était comporté honorablement. Il ne s'agissait pas pour eux de satisfaire leurs désirs physiques, il s'agissait du bébé, et rien d'autre. Sans cette grossesse, elle ne serait pas ici. Elle n'aurait jamais revu Kristjan. Il n'aurait pas repensé à elle.

Non, il était bien qu'il se montre raisonnable - parce qu'ils avaient besoin de l'être tous les deux. Même si, en le regardant maintenant, elle pouvait facilement s'imaginer lui ôter sa veste, le pousser contre le mur, sortir sa chemise de son pantalon, poser les mains sur ses abdominaux, sentir sa chaleur...

— Allons travailler, dit-il.

Elle hocha la tête, espérant que sa rougeur ne se voyait pas, et ils sortirent, piétinant dans la neige en direction de l'hôpital. Au moins, à l'hôpital, ils ne pouvaient rien faire, ne cessait-elle de se répéter.

Le service était débordé, ce qui était parfait pour l'empêcher de penser à Kristjan. Elle s'occupa de plusieurs enfants malades ou blessés et diagnostiqua une appendicite chez une fillette de sept ans, Ingmar, qui avait été amenée par sa mère. Elle décida qu'il fallait opérer sans attendre. La petite fille paraissait terrifiée, mais elle la rassura.

— On va te donner des médicaments contre la douleur, puis le chirurgien viendra vous parler à toutes les deux. J'irai te voir dans la salle, après l'opération. Tout ira bien, Ingmar. Tu es entre de bonnes mains.

Quand elle avait eu l'appendicite elle-même, à douze ans, sa mère malade n'avait pas pu l'accompagner. Cela avait été assez effrayant pour elle. Kristjan serait-il à son chevet quand elle accoucherait ? Lui tiendrait-il la main, l'aidant durant les contractions ? S'inquiéterait-il pour elle, ou seulement pour le bébé ? Il était le seul vrai lien entre eux. Le désir qu'ils éprouvaient l'un pour l'autre ne comptait pas. Une fois qu'il aurait disparu, que resterait-il ?

Elle l'aperçut en train de téléphoner au bureau des médecins. Elle attendit qu'il ait raccroché pour lui poser sa question.

— Voulez-vous assister à la naissance ?

Il battit des cils.

— Bien sûr !

— Bon, d'accord.

— Et vous, voulez-vous que j'y sois ?

Elle essaya de se représenter la scène. Souffrir seule pendant des heures serait... horrible. Elle aurait besoin d'avoir avec elle quelqu'un qui se sentirait concerné. Même si ce n'était que par le bébé.

— Oui, répondit-elle.

Il sourit.

— Parfait.

— Alors vous serez un bon partenaire d'accouchement ?

— J'aime à le penser. Cela veut-il dire que vous avez décidé de rester ?

Elle y réfléchit un instant. Avait-elle pris une décision ? Il serait difficile de dire « oui », mais une part d'elle-même le souhaitait. Parce que alors la responsabilité de cette nouvelle vie serait partagée, et elle aurait quelqu'un dans son camp. Elle avait oublié ce que c'était...

Je veux être aimée.

— Je ne sais pas, répondit-elle.

Il y avait des chanteurs de Noël à l'hôpital, dans le grand vestibule, à côté du sapin. Ils étaient vêtus de noir, avec un foulard rouge et un bonnet rouge à pompon blanc. Leurs voix magnifiques faisaient penser à un chœur d'anges.

Merry les écoutait, debout, songeant qu'ils avaient une place spéciale dans son cœur. En cet instant, ils chantaient une version islandaise de *Douce Nuit* ; elle ne sut si c'était la musique qui la touchait, ou la voix pure de la chanteuse, mais elle sentit des larmes lui piquer les paupières. C'était si beau, si émouvant !

Des mains se posèrent sur ses épaules, et elle se tourna pour voir Kristjan posté derrière elle, écoutant aussi.

— N'est-ce pas merveilleux ? demanda-t-elle.

— Si. Je croyais que vous n'aimiez pas Noël ?

Elle sourit et renifla, essuyant ses larmes.

— Je m'y fais. Et les chanteurs de Noël m'ont toujours été chers.

— Parce qu'ils vous ont trouvée ?

— S'ils ne m'avaient pas recueillie, je serais morte de froid.

Kristjan ne dit rien. Elle sentait ses pouces lui caresser le dos. Ils n'avaient pas besoin de parler. Ils regardaient et écoutaient. Puis elle laissa échapper un soupir et se tourna vers lui.

— Il faut que j'aille voir ma patiente. Elle a dû sortir de la salle d'op', à présent.

— L'appendicite ?

Elle fit signe que oui.

— Je viens avec vous.

Ils prirent l'ascenseur ensemble, en silence. Merry était très consciente d'être dans un espace confiné avec Kristjan, et il lui donnait l'impression d'occuper toute la place. Il lui semblait aussi encore sentir ses mains sur elle. Elle brûlait qu'il recommence, et comme elle savait qu'il avait du mal à se retenir de la toucher... Cela ne faisait qu'ajouter à la tension.

C'était une tension agréable. Électrique. Sexuelle. Son corps était parcouru de picotements délicieux, et savoir qu'elle portait son enfant faisait qu'elle le désirait encore plus. Il lui semblait aussi que ses sentiments allaient au-delà du désir charnel. Il lui plaisait. Vraiment. Elle aimait être avec lui. Son cœur manquait un battement quand elle le voyait. Son sourire la réchauffait... et elle avait envie de plus.

Mais penser qu'ils pouvaient nouer une relation durable était de la folie. Parce qu'ils refusaient tous les deux de s'engager émotionnellement. Une relation fondée sur l'attirance sexuelle ne durerait pas, parce que le désir ne durait jamais, et s'ils gâchaient la belle amitié qu'ils entretenaient maintenant, ils ne se le pardonneraient jamais. Parce qu'ils voulaient que ce bébé soit élevé par deux parents.

Les portes de l'ascenseur s'ouvrirent et ils se rendirent en salle de réveil. Ingmar somnolait encore et l'infirmière de service leur dit que tout allait bien. Rassurée, Merry retourna aux ascenseurs.

— J'ai été opérée de l'appendicite à douze ans, dit-elle en chemin. C'était terrible, parce que ma mère souffrait d'une sclérose en plaques, et qu'en étant à l'hôpital je ne pouvais pas m'occuper d'elle.

— Un enfant ne devrait pas avoir de si lourdes responsabilités.

— Je sais, mais c'était comme ça. Et ma mère faisait tout ce qu'elle pouvait pour me soulager. J'espère que je serai capable d'être la meilleure mère possible, à tout moment.

— À partir du moment où tout le monde fait de son mieux... on ne peut pas demander plus. Vous êtes inquiète pour le bébé, n'est-ce pas ?

Elle hocha la tête.

— Oui. Vu mon histoire, je me demande ce que je vais lui transmettre.

— Nous faisons tout ce que nous pouvons pour lui donner le meilleur départ possible dans la vie. Pour nous assurer qu'il soit aimé et bien traité.

— Croyez-vous ?

Elle n'en était pas sûre. Après tout, elle hésitait encore à rester en Islande. Et serait-il suffisant pour elle d'être simplement parent de leur enfant avec Kristjan ? Ou passerait-elle sa vie à aspirer à davantage ?

Il leva une main pour lui passer une mèche de cheveux derrière l'oreille. Il lui sourit gentiment.

— J'en suis certain, Merry.

Elle n'était toujours pas convaincue. Quelque chose lui semblait ne pas aller du tout, mais elle ne voyait pas quoi. La certitude de Kristjan l'agaçait, elle se sentait irritée.

Et, soudain, elle comprit. Après s'être juré de ne plus jamais laisser un homme prendre les rênes de sa vie, elle se pliait aux désirs de Kristjan ! Elle refaisait la même erreur. Elle laissait son attirance pour un homme troubler ses décisions.

Elle fit un pas en arrière.

— Tout cela ne va pas.

— Quoi ?

— *Tout !* J'ai besoin d'espace. J'ai besoin de prendre du recul. J'ai besoin...

Elle vit la surprise se peindre sur son visage.

— J'ai besoin de m'éclaircir les idées. Il faut que je rentre chez moi.

— Mais je croyais que vous alliez...

— Rester ? Oui, vous l'avez cru parce que j'ai accepté d'y réfléchir. Mais à rester ici avec vous, je ne peux pas penser correctement !

— Merry...

— Non ! C'est trop ! Travailler avec vous, vivre avec vous, et maintenant élever un bébé avec vous ? C'est trop, trop vite !

Il relâcha son souffle.

— Vous paniquez.

— C'est plus que certain !

— Que puis-je faire pour arranger les choses ?

— Rien ! Ce n'est pas à vous de les arranger ! J'ai besoin de régler ça moi-même !

Kristjan la regarda bien en face.

— Pourquoi ?

Elle lui rendit son regard, soudain déstabilisée.

— Pourquoi quoi ?

— Pourquoi devez-vous régler ça vous-même ? Parce que c'est ce que vous avez toujours fait ? Parce que partager des responsabilités avec quelqu'un d'autre vous paraît... bizarre ? *Effrayant ?*

Comment le savait-il ? Comment savait-il qu'elle était terrifiée ?

Des larmes commencèrent à couler. Il sortit un mouchoir pour les essuyer puis il la guida vers des chaises.

— J'ai peur, moi aussi. Vous pensez que je sais ce que je fais ? Non, je ne le sais pas. Mais c'est pareil pour tout nouveau parent. Il n'y a pas de manuel, pour ça. Chacun se débrouille en improvisant de minute en minute.

Merry respirait si vite qu'elle craignait de faire de l'hyperventilation.

— Tout le problème est là ! Je ne peux pas me tromper. Je ne peux pas...

Elle ne put plus parler. Son souffle était trop rapide et elle commençait à se sentir mal. C'était comme si elle manquait d'air.

— Merry ?

Elle s'éventa de ses mains sans ressentir un mieux. Et elle ne pouvait pas le lui dire. Néanmoins il comprit ce qui se passait, la souleva dans ses bras et retourna en salle de réveil, où il la déposa sur un lit. Il lui mit un masque à oxygène.

— Respirez, Merry. Respirez… Vous faites une crise de panique.

Elle se cramponna au masque comme si c'était sa seule chance de survie et prit de grandes inspirations.

— Respirez régulièrement, maintenant. Inspirez pendant cinq secondes, expirez pendant cinq secondes. Allez, regardez-moi dans les yeux et respirez avec moi. Une… deux… trois…

Elle s'accrocha à ses yeux bleu clair. Auparavant, elle aurait pensé que ce n'était pas la chose à faire, mais là, c'était exactement ce qu'il lui fallait. Elle essaya de suivre ses instructions et, peu à peu, sa respiration devint plus facile.

Son corps se mit à trembler sous l'effet de l'adrénaline. Elle se sentait à la fois soulagée et assez embarrassée d'avoir paniqué aussi soudainement, mais être avec lui exacerbait ses sentiments et elle n'avait toujours pas les idées claires. Il lui semblait que quelqu'un allait arriver et lui lancer : *Un bébé ? Vous ne pouvez pas avoir un bébé ! Vous ne savez pas ce que vous faites !*

Si elle n'y arrivait pas ? Si elle était comme sa mère biologique et…

— Regardez-moi, Merry. Respirez.

Elle ôta le masque à oxygène.

— Je suis désolée. Vous devez penser que je suis folle.

— Non.

— Si je n'y arrive pas ? À être une maman ? murmura-t-elle.

Kristjan lui sourit, les yeux pleins d'empathie et de gentillesse. Il s'assit sur le lit et lui caressa la joue.

— Oh ! Merry ! murmura-t-il. Mais si tout se passe bien ? Si vous *pouvez* y arriver ?

8

— Je veux vous montrer quelque chose. Ça vous dit de sortir ?

— Bien sûr. Où allons-nous ?

Kristjan sourit, mystérieux.

— Dans un endroit spécial.

Il l'aida à enfiler son manteau, lui enroula son écharpe autour du cou avant de lui enfoncer son bonnet de laine sur la tête.

Elle ne cessait de sourire, et il était content qu'elle se soit remise de sa crise de panique de l'après-midi.

Il comprenait qu'elle ait craqué. Parfois, il aurait eu envie d'en faire autant, mais elle avait besoin de quelqu'un de fort auprès d'elle durant cette période. Comme il avait besoin d'*elle*, aussi, mais il ne pensait pas qu'elle mesure à quel point. Ce constat l'effrayait, mais il tenait bon. Minute après minute, heure après heure.

Il s'était dit que, à la suite de cet incident, elle avait besoin de voir quelque chose d'exceptionnel pour oublier sa terreur. Et ce soir-là devait être un bon soir pour un tel projet.

— Pouvez-vous me faire confiance ? demanda-t-il.

— Ça dépend pour quoi.

— Je veux que vous mettiez ce bandeau sur vos yeux.

Il leva un foulard.

Elle sourit.

— On n'est pas dans un film érotique, Kristjan !

— Je sais, et cela n'a rien à voir, répondit-il en souriant. Mais je veux vous faire une surprise. Je vous promets que vous ne risquerez rien, mais si à un moment donné vous éprouvez le besoin d'ôter ce foulard, je ne vous en empêcherai pas.

Elle réfléchit un instant.

— D'accord.

Il noua donc le foulard autour de sa tête puis la guida hors de la maison et jusqu'à la motoneige.

— Tenez-vous bien. Nous allons juste de l'autre côté de Wonderland.

— Qu'est-ce qu'il y a, là-bas ?

— Vous verrez.

Il savait que cela lui plairait. Il démarra, s'engagea dans la vraie campagne islandaise, vers un lieu où beaucoup de gens se rendaient pour assister à un spectacle extraordinaire, d'autant qu'il n'y avait pas de pollution lumineuse pour le gâcher.

Une fois garé, il l'aida à descendre et la guida jusqu'au point précis où elle devait se tenir. Il leva les yeux vers le ciel, sachant que tout serait parfait, puis il lui ôta lentement le foulard sans cesser d'observer son visage avec attention. Il voulait voir sa réaction devant tant de beauté.

— Une aurore boréale ! s'exclama-t-elle à mi-voix.

Au-dessus d'eux, des vagues bleues et vertes ondulaient à travers le ciel, comme poussées par un vent solaire. Elles dansaient lentement sur une musique inconnue, brillantes, changeant de nuances comme si elles étaient mélangées par des doigts invisibles.

— C'est magique !

Il contempla son visage, son sourire, son air fasciné. Ses yeux qui brillaient devant ce miracle de la nature.

— Magnifique, vraiment...

Il regarda lui aussi les lumières qui se déployaient dans le ciel noir. Il en connaissait les causes scientifiques, mais pour lui ce spectacle restait fabuleux... presque mystique.

— C'est stupéfiant, Kristjan ! Merci !

— Vous aviez besoin de voir la beauté du monde. Pour vous rassurer. Je ne veux plus que vous soyez effrayée, jamais.

Elle se tourna vers lui et le regarda dans les yeux. Il pouvait voir l'aurore boréale se refléter dans ses pupilles. Elle semblait emplie de magie, elle aussi, et en un sens c'était vrai : elle faisait grandir leur bébé.

Il ne put se retenir. Faisant un pas vers elle, il prit son visage entre ses mains en coupe et approcha ses lèvres des siennes. Elles étaient douces. Chaudes. Et tandis qu'il approfondissait son baiser, elle s'abandonna contre lui, sa langue jouant avec la sienne.

Il n'avait pas besoin de l'aurore boréale au-dessus de lui pour se sentir transporté alors que des feux d'artifice explosaient en lui. Il avait rêvé de cet instant. L'avait désiré dès qu'elle avait franchi les portes de l'hôpital, gelée et trempée, traînant sa valise. La voir chaque jour avait été une douce torture. Devoir garder ses distances, une lente agonie – et, bon sang, il s'y était efforcé ! Autant qu'il pouvait. Et maintenant, dans l'air glacé de la nuit, il ignorait le vent mordant – réchauffé par le contact de Merry qui lui incendiait le sang.

Il ne l'avait pas embrassée ainsi depuis Hawaï. De cette plage tropicale au cœur de l'hiver islandais, elle abolissait le reste du monde et il ne connaissait plus qu'une chose : l'extase.

— Merry…

Il promena ses lèvres le long de sa mâchoire, de son cou, mais cette maudite écharpe le gênait ! Il avait envie de la lui arracher, d'arracher tous leurs vêtements, mais avec ce froid, c'était impossible. Pourtant, il avait besoin de la posséder – il ne pouvait plus attendre.

Elle avait les pupilles dilatées, les lèvres gonflées par ses baisers, et elle le regardait, captivée.

— Prenez ma main.

Il la ramena à la motoneige, attendit qu'elle s'accroche à lui, puis il démarra – se dirigeant vers la maison avec sa chaleur, ses lits et sa douche brûlante.

Il se rappela d'être prudent. De ne pas aller trop vite. Il transportait une cargaison précieuse, et les accidents arrivaient. Conduire une motoneige demandait de l'habilité, et presque un sixième sens pour s'adapter à la neige au lieu de lutter contre elle, mais il possédait les deux.

Wonderland approchait, avec ses lumières, sa musique et

ses familles heureuses. Normalement, il aurait ralenti pour contempler ce décor de fête, mais pas ce soir-là.

Il sentit les bras de Merry se resserrer autour de lui et il posa une main gantée sur les siennes, les pressant contre son torse. Il roula ainsi un moment. Alors qu'ils arrivaient presque à la maison, il avait l'impression d'entendre son cœur tambouriner dans sa tête. Il se sentait brûlant. Prêt à se déshabiller et à s'enfouir en elle. Pour la dévorer. Pour être consumé par elle.

Il se gara, l'aida à descendre et la tint par la main pour entrer dans la maison. La porte refermée, il l'aida encore à ôter son écharpe et à ouvrir son manteau. Puis il lui enleva son bonnet et la regarda en souriant.

— Tu es sûre ?

Elle hocha la tête.

C'était toute la permission qu'il lui fallait.

Quand Merry avait découvert la magie de l'aurore boréale, transportée, elle avait pensé que c'était l'apothéose de sa soirée. Elle s'était trompée.

Kristjan l'avait embrassée, et cela avait été comme s'il allumait des lumières féeriques dans son corps. Maintenant, elle avait très chaud et se sentait resplendir, et elle le désirait plus que jamais. Le trajet à motoneige avait été merveilleux – pressée contre lui, elle avait senti son cœur battre très fort sous ses mains. Et à présent qu'ils étaient à l'abri, il l'embrassait de nouveau, et – *oh, mon Dieu* — c'était merveilleux. Elle avait le tournis et tremblait comme une feuille avec, au fond d'elle-même, un besoin aigu que lui seul pouvait combler, elle le savait.

Elle voulait sentir sa bouche sur son corps. Elle voulait qu'il la touche comme elle n'avait jamais été touchée auparavant. Alors elle ôta son pull et le jeta par terre.

Sous le pull, elle portait une chemise, et sous la chemise un sous-vêtement thermique. Il y avait encore son jean et ses grosses chaussettes à enlever, ainsi que tous ses habits *à lui*. Ils essayèrent de se dévêtir le plus vite possible, mais ils s'empêtrèrent dans leurs vêtements, ce qui les fit rire.

Puis, enfin, enfin, ils furent presque nus. Soudain, tout ralentit et devint parfait.

Kristjan promena les doigts sur la bretelle de son soutien-gorge, de son épaule à sa poitrine, son pouce effleurant la pointe dressée d'un sein à travers la dentelle. Ensuite il pencha la tête et suça le mamelon sensible.

Oh ! Dieu, que c'était bon !

Merry s'arqua en arrière, tendant instinctivement sa poitrine vers lui, étourdie de plaisir. Elle sentit ses pouces se faufiler sous l'élastique de son slip et le faire glisser lentement le long de ses jambes. Il semait des baisers légers sur son ventre, entre ses cuisses, et sa langue s'attarda sur son sexe, le léchant et le taquinant tandis qu'elle tremblait au-dessus de lui.

Pourquoi s'était-elle refusé ce bonheur ? Pourquoi avait-elle combattu si longtemps son désir ?

Mais ils avaient essayé *tous les deux* de ne pas céder, de ne pas coucher ensemble de nouveau, pour ne pas compliquer les choses. Et voilà où ils en étaient. Il l'allongea doucement sur le tapis devant la cheminée, où le feu avait couvé pendant leur absence puis il couvrit son flanc de baisers délicieux.

Ses muscles luisaient à la lueur des flammes, contractés, tandis qu'il se tenait au-dessus d'elle. Les poils de sa barbe blonde lui chatouillaient l'intérieur des cuisses. Elle le sentit caresser son bas-ventre, tendrement, à l'endroit où était logé le bébé. Puis il remonta le long de son corps et l'embrassa de nouveau.

Elle lui répondit avec ardeur, le voulant, nouant les jambes autour de sa taille pour l'attirer plus près.

— J'ai besoin de toi, Kristjan. Maintenant.

Il la regarda un moment dans les yeux.

— Je n'ai pas de protection.

Elle sourit.

— Tu ne peux pas me mettre enceinte, je le suis déjà.

— Mais pour le reste...

— Il n'y a pas de problème. Je n'ai couché avec personne d'autre que toi.

Elle vit qu'il hésitait.

— Moi non plus, dit-il enfin. Pas depuis Hawaï.

Le sourire de Merry s'élargit.

— Vraiment ? Il n'y a eu personne après moi ?

— Non, répondit-il en souriant à son tour.

— S'il te plaît, Kristjan... Je te veux, tout de suite.

Lorsqu'il vint en elle, elle sentit son sexe dur la remplir et elle gémit de plaisir, se redressant vers lui, l'attirant à elle, abaissant ses lèvres sur les siennes. Elle avait envie de le consumer comme il la consumait.

Il la posséda au début avec des mouvements languides, sans se presser, afin qu'elle goûte lentement au plaisir de l'avoir en elle. Puis ses assauts se firent plus rapides. Il s'empara de ses fesses, la pressant contre lui tandis qu'il se donnait puissamment à elle.

Merry se laissait aller avec bonheur, les bras allongés au-dessus de sa tête, le souffle court.

Voilà à quoi devait ressembler le sexe.

Ce qu'elle avait connu avec Mark était bien faible, à côté. Son mari n'avait pas été un bon amant, ne sachant pas vraiment comment satisfaire une femme et ne songeant qu'à son propre plaisir.

Kristjan l'amenait chaque fois à la lisière de l'extase, puis, alors qu'elle croyait qu'elle allait jouir, il se retirait, l'embrassait, la caressait, la léchait, la faisant gémir de ravissement et de désir. Enfin, il plongea de nouveau en elle, et quand elle parvint à l'orgasme dans une explosion de plaisir, il la suivit aussitôt.

Ensuite, ils restèrent allongés sur le tapis, enlacés, épuisés, Merry posant la tête sur le torse de Kristjan. Elle avait mal partout, mais c'était délicieux. Tous ses nerfs vibraient. Elle s'emboîtait si bien dans son grand corps viril qu'elle avait l'impression d'avoir été créée spécialement pour lui. Elle était si heureuse. Tellement comblée.

Ils n'avaient pas besoin de parler. Leurs corps ayant dit tout ce qu'il y avait à dire, ils s'endormirent devant le feu, jambes mêlées.

Lorsqu'elle se réveilla de bonne heure, le matin, elle découvrit que Kristjan s'était déjà levé. Mais il avait étendu sur elle une couverture moelleuse et ravivé le feu pour qu'elle ait chaud.

Une note était posée près d'elle.

Suis allé nager. À tout de suite. K.

Elle sourit et se redressa, serrant la couverture sur sa poitrine nue. Elle avait faim et soif, et comme s'il avait deviné que ce serait le cas, un plateau était posé sur la table basse avec du café, du chocolat chaud, des pâtisseries et des fruits frais.

J'ai pensé que tu aurais peut-être un creux. K.

Elle allait manger et prendre une douche, se dit-elle. Regardant la pendule, elle vit qu'il leur restait trois heures avant de devoir aller travailler.

Ils avaient franchi un énorme pas la nuit dernière, et Kristjan lui avait montré qu'il voulait être avec elle. C'était extrêmement important. Pour eux deux.

C'était le début de quelque chose. Une avancée. Tout ce qu'ils pouvaient faire maintenant, c'était prendre les choses au jour le jour.

Kristjan nageait le crawl de toutes ses forces, ses bras fendant l'eau chaude comme des pales. Il était essoufflé, sa poitrine lui faisait mal, mais il continuait. Il voulait continuer jusqu'à l'épuisement.

C'était comme s'il souhaitait se punir. Il avait couché avec Merry, et quand il s'était réveillé ce matin-là, il n'aurait su dire ce qu'il en pensait.

Le sexe avait été splendide, entre eux. Il l'avait déjà été et le serait sans doute toujours. Mais...

Les relations ne concernaient jamais uniquement le sexe.

Les relations comportaient... des *attentes*.

Quand vous étiez avec quelqu'un, quand vous étiez engagé, l'autre personne attendait certaines choses. En couchant avec Merry, lui avait-il donné l'impression qu'ils étaient devenus davantage que des amis ? Parce que, pour lui, cette nuit, il ne s'était agi que d'assouvir le désir qu'il avait d'elle depuis qu'il l'avait revue.

Ses poumons le brûlaient, alors il s'arrêta, inspirant profondément, de la vapeur montant de sa peau brûlante dans l'air froid. Tout autour du bassin, il y avait de la neige. Il gelait, mais il ne le sentait pas. Ses pensées étaient concentrées sur ce qui s'était passé et sur ce que cela pouvait signifier.

Mary n'attendrait rien de lui, n'est-ce pas ? Elle lui avait dit qu'elle ne referait jamais la même erreur – entrer dans une relation pour le seul plaisir des sens –, et n'était-ce pas la *lubricité* qui les avait animés la nuit dernière ?

Il était hors de danger, c'était évident. Ils avaient simplement cédé à une envie insatiable, et maintenant tout irait bien. Ils auraient les idées claires. Ils pourraient penser correctement.

Mais son esprit ne cessait de revenir à ce qu'ils avaient vécu ensemble. Il revoyait la peau douce de Merry à la lueur du feu. Les courbes lisses de son corps. La légère rondeur de son ventre là où leur bébé grandissait. Il sentait encore son goût sur ses lèvres...

Son corps réagit à cette sensation. Irrité que son désir se réveille, il sortit de l'eau et se roula dans la neige. Il avait espéré que le choc du froid chasserait ces pensées troublantes de son cerveau, mais cela ne se produisit pas. Il se souvint d'autres détails, les petits cris de Merry, sa respiration hachée, sa façon de s'arquer contre lui, de crier son nom... Résultat : il avait encore envie d'elle ! Au lieu d'apaiser sa faim une fois pour toutes, c'était comme si elle l'avait fait croître de plus belle.

Cela s'arrêterait-il jamais ?

Si elle partait, son corps se calmerait-il enfin ? Cesserait-il de réagir en pensant seulement à elle ?

Mais je ne veux pas qu'elle retourne en Angleterre.

Il se dit un instant qu'ils étaient peut-être trop l'un sur l'autre. À la maison, à l'hôpital... S'il lui trouvait un autre endroit où loger ? Il avait plein d'amis qui pourraient l'accueillir... Mais voulait-il vraiment que la mère de son bébé dorme sur le canapé de quelqu'un ? Non ! Elle avait droit au confort de son propre lit.

C'est peut-être moi qui devrais m'en aller ?

Il songea à passer quelques nuits en salle de garde. Il l'avait déjà fait. Et il y avait toujours plus de travail à l'hôpital à la saison des fêtes, donc elle ne penserait pas qu'il cherchait à l'éviter. Et lorsqu'il *devrait* passer du temps avec elle, il pourrait l'emmener dans des endroits sans risque. Lui montrer les garderies, les écoles. Lui prouver qu'il y avait un avenir à Snowy Peak pour leur enfant.

Ces perspectives lui paraissaient raisonnables. Cela ressemblait à un plan, et il avait sacrément besoin d'un plan, justement.

Il mit sa serviette sur ses épaules et chassa la neige qui le recouvrait. Trois jours jusqu'à Noël. Leur premier Noël ensemble, tous les deux seuls. Ensuite, il y aurait un bébé.

Il espéra qu'ils le passeraient au moins assis à la même table. La pensée qu'ils ne le pourraient peut-être pas... le chagrinait, il devait le reconnaître. Mais il devait être réaliste. Il devenait trop proche d'elle. Il laissait ses sentiments pour elle le déborder. S'il les perdait maintenant, elle et le bébé, que ressentirait-il ?

Il contempla fixement la montagne enneigée.

Non. C'était trop horrible à envisager. Il ne pouvait pas les perdre. Aussi effrayant qu'il soit de garder Merry près de lui.

Plus tard dans la matinée, Kristjan venait de s'occuper du cas d'un bébé de dix mois qu'il soupçonnait d'avoir une grave infection, quand, tout à coup, une voix résonna derrière lui.

— Bonjour !

Il se tourna. *Merry.*

— Bonjour.

— Tu es parti travailler tout de suite après la piscine ? Je ne t'ai pas revu.

Quand elle se pencha sur le comptoir, il inhala son parfum qui lui troubla les sens. Il dut se retenir de l'attirer à lui.

— Oui.

— Merci de m'avoir laissé un petit déjeuner tout prêt.

— Je t'en prie.

Il regretta de ne pas avoir été là pour la faire manger, bouchée après bouchée, taquinant ses jolies lèvres avec des fraises et autres délices.

Il la vit regarder autour d'elle avant de se pencher davantage et de murmurer :

— J'ai passé un bon moment, cette nuit.

— Moi aussi.

— Et tout va bien entre nous ?

Il sourit.

— Bien sûr. Pourquoi cela n'irait-il pas bien ?

— Parfait... Je pensais que je pourrais te faire à dîner, ce soir. Et en dessert, nous pourrions...

Elle ne finit pas sa phrase, mais il savait ce qu'elle voulait dire.

Faire l'amour. Du sexe, encore du sexe. Et normalement, il n'était pas le genre d'homme à décliner une telle proposition de la part d'une femme qu'il désirait vraiment.

— J'aimerais m'arrêter un instant pour y réfléchir, mais j'ai un cas de sepsis à diagnostiquer, dans l'immédiat.

Elle hocha la tête, comprenant tout de suite.

— Je ne veux pas te retenir.

Il prit ses notes puis se dirigea vers la cabine du jeune enfant. Une infirmière aurait pu se charger de ce qu'il allait faire, mais il avait besoin de s'éloigner. Pour garder la tête claire et se concentrer sur ses patients à traiter.

Il ne pouvait se permettre de se laisser distraire.

Lors de sa pause déjeuner, Merry décida d'aller faire des achats de Noël. Le 24 décembre était dans deux jours et elle voulait offrir un cadeau ou deux à Kristjan. Il avait tant fait pour elle – l'accueillir chez lui, lui fournir un travail – et il faisait encore de son mieux pour qu'elle reste en Islande.

Il méritait un présent. Quelque chose d'attentionné. Qui le ferait sourire. Et peut-être qu'après dîner, ce soir-là, elle lui ferait le plus voluptueux des cadeaux...

Elle trouva vite une boutique qui vendait des sous-vêtements fantaisie. En soie. En dentelle. Elle essaya un ou deux ensembles avant de faire son choix, puis elle partit chercher pour Kristjan un présent qu'il ne pourrait voir que le 25 décembre.

C'était difficile. Elle ne savait pas trop quoi lui offrir. Il possédait de nombreux livres, mais c'étaient surtout des ouvrages de médecine. Quant à la musique, elle n'avait pas vu de collections de CD. Il s'habillait bien, il aimait nager, il aimait son travail...

Et si elle lui offrait quelque chose pour la Fondation des Lutins ?

Une idée lui vint, mais elle serait assez compliquée à réaliser. Elle chercherait sur Internet quelqu'un pour l'aider et passerait quelques coups de fil afin de mettre l'affaire en route.

Elle se réjouissait de sa décision et était impatiente de voir la tête de Kristjan lorsqu'il découvrirait sa surprise. Maintenant, tout ce qui lui restait à faire, c'était de laisser s'écouler l'après-midi, de préparer le dîner, et ensuite de le laisser la déballer tel un cadeau très spécial !

Elle avait une liste de patients à voir. Aussi prit-elle le premier dossier, puis elle vérifia qu'Agnes pouvait l'accompagner et se rendit dans la cabine voulue. Une femme était assise sur la table d'examen, à côté d'un petit garçon qui lisait un livre.

— Bonjour, je suis le Dr Bell. Qu'est-ce qui vous amène ?

La mère lui expliqua que son fils avait des hématomes un peu partout. Sur les bras, les jambes, dans le dos... L'enfant s'appelait Tomas et avait six ans.

Merry lui demanda si elle pouvait l'examiner, comme elle le faisait toujours.

— Est-ce que tu es tombé, récemment ?

— Non.

— Est-ce que tu as fait du sport ?

— Du patin à glace. Et je ne suis pas tombé, je me suis cramponné à la barrière quand quelqu'un m'est rentré dedans.

Ces bleus pouvaient être dus à une collision, mais le sixième sens de Merry lui soufflait que quelque chose n'allait pas. Le petit garçon était très pâle, et assez maigre. Elle ne pensait pas non plus avoir affaire à de la maltraitance.

Elle posa d'autres questions, et la mère lui répondit que Tomas était fatigué dernièrement, qu'il n'avait pas d'énergie. Il ajouta que tout lui faisait mal. Que ses dents saignaient parfois quand il les brossait.

Merry lui ausculta le cou et trouva des glandes enflées. Ce qui confirmait ses doutes.

— Bien. L'infirmière va te faire une prise de sang, dit-elle. C'est juste une petite aiguille, tu n'auras pas mal.

Elle expliqua à la mère qu'elle voulait vérifier l'état des globules rouges et blancs, et qu'un hématologue devrait interpréter les résultats. Une fois la prise de sang faite, le saignement mit un peu plus longtemps que la normale à s'arrêter. Merry essaya de ne pas montrer son inquiétude. Si elle ne se trompait pas – et elle espérait sincèrement se tromper – ce merveilleux petit garçon avait un type de leucémie.

— Je vais envoyer ces échantillons au laboratoire, d'accord ? Vous pouvez rester ici. Et quand je reviendrai, je veux que tu me dises ce qui s'est passé pour toi, Tomas.

Il eut un faible sourire.

— D'accord.

Merry referma le rideau, le cœur serré. Les échantillons envoyés, elle était assise au bureau des médecins pour rédiger ses notes quand Kristjan apparut.

— Comment ça va ? demanda-t-il.

— Pas très fort. J'espère que je n'ai pas affaire à un cas de leucémie aiguë.

Il fronça les sourcils.

— Je suis désolé… Tu as besoin d'aide ?

— Non, merci.

— Et d'un câlin ?

Elle le regarda et sourit.

— Oui.

Il contourna le bureau et la serra fort dans ses bras pour qu'elle se sente protégée et apaisée. Cela lui fit du bien. Beaucoup de bien. Elle n'avait pas envie qu'il la lâche. Elle adorait être dans ses bras.

— Avons-nous tous droit à un câlin ? demanda Agnes en souriant.

— Si vous en avez besoin, oui, répondit Kristjan.

Merry inspira une dernière fois son parfum, puis se dégagea.

— Merci.

— Je t'en prie.

— Je pense que je n'ai plus qu'à attendre…

— Et à croiser les doigts.

Elle hocha la tête tandis qu'il s'éloignait, puis pendant un bref instant, elle croisa les doigts et regarda le gros Père Noël posé sur le bureau.

— Si vous avez quoi que ce soit à voir là-dedans, murmura-t-elle, alors s'il vous plaît, *s'il vous plaît,* faites que cette famille passe un bon Noël.

Elle saurait dans un petit moment si sa prière avait été exaucée. Mais quand elle vit l'hématologue lui-même arriver avec les résultats, la mine grave, elle comprit que le Père Noël ne l'avait pas entendue.

— Vous devez faire une biopsie de la moelle osseuse, dit-elle, sûre d'elle.

Il hocha la tête, l'air toujours aussi sombre.

— Très bien, ajouta-t-elle, allons leur annoncer la nouvelle.

9

Le cas de Tomas affecta Merry tout l'après-midi. Elle savait ce que le petit garçon allait endurer au cours des mois et peut-être des années à venir… Comment réagirait-elle, elle, si on lui annonçait que son enfant avait une aussi terrible maladie ? Se sentirait-elle impuissante ? À la merci des médecins et de leurs avis ? Et maintenant qu'elle y pensait, vaudrait-il mieux qu'elle apprenne la nouvelle seule ou avec Kristjan ?

Il serait solide, sans aucun doute. Il la soutiendrait, ferait tout le nécessaire.

Elle pouvait voir tant d'avantages à être avec lui, mais il ne s'agissait pas de peser les pour et les contre à la fin de la journée, elle le savait bien. Il s'agissait de sentiments, et les siens déferlaient de partout – la trahissant, la faisant le désirer, lui, et désirer plus que ce qu'ils vivaient actuellement. C'était perturbant. Cela lui donnait le tournis.

Elle rêvait de vivre le conte de fées qu'ils avaient évoqué. De marcher avec lui au coucher du soleil. D'obtenir sa promesse de bonheur éternel. N'en méritait-elle pas une, après tout ce temps ?

Elle avait de l'espoir concernant la situation entre elle et Kristjan. Ils avaient pris un virage, non ? Ils s'étaient rapprochés, et ils avaient fait un grand pas dans leur relation. Elle savait que, si elle voulait profiter de sa soirée – ce qu'elle comptait bien faire –, elle ne devait plus penser à Tomas. Il avait été renvoyé chez lui, mais reviendrait le lendemain pour sa biopsie. Tout ce qu'elle pouvait faire, c'était espérer que la maladie soit prise à son début et le traitement, efficace.

Elle rentra à la maison avant Kristjan et commença à préparer leur dîner, une recette traditionnelle islandaise. Une attention qui lui montrerait qu'elle se souciait de lui et qu'elle avait fait un effort.

Pendant que le plat cuisait, elle prit le temps de se doucher, de s'épiler les jambes et de se vernir les ongles. Elle soufflait sur le bout de ses doigts quand elle entendit s'ouvrir la porte d'entrée.

— Je suis là ! lança-t-il.

— J'arrive dans une minute !

Elle était pleine d'excitation et de plaisir anticipé à la pensée qu'ils étaient de nouveau seuls tous les deux. Après une journée stressante à l'hôpital, elle projetait de prendre du bon temps et de profiter de Kristjan.

Ses ongles secs, elle enfila une robe sur la parure affriolante qu'elle venait d'acheter et alla le rejoindre pieds nus.

Il se tenait sur le tapis où ils avaient fait l'amour la nuit précédente et dénouait sa cravate. En souriant, elle alla à lui et se haussa sur la pointe des pieds pour lui donner un baiser de bienvenue.

— Bon retour à la maison.

— Quelque chose sent bon.

— C'est un ragoût de poisson. *Plokkfiskur* ?

Il éclata de rire.

— C'est presque ça. Ai-je le temps de prendre une douche ?

Elle réfléchit. Elle pouvait baisser le feu sous le plat…

— Je pourrais me joindre à toi ?

Il sourit.

— Vraiment ?

— Hum… Vraiment.

Elle se rapprocha et entreprit de lui déboutonner sa chemise.

— Laisse-moi t'aider.

Elle eut tôt fait de lui ôter le vêtement et put enfin admirer son torse musclé avant de se pencher pour inhaler son odeur puis poser un baiser sur sa peau brûlante. Ensuite, elle lui enleva sa ceinture qu'elle fit tournoyer tel un fouet – sous le regard captivé de Kristjan –, puis glissa un doigt sous la taille de son pantalon.

— Viens avec moi.

Des picotements de plaisir dans tout le corps, elle l'entraîna vers sa salle de bains et tendit le bras pour ouvrir le robinet de la douche. Puis elle ôta sa robe, révélant ses sous-vêtements de soie noire.

— Tu aimes ?

— Beaucoup, répondit-il d'une voix rauque.

— Tu veux regarder de plus près ?

Elle lui prit les mains, les posa sur ses seins et ferma les yeux, savourant les exquises caresses de ses pouces. Au bout d'un moment, il passa derrière elle pour lui dégrafer son soutien-gorge.

Lui souriant, elle fit glisser son slip le long de ses jambes, s'en libéra avec grâce et vit, heureuse, son regard bleu parcourir avidement son corps nu.

Après quoi, pleine d'audace, elle lui déboutonna son pantalon, glissa une main dans son boxer et saisit son sexe chaud et tendu.

Il inspira profondément et elle continua à le caresser, souriant, enchantée de son propre pouvoir. En cet instant, il était tout à elle. À sa merci.

Après la vie sexuelle peu satisfaisante qu'elle avait eue avec son mari, rencontrer Kristjan à Hawaï avait été une révélation pour elle. Elle avait exploré le champ de ses capacités à donner du plaisir et à en prendre. Il l'avait fait se sentir en sécurité. Se sentir aventureuse. Et, surtout, il l'avait traitée en égale. Et maintenant, elle en profitait pleinement.

Comme Kristjan commençait à s'impatienter, elle acheva de le déshabiller et le poussa sous la douche en l'embrassant. L'eau chaude sur leurs corps excités était une sensation délicieuse. Ils se caressèrent un moment, puis il la plaqua le dos contre le carrelage, la souleva, lui passa les jambes autour de sa taille et vint en elle, donnant des coups de reins, encore et encore.

Merry savoura toutes ces sensations exquises le plus longtemps possible, puis sentant venir l'orgasme, elle s'accrocha à Kristjan et le pressa d'aller plus vite. Soudain, son univers explosa en une gerbe de feux d'artifice et elle connut l'extase, suivie quelques secondes après par l'homme qui lui donnait tant de plaisir.

L'eau continuait à ruisseler sur eux. Lentement, il lui remit les pieds par terre et l'embrassa avec douceur – le cou, la poitrine, la bouche. Puis il lui prit le visage entre ses mains en coupe et il lui donna un baiser plein de douceur.

— Je n'avais encore jamais eu mon dessert avant le plat principal, dit-il.

Elle se mit à rire.

— Et qu'est-ce que tu en as pensé ?

Il sourit et lissa ses cheveux mouillés, les repoussant en arrière.

— Je pourrais très bien en faire une habitude.

Ensuite, ils avaient dévoré leur dîner, se servant deux fois et même trois fois du ragoût de Merry. Elle était bonne cuisinière, et le fait qu'elle essaye de nouvelles recettes plaisait à Kristjan.

La vie allait bien pour eux, pensa-t-il. Ils s'entendaient à merveille à la maison et au travail. Le sexe entre eux était sublime ! Et il appréciait sa compagnie même quand ils n'étaient pas dans les bras l'un de l'autre.

Mais, pour l'instant, ils l'étaient. Kristjan épousait en cuillère le dos nu de Merry et leurs corps brûlants semblaient se fondre l'un dans l'autre.

Il pourrait s'habituer à ce genre de chose. Qui eût dit que l'on pouvait trouver délicieux de coucher plus d'une fois avec une femme ? Cela ne lui était jamais arrivé ! Et il était surpris du confort qu'il y trouvait, sachant qu'il pouvait prendre le temps d'explorer le corps de Merry. De le savourer. Et même sans faire l'amour, il y avait quelque chose de merveilleux à être tout contre elle. Cela le faisait se sentir... *apprécié.* C'était comme si elle l'avait choisi, lui, parmi tous les hommes de la planète. Et pas qu'une fois en passant, mais plusieurs fois. Elle le voulait. Elle restait.

Au moins pour le moment.

— Demain, c'est la veille de Noël, dit-il.

— Je sais. L'année a passé si vite !

— Ici, le soir du 24 décembre, les familles ont coutume de s'offrir des livres et de passer la veillée à lire.

— Ah oui ? Quelle sorte de livres aimes-tu ?

— Je ne sais pas. Je ne lis que pour mon métier. Et cela fait longtemps que je n'ai pas eu de famille...

Elle se tourna pour le regarder et lui caressa le visage.

— Tu penses à nous comme à une famille ?

— Ne le sommes-nous pas ? D'une drôle de façon ?

Elle sourit.

— Je suppose... Je t'achèterai un livre. Que préférerais-tu ?

— Je ne sais pas... Un polar ? Un thriller ?

— Je te trouverai quelque chose.

Il posa un baiser sur le bout de son nez. Il était heureux de l'avoir là, sachant que cela pouvait être temporaire. Il pensa à ce qu'il avait entendu dire juste avant de quitter l'hôpital, ce soir-là. Il devait lui en faire part. Pour être honnête.

— Le col va bientôt être dégagé, paraît-il.

Elle avait promis de rester jusque-là, mais c'était avant qu'ils se soient rapprochés. Avait-elle changé d'avis ?

Il crut la sentir se raidir un peu. Il enfouit le nez dans ses cheveux, respirant leur parfum. Chèvrefeuille. Prairies. Elle sentait la liberté, l'été.

— Quand ? demanda-t-elle.

Le cœur de Kristjan sombra. Comptait-elle toujours partir ? Alors même qu'elle était dans ses bras ? Il ne voulait pas la perdre, mais elle était une femme libre, et il ne l'enchaînerait pas comme son mari l'avait fait. Il espérait seulement qu'elle prendrait la bonne décision.

— Je ne sais pas. Une infirmière en a parlé. Elle comptait descendre voir sa famille à Reykjavik.

— Oh...

Elle lui resserra le bras autour de sa taille et il en profita pour humer de nouveau son parfum. S'il en gravait le souvenir dans sa tête, il pourrait toujours se rappeler ce moment où il l'avait tenue dans ses bras. Il espérait que ce n'était pas la dernière fois.

Il ferma les yeux, souhaitant dormir pour tout oublier. Ses inquiétudes. Son angoisse de la voir partir. La façon dont il perdait le contrôle de ses sentiments. Mais le sommeil ne vint pas, et il resta allongé pendant des heures à prier pour que Merry ne projette pas déjà leur séparation, dans sa tête. Que le fait de lui avoir dit que le col allait être dégagé ne soit pas la pire erreur de sa vie.

10

Le matin du 24 décembre, il était prévu que Merry ne travaillerait que l'après-midi – ce qui était bienvenu, car elle devait encore régler certaines choses pour le cadeau qu'elle destinait à Kristjan. Mais tandis qu'elle se promenait dans Snowy Peak, elle ne pouvait s'empêcher de ressasser le fait que la route allait être dégagée jusqu'à Reykjavik.

Où se trouvait l'aéroport.

Ce qui lui permettrait de rentrer chez elle.

Si je le souhaite.

C'était ce qu'elle avait prévu en arrivant, mais, à présent, tout était brouillé. Confus. Elle ne savait pas ce qu'elle éprouvait. Ses sentiments pour Kristjan étaient compliqués, maintenant, et leur situation… Elle n'avait aucune idée de ce qu'elle devait faire pour agir au mieux.

Si elle restait, qu'est-ce que cela signifierait pour eux ? Elle *adorait* Snowy Peak. Elle pouvait aisément admettre qu'elle était tombée amoureuse de la ville, des gens, de l'hôpital…

De Kristjan ?

Elle aimait être avec lui. Adorait être dans ses bras. Travailler en sa compagnie. Mais y avait-il davantage ? Est-ce qu'elle *l'aimait* pour de bon ?

Elle ne le voulait pas. Toutes ces années à se dire de ne plus jamais se lier à un homme, et voilà où elle en était – craquant pour le père de son bébé !

Alors qu'elle prenait un café au lait dans un bar, elle observa les familles qui passaient, faisant leurs dernières courses de Noël. Des mères tenaient la main d'enfants excités. Des pères portaient un de leurs rejetons sur leurs épaules. Ils fabriquaient des boules de neige qu'ils se lançaient.

Est-ce que cela serait son avenir, l'avenir de son bébé, si elle restait ici ?

Si elle restait, à quoi s'engagerait-elle ?

Kristjan et elle n'avaient établi aucune règle, ne s'étaient pas dit ce qu'ils étaient l'un pour l'autre. Déduisait-elle trop de choses de ce qui se passait ? Kristjan n'était pas homme à s'engager. Il ne lui avait pas parlé d'une relation exclusive...

Si les routes étaient dégagées, que ferait-elle ? Pour le bien de son bébé ?

Est-ce qu'avoir deux parents était la meilleure des choses ? Il existait plein de parents seuls qui réussissaient très bien à élever des enfants heureux, équilibrés. D'autres enfants partageaient leur temps entre leur père et leur mère et s'en sortaient bien aussi. C'était ce qu'elle avait prévu au départ. Mais tout était différent, à présent. Kristjan s'impliquait par rapport à leur enfant et elle n'aurait sûrement pas bonne conscience si elle le privait du bébé.

Pour l'heure, ils partageaient de bons moments, et le sexe entre eux était formidable, mais quand cela s'étiolerait ? Elle craignait de refaire la même erreur et, pourtant, au fond d'elle-même, elle se posait la question : et si ce n'était pas une erreur ? Si rester à Snowy Peak avec Kristjan pouvait être la meilleure des décisions ?

J'ai encore le temps d'y penser.

Elle alla faire ses courses, acheta la viande qu'il lui fallait pour le réveillon, choisit des légumes au marché, du pain de seigle à la boulangerie, et se procura les ingrédients nécessaires pour faire un pudding de riz appelé *mondlu grautur,* un dessert traditionnel islandais dont elle avait vu la recette à la télévision.

Ce faisant, elle eut bientôt le sentiment agréable qu'elle était comme tout le monde. Qu'elle faisait partie d'une famille et qu'elle allait préparer un délectable Noël islandais pour Kristjan. Elle en avait envie.

Ce Noël-ci, elle voulait bien faire les choses. Peut-être commencer à instaurer ses propres traditions. Parce que, au Noël suivant, elle aurait un fils ou une fille de quelques mois, et ce serait le plus spécial des Noëls !

Elle rêva un moment aux Noëls qu'elle voudrait passer avec son enfant, plus tard, des Noëls chaleureux, en famille, et elle finit par se dire qu'elle aimait peut-être cette fête, finalement ! Qu'elle aimait peut-être Kristjan ?

Elle consulta sa montre. Il était temps de rentrer à la maison. *À la maison.*

Ce pourrait l'être. Mais même si elle décidait de rester à Snowy Peak, n'était-il pas présomptueux de penser que Kristjan et elle continueraient à vivre ensemble ? Ne devrait-elle pas chercher un logement à elle ?

Dans le café où elle s'était arrêtée, il y avait un journal local avec des annonces immobilières en dernière page. Les regarder ne voulait rien dire, elle ne faisait que lister ses options… Elle entoura deux ou trois annonces avant de mettre le journal dans son sac et de partir.

Lorsque Merry arriva à l'hôpital, la majeure partie du personnel était costumée. Kristjan était habillé en Père Noël, les infirmiers et infirmières en lutins, en anges ou en bergers. Elle détonnait complètement, dans ses habits classiques, alors elle alla enfiler son costume de lutine.

Une douce musique de Noël était diffusée dans le service où les jeunes patients étaient nombreux. Il y avait des virus, des infections pulmonaires et même un cas de varicelle. Merry diagnostiqua un bras et un poignet cassés et fit passer une endoscopie à un petit garçon qui avait avalé une pièce de monnaie qui était restée bloquée dans son œsophage. Elle vit un vilain cas d'érythème fessier, consulta un ophtalmologue pour un enfant qui s'était griffé l'œil avec une épine et en hospitalisa un autre pour une pneumonie.

Elle était à la moitié de son service quand son portable sonna. Elle alla répondre dans un coin.

— Docteur Bell ? Ici Kari, de l'étude Viktorssons.

Soudain, elle comprit de quoi il s'agissait.

— Les notaires ? Oui !

— Je voulais juste vous prévenir que nous vous avons préparé les papiers, si vous voulez passer les prendre.

— Vraiment ? C'est magnifique ! Merci. Mais je dois travailler tard, ce soir.

— À l'hôpital ?

— Oui.

— Je peux vous les déposer à la réception, si vous voulez. C'est sur mon chemin.

— Kari, vous me sauvez la vie ! Merci.

— Je vous en prie. Joyeux Noël, docteur Bell.

— Vous aussi, Kari.

Merry raccrocha puis se mordit la lèvre inférieure d'excitation, espérant que Kristjan apprécierait ce qu'elle avait fait. Cela lui avait semblé juste. Et même si les choses ne marchaient pas entre eux, ce serait quelque chose d'utile.

— À qui parlais-tu ?

Elle se tourna et vit Kristjan juste derrière elle.

— Personne.

— Ah bon...

Il ne la croyait visiblement pas. Avait-il entendu sa conversation ?

— J'ai fini pour aujourd'hui, reprit-il. Je rentre. Tu as besoin de quelque chose ?

— Non, j'ai tout acheté ce matin. Tu peux vérifier l'agneau, si tu veux. Il cuit à feu doux.

— D'accord. Tu termines à quelle heure ?

— 18 heures.

— Tout sera prêt.

Elle sourit.

— C'est moi qui devrais tout préparer pour toi !

— Ce n'est pas grave. Irons-nous au grand concert de Noël à Wonderland, plus tard ? Il commence à 21 heures. Les lutins de la fondation doivent chanter quelques morceaux, et je leur ai dit que nous irions les soutenir si nous étions libres.

— J'en serais ravie.

Et elle le pensait !

— Super... À tout à l'heure.

Quand il se pencha pour l'embrasser, un infirmier siffla et Merry s'empourpra. Mais la plupart de leurs collègues connaissaient leur relation, et Kristjan et elle s'étaient fait de très bons amis parmi eux.

Ce serait un bon endroit pour s'installer.

Lorsqu'il rentra chez lui, Kristjan sentit son estomac gargouiller d'envie : un fumet délicieux venait de la cuisine. Tout allait parfaitement bien. Merry et lui s'entendaient à merveille, et tout en sachant que les routes allaient être dégagées, elle n'avait pas parlé de partir. Ce qui était plutôt une bonne nouvelle...

Dans la cuisine, il ajouta les légumes à la viande, puis se fit un café et alla se reposer cinq minutes dans le salon. Voyant le journal local posé sur la table basse, il le feuilleta. Lorsqu'il arriva à la dernière page, il constata que des annonces immobilières avaient été entourées au stylo-bille. Il se pencha un peu, lisant avec un vif intérêt.

Merry cherchait un appartement à acheter ? C'était grandiose !

Cela voulait dire qu'elle prévoyait de rester. Qu'elle concevait un avenir pour eux en tant que famille. C'était sûrement pour cela qu'il l'avait entendue parler au téléphone avec un notaire !

Soudain, il fut assailli par l'énorme responsabilité qui lui incombait s'il voulait que tout se passe bien. Ce fut si fort qu'il en eut presque le souffle coupé.

Il devait montrer qu'il pouvait faire face, qu'il était l'homme dont elle avait besoin ! Être honoré de la sorte, recevoir un tel témoignage de confiance était... incroyable. Pendant tout ce temps, il avait été seul au monde, et maintenant...

Pouvait-il le faire ? Était-il capable d'ouvrir son cœur pour les laisser entrer tous les deux au point qu'il ne saurait plus faire la différence entre eux et lui ? S'il voulait s'occuper d'eux comme il le fallait, il devait agir et leur montrer à quel point il était engagé. Le leur prouver.

Il se leva pour aller se changer dans sa chambre.

Si Merry pouvait montrer autant de courage après ce qu'elle avait vécu, il le pourrait aussi.

Kristjan avait allumé les bougies sur la table que Merry avait préparée avant de partir travailler. On entendait la musique de Nat King Cole et, quand elle émergea dans la salle de séjour, Kristjan était en train de servir du vin sans alcool dans deux verres.

Il porta un toast.

— À nous !

Elle sourit.

— À nous.

Elle but une gorgée et tressaillit.

— C'est de l'acide de batterie ? Je crois que je vais m'en tenir à un jus de fruit.

Elle se rendit dans la cuisine pour se servir un jus d'orange et répartir le repas dans des plats creux, impatiente de le goûter. Elle n'avait jamais mangé de lagopède, ou ptarmigan, mais elle supposait que cet oiseau devait avoir un goût de gibier. Elle espéra qu'elle pourrait le supporter, n'étant pas trop portée sur la viande en ce moment.

— Je t'ai pris du potage aux vermicelles et une tourte aux légumes et aux pois chiches, si tu ne supportes pas la viande, dit-il.

— Oh ! c'est très gentil à toi ! Merci.

— Je t'en prie. Commençons-nous ?

Elle hocha la tête et sourit lorsqu'il lui tira sa chaise. Quand elle fut confortablement assise, il posa une serviette rouge sur ses genoux et l'embrassa sur les lèvres.

— Joyeux Noël, Merry.

— Joyeux Noël.

Ils trinquèrent puis Kristjan découvrit les plats.

— Est-ce que je sers ? demanda-t-il.

— S'il te plaît.

Il mit dans son assiette une sélection de tout. Elle était déterminée à tout goûter, mais à vrai dire, l'agneau fumé et le jambon ne la tentaient pas trop, et le gibier ne convenait pas à son état. Alors elle se rabattit avec gratitude sur ce que Kristjan avait acheté pour elle.

Ils prirent leur temps pour dîner, discutant de cas médicaux qu'ils avaient eus à traiter, puis il changea de sujet.

Parle-moi de ton plus beau Noël.

— Le plus beau ? Je crois bien que c'est celui-ci, répondit-elle, un peu intimidée de l'avouer.

Il parut content et curieux à la fois.

— Vraiment ? Tu ne t'es pas mariée à Noël ? Cela n'a-t-il pas été un beau Noël, avant que les choses ne se gâtent ?

Elle secoua la tête.

— Non. Et je ne veux pas repenser à cette période de ma vie. J'ai avancé, depuis. Tout a changé.

— En mieux ?

— Je l'espère.

— Moi aussi. En fait...

Il quitta sa chaise et vint s'accroupir près d'elle, lui prenant la main.

Que faisait-il ?

On aurait dit qu'il allait se mettre à genoux, comme pour lui faire une demande en mariage !

— Kriștjan...

Il lui posa un doigt sur les lèvres.

— S'il te plaît... Laisse-moi parler. J'ai beaucoup réfléchi ces derniers temps et je suis parvenu à la conclusion que, toi et moi, nous possédons quelque chose d'étonnant. Nous nous comprenons, nous partageons des passés douloureux, mais, surtout, nous sommes unis dans ce que nous voulons pour l'avenir – pour notre enfant ! Savoir que tu vas t'installer définitivement ici, renonçant à ton ancienne vie pour nous, c'est...

Au nom du ciel, de quoi parlait-il ?

Elle n'avait pas encore pris de décision, et il pensait qu'elle allait faire tout ce qu'il voulait ? N'avait-il jamais entendu parler de compromis ? N'avait-il jamais entendu parler de discuter des choses à fond ?

Sa chaise grinça sur le plancher quand elle la recula et elle se leva brusquement.

— Arrête ! Arrête ça tout de suite !

Une vague de colère la submergeait. Comment osait-il présumer de ce qu'elle déciderait ?

— Je n'ai jamais dit que j'allais m'installer ici et tu n'as pas le droit de laisser entendre que c'est ce que je vais faire ! C'est *moi* qui décide de ma vie ! Pas toi ! Crois-tu que tu peux te mettre à genoux, me demander de t'épouser et faire comme si tout allait dans ton sens ? On n'épouse pas une femme parce qu'elle attend votre bébé ! On l'épouse parce qu'on *l'aime* ! N'as-tu jamais écouté un mot de ce que j'ai dit ?

Jetant sa serviette sur la table, elle sortit en trombe de la pièce pour aller dans sa chambre. Elle claqua la porte derrière elle, sentant la rage et la fureur la submerger, ainsi qu'un sentiment d'incrédulité et d'injustice.

Elle lui avait dit ce qui s'était passé avec Mark ! Comment ils s'étaient mariés sur un coup de tête, sans réfléchir, et comment cela s'était terminé pour elle ! Blessée et meurtrie dans un refuge pour femmes battues, jurant de ne plus *jamais* avoir d'homme dans sa vie.

Et il pensait que lui proposer le mariage était une bonne chose à faire ? Pour l'anniversaire de la pire erreur de sa vie, il voulait qu'elle en commette une autre ? Il n'avait *aucune idée* de ce qu'il faisait. Il était nul dans le domaine des relations.

On ne se marie pas à cause d'un bébé. On se marie par amour. On se marie parce qu'on ne peut pas vivre sans l'autre ! Parce qu'on désire être avec cette personne pour le reste de sa vie ! Se réveiller et s'endormir chaque jour avec elle. Prendre soin d'elle quand elle est malade. Lui tenir la main si elle traverse une passe difficile. Lui offrir votre cœur sur votre paume ouverte, en sachant qu'elle le gardera en sécurité tout au long de votre vie ensemble.

Il voulait l'épouser pour toutes les mauvaises raisons. Par commodité. Parce qu'elle vivait déjà chez lui. Parce qu'elle partageait déjà son lit. Parce qu'elle était enceinte. Pour le bébé. Il ne la demandait pas en mariage parce qu'il l'aimait !

Et qui a dit que j'allais rester ?

Il n'y avait rien de fait, encore. Mais il se comportait comme si c'était décidé. Il essayait de masquer ce qui manquait à leur relation en collant un sparadrap géant par-dessus.

Eh bien, les pansements ne guérissaient rien du tout. Ils ne faisaient que cacher ce qui n'allait pas. Et si ce comportement, ces suppositions ne revenaient pas à vouloir prendre le contrôle de sa vie, alors elle ne savait pas ce que c'était !

Des larmes ruisselaient sur ses joues tandis qu'elle sortait tous ses habits du placard et les jetait sur le lit, en cherchant des yeux la valise à roulettes qu'elle n'avait rangée que quelques courtes semaines plus tôt.

Ne voyait-il pas ce qu'elle éprouvait ? Comment elle répéterait le passé si elle se lançait tout de suite dans une relation officielle avec lui ? Ils passaient de bons moments ensemble, et oui, elle aimait être avec lui – mais était-elle prête à vivre une vie entière à son côté ?

Elle s'arrêta pour renifler. S'essuyer le nez.

Il avait tout gâché !

Un coup fut frappé à la porte de la chambre, qui s'ouvrit.

— Merry...

Elle le vit découvrir la valise, les habits, le fait qu'elle faisait ses bagages.

— Tu t'en vas ?

— Bien sûr, que je m'en vais ! Tu n'as pas ton mot à dire à propos de ce que je fais !

— Mais, Merry, je...

Elle leva les mains.

— Je ne veux pas l'entendre, Kristjan ! Pourquoi ne t'es-tu pas contenté de...

Elle se retrouva à court de mots, frustrée par sa tentative maladroite de faire de leur relation quelque chose qu'elle n'était pas.

— Mais c'est la veillée de Noël ! S'il te plaît... Où vas-tu aller ?

— Je trouverai un endroit quelconque.

— Mais...

— Le col est peut-être ouvert. Je demanderai autour de moi. Mais ce que je fais et où je vais ne te concerne pas.

— Tu portes mon enfant.

— Oh ! je sais ! J'ai failli tout laisser à cause de ça. Tu as voulu me persuader de rester *à cause de ça*. Tu as fait des *suppositions à cause de ça*. Eh bien, c'est fini.

— Je ne peux pas te laisser errer dans les rues la veille de Noël, Merry. Et tu ne peux pas descendre ce col si c'est dangereux !

Elle boucla sa valise puis enfila son manteau.

— Essaie de m'arrêter !

Elle passa en trombe devant lui, le cœur se brisant dans sa fureur, et alla à la porte d'entrée qu'elle ouvrit.

Dehors, des flocons tombaient doucement, sans bruit.

Elle se tourna.

— Je pensais que tu étais peut-être différent. Mais vous, les hommes… vous êtes tous les mêmes.

La dernière chose qu'elle vit en refermant la porte derrière elle, ce fut l'expression choquée et blessée de Kristjan.

La voix charmeuse de Nat King Cole tombait des haut-parleurs tandis que Kristjan s'asseyait dans sa maison déserte, se demandant ce qui s'était passé.

Elle avait prévu de venir s'installer en Islande. Elle avait repéré des appartements à vendre à Snowy Peak. Elle avait parlé à un notaire. Il l'avait entendue au téléphone. On ne faisait pas cela si on n'avait pas l'intention de visiter ces biens, et on ne visitait des biens que si on envisageait de déménager. Bon, elle aurait pu avoir affaire à un notaire pour autre chose, mais tout de même… la situation était déconcertante.

Avait-il mal compris ses intentions ? Ils s'entendaient si bien. Il avait cru…

Quoi ? Qu'est-ce que j'ai cru ? Vraiment ?

D'accord, peut-être qu'une demande en mariage, c'était aller un peu loin, mais il était novice dans ces histoires de relations et il ne savait pas vraiment ce qu'il faisait. En réalité, il ne s'était pas agi de mariage ou d'amour, il s'était agi de lui montrer qu'il était engagé envers elle !

Mais si elle ne l'avait jamais souhaité ?

Il resta assis un moment, essayant de voir les choses de son point de vue à elle. Elle avait découvert qu'elle était enceinte après une torride nuit d'amour à Hawaï et elle avait fait tout ce chemin pour venir le dire au père – se retrouvant coincée par la neige. Le père l'avait invitée à rester chez lui et à travailler dans son hôpital parce qu'il savait qu'elle était un bon médecin. Puis il lui avait dit qu'il la convaincrait de rester.

Il lui avait dit qu'il la convaincrait…

Le nœud du problème était-il là ? Avait-elle eu l'impression qu'un nœud coulant se resserrait autour de son cou ?

Elle lui avait parlé de Mark, de ce qui s'était passé dans son mariage. Du caractère autoritaire de son mari, qui prenait toutes les décisions, lui dictait ce qu'elle devait faire.

Elle détestait Noël, avant, parce qu'elle s'était mariée impulsivement ce jour-là. Et lui, Kristjan, avait voulu lui demander sa main un 24 décembre, sur une impulsion !

Bon sang, quel idiot je suis !

Et maintenant elle était quelque part dehors, pataugeant dans la neige, enceinte, ne sachant où aller. La veille de Noël !

Abasourdi, il alla dans la chambre d'ami et regarda autour de lui. La porte de la penderie était encore ouverte, avec des cintres qui pendaient de travers. Les tiroirs de la commode étaient mal fermés, et elle avait laissé sur la table de nuit le livre qu'elle lisait.

Il le prit et le contempla. Les livres étaient spéciaux en Islande, la veille de Noël. On se les offrait et on les lisait pendant la soirée. Il lui avait acheté ce livre parce qu'il savait qu'elle le voulait. Il avait espéré qu'elle le lirait. Il y avait un marque-page. Non, c'était une enveloppe. Une enveloppe qui portait son nom.

Joyeux Noël, Kristjan !

Il s'assit sur le bord du lit et l'ouvrit. Elle contenait une lettre officielle d'un notaire qui stipulait que le Dr Merry Bell financerait chaque année, à perpétuité, une semaine à la Fondation des Lutins pour un enfant sans famille. Cela s'appellerait le Prix Bell.

Oh ! le notaire... C'était ça !

Son cœur se gonfla de gratitude à ce geste. Il était heureux qu'elle se joigne à lui et offre à un enfant un séjour spécial à la fondation qu'il avait créée.

Elle était attachée à son œuvre. À leur vie commune. Autant que lui.

Et elle était terrifiée. Comme lui.

Il s'en rendait compte, à présent.

Et il était arrivé avec ses gros sabots. Pensant qu'elle avait besoin de le voir s'engager. Mais s'il s'était trompé durant tout ce temps ? Si elle avait besoin d'entendre autre chose, quelque chose de plus ?

J'aurais dû lui dire que je l'aime.

Il ne pouvait pas la perdre. Elle ne méritait pas cela et lui non plus. Il ne pouvait pas laisser les choses se finir ainsi. Il fallait qu'il lui dise ce qu'il éprouvait réellement !

Sans même prendre le temps d'attraper sa veste, il sortit, claquant la porte d'entrée derrière lui, faisant tomber une pluie de neige sur ses épaules.

Il l'ignora.

Le froid n'avait pas d'importance.

Ce qui comptait plus que tout, c'était Merry.

Merry n'aurait jamais imaginé qu'elle pataugerait de nouveau dans la neige, gelée et trempée, traînant cette maudite valise derrière elle comme le jour de son arrivée. Mais c'était le cas.

Sa première pensée, quand elle était partie de chez Kristjan, avait été de se rendre au col et de voir si elle pouvait le descendre. Mais elle avait vite renoncé à cette idée.

Certes, elle serait enfin hors de Snowy Peak, mais il lui avait fallu deux heures en taxi pour venir de Reykjavik, et elle ne se voyait pas piétiner pendant des heures, essayant de se faire prendre à bord d'une voiture dans un pays qu'elle ne connaissait pas. Elle était déjà certaine d'avoir commis une énorme erreur en quittant la chaleureuse maison de Kristjan et elle ne voulait pas en commettre une autre. Elle savait que le col pouvait être traître. Lui-même y avait perdu ses deux parents, et elle-même ne risquerait jamais la vie de son enfant de cette manière.

Il faut que je trouve un abri, mais où ?

Elle songea à se rendre à la pension ou dans un pub, mais elle n'était pas sûre de vouloir être avec des gens heureux de fêter Noël, en ce moment – pas alors qu'elle se sentait si misérable et avait le cœur brisé. Elle décida donc d'aller à l'hôpital ; ce serait le plus raisonnable. Elle serait au chaud, au sec, et il y avait plein de lits. Elle pourrait se réfugier dans une chambre de la salle de garde et prendre son repas de Noël à la cafétéria, par exemple.

Mais elle ne voulait pas que l'on sache qu'elle était là. Elle ne voulait pas que quelqu'un dise à Kristjan où elle se trouvait. Alors elle passa par l'entrée de derrière, utilisant son passe, et prit un ascenseur de service pour gagner l'étage du personnel. Là, elle s'attribua une chambre de garde et ferma la porte à clé derrière elle.

Plongée dans la pénombre, la pièce était toute simple. Un lit et une table de chevet. Une lampe. Un téléphone. Une étoile argentée était accrochée à la fenêtre – seul indice qu'ailleurs les gens fêtaient Noël.

Elle n'alluma pas la lampe.

Cela lui était égal.

Tout ce qui comptait, c'était qu'elle soit au chaud et au sec. Elle attendrait là jusqu'à ce qu'elle puisse emprunter le col pour partir. Elle ne resterait pas avec un autre homme qui pensait tout régenter dans sa vie. Qui croyait pouvoir lui imposer sa volonté.

Dieu seul savait comment il serait une fois que le bébé arriverait. Dire qu'elle avait cru qu'ils pourraient réussir ce pari sans amour ! Maintenant, elle savait que ce n'était pas possible.

Kristjan ! Pourquoi as-tu tout gâché ?

Elle s'allongea sur le lit, une main sur les yeux, s'efforçant de ne pas pleurer. Elle avait pensé qu'ils avaient une chance d'y arriver. Vraiment. Ils s'entendaient parfaitement comme amis, comme partenaires sexuels, comme collègues de travail. Et elle *l'aimait* ! Il l'avait fait tomber amoureuse de lui !

Le lien qu'ils partageaient ne ressemblait à rien de ce qu'elle avait éprouvé jusque-là. Elle n'avait cessé de lui chercher des défauts et n'en avait trouvé aucun – mais peut-être que son défaut était de ne pas pouvoir comprendre ce qu'elle voulait ? Ce qu'elle avait besoin d'entendre de sa part ? Ou alors, c'était elle qui avait commis une faute. En désirant, en espérant qu'il soit différent, peut-être avait-elle imaginé des choses qui n'existaient pas ?

Tout le temps, il n'y en avait eu que pour le bébé. C'était ce qu'il avait dit : « Nous sommes unis dans ce que nous voulons pour notre enfant. »

Il n'avait pas voulu l'épouser parce qu'il l'aimait, elle. Parce qu'il ne pouvait pas vivre sans elle.

Il s'était agi du bébé, tout le temps.

Et avait-il couché avec elle parce qu'il s'était dit qu'en continuant à lui donner du plaisir, il l'inciterait à rester ? Était-ce cela aussi ? Avait-elle été utilisée aussi pitoyablement ? Était-il comme Mark ? Agissant d'une certaine façon pour la capturer et la garder, afin qu'il puisse avoir ce qu'il voulait ? Avait-elle fait la même terrible erreur qu'autrefois ?

Cette pensée la rendait malade.

Elle espérait que non.

Parce que, si c'était le cas, elle ne pensait vraiment pas qu'elle voudrait le revoir un jour.

Même si cela lui brisait le cœur.

— Merry ? Merry !

Kristjan pataugeait dans la neige, criant son nom, se demandant où diable elle avait pu aller en si peu de temps. Par ce froid. Dans cette neige.

Il s'était demandé un bref instant, avec terreur, si elle avait essayé de descendre le col – mais il avait rejeté cette idée, ridicule. Elle ne ferait pas une chose pareille ! C'était dangereux et elle ne voudrait pas faire courir de risques à leur bébé. Néanmoins, dans sa panique, il avait voulu vérifier. Alors il avait pris la motoneige et s'était rendu aussi vite que possible jusqu'au col.

Là, il n'avait vu aucun signe d'elle. Aucune trace de pas dans la neige.

Non. Elle devait être ailleurs. *Quelque part.*

Il était retourné à Snowy Peak, était allé demander dans des hôtels, dans deux ou trois pensions, mais personne ne l'avait vue. C'était alors qu'il avait pensé à la Fondation des Lutins. Elle avait dû s'y rendre ! C'était le seul endroit qu'elle connaissait, hormis l'hôpital.

Il avait donc roulé dans la neige, ignorant le froid et les regards bizarres que lui jetaient les passants, car il ne portait qu'une chemise à manches longues sans manteau. Il était entré en trombe dans la fondation.

Les enfants faisaient leur lecture. Ils étaient assis en cercle, chacun avec son livre, entourés par des confiseries et des gâteaux de toute sorte.

Ils avaient tous levé les yeux vers lui. Quel spectacle il avait dû leur offrir ! En pantalon et chemise, de la neige sur les épaules, dans ses cheveux et dans sa barbe.

— Est-ce que le Dr Bell est venue ici ce soir ? avait-il demandé.

— Le Dr Bell ?

— La dame qui m'accompagnait l'autre jour.

— Désolés, non. Nous ne l'avons pas vue.

— Oh...

La déception l'avait submergé.

— Excusez-moi, je... je ne peux pas rester. Joyeux Noël.

— Joyeux Noël, docteur Gunnarsson !

Où pouvait-elle bien être ? À l'hôpital ?

De nouveau, il avait sauté sur la motoneige, sachant qu'il devait arranger les choses. Sachant qu'il devait lui faire connaître ses véritables sentiments.

Il avait laissé le véhicule à l'entrée de la grand-rue et, maintenant, il piétinait dans les monticules de neige amassés devant les magasins et les maisons. Son pantalon était trempé, mais il s'en moquait. Cela n'avait pas d'importance.

Arrivé à l'hôpital, il courut jusqu'à un portier qui se tenait près du comptoir de réception.

— Avez-vous le Dr Bell ?

— Non, désolé.

Il se précipita vers les ascenseurs pour voir s'il pouvait la trouver dans le local du personnel. La cabine lui sembla mettre un siècle à arriver : il attendit en tapant des pieds, soufflant avec impatience. Enfin, il put monter. Dès que les portes s'ouvrirent, il s'élança dans le couloir, croisant Agnes qui lui cria :

— Ne courez pas !

Il ralentit son allure et ouvrit brusquement la porte du local, s'attendant à voir Merry blottie sur le canapé, les yeux rougis, buvant peut-être un chocolat chaud. Mais elle n'était pas là non plus.

Il soupira profondément.

Où était-elle, bon sang ?

Il vérifia les chambres de garde mais la plupart étaient vides ou fermées à clé, ce qui indiquait que quelqu'un y dormait. Aucune n'était éclairée. Et personne ne l'avait vue arriver.

Elle ne pouvait pas être toujours dehors ? Toute seule ? Dans ce froid glacial ?

Si quelque chose leur arrivait, au bébé ou à elle, il ne se le pardonnerait jamais.

Je ne me le pardonnerais jamais... Je l'aime. Je ne peux pas la perdre.

Il prit soudain conscience qu'il avait peut-être totalement tué dans l'œuf la seule relation qu'il voulait avoir dans sa vie !

Par sa maladresse, avait-il gâché ce qui aurait pu être son grand amour ? Gâché son avenir avec la mère de son bébé ? Il ne voulait pas l'un sans l'autre, et si, quand il la retrouverait, elle lui disait qu'elle retournait en Angleterre, il la suivrait pour être dans leur vie. Il la laisserait prendre toutes les décisions.

Il ne pouvait pas continuer sans elle. Il ne pouvait pas vivre sans elle.

Il faut que je la trouve. Que je lui dise tout.

11

— Merry ?

La poignée fut secouée puis Merry entendit un juron et son nom répété à la porte d'une autre chambre dans le couloir.

Elle se blottit sous ses couvertures, combattant son envie de rejoindre Kristjan, priant que le sommeil vienne et l'arrache aux tourments qui faisaient rage dans son esprit.

Elle ne parvenait pas à croire qu'elle se trouvait dans un pays étranger, sans domicile et ne sachant où aller, le jour de Noël. Personne avec qui célébrer cette fête. Seule, une fois de plus.

Cela ne devrait pas lui faire aussi mal. Elle avait passé de nombreux Noëls seule, pourquoi celui-ci devrait-il être différent ?

Parce que je me suis permis de rêver, voilà pourquoi.

Elle avait beau s'être dit qu'elle ne s'investirait pas, elle l'avait fait. Elle s'était répété chaque jour de ne pas trop s'attacher à Kristjan. Il n'était pas le genre d'homme à se ranger, et même s'il était bon médecin et pourrait sans doute être un bon père, cela ne voulait pas dire qu'il ferait un bon partenaire de vie. Après tout, il n'avait aucune expérience.

Pourtant, il s'était glissé dans son cœur. Peut-être était-ce dû aux hormones de grossesse, peut-être pas. Mais il s'était faufilé sous ses défenses et elle l'avait laissé entrer, se disant que ce n'était que du sexe, qu'il était sensé – logique, même – de créer une relation positive avec le père de son enfant.

Peut-être était-ce une caractéristique masculine de penser que vous pouviez décider de tout ? Contrôler les choses ? Dire aux autres ce qu'ils doivent faire ? Du fait que Kristjan n'avait plus ses parents depuis longtemps, peut-être était-il si habitué à prendre les décisions dans sa propre vie qu'il croyait pouvoir les prendre aussi dans la sienne ?

Elle y réfléchit un moment, se redressant pour s'asseoir dans son lit.

Il est si habitué à prendre les décisions dans sa propre vie...

Était-ce cela ? Était-ce là la clé de tout ? Qu'avait-il fait, en réalité, à part lui demander d'envisager de rester en Islande ? Pour le bébé. Pour lui. Pour *eux.*

Il ne lui aurait pas demandé de l'épouser sur un coup de tête – il aurait considéré et soupesé la chose. Il n'était pas homme à s'engager à la légère.

L'ai-je mal jugé ?

Mais il avait paru tellement certain qu'elle allait rester ! Comme si la décision était prise. D'où avait pu lui venir cette idée, alors qu'elle n'avait rien confirmé ni infirmé ? Soudain, elle se rappela le journal qu'elle avait rapporté à la maison. Les appartements à vendre qu'elle avait entourés avec nonchalance, se demandant simplement ce qu'elle choisirait si elle restait. Il s'était agi d'un jeu, sans plus !

Mais j'ai laissé le journal sur la table basse. Je ne l'ai pas jeté. Si jamais il l'a vu et a pensé... Oh ! non !

Il avait cru qu'elle restait parce qu'elle avait laissé des preuves pouvant le lui faire penser ! Il n'avait nullement présumé de ses intentions !

Et elle ne lui avait pas laissé le temps de s'expliquer. Elle avait paniqué et s'était enfuie, sentant les fantômes de Noëls passés revenir la hanter, lui souffler qu'elle allait faire la même erreur qu'avec Mark.

Elle rejeta ses couvertures et chaussa ses boots. Il fallait qu'elle le rattrape !

Sa valise pouvait rester là. Elle ne craignait rien. Elle avait juste besoin de son manteau.

Après l'avoir enfilé, elle déverrouilla la porte de la chambre et se rua dans le couloir. Il était désert, seulement éclairé par les guirlandes lumineuses qui clignotaient autour des fenêtres et éclairaient un chariot hors d'usage. Elle courut appeler l'ascenseur. Le bouton était allumé, un voyant indiquait que la cabine était au rez-de-chaussée, mais elle montait.

— Allez ! Allez !

Lorsqu'elle arriva enfin, Merry se précipita à l'intérieur et appuya sur « rez-de-chaussée », se tordant les mains tandis que les chiffres passaient lentement du quatre au trois, puis au deux, puis au un, et finalement au zéro.

Les portes s'ouvrirent et elle fut assaillie par de la musique de Noël. Elle traversa en courant le vestibule, passa devant les chanteurs, et alors qu'elle atteignait la porte principale, elle l'aperçut.

— Kristjan !

Il se tourna et, quand il la vit, il relâcha visiblement son souffle. Il paraissait complètement gelé. Et trempé.

Il courut vers elle et la rejoignit près de l'immense sapin de Noël. Il s'arrêta à un mètre d'elle.

— Je t'ai cherchée partout.

— J'étais ici.

— J'ai regardé dans le local du personnel...

— J'étais dans une chambre de garde.

— Elles étaient toutes vides ou fermées à clé.

— J'étais dans l'une d'elles.

Il la dévisagea.

— Je n'ai jamais eu l'intention de présumer que tu allais rester. Je n'ai jamais eu l'intention de te dire quoi faire.

— Je sais. J'ai pris peur – de tout. J'ai été effrayée de refaire la même erreur. De me précipiter dans une relation. J'ai craint que nous ne soyons ensemble pour les mauvaises raisons.

— Je souhaite que tu restes ici pour pouvoir être un père, Merry.

Elle hocha la tête, sachant qu'elle n'avait aucun droit d'attendre qu'il l'aime.

Puis il s'approcha, lui prenant les mains.

— Mais je veux aussi que tu restes parce que je suis amoureux de toi et que je ne veux pas être privé de toi. Si tu souhaites que j'aille en Angleterre avec vous, alors je viendrai, parce que mon foyer sera toujours là où vous serez, toi et le bébé. Nous pouvons avoir des fiançailles qui durent des années, si tu le veux – et si le mariage t'inquiète –, ou nous pouvons continuer comme à présent. Quand j'ai essayé de te le dire, ce soir, je m'y suis mal pris. Je n'ai pas l'habitude de ce genre de chose. Ni de vouloir éperdument quelqu'un… Lorsque tu es entrée dans ma vie et que tu as bousculé tous mes principes et toutes mes convictions, je n'ai plus su quoi faire.

Elle sourit, le cœur explosant de bonheur.

— Tu allais bien me demander en mariage !

Il hocha la tête.

— Oui. Mais je sais que tu es déjà passée par là, alors il n'est pas urgent que nous nous mariions. Nous pouvons attendre aussi longtemps que tu veux, si tu ne souhaites pas te marier tout de suite. Je veux juste que tu saches que l'offre est sur la table – et le restera. Jusqu'à ce que tu sois prête. Jusqu'à ce que tu le décides.

Elle eut un petit rire fragile. Il venait de lui dire tout ce qu'elle avait toujours eu besoin d'entendre.

— J'ai déjà décidé, alors refais-moi ta demande.

Portant les mains de Merry à ses lèvres, il les baisa, puis il mit un genou à terre.

Autour d'eux, les gens s'arrêtaient pour les regarder, souriants.

— Merry Bell, je t'aime tant, et je veux continuer à t'aimer pour le reste de ma vie. Voudrais-tu me faire l'honneur de devenir ma femme ?

Des larmes de bonheur coulèrent sur les joues de Merry.

— J'accepte.

Lui prenant le visage entre ses mains, elle approcha ses lèvres des siennes et l'embrassa avec passion. Elle espéra qu'il pouvait sentir à quel point elle l'aimait, aussi. Il était tout pour elle !

— Nous devrions toutefois attendre jusqu'après la naissance, dit-elle. Je veux préparer un vrai mariage, cette fois.

— Nous ferons tout ce que tu voudras.

Elle l'embrassa de nouveau. Elle était si heureuse ! Si contente qu'il se soit mis à sa recherche, et qu'il l'ait trouvée ! Si soulagée de s'être trompée !

Les gens qui les regardaient applaudirent et lancèrent des vivats.

— Je n'ai pas de bague à te donner, dit-il, l'air incertain. Est-ce que cela t'ennuie ?

Elle secoua la tête.

— Bien sûr que non !

Soudain, il parut avoir une idée. Saisissant sa tresse, il en défit le lien de cuir et le lui noua autour de l'annulaire.

— Voilà. Il faudra que ça fasse l'affaire jusqu'à ce que je puisse te trouver la bague parfaite.

Elle regarda sa bague de fiançailles en cuir, rayonnante.

— Je n'ai pas besoin de la bague parfaite. J'ai déjà l'homme parfait, c'est tout ce qui importe.

Épilogue

Un an plus tard

Les heureux gazouillis de leur fils parvinrent à Kristjan et Merry par le babyphone.

Elle se tourna vers Kristjan et sourit.

— Il est réveillé !

Elle était si excitée ! C'était leur premier Noël en famille ! Einar avait six mois, et elle avait attendu ce jour avec impatience depuis sa naissance.

Ils se levèrent, enfilèrent leur peignoir et leur pyjama de Noël assortis et se dirigèrent vers la chambre de leur fils.

— Einar ! Coucou, mon chéri ! Joyeux Noël ! C'est le jour de Noël !

Merry prit son fils dans ses bras et embrassa ses joues rondes. Il était grand, comme son père, et elle n'aimait rien tant que d'aller le chercher dans son berceau chaque matin.

Einar lui adressa un grand sourire. Bavant un peu, il enfouit sa tête dans le cou de sa mère pour un câlin, et elle respira sa délicieuse odeur de bébé.

— Allons voir ce que le Père Noël a apporté.

Elle devait admettre qu'ils y étaient peut-être allés un peu fort pour les cadeaux, et se doutait qu'Einar prendrait plus de plaisir à déchirer les papiers d'emballage qu'à regarder les jouets, mais elle s'en moquait. Elle était déterminée à profiter au maximum de chaque instant de bonheur avec sa famille.

Kristjan changea la couche de son fils tandis qu'elle apportait une gigoteuse de Noël qui donna au bébé l'apparence d'un bonhomme en pain d'épices. Puis ils se rendirent dans la salle de séjour où le sapin attendait, avec les cadeaux empilés dessous.

On aurait dit une carte de vœux de Noël. C'était le bonheur domestique, traditionnel, festif... Il y avait des guirlandes lumineuses rouge et or, et près de la cheminée se dressait un grand renne fait de morceaux de bois. Son ventre était plein de babioles, et des guirlandes argentées pendaient de ses ramures tels des glaçons.

Ils s'assirent près du feu.

— Regarde, Einar ! Regarde tous tes cadeaux !

Il tenait assis tout seul depuis la semaine précédente. Comme de temps en temps il perdait encore l'équilibre, ils l'entourèrent de coussins – en cas de chute. Il gazouilla et se mit à rire, essayant d'attraper une décoration qui pendait en bas du sapin.

— Essaye ça, Einar, dit Merry. Ton tout premier cadeau de Noël.

Elle lui tendit un petit paquet enveloppé de papier cadeau, et il le prit contre lui en riant, montrant la seule dent qu'il avait pour l'instant.

Elle essaya de lui montrer comment ouvrir le paquet, mais bien sûr elle dut le faire elle-même. À l'intérieur se trouvait un pingouin en peluche. Le bébé le serra contre lui, lui bavant sur la tête.

— Je crois qu'on peut dire qu'il lui plaît, fit Kristjan.

— Oui. Penses-tu que nous devons lui donner le reste, ou le laisser s'habituer à un jouet à la fois ?

— Il semble heureux avec son pingouin, pour le moment.

Merry sourit, contemplant avec adoration son magnifique fils aux yeux bleus. Qui ressemblait tant à son père.

— J'ai un cadeau pour toi, mon amour, dit-elle en attrapant le paquet qu'elle avait caché sous le sapin la veille.

Kristjan sourit et se pencha pour l'embrasser.

— Merci. Qu'est-ce que c'est ?

Elle sourit.

— Ouvre-le !

Il glissa un doigt sous le ruban qu'il fit glisser, trouvant d'abord une enveloppe. Après l'avoir décachetée, il en sortit un carton d'invitation couleur crème, incrusté de flocons de neige argentés. C'était une carte qui demandait de réserver une date. Une date à la mi-juin.

Il l'ouvrit.

Réservez cette date !
14 juin
Mariage du Dr Merry Bell
Et du Dr Kristjan Gunnarsson !

Il regarda Merry, surpris.

— Vraiment ?

— Oui. Faisons-le, Kristjan ! Marions-nous !

Il l'attira à lui pour l'embrasser sous le gui qui pendait du plafond.

Elle était si heureuse ! L'année précédente avait été un tourbillon, avec la fin de la grossesse, la naissance et le fait de s'habituer à être une mère. Mais elle avait vite pris conscience qu'elle brûlait de faire partie d'une entité – *d'une famille.*

Kristjan la rendait plus heureuse qu'elle ne l'aurait cru possible, et il avait patiemment attendu qu'elle soit prête.

Eh bien, maintenant, elle l'était. Elle était plus que prête et elle voulait que le monde entier le sache.

— Alors c'est un oui ? demanda-t-elle, les yeux étincelants de joie.

Il hocha la tête.

— Cela a toujours été « oui ». Je t'aime, Merry Bell.

Un sourire rayonnant de bonheur aux lèvres, elle l'embrassa de nouveau avec passion.

ANNIE CLAYDON

Une noce dans les Alpes

Traduction française de
CHRYSTELLE POULAIN

BLANCHE

HARLEQUIN

Titre original :
THE BEST MAN AND THE BRIDESMAID

Ce roman a déjà été publié en 2021.

1

Cal Lewis était effectivement un très bel homme.

Andrea Allison, postée à quelques mètres de la réception de l'hôtel, le détaillait avec intérêt. Maggie, sa meilleure amie, lui avait fait un portrait détaillé de cet apollon des temps modernes, et Andrea n'était pas déçue, loin de là.

Une aura mystérieuse semblait flotter autour de Cal, de sa haute stature, de ses cheveux blonds, de ses larges épaules. Andrea était trop loin pour croiser son fameux « regard d'ambre », mais elle ne pouvait pas détacher les yeux de lui. Heureusement qu'il y avait du monde, ou la situation aurait pu devenir gênante !

Déjà, les employés s'affairaient autour des trois clients VIP nouvellement arrivés à l'hôtel. La directrice en personne était venue accueillir Maggie et Joe, son fiancé. Les futurs époux affichaient des airs radieux de circonstance, mais Cal, le témoin de Joe, se tenait légèrement en retrait, comme pour ne pas leur voler la vedette.

Pourquoi Andrea se sentait-elle à ce point attirée par lui ? Son physique de rêve et son sourire hollywoodien n'expliquaient pas tout. Était-ce cela, un coup de foudre ?

Allons ! Elle était depuis longtemps vaccinée contre ce genre de choses.

Maggie se précipita vers elle, et elle se ressaisit.

— Andrea ! Je suis tellement contente !

Elles s'étreignirent avec chaleur. Cela faisait plusieurs mois qu'elles planifiaient le mariage ; dans douze jours, le rêve deviendrait réalité.

C'était ici, dans les Alpes italiennes, que Maggie avait rencontré Joe. Andrea, qui était la médecin de la station, avait invité son amie à la rejoindre, et c'était pendant ces vacances que Maggie avait trouvé l'amour. Après une période d'incertitude, les tourtereaux allaient enfin pouvoir convoler. Dans une semaine leurs proches les rejoindraient, mais pour l'heure ils n'étaient venus qu'avec Cal...

— Tout le monde a été formidable, dit Maggie. On nous a servi du champagne dans l'avion, et le contrôleur du funiculaire m'a offert une rose.

Logée dans une boutonnière, la fleur penchait dangereusement. Andrea la redressa en souriant.

— Tu es gâtée et tu le mérites, dit-elle, émue. J'ai tout organisé ici, ne t'inquiète pas. Votre mariage sera parfait.

Maggie éclata de rire.

— Tu stresses plus que moi. Je sais que tout ira bien. On sera ensemble, famille et amis, heureux et en bonne santé ; que demander de mieux ?

Elle avait raison : rien n'était plus important que la santé. La pauvre était hélas ! bien placée pour le savoir.

— On va pouvoir se détendre pendant huit jours, fit-elle avec un soupir d'aise. J'avais trop hâte de revenir ici !

Baissant la voix, elle ajouta :

— Alors, comment le trouves-tu ? Je t'avais dit qu'il était canon.

D'après Maggie, Cal était également intelligent, adorable, et doté d'un grand sens de l'humour. Elle avait décrété qu'Andrea et lui auraient beaucoup de choses à se dire, étant tous deux médecins... et célibataires.

Ces idées romantiques n'étonnaient nullement Andrea, venant de la future mariée. Le contexte s'y prêtait ; Maggie, amoureuse et épanouie, souhaitait le même bonheur à tout le monde. Un vœu pieux, hélas !

— C'est vrai, il est... craquant.

— Il pourrait te faire aller de l'avant, Andrea.

— Rassure-toi, j'y travaille, répondit-elle, consciente que c'était un mensonge.

Trois ans après la mort de Judd, elle ne progressait pas, mais à quoi bon le reconnaître ? Maggie avait beau lui dire d'avancer, les choses n'étaient pas si simples.

— Tant mieux, répondit cette dernière d'un ton doux. Parce que Cal...

Andrea la fit taire d'un coup de coude : Joe et son témoin venaient vers elles.

— Andrea, ça fait plaisir ! s'exclama le futur marié. Et quel comité d'accueil !

Ils s'étreignirent avec une indéniable émotion.

Joe s'était montré formidable, au cours des deux années qui venaient de s'écouler. Comme elle, il avait sans relâche soutenu Maggie et, dans l'épreuve, ils avaient noué une amitié indéfectible.

— Vous étiez « un peu » attendus, répondit-elle d'un ton rieur. Ça va être le mariage du siècle, de ce côté des Alpes.

Joe éclata de rire et déposa un tendre baiser sur la joue de Maggie.

— C'est parce qu'on aura la plus belle mariée du siècle, messieurs dames. Et aussi, bien sûr, les meilleurs témoins. Andrea, Cal... Cal, Andrea...

Ignorant le sourire entendu de Maggie, Andrea prit une profonde inspiration. Encore un peu et elle allait rougir. Ce serait le pompon !

— Enchanté, Andrea, dit Cal. Je suis ravi de faire votre connaissance. J'ai beaucoup entendu parler de vous.

Sa voix grave, rauque et chaleureuse provoqua un délicieux frisson en elle. Puis elle serra la main que le médecin lui tendit, et ses joues s'enflammèrent. Quelle idiote ! Mais, plutôt que de nier l'évidence, autant reconnaître que ce type lui plaisait et passer à autre chose. Avec un peu de chance, il serait peut-être stupide, même si elle en doutait...

— En bien, j'espère, bredouilla-t-elle.

Elle regretta aussitôt sa question : et s'il croyait qu'elle cherchait les compliments ?

— En très bien, répondit-il, rassurant. J'espère quand même

que vous avez quelques défauts, car je débute dans le métier de témoin. Il faudra être indulgente.

C'était, pour le coup, un joli compliment. Elle sentit sa gêne s'accroître.

— Moi, je débute dans celui de demoiselle d'honneur. On fera nos bêtises ensemble et on ne dira rien, rassurez-vous.

Prenant conscience de ce qu'elle venait de dire, elle se mordit la lèvre. Faire des « bêtises » avec Cal ? Rien que ça ? Cette discussion prenait une mauvaise tournure...

L'air satisfait de Maggie lui fit reprendre ses esprits. Elle devait agir, et vite.

— Si on allait prendre un café au bar ? dit-elle. Après ce long voyage, vous l'avez bien mérité.

Joe opina, mais Maggie s'accrocha à son bras.

— Je suis épuisée, chéri. Hier, il y a eu la préparation des bagages, on a mal dormi, on s'est levés à l'aube... Je m'allongerais bien une heure ou deux.

Joe lui sourit tendrement.

— Bonne idée, reposons-nous. Andrea, Cal, ça vous embête si on vous fausse compagnie ?

Cal secoua la tête.

— Je vais zapper le café, moi aussi. J'ai une tonne de mails en retard auxquels je dois répondre.

— Tu avais promis de décrocher ! dit Maggie. Il travaille trop, fit-elle à l'adresse d'Andrea, qui ne savait plus quoi dire. Il est indispensable, tu comprends...

— Pas du tout, protesta Cal, l'air embarrassé. Je me fais juste du souci pour mes patients. Je suis sûr qu'Andrea comprend, en tant que médecin.

Pourquoi était-il aussi « comme il faut » ? Il devait bien avoir quelques travers, non ? N'importe quoi, qui le rende moins attirant...

— Bien sûr, répondit-elle d'un ton faussement enjoué. J'ai moi-même quelques coups de fil à passer. Autant que je m'en occupe avant mes consultations.

Rien d'important, mais personne n'avait besoin de le savoir !

— À ce soir, dit-elle en guise de conclusion. Bon après-midi à vous tous.

La neige épaisse crissait sous les semelles de Cal.

Les sommets enneigés des montagnes lui rappelaient, fort à propos, que l'univers était resté en place. La Terre continuait de tourner, quelles que soient ses préoccupations.

Au départ, il avait accueilli ces quinze jours de repos comme une chance. Ses patrons lui avaient suggéré de réfléchir sereinement à la promotion qu'ils lui offraient ; quoi de mieux que l'air pur, le ski et le mariage de son meilleur ami pour faire le point ?

Quand Maggie l'avait taquiné au sujet de « la belle doctoresse » demoiselle d'honneur, il ne s'était pas formalisé. Il en avait même ri. Pourtant, la donne avait changé en quelques secondes. Lorsqu'il avait vu Andrea dans le hall de l'hôtel, le monde avait basculé.

Au moment des présentations, il avait cru la voir rougir, et une chaleur diffuse l'avait submergé. Une réaction violente, d'autant plus imprévisible qu'il se croyait à l'abri. Mais les boucles brunes d'Andrea, son magnifique regard gris-bleu et son visage à l'ovale parfait l'avaient cloué sur place.

Par-delà l'attirance physique, il avait également eu l'impression de la connaître depuis toujours. Et c'était cela, surtout, qui lui avait fait peur. Alors, paniqué, il avait fui. Le soir venu, il n'avait même pas osé sortir de sa chambre. Il s'était excusé platement auprès de Maggie et Joe, par SMS, et avait dîné seul en lisant ses mails.

Le lendemain matin, il avait pris son petit déjeuner très tôt, puis était sorti marcher. Il avait suivi un chemin de randonnée d'où il apercevait désormais l'hôtel, en contrebas. Minuscules comme des fourmis vus d'ici, les clients commençaient arriver dans la véranda ou à emprunter les télécabines pour rejoindre les pistes inondées de soleil.

Sous ce ciel limpide, dans cette station de sports d'hiver, le temps aurait pu s'arrêter. Cal avait la sensation d'avoir trouvé un port d'attache et fait une rencontre précieuse. Bizarre, vu qu'il n'avait pas parlé à Andrea plus de cinq minutes !

Il poursuivit résolument son chemin vers les sommets. Cinq minutes, cinq heures ou cinq ans ne changeaient rien à l'affaire : il serait toujours incapable de s'engager avec une femme. Il avait blessé une amie chère, autrefois, et s'était promis de ne pas recommencer.

Cependant, du fait du mariage, il allait devoir côtoyer Andrea. Qu'il le veuille ou non, ils seraient amenés à se voir pour mettre les derniers détails au point. Il ne pourrait pas y échapper.

Dans ces conditions, autant se comporter en adulte et vivre ces préparatifs de manière agréable. Il allait traiter Andrea comme une amie et, bien sûr, garder une distance raisonnable.

La fête finie, il repartirait pour Londres avec la satisfaction de s'être correctement acquitté de son rôle de témoin. C'était simple comme bonjour. Il pouvait le faire.

Ce matin-là, Andrea fut déçue de ne pas voir Cal pour le petit déjeuner. La veille, elle avait plus ou moins anticipé qu'il esquiverait le dîner, mais avait espéré qu'il serait dans de meilleures dispositions après une bonne nuit.

— Il est parti se promener, expliqua Maggie. Puis il a une visioconférence. Comment peut-il être débordé à ce point ?

— Ce n'est pas comme si tu vivais avec un médecin, fit Joe, malicieux. Tu sais qu'on ne compte jamais nos heures.

— On devrait, pourtant, dit Andrea.

Non pas qu'elle-même soit submergée par son emploi du temps. Autrefois, à l'époque où Judd et elle exerçaient ensemble, elle avait consacré sa vie à son travail. Ils avaient d'abord été collègues, puis amis, et leur relation avait évolué car ils partageaient le même idéal.

Mais après l'accident, tout avait volé en éclats.

Elle n'avait pas pu sauver Judd. Elle avait perdu l'homme qu'elle aimait, ses repères, sa confiance en elle. Accepter un poste « tranquille », dans un cadre serein et au milieu d'inconnus, lui avait permis de refaire surface.

— Penses-tu retourner en Afrique ? demanda Maggie, qui avait toujours lu en elle comme dans un livre ouvert.

— Non. Je ne regrette pas d'y être allée, d'avoir vécu cette expérience, ma rencontre avec Judd... Mais l'Afrique, c'est terminé.

— Tu as sauvé plus de vies que la plupart d'entre nous ne le feront jamais, dit doucement Joe. Ta place est ici, maintenant. Il faut rester là où tu es bien.

Le quotidien d'Andrea se résumait à traiter des grippes, des entorses et quelques fractures. Rien de spectaculaire, mais elle ne se sentait plus capable d'autre chose.

— Oui. Ce cabinet suffit à mon bonheur.

— N'empêche que tu m'inquiètes, dit Maggie. Comment veux-tu rencontrer quelqu'un si tu ne descends jamais de tes montagnes ?

— Maggie..., fit Joe sur un ton de reproche.

Résignée, Andrea secoua la tête.

— Pas de souci, ça part d'un bon sentiment.

Pour éviter que la discussion ne revienne sur Cal, elle explora son sac et en sortit une pochette.

— Tenez, de la lecture. C'est votre mariage de A à Z !

La diversion produisit l'effet escompté sur Maggie, qui s'empara des documents avec un sourire heureux.

— Regarde ça, Joe ! C'est super ! Il y a des étoiles partout.

— J'ai attribué une couleur à chacun, dit Andrea. Maggie, tu es en rose, et toi en bleu, Joe.

— Pourquoi n'a-t-on que deux étoiles ? demanda-t-il.

— Une pour l'enterrement de vie de garçon et jeune fille, et une pour la cérémonie. Vous n'allez quand même pas gérer les détails pratiques, répondit-elle en riant. Les violettes sont pour moi et les vertes pour Cal... Ou quiconque voudra bien m'aider, s'il n'est pas disponible.

— Il le sera, dit Joe avec assurance. Il a promis de participer. Il sera content d'avoir une liste de choses à faire. Merci beaucoup, Andrea. Tu as tout géré comme une chef.

— Je te l'avais dit, c'est une pro de l'organisation ! dit Maggie, radieuse.

Voir ses amis heureux était la meilleure des récompenses, pour Andrea. Elle leur sourit, émue. Leur bonheur lui suffisait amplement. Le reste, témoin fantôme du marié compris, ne comptait pas.

Ce midi-là, l'absence de Cal au déjeuner confirma les soupçons d'Andrea : il l'évitait, dans l'espoir sans doute de contrer les plans de Maggie.

Même si Andrea comprenait sa méfiance, elle fut un peu déçue. Les choses étaient claires. Elle n'avait rien à espérer de lui.

En attendant, le mariage n'allait pas s'organiser tout seul, et elle décida d'aller voir Cal après ses consultations, pour mettre les choses à plat. Si elle ne pouvait pas compter sur lui, elle devrait ajuster son programme !

L'après-midi se déroula sans encombre. Elle termina juste avant 16 heures et, après avoir rassemblé ses affaires, retourna la petite pancarte Fermé sur la porte de son bureau. Elle s'apprêtait à la verrouiller quand une voix grave la fit sursauter.

— Andrea. Je vous cherchais.

De saisissement, elle lâcha son trousseau.

— Désolé de vous avoir fait peur.

Avant qu'elle ait pu réagir, il récupéra ses clés. Quand il se redressa, les effluves d'un parfum citronné, mêlés à une bonne odeur de savon, lui chatouillèrent les narines. La vision déplacée de deux corps enlacés devant un feu de bois l'envahit, et elle déglutit avec difficulté.

— Merci. Vous avez besoin d'un médicament ? Vous êtes malade ? bafouilla-t-elle

— Non, je voulais vous voir. Excusez-moi d'avoir été aussi peu présent, dit-il, l'air embarrassé. Joe m'a dit que vous aviez préparé une liste de choses à faire.

— Oui...

— Dans ce cas, si on en discutait autour d'un café ? Quand vous aurez le temps, bien sûr.

— Pourquoi pas maintenant ? On pourrait se retrouver au salon panoramique dans cinq minutes, le temps que j'aille chercher les papiers ?

— Super, c'est sympa. Merci de vous rendre disponible.

Dès qu'il se fut éloigné dans le couloir, elle se précipita vers l'escalier de service qui, du rez-de-chaussée, menait à son appartement, à l'étage.

Là, pour se remettre les idées en place, elle s'aspergea le visage d'eau fraîche. Sa relation avec Cal devait se limiter aux préparatifs du mariage, se répéta-t-elle pour la vingtième fois.

Elle se montrerait agréable et polie, sans plus. Si elle gardait ses distances, ils allaient pouvoir collaborer efficacement.

Elle renonça à mettre du gloss et fit une grimace à son image dans le miroir.

— Arrête de réagir comme une ado. Fais ce que tu as à faire, point. Ce n'est pas si compliqué.

Le salon panoramique offrait une vue spectaculaire sur les montagnes. Cal avait choisi une table devant la baie vitrée, et Andrea, installée en face de lui, comptait sur les sommets enneigés pour lui procurer l'apaisement dont elle avait tant besoin. Ce n'était, hélas ! pas gagné.

Un homme avait-il le droit d'être aussi beau ? Plus elle essayait de garder son calme, moins elle y arrivait.

— Joe m'a dit que vous aviez tout organisé magnifiquement, dit-il d'un ton neutre. Rassurez-vous, je suivrai vos instructions à la lettre.

Cela aurait presque pu être une réunion professionnelle. Lui, au moins, n'avait aucun mal à adopter la bonne attitude !

— Rien n'est gravé dans le marbre, répondit-elle. Si vous aviez prévu des choses, n'hésitez pas à me le dire.

— C'est gentil...

Il tourna, songeur, sa cuiller dans son cappuccino. Comme elle, il semblait craindre les silences gênants.

— Comment avez-vous rencontré Maggie ?

— On était voisines, c'est ma meilleure amie depuis nos six ans. Et vous ? Vous avez connu Joe à la fac de médecine ?

— Tout à fait. Vous exercez ici depuis un moment, je crois ?

— Deux ans et demi, oui.

Cette fois, un blanc s'installa. Cal toussota, comme s'il regrettait d'avoir amené la discussion sur un terrain personnel. Elle reprit les choses en main.

— Je vous ai apporté la fameuse liste des choses à faire.

Elle sortit un dossier de son sac et le déposa sur la table basse. Cal opina, sans faire le moindre geste pour le prendre.

— J'ai beaucoup entendu parler de vous, dit-il, à sa grande surprise. Je suppose que l'inverse est vrai, n'est-ce pas ?

— Je, hum… Oui.

Elle eut soudain très chaud. Elle ne voulait pas imaginer ce que Maggie avait pu raconter à son sujet.

Son embarras s'accrut lorsqu'elle s'aperçut que Cal la dévisageait avec insistance. Puis il lui sourit, et elle eut, comme le premier jour, l'impression bizarre de le connaître depuis la nuit des temps.

Avec lui, la franchise serait la meilleure des politiques. Elle en était intimement convaincue. Mais avant qu'elle ait pu parler, il se pencha vers elle :

— Maggie n'a pas joué les entremetteuses qu'avec moi, semble-t-il…

2

Cal s'était demandé à quel moment évoquer le « problème » avec Andrea. Il avait même hésité à en parler, tout court. Mais comme elle semblait aussi mal à l'aise que lui, il avait jugé indispensable de mettre les choses à plat.

Après sa remarque, elle avait rougi, s'était étranglée et avait failli renverser son café. Preuve qu'il avait touché juste !

Elle reposa sa tasse sur la table basse. Puis elle dévisagea Cal, et il eut l'impression qu'elle sondait son âme. Ni plus ni moins.

— Vous m'enlevez une épine du pied, dit-elle. Je ne savais pas trop comment aborder le sujet.

Son sourire le toucha en plein cœur. Elle était vraiment adorable...

— Il ne faut pas en vouloir à Maggie, dit-elle. C'est une incorrigible romantique, et plus encore avec le mariage qui approche. Mais rien ne nous oblige à entrer dans son jeu.

— Bien sûr que non, répondit-il gentiment. On n'a qu'à pratiquer la désobéissance passive.

Résister au charme d'Andrea lui demanderait sans aucun doute énormément d'efforts. Mais ils étaient sur la même longueur d'onde, et c'était l'essentiel.

— Ne vous formalisez pas de mes doutes, dit-elle en rougissant de nouveau. C'est... moi le problème.

Il lui sourit.

— Cela tombe bien, car je ressens la même chose. Ma vie est trop compliquée pour entraîner une femme dans une histoire sans avenir. Vous encore moins.

Il n'en revenait pas d'être capable de produire des phrases cohérentes, tant il était perturbé. À cette seconde précise, il n'avait qu'une envie : toucher Andrea. Or, c'était impossible. Ils venaient à peine de clarifier la situation !

— Je vois, murmura-t-elle. Moi, ce n'est pas le travail qui me retient... Simplement une mauvaise expérience.

Il aurait aimé l'interroger, mais n'osa pas. Il se contenta de hocher la tête.

— L'essentiel, c'est qu'on se comprenne.

— Oui.

Il aurait dû être soulagé, mais, de manière inexplicable, c'était la déception qui primait. Pour balayer cette impression, il préféra revenir au mariage.

— Vous devez être contente, dit-il. C'est grâce à vous que Maggie a rencontré Joe.

— Oh que oui ! Elle a eu le coup de foudre. Pour elle, leur histoire était une évidence.

— Joe aussi était convaincu d'avoir trouvé la femme de ses rêves. Il m'en a parlé dès son retour à Londres. Mais deux semaines plus tard, elle a rompu.

— Elle avait ses raisons, comme vous le savez. Les médecins venaient de lui diagnostiquer un cancer du sein. Elle ne voulait pas que Joe se sente obligé de rester avec elle.

— Sauf que, pour lui, il n'y avait pas d'alternative. Il *voulait* être présent. J'ai fini par le secouer. Je lui ai dit d'arrêter de geindre, d'aller voir Maggie et de faire ses preuves !

Andrea éclata de rire et se rejeta en arrière dans son fauteuil. Elle semblait beaucoup plus à l'aise, à présent.

— Moi, j'ai dit à Maggie que si elle aimait Joe, elle devait lui faire confiance. D'une certaine manière, on est tous les deux responsables de ce mariage !

À présent, il comprenait mieux pourquoi Maggie avait cédé alors que Joe perdait espoir. La bonne fée s'appelait Andrea...

— J'assume volontiers cette responsabilité, répondit-il.

— Et moi donc !

Il se pencha et prit le dossier sur la table.

— Maintenant, il ne me reste plus qu'à étudier tout ça.

— Je vais vous laisser le lire tranquillement. On en reparle plus tard, d'accord ?

Elle s'était levée, et il réprima un soupir. Bien sûr qu'il était d'accord, mais il aurait préféré qu'elle reste. Il était prêt à tout pour lui faire plaisir...

— Si on dînait ensemble ce soir ? demanda-t-il.

Elle parut hésiter puis, à son grand soulagement, se détendit et opina.

— D'accord. À l'hôtel, il y a la crêperie et la pizzeria, ou alors le restaurant classique.

— Je vote pour le restaurant, si ça vous convient.

Il choisirait un menu complet et profiterait ainsi plus longtemps de sa compagnie !

— Parfait. On dit 20 heures ?

— Ça marche. À tout à l'heure, Andrea.

Il la regarda s'éloigner, non par politesse – au cas où elle se retournerait –, mais parce qu'il ne pouvait pas s'en empêcher. Alors, dès qu'elle eut franchi la porte, il eut un rire sans joie.

Qui aurait cru qu'il fondrait au premier regard, lui, le maniaque du contrôle et de la maîtrise de soi ? Joe aurait sûrement parlé de coup de foudre, et il aurait démenti avec vigueur...

Jusqu'alors, il n'avait jamais baissé la garde devant une femme. Le mariage de ses parents s'était terminé par un divorce houleux alors qu'il n'avait que dix ans, et cette expérience l'avait profondément marqué.

Son père et sa mère s'étaient disputé son affection, et l'avaient transformé en enjeu de pouvoir. Pour se protéger, il avait appris à se détacher et à suivre son chemin quoi qu'il advienne. Renoncer à sa personnalité pour répondre aux désirs de quelqu'un d'autre, parents ou petite amie, jamais !

Très jeune, il avait privilégié ses études, puis son travail. Il s'était seulement autorisé quelques aventures jusqu'à sa rencontre avec Mary.

Amis proches, ils avaient développé un lien privilégié avant de franchir le pas.

Au départ, il s'était cru sur la même longueur d'onde qu'elle. Comme ils avaient peu de temps pour leurs vies personnelles, elle avait suggéré une relation épisodique et libre de toute promesse. Il avait accepté, sachant qu'il ne s'engageait pas… mais les choses avaient dégénéré.

Mary était tombée amoureuse. Lui, pas.

Certes, il l'aimait beaucoup, mais il n'avait jamais éprouvé de sentiments profonds et, sans le vouloir, il lui avait fait du mal. Comment aurait-il pu se le pardonner ? Trois ans plus tard, il s'en voulait encore.

« Quelque chose ne tourne pas rond chez toi, Cal… »

Il avait trouvé la phrase injuste, sachant que son insouciance était ce qui, à l'origine, avait plu à Mary. Néanmoins, il avait compris ces paroles prononcées sous le coup de la colère et du chagrin. L'amour exigeait des concessions. Or, il en était incapable. Voilà pourquoi il s'était promis de ne plus jamais blesser une femme.

Ces prochains jours, il se contenterait d'être le témoin heureux d'un beau mariage. Cela suffirait amplement.

Cal avait songé à mettre un costume, mais s'était ravisé au dernier moment.

Il comprit en s'installant au restaurant qu'il avait eu raison. Le *dress code* était chic mais décontracté, et il avait heureusement opté pour une chemise blanche, un pantalon en velours et un fin pull de laine.

C'était bien la première fois qu'il avait ce genre de dilemme. D'habitude, il se souciait de sa tenue comme de son premier stéthoscope !

À la minute où Andrea le rejoignit, il sut néanmoins pourquoi il s'était posé tant de questions. Elle était ravissante en courte robe marine, legging assorti et boots à petits talons. Ses cheveux flottaient sur ses épaules. Plusieurs regards admiratifs s'étaient tournés vers elle et, avec un orgueil tout masculin, il se réjouit d'être son partenaire pour le dîner…

Il se leva à son approche. Esquissant un sourire gêné, elle s'assit face à lui.

— Désolée, je suis un peu en retard, dit-elle. Maggie n'avait pas fini de défaire ses valises, je l'ai aidée.

— Tout a survécu au voyage, j'espère. Joe a failli percuter un homme pour être le premier devant le tapis roulant des bagages, à l'aéroport. Il avait trop peur que la robe de mariée ne disparaisse !

Elle éclata de rire.

— Pas de souci, tout va bien. On a rangé les tenues de soirée hier, et on vient de vérifier les accessoires. Je vais pouvoir rayer ça de ma liste.

En parcourant le dossier du mariage, Cal avait retrouvé le déroulement du premier jour : la limousine avec chauffeur qui attendait à l'aéroport, la rose offerte par le contrôleur du funiculaire... Rien ne manquait.

Pour la suite, Andrea avait établi la liste des invités et noté les numéros de chambres. Elle avait inscrit les régimes alimentaires et les pathologies des personnes âgées. Soucieuse du moindre détail, elle avait aussi relevé l'âge des enfants et prévu couchages, activités et menus adaptés.

Le gâteau de mariage – qui serait confectionné par les pâtissiers de l'hôtel – avait fait l'objet d'un essai photographié. Avec l'aval des futurs époux, Andrea avait également prévu la décoration de la salle de réception, où se tiendrait le repas. Tout était calé, de la cérémonie aux animations en passant par le plan de table.

— Très impressionnant ! dit-il en désignant les documents qu'il avait pris avec lui. Vous avez travaillé dans l'événementiel ?

— Non, jamais. Mais au fond, « organiser » rime toujours avec « anticiper ». Que ce soit pour un mariage ou autre chose.

— C'est vrai.

Les employeurs de Cal auraient eu bien besoin de quelqu'un comme Andrea. Avec elle, les patients pouvaient dormir tranquilles. Mais sans doute gâchait-elle son talent à ne faire que de la bobologie.

— Si j'ai oublié quelque chose, Cal, n'hésitez pas à me le dire.

Son air inquiet lui alla droit au cœur. Il lui sourit.

— Je vois mal ce qui pourrait manquer, répondit-il gentiment. Et pour l'enterrement de vie de garçon, je suivrai vos idées, promis.

— Je sais que c'est au témoin d'organiser cette soirée mais... puisque vous ne connaissez pas les lieux, j'ai pris la liberté de faire quelques suggestions.

— Vous avez bien fait, lui dit-il d'un ton rassurant. Je vous aurais demandé des tuyaux, de toute façon, et les numéros des compagnies de taxis. Mais vous avez pensé à tout.

Pourrait-il la convaincre de venir à la soirée ? Il se traita aussitôt d'idiot ! Elle participerait à l'enterrement de vie de jeune fille. Comment avait-il pu l'oublier ?

Se reprenant, il revint au jour J.

— J'ai les alliances, dit-il. Elles sont bien en sécurité dans le coffre de ma chambre. Pour le pêle-mêle, j'ai apporté des photos de Joe à l'université, et sa mère m'en a envoyé de plus vieilles.

— Super ! Moi, j'en ai plein de Maggie à tous les âges. Ça aurait été dommage qu'il n'y ait pas quelques portraits rigolos du marié.

Il prit le menu et haussa les sourcils.

— Avez-vous des suggestions ?

Elle rit.

— Ma frénésie de contrôle n'ira pas jusqu'à votre assiette ! Tout est excellent ici, alors faites-vous plaisir.

Ils discutèrent en détail du mariage pendant l'apéritif, puis au cours du délicieux repas mitonné par le chef. Mais au moment du café, un silence gêné tomba. Andrea fut la première à le rompre.

— Alors comme ça, vous exercez à Londres... Si j'ai bien compris, vous travaillez pour une organisation caritative ?

Même s'il avait résolu d'éviter les sujets trop personnels, cet intérêt lui fit plaisir.

— C'est exact. Mon ONG fait venir en Angleterre des patients qui ne peuvent pas être opérés dans leur pays, faute d'argent ou de moyens techniques.

— Ah oui ? Racontez !

Une vive curiosité illuminait le regard d'Andrea, et il hésita. Il aimait beaucoup parler de son engagement professionnel, mais n'allait-il pas trop se livrer ?

C'était un risque, pourtant il avait envie de partager sa passion avec elle.

— Nous avons développé une double stratégie, dit-il. D'une part, nous accueillons des cas complexes dans notre clinique londonienne. J'étudie les dossiers que nos collègues étrangers nous adressent, et j'opère bien sûr certains patients.

— Quel programme… En quoi consiste l'autre volet ?

— L'équipe apporte des aides techniques et des équipements aux chirurgiens locaux pour les interventions simples. Nous les formons sur place et à distance. Nous entretenons le matériel.

— C'est essentiel. Parfois, il manque une pièce toute simple pour un appareil de radio, et ils sont coincés.

Ainsi, elle connaissait la problématique. La question la touchait manifestement.

— Nous consacrons beaucoup d'énergie à la maintenance dit-il.

— Et vous personnellement ? Comment répartissez-vous vos activités ?

— Je passe la moitié de mon temps à Londres et le reste sur le terrain. Je me partage entre la chirurgie et l'organisationnel.

Quand Andrea scruta ses mains, il sentit de petits fourmillements lui chatouiller la peau. C'était fou, insensé, mais il n'y pouvait rien.

— Votre travail a l'air passionnant, dit-elle.

— Il l'est. Le plus compliqué, c'est de bouger sans arrêt.

Il s'interrompit. La bonne excuse qu'il utilisait toujours pour justifier sa vie solitaire lui paraissait, soudain, un peu faible. Il aurait été gêné de la servir à Andrea.

— Je m'en doute, répondit-elle d'un ton neutre. Alors vous privilégiez votre carrière ?

— On peut le dire, oui. Je n'y ai pas trop réfléchi au départ, mais les choses ont tourné comme ça.

Elle leva les sourcils. Elle avait apparemment compris que ses choix étaient beaucoup plus arrêtés qu'il ne voulait l'admettre.

— Vous assumez bien votre parcours, tout de même, dit-elle.

— C'est vrai, admit-il. Et vous ?

Elle haussa les épaules.

— Après la fac, tout m'a souri. J'ai trouvé un poste intéressant, je me suis fiancée à un collègue… mais les choses se sont très mal terminées. Ensuite, je suis arrivée ici et… ça va. J'ai trouvé mon équilibre.

Qu'avait-il pu lui arriver pour qu'elle en parle de manière si évasive ?

L'impression de calme, de contrôle, qu'elle donnait n'était qu'un leurre. Il la devinait extrêmement vulnérable sous son masque souriant. Il devait absolument garder ses distances.

Elle n'avait pas besoin d'un homme comme lui. Il devait, plus que tout, éviter de lui faire du mal.

— La montagne offre un très beau cadre de vie, dit-il doucement.

Les lumières extérieures de l'hôtel éclairaient un paysage de carte postale où quelques flocons voletaient dans la nuit paisible.

— Oui, c'est magnifique, dit-elle. Un peu monotone parfois, mais dans l'ensemble ça me convient.

Pourquoi se limiter à cet horizon ? Elle aurait sûrement la capacité d'exercer dans un lieu plus stimulant si elle le désirait...

Elle avait détourné la tête, et il comprit le message. Les confidences personnelles étaient terminées. Il n'en apprendrait pas davantage.

— Avez-vous déjà fait du snowboard ? demanda-t-elle en regardant par la fenêtre.

— Non, mais je comptais skier demain.

— Figurez-vous qu'en deux ans et demi je ne suis jamais montée sur une planche de snow. Quelle lacune ! Mais Maggie et Joe doivent prendre un cours demain matin, et je pensais les rejoindre...

La question muette resta en suspens. Il eut, tout à coup, l'impression que le snowboard manquait cruellement à sa pratique sportive.

— Le moniteur aura peut-être une place pour moi, hasarda-t-il.

Elle esquissa un petit sourire.

— J'ai vérifié, c'est le cas. Alors, si le cœur vous en dit...

Il exhala une grande bouffée d'air. Tout allait bien. Il n'avait pas besoin d'éviter Andrea comme une pestiférée. Ils avaient le droit de faire plus ample connaissance, dans le cadre d'une relation strictement amicale.

— Je vais sauter sur l'occasion, et avec grand plaisir, dit-il. Où et quand doit-on se retrouver ?

— À 10 heures, à l'école de ski en haut des pistes. J'ai hâte d'y être !

— Moi aussi, Andrea.

3

Ce cours de snowboard *n'était pas* un rendez-vous galant.

Andrea se l'était répété en boucle pendant tout le trajet dans la télécabine. Cal et elle avaient suffisamment discuté, la veille, pour que les choses soient claires. Et d'ailleurs, ils ne seraient pas seuls mais entourés d'autres apprentis.

Maggie avait eu une réaction révélatrice ce matin-là au petit déjeuner. Elle avait eu un air effaré en entendant Cal parler de leur projet. Sans doute craignait-elle qu'Andrea ne se retrouve les quatre fers en l'air dans la neige, une manière peu glamour de se faire remarquer !

Parvenus au sommet, ils s'étaient répartis dans deux groupes, Maggie et Joe d'un côté, et eux de l'autre. Francine, la monitrice, avait donné ses consignes, et Cal s'était élancé sur-le-champ.

— Doucement ! Holà ! cria Francine, tandis qu'il dévalait la pente à une vitesse vertigineuse.

Il était presque arrivé en bas lorsqu'il perdit l'équilibre, chuta, et glissa sur le dos. Andrea, effarée, porta une main à ses lèvres, mais avant qu'elle ait pu lui demander si ça allait, il se releva.

Francine le regarda s'ébrouer comme un chiot et secoua la tête.

— Évite les cascades, toi ! dit-elle en gratifiant Andrea d'un regard sévère. Pense à ton épaule.

— J'y pense...

Andrea aurait voulu jeter sa prudence aux orties, mais elle ne pouvait pas se le permettre. Son corps était fragile, elle devait le garder à l'esprit.

Heureusement, son épaule était stable, désormais. Elle avait néanmoins mis une attelle, par précaution, et au pis il y avait un médecin sur place...

La simple idée que Cal puisse la toucher lui donna le frisson. Jamais de la vie. Elle ne tomberait pas !

Elle partit plus lentement que le reste du groupe. Arriver la dernière ne la dérangeait pas, au contraire : elle respectait les consignes et, pour une première fois, elle s'en sortait bien.

Le sourire de Cal lui parut plus gratifiant que toutes les médailles olympiques.

— Super ! Bravo ! dit-il.

— Je ne suis pas allée aussi vite que toi.

En quittant le restaurant, la veille, ils avaient abandonné le vouvoiement. Ils étaient collègues, témoins de mariage... Elle avait accepté de bon cœur la proposition de Cal de le tutoyer.

— J'aurais dû écouter Francine, répondit-il en riant. Ce n'était pas malin, de foncer.

— Parce que tu sais faire les choses autrement qu'à fond ?

Il rit, et elle eut un coup au cœur en remarquant qu'ils étaient, déjà, très complices. Des étrangers qui donnaient l'impression de se connaître depuis toujours...

Ils reprirent le tire-fesses l'un derrière l'autre et, au sommet, Cal lui adressa un clin d'œil en montrant sept doigts. Donner 70 % de ses capacités, c'était bien pour un débutant. Cette fois, il atteignit son but sans encombre, pour le plus grand plaisir de Francine.

— À toi, Andrea ! cria-t-il.

Était-ce le fait de se sentir observée, toujours est-il que ses genoux se dérobèrent en fin de parcours. Elle perdit l'équilibre et, paniquée, termina sa course sur le flanc.

— Ça va... Ça va aller..., répétait-elle, les paupières closes.

Une main se posa sur son bras. Elle ouvrit les yeux sur Cal agenouillé près d'elle.

— Ne bouge pas et respire, dit-il d'un ton calme. Où as-tu mal ?

Pourquoi la dévisageait-il ainsi ? Il semblait lire en elle comme dans un livre ouvert.

— Nulle part, prétendit-elle.

Le choc passé, elle ne pouvait plus ignorer la douleur dans son épaule gauche. Elle y porta la main droite de manière réflexe et le regretta en croisant le regard soucieux de Cal.

— Même pas à l'épaule ?

Ignorant la question, elle s'assit dans la neige.

— Aide-moi à me relever, s'il te plaît.

Au lieu de prendre sa main tendue, il lui enlaça la taille. Elle voulut protester, mais la chaleur de son corps musclé était trop réconfortante, et elle garda le silence. Elle ne pouvait que le dévisager, s'enivrant de son contact, de son odeur si masculine...

— Ça va ? demanda-t-il tout bas.

— Oui, très bien. Merci beaucoup.

Il la relâcha, puis recula lentement. Puis il récupéra la planche qu'elle avait abandonnée dans la neige et la porta, gentil et prévenant, comme n'importe quel homme l'aurait fait pour sa petite amie...

Elle se traita d'idiote et se reprit. La leçon n'était pas finie, mais Francine, qui les avait rejoints, lui conseilla de s'arrêter là. C'était ce qu'Andrea s'apprêtait à faire, de toute façon. Elle n'avait pas vraiment le choix.

— Je vais monter au restaurant d'altitude par la télécabine, dit-elle. Je vous regarderai de là-haut.

— On t'accompagne, décréta Francine. Tout le monde suit bien, alors on pourra terminer par une piste rouge.

Le groupe effectua le trajet dans une ambiance bon enfant. Ils venaient d'arriver au sommet quand un mouvement, sur la droite, attira l'attention d'Andrea. Une zone balisée par des drapeaux jaune et noir avait été interdite aux skieurs après des chutes de neige nocturnes ; pourtant, elle avait repéré deux silhouettes en haut de la pente...

— Francine !

La monitrice tourna la tête et se rembrunit en voyant les snowboardeurs imprudents.

— Arrêtez ! cria-t-elle. Ces gamins sont impossibles. Je les ai déjà mis en garde tout à l'heure, mais ils n'écoutent rien !

Elle pivota vers l'autre moniteur :

— Peux-tu gérer la dernière descente, Bruno, s'il te plaît ? Je vais les rattraper.

— Sans problème.

Francine skia jusqu'aux motoneiges garées en bordure de piste. Trop tard, hélas ! Le premier surfeur, déséquilibré, avait entraîné l'autre dans une chute spectaculaire.

Effarée, Andrea vit une plaque de neige se détacher derrière eux. Ils débaroulaient la pente très raide, mais l'avalanche qu'ils avaient provoquée allait plus vite encore...

Prompt à réagir, Bruno avait également atteint l'une des motoneiges. Sitôt débarrassé de ses skis, il démarra et Francine sauta derrière lui, sous les regards inquiets des élèves groupés en lieu sûr, du bon côté des filets de protection. Andrea sut ce qu'elle avait à faire : elle se précipita, talonnée par Cal qui avait déchaussé son snowboard, vers un deuxième engin.

— Tu les as repérés ? demanda-t-elle.

— Là-bas ! dit-il, désignant une zone aux trois quarts de la pente, sur la droite. On y va ?

— Bien sûr !

Il était normal qu'elle prenne la direction des opérations, mais quand il s'installa derrière elle sur la motoneige, une immense sensation de réconfort la gagna.

— Garde les yeux sur le point que tu m'as montré, dit-elle. On perd vite ses repères en montagne, et le temps presse...

Elle suivit la trace des moniteurs, sachant qu'ils avaient par expérience emprunté la voie la plus sûre et la plus directe. Alors, au milieu de la pente, elle repéra un des surfeurs. Vêtu d'une combinaison rouge, il – ou elle – se redressait en titubant. Il n'y avait en revanche aucun signe de la deuxième personne.

Les moniteurs s'étaient garés près de la victime, un homme qu'Andrea, les rejoignant quelques instants plus tard, vit s'affaler contre Francine. Cette dernière le fit asseoir dans la neige, et Bruno s'agenouilla près de lui.

— Ça a l'air d'aller ! dit Francine. Bruno s'occupe de lui pendant qu'on cherche l'autre.

— Super, répondit Andrea, soulagée. Cal...

Elle pivota vers lui, mais il s'était déjà éloigné. Il cheminait dans la neige épaisse, le regard fixé sur son objectif.

Soudain, il s'arrêta.

— Là ! dit-il. Je les ai vus disparaître à cet endroit.

— Formidable, dit Francine, reconnaissante. On va commencer à chercher un peu plus bas.

Cal vint vers Andrea.

— Ont-ils appelé des renforts ? demanda-t-il à voix basse.

— Oui. Les moniteurs portent tous un bipeur d'alarme. Les gars ne vont pas tarder. On fait un exercice par mois, ils sont prêts. Désactive ton traceur GPS.

Il opina et fouilla sous son anorak pour récupérer un minuscule boîtier, qu'il éteignit et rangea dans sa poche. L'unique signal repérable devait être celui du skieur enseveli.

— Heureusement que l'hôtel équipe ses clients de ce joujou ! L'idée vient de toi ? demanda-t-il en souriant.

C'était le cas, et si cela pouvait sauver une vie, elle s'en féliciterait !

— Oui, répondit-elle. Le dispositif d'alerte est inclus dans notre nouveau programme de sécurité.

— Dont tu es l'auteur, je suppose. Tu m'as l'air très bien informée, en tout cas.

Gênée, elle baissa la tête. Il l'avait percée à jour. Il avait dû sentir qu'elle voulait contrôler un maximum de choses.

— Cela fait partie de mes missions. Comme on dit : « Mieux vaut prévenir que guérir. »

— Absolument.

Fallait-il préciser qu'elle avait fait le maximum pour ne plus se trouver seule face au danger ? Quelque part, il l'avait sans doute compris.

Francine, qui avait rechaussé ses skis, décrivait des cercles concentriques dans l'espoir de localiser l'émetteur de la deuxième victime. Dix minutes avaient dû s'écouler depuis l'accident. C'était déjà trop long…

La vision de Judd grièvement blessé s'imprima dans le cerveau d'Andrea. Elle se revit au bord de la route, incapable de le sauver. Le chagrin lui brouilla la vue, et la panique monta, alimentée par la douleur sourde dans son épaule gauche. Elle devait se contrôler !

— Y a-t-il du matériel de déblaiement sur les scooters ? demanda Cal.

— Je… Oui.

Sa voix calme la ramena au présent. Elle avait une mission, il lui était interdit de flancher.

— Allons voir, dit-elle.

Ils remontèrent la pente jusqu'à leur motoneige et découvrirent, rangés sous la selle, deux sondes avalanche et deux pelles.

— Tu sais utiliser une sonde ? demanda-t-elle.

— Je ne l'ai jamais fait, mais ça devrait aller. On oriente la perche à angle droit de la surface et on cherche une résistance ?

— C'est bien ça. Dès que Francine aura repéré un signal, on commencera à fouiller.

À peine avait-elle achevé sa phrase que la monitrice leur fit de grands signes. Elle se trouvait une dizaine de mètres en contrebas du point repéré par Cal, dont l'acuité visuelle leur avait fait gagner un temps précieux.

Bruno les rejoignit, avec le matériel de son scooter. Ils se mirent à fouiller tous les trois et, une minute à peine plus tard, Cal tomba à genoux.

— J'ai quelque chose, annonça-t-il.

Presque aussitôt, un gant de ski apparut. Puis les doigts remuèrent, agrippant sa main.

Andrea se précipita. À genoux, elle se mit à creuser frénétiquement sans plus se soucier de son épaule, et fut bientôt rejointe par les moniteurs.

Ils découvrirent un deuxième bras, replié comme si la personne avait voulu se protéger la tête. Il s'agissait d'une jeune femme. La malheureuse, qui luttait pour reprendre son souffle, avait l'air complètement terrorisée.

Penchée sur la poitrine de la victime qu'elle essayait de dégager, Andrea ne put, soudain, retenir un cri : une affreuse douleur venait de lui cisailler l'épaule.

— Protège son visage, dit Cal. Francine et Bruno vont continuer à creuser.

Il avait tout compris sans poser de questions !

Quand elle put enfin respirer librement, l'imprudente skieuse fondit en larmes.

— Tout va bien, vous êtes sauvée, dit Andrea en anglais.

Elle répéta la phrase en italien. La malheureuse lui répondit par quelques mots incohérents. Elle avait l'air hagard et les lèvres bleues mais, au moins, était-elle vivante.

— Vu sa position, ses pieds ont dû glisser vers l'avant en premier, dit Cal. Il faut creuser plus bas pour dégager ses jambes.

La rapidité d'action s'imposait pour évaluer l'état physique de la patiente et limiter les effets néfastes du froid et du choc. Cal, Bruno et Francine s'activèrent sans relâche, tandis qu'Andrea parlait à la jeune femme en lui étreignant la main.

Un bruit de moteur, lointain d'abord, puis plus proche, la rassura. L'ambulance des neiges se rapprochait. Quelques minutes plus tard, deux hommes accoururent et débarrassèrent Cal et Bruno de leurs pelles pour prendre le relais. Il ne leur restait plus grand-chose à faire : le travail de dégagement était presque terminé.

Dès qu'il le put, Cal procéda à un rapide examen de la skieuse, relevant ses constantes et cherchant des signes d'éventuelles fractures.

— Peut-on la bouger ? demanda Andrea.

— Oui, c'est bon.

— Ouf ! Tomas, on prend la barquette de sauvetage, dit-elle au chef secouriste.

— Je m'en doutais, répondit celui-ci. Elle est prête, juste là.

À eux deux, Cal et Tomas sanglèrent la victime dessus, tandis que le chauffeur rapprochait l'ambulance au maximum. Andrea poussa un soupir discret. Ils avaient réussi ! Elle avait failli paniquer, mais la présence de Cal l'avait remise sur les rails.

Jamais elle n'oublierait ce sauvetage.

Ce n'était pas le manque d'expérience qui avait déstabilisé Andrea. Si Cal avait vu juste, c'était plutôt le contraire.

« Les choses se sont très mal terminées. »

Qu'avait-il pu lui arriver pour qu'elle ait à ce point besoin de tout maîtriser ? Elle s'était maîtrisée, pendant le sauvetage des snowboardeurs, mais il aurait fallu être aveugle pour ne pas voir son angoisse.

Les questions personnelles devraient hélas ! attendre. Ils se trouvaient dans l'ambulance, et la santé des patients primait sur le reste.

— Tu as mal à l'épaule ? demanda-t-il néanmoins.

— Pas trop. C'est juste une vieille blessure qui se réveille.

— Assieds-toi à côté de Tomas. Je resterai accroupi. On est à l'étroit là-dedans.

Le premier surfeur, installé sur la banquette avant près du conducteur, se taisait mais paraissait néanmoins en forme. On ne pouvait pas en dire autant de sa compagne, Giulia. Choquée, celle-ci alternait les phases d'agitation et de silence total.

— *Va tutto bene*, dit Andrea d'un ton apaisant.

Quand leur véhicule se gara devant l'hôtel, Andrea descendit la première, d'un pas que Cal jugea raide et chancelant. Puis elle ouvrit la marche vers le cabinet où une infirmière les attendait. Elles s'entretinrent à voix basse pendant que Tomas et lui s'occupaient des deux patients.

— L'hélicoptère sera là d'ici quinze minutes, annonça finalement Andrea. On a le temps de préparer Giulia.

— Tu veux commencer à la réchauffer ?

— Oui, c'est le protocole.

Après avoir perfusé la patiente, elle rédigea ses notes d'une écriture nette et précise.

Revenue à elle dans un environnement sécurisant, Giulia se mit soudain à pleurer. Laissant Andrea la réconforter en italien, Cal lui retira ses chaussures de ski et fut aussitôt alarmé. Sa cheville droite était noire et avait doublé de volume.

— Les attelles gonflables sont dans le placard, juste derrière toi, dit Andrea.

Il en équipa au plus vite la patiente, et, quelques instants plus tard, les secouristes envoyés par l'hôpital les rejoignirent. Andrea les connaissait visiblement bien et, à en croire son air détendu, la blessée allait bénéficier d'une excellente prise en charge.

L'hélicoptère décolla du toit de l'hôtel. Après son départ, Cal suivit Andrea vers le cabinet, où Jim, l'autre snowboardeur, était resté sous la surveillance de Tomas.

— Tout est bien qui finit bien, dit Cal à Andrea.

— Merci… pour ton aide. Et dire que tu es en vacances !

— Un médecin n'est jamais en vacances, tu le sais bien. Maggie me disait justement l'autre jour qu'elle trouvait le dévouement très sexy chez un homme, ajouta-t-il, malicieux.

— Navrée de te décevoir, mais je pense qu'elle parlait de Joe.

Ils s'esclaffèrent en chœur, et la tension du sauvetage s'évapora comme par magie.

— Le dévouement est une chose, mais l'organisation en est une autre, dit-il, reprenant son sérieux. L'excellente coordination de l'équipe m'a impressionné.

Le sourire gêné d'Andrea était plus révélateur que de longues explications. Néanmoins, il insista :

— C'est toi qui es derrière tout ça !

— Exact. Mon prédécesseur n'allait pas sur le terrain, il laissait faire les secouristes. Je me suis dit qu'on pouvait améliorer les prises en charge, notamment pour accueillir les blessés avant leur départ pour l'hôpital.

— Giulia peut te remercier, comme sans doute d'autres avant elle. Ton système fonctionne bien.

Les compétences d'Andrea dépassaient de loin la bobologie et le traitement des rhumes et autres grippes. Maintenant qu'il la connaissait un peu, il ne s'en étonnait pas, au contraire !

Un court trajet en ascenseur, et ils furent devant la porte du cabinet. Andrea eut, en sortant ses clés de sa poche, un petit rictus qui n'échappa pas à Cal.

Un peu plus tôt, elle avait éludé les questions sur son épaule. Et là, il s'apprêtait à franchir une ligne blanche, mais tant pis. Elle souffrait. Il s'inquiétait pour elle. Il ne pouvait pas la laisser comme ça.

— Cette épaule t'embête, apparemment. Après toi..., fit-il après qu'elle eut ouvert la porte.

Elle le précéda à l'intérieur en souriant.

— Dévoué, sympa, avec de bonnes manières... Je comprends mieux pourquoi Maggie chante en permanence tes louanges !

Voilà qui ressemblait fort à une tentative pour changer de

sujet ou il ne s'y connaissait pas. Et il ne pouvait guère insister, sachant qu'elle devait aller voir Jim.

Mais elle ne perdait rien pour attendre. Comme elle l'avait souligné, il était en vacances. Il avait toute la journée pour s'occuper d'elle !

4

Plus le temps passait, plus Andrea trouvait difficile de tenir Cal à distance.

S'il n'y avait eu que son physique de rêve, elle aurait pu garder la tête froide. Mais comment résister à sa gentillesse et à son sourire ? C'était mission impossible !

Solide comme un roc, il l'avait, sans rien dire, aidée à ne pas flancher pendant le sauvetage. Il la comprenait d'instinct, et c'était bien là le plus gros problème.

Elle s'était réfugiée dans ces montagnes pour se reconstruire. Elle y avait trouvé la paix. Quelle folie ce serait de tout mettre un danger pour un inconnu, aussi formidable fût-il !

Quand, après avoir examiné Jim, elle regagna la première salle de soins, tout avait été nettoyé et rangé. Cal – véritable fée du logis – était passé par là. Assis sur la table d'examen, il feuilletait une revue et se leva à son approche.

— Encore là ? dit-elle. Je te croyais parti. Merci pour le ménage. Tu m'épargnes une corvée.

— Mais de rien... Je t'ai attendue pour avoir des nouvelles de ton épaule. Et de Jim, bien sûr.

Vaincue par son sourire chaleureux, elle secoua la tête. Il avait habilement inclus le patient dans la discussion. Elle ne pouvait pas le snober sans paraître impolie...

— Jim va bien, répondit-elle. Il s'en tire avec quelques contusions. Il a eu beaucoup de chance.

— Il doit s'inquiéter pour Giulia.

Elle eut une moue désapprobatrice.

— Pas tant que ça. Ils ne se connaissent que depuis hier soir. Ils ont bu quelques verres ensemble, et pour finir il l'a convaincue de faire du hors-piste avec lui ce matin.

— Ah ! d'accord. Alors il n'ira pas la voir ?

— Ça m'étonnerait. Elle est en vacances avec des amies, elles étaient parties faire des courses au village. Je vais attendre leur retour ; si elles ont besoin de moi, je les accompagnerai à l'hôpital.

— Après t'être occupée de ton épaule, bien sûr...

Sa sollicitude et son autorité entamaient ses défenses. Elle fronça les sourcils. Il lui répondit par une grimace, puis se fit plus sérieux.

— Je sais que tu as eu très mal. Explique-moi donc pourquoi tu es dans le déni. On peut passer une heure à discuter, si tu veux. J'ai tout mon temps...

— Ou alors, on peut laisser tomber l'affaire !

— On pourrait, oui. Ce qui serait une insulte à ton intelligence et à la mienne.

Mais pourquoi était-il si parfait ? Pourquoi ne pouvait-il pas, simplement, la laisser tranquille ?

Elle soupira, résignée.

— Je me suis déboîté l'épaule dans un accident de voiture il y a trois ans. J'ai mal récupéré, et finalement on m'a opérée l'année dernière. Ça chatouille de temps en temps.

Il s'adossa au mur, les bras croisés sur le torse, et la toisa sévèrement. Elle alla s'asseoir sur la table d'examen.

— D'accord, là, j'ai mal ! s'écria-t-elle. Peux-tu jeter un coup d'œil, s'il te plaît ?

Il opina et se dirigea sans commentaire vers le lavabo. Pendant qu'il se lavait les mains, elle essaya de retirer son chandail mais s'immobilisa, cisaillée par la douleur, la tête dans l'encolure.

— Oh !

Elle entendit Cal venir vers elle, puis il lui toucha doucement le bras.

— Reste tranquille, d'accord ? Détends-toi.

Il la fit basculer contre lui et, délicatement, la débarrassa de son pull. Puis il dégrafa son attelle, et elle se réjouit de porter un débardeur chaud et confortable au-dessous. Au moins, elle ne se retrouverait pas en soutien-gorge...

Cal régla la hauteur de la table, se mit derrière elle. Le contact de ses doigts tièdes provoqua un délicieux frisson en elle.

— Luxation antérieure, dit-il. C'est la plus fréquente.

— 10 sur 10, mon capitaine.

Elle se reprocha son ton sarcastique et ajouta :

— Pardon... Les médecins font les plus mauvais patients.

Il éclata de rire.

— C'est ce qu'on dit, oui !

Elle ferma les paupières. Le parfum subtil, désormais familier de Cal, la troublait autant que la proximité de son corps. S'en rendait-il compte ? Probablement pas. À cette minute précise, il portait sur elle un regard de médecin.

— C'est bon ? Tu as vu ce que tu voulais voir ?

S'il la touchait plus longtemps, elle allait se jeter dans ses bras ou alors le gifler. La seconde option aurait été, à coup sûr, la moins risquée.

— Tu dois être une excellente médecin, parce que tu es infernale !

Il avait répondu d'un ton enjoué, signe que cet accès de mauvaise humeur ne le perturbait pas. Elle crispa les poings sur ses genoux et préféra se taire.

— Quand l'intervention a-t-elle eu lieu, exactement ?

— Il y a treize mois. Mon épaule était instable depuis l'accident et elle a lâché pendant un exercice de rééducation. Comme je rentrais à Londres pour les vacances, j'en ai profité pour me faire opérer.

— Ça a marché. L'articulation est bien en place.

Il imprima diverses flexions et rotations à son bras, et elle essaya de se détendre.

— C'est raide quand même, dit-il. Tu fais tes exercices régulièrement ?

— Avec le mariage, j'ai eu autre chose à penser.

— Je vois.

Le sermon qu'elle anticipait ne vint pas. Cal se taisait, et elle poussa finalement un soupir, exaspérée.

— D'accord, d'accord ! maugréa-t-elle. Vingt minutes par jour suffisent. Je vais essayer d'être plus sérieuse.

— C'est bien. Prends des anti-inflammatoires pendant une semaine et remets-toi à la kiné. Tu devrais vite en mesurer les bénéfices. Mais tu le sais aussi bien que moi.

— Oui.

Elle pivota pour lui faire face.

— Il est parfois nécessaire de s'entendre dire la vérité, alors... merci.

— De rien. Je suis dispo pour te rappeler tout ce que tu sais déjà, quand tu voudras.

Il abaissa la table, puis se posta devant la fenêtre et s'absorba dans la contemplation des montagnes. Andrea se rhabilla, incapable de trouver un sujet de conversation. Pourquoi Cal restait-il muet ? Le silence s'éternisait, pesant, insupportable...

— Giulia va avoir besoin d'aide, dit-il enfin.

— Oh que oui ! C'est traumatisant, d'être ensevelie et à moitié étouffée par la neige. Heureusement, les urgentistes et les psychologues de l'hôpital sont très expérimentés. Ils savent que les survivants ont besoin de parler.

Il se retourna et la dévisagea.

— As-tu parlé à quelqu'un, toi, après ton accident ?

Elle aurait pu faire semblant de ne pas comprendre, mais à quoi bon ?

— Oui, répondit-elle. Ça n'a pas servi à grand-chose.

Sa thérapie ne lui avait enlevé ni le désespoir ni ce terrible sentiment de culpabilité.

— Tu n'étais probablement pas prête.

— Non. Bref... C'est loin, tout ça.

L'air dubitatif de Cal lui donna envie de pleurer. Le temps ne changeait rien à l'affaire. Elle était toujours aussi malheureuse.

— Si tu pouvais exprimer ton ressenti, tu aurais peut-être une plus grande motivation à soigner cette épaule...

Le souffle se bloqua dans la gorge d'Andrea. Cal était la dernière personne à qui elle accepterait de se confier.

— Trouve quelqu'un, ajouta-t-il comme s'il avait lu dans ses pensées. N'importe qui, pourvu que cette personne sache écouter et comprendre.

Il lui sembla soudain qu'un gouffre les séparait. Elle éprouvait la même chose avec tous ceux qui lui parlaient de l'accident, Maggie exceptée.

— J'y penserai, répondit-elle. Mais ne va pas croire que je suis dans le déni. Je suis juste débordée, avec le mariage.

Il la fixa sans ciller.

— Bien sûr. Je m'en souviendrai.

Sur un dernier regard, il prit sa veste abandonnée sur le dossier d'une chaise. Puis il sortit et referma doucement la porte derrière lui.

Andrea fut soulagée de ne pas croiser Cal à l'heure du déjeuner.

Leur discussion l'avait à la fois sidérée et mise en colère. Sa santé physique et mentale ne le concernait pas. De quel droit s'en mêlait-il ?

Heureusement, elle avait beaucoup à faire et, après un repas rapide, elle rejoignit la directrice de l'hôtel dans le hall. Les touristes avaient besoin d'être rassurés. Il fallait également rappeler les consignes de sécurité basiques, ce qui fut fait en présence du responsable des pistes.

Entre-temps, elle avait pris des nouvelles de Giulia par téléphone. Hormis une fracture à la cheville, elle s'en sortait bien. Ses parents arriveraient le lendemain et, en attendant, elle-même avait prévu de lui rendre visite dans l'après-midi.

Les amies de la jeune fille avaient eu la même idée. Néanmoins, débarquer à dix à l'hôpital n'aurait pas été raisonnable. Finalement, quand vint l'heure du départ, elle en autorisa deux, Sylvia et Maria, à l'accompagner.

Sur place, elle leur demanda d'attendre un moment dans le couloir.

— Je veux m'assurer que Giulia n'est pas trop fatiguée, dit-elle. Je n'en ai pas pour longtemps.

À sa grande surprise, elle crut entendre rire dans la chambre.

Elle entra... et découvrit Cal assis près du lit. Il essayait, en vain, de s'exprimer en italien, ponctuant ses propos de gestes.

— J'ai demandé l'autorisation de venir, dit-il avec un sourire d'excuse.

— Pas de souci, tu... as bien fait. As-tu réussi à communiquer ?

— Bof ! Elle est trop fatiguée pour parler anglais, et moi, je ne capte pas grand-chose.

Giulia se tourna vers Andrea.

— Les fleurs... sont magnifiques, dit-elle en italien. Remerciez le docteur de ma part.

Andrea traduisit ses propos, et Cal se pencha pour prendre la main de Giulia. La jeune fille s'y agrippa comme si sa vie en dépendait.

— Ça m'a fait plaisir, répondit-il doucement.

— Vous avez de la visite, Giulia, annonça Andrea.

Sans même attendre son autorisation, Sylvia et Maria la contournèrent pour entrer dans la chambre. Comme elles hésitaient, Andrea désigna le sac de voyage qu'elles avaient apporté. Elles en sortirent l'ours en peluche acheté à la boutique de l'hôtel et le donnèrent à Giulia, qui le serra sur son cœur. Puis les trois jeunes filles se mirent à bavarder avec animation.

Cal se leva et rejoignit Andrea.

— On peut les laisser un moment, dit-il. Tu aurais envie d'un thé ?

— Volontiers, mais reste là si tu veux. Je sais où se trouvent les distributeurs.

— Moi, rester avec trois ados ? C'est une vengeance ? demanda-t-il à voix basse.

— J'aurais plus d'imagination, merci bien ! Non, c'est juste que... ta présence rassure Giulia. Or, il faut qu'elle parle. Comme tu le dis si bien, l'essentiel est de s'exprimer.

Il pinça les lèvres.

— D'accord, je l'ai mérité... Mais je n'ai pas l'habitude des gens bavards. En principe, ils dorment sur la table d'opération et ne me contredisent pas.

— Alors ça te fera un bon exercice.

— Ou pas. Ma patience a des limites. Joe en sait quelque chose, tu n'as qu'à lui demander.

— Hum ! Et si je te posais la question, à toi ?

Il fronça les sourcils.

— Je te répondrais que j'aime bien garder le contrôle. En d'autres termes, que les choses se passent comme je l'ai décidé.

Pourquoi se voyait-il ainsi ? Elle ne l'avait pas perçu de cette manière, mais cela ressemblait fort à un avertissement...

Elle haussa les épaules.

— Pour cinq minutes, tu devrais survivre, dit-elle posément. Je reviens.

Il opina sans commentaire et retourna près du lit. Quand son habituel sourire reparut sur ses lèvres, Andrea songea que s'il avait un côté sombre, il le cachait bien. Raison de plus pour rester sur ses gardes tant qu'elle le pouvait encore.

En trois jours, Andrea avait déjà pris trop d'importance dans la vie de Cal. Il en était conscient, mais comment faire marche arrière ? Elle le touchait profondément.

Une chose était certaine, néanmoins : il n'était pas le mieux placé pour recevoir ses confidences. Elle devrait consulter un psychologue ou discuter avec une amie proche, comme Maggie. Lui n'était absolument pas fiable. Mary le lui avait assez répété après leur rupture pour qu'il en soit convaincu.

Cette journée leur aurait, tout de même, donné la satisfaction du devoir accompli. Quand ils laissèrent Giulia aux bons soins des infirmières, en fin d'après-midi, la jeune fille était sereine, détendue et prête à passer une bonne nuit.

Comme à l'aller, il fallut prendre un taxi, puis un train. Andrea avait fait le voyage avec Sylvia et Maria, mais à la gare les deux Italiennes annoncèrent qu'elles ne rentraient pas à l'hôtel : elles allaient passer la soirée au village avec leurs amies venues les rejoindre.

Une fois sur le quai réservé au funiculaire, Cal enfonça les mains dans ses poches pour se protéger du froid et secoua la tête.

— Je dois vieillir, dit-il à Andrea. J'avais envie de leur faire la leçon. J'ai failli leur dire d'être prudentes, de ne pas trop boire et de ne pas rater la navette pour le retour.

Elle eut un petit rire.

— Ça m'a effleuré l'esprit, à moi aussi ! Mais elles sont majeures et ont l'air d'avoir la tête sur les épaules. De toute façon, le dernier funiculaire remonte à 23 heures.

— Elles le savent ?

— Oui, bien sûr. Elles connaissent les horaires. Il faut bien vivre un peu. Moi, à dix-huit ans…

— Vas-y, raconte !

— Je venais d'entrer en fac, je vivais seule… Mes études sont toujours passées en premier. Je me rappelle l'achat des bouquins avec mon père. Il est médecin, alors tu penses il était ravi.

— Tes parents étaient contents que tu fasses médecine ?

— Bien sûr. Mon père m'a beaucoup aidée au début. Maman m'apportait son soutien moral et gérait l'intendance, dit-elle avec un sourire attendri. Et toi ?

Elle le dévisageait avec curiosité, comme si elle avait d'instinct deviné qu'il avait un parcours très différent.

— Mon père… n'était pas là quand je suis parti à l'université. Il voyage beaucoup.

— Ah bon ? Qu'est-ce qu'il fait ?

— Il est photographe de presse. Tu as vu les reportages sur le dernier typhon en Indonésie ? Il y était.

— Quoi ? Ton père, c'est Terry Lewis ?

— Oui…

— J'ai vu ses photos, elles sont incroyables. Je me suis demandé comment il avait pu approcher si près !

— Moi aussi, je me suis posé la question. Mais j'ai arrêté depuis longtemps de m'inquiéter pour lui. Il ne changera jamais. Il revient toujours entier. Il reste un peu à Londres, puis part pour une nouvelle expédition.

Avait-elle perçu l'amertume dans sa voix ? Probablement. Aujourd'hui encore, il acceptait mal ces prises de risques, qu'il jugeait inconsidérées.

— Ça doit être dur pour ta mère, dit-elle d'un ton doux.

— Ils ont divorcé quand j'avais dix ans. C'était trop compliqué, en effet.

— J'imagine...

Depuis quelques minutes, de grosses bourrasques de neige balayaient le quai. Voyant Andrea taper des pieds pour se réchauffer, il glissa le bras sous son coude et l'entraîna vers la salle d'attente. Là, elle se rapprocha du radiateur, retira ses gants et se frotta vigoureusement les mains.

— Voilà qui est mieux ! dit-elle. Tu disais... Comment ont réagi tes parents quand tu as fait médecine ?

— Ce n'était pas ce qu'ils espéraient, ni l'un ni l'autre. Ma mère me voyait dans un bureau, toujours au même endroit, avec des horaires fixes. Mon père, lui, souhaitait le contraire. Il voulait que je passe ma vie à voyager.

— C'est le cas, non ?

— Oui, mais différemment. Mes voyages sont utilitaires, les siens sont des aventures. Il aurait aimé me transmettre son esprit risque-tout.

— Qu'en dit ta mère ?

Il réprima un soupir. Il avait beaucoup trop parlé de lui.

— Quand je vais la voir, elle me demande toujours à quel moment je vais poser mes valises.

Andrea lui lança un regard chargé d'empathie.

— Ça a dû être difficile de suivre ta voie, si tu n'étais pas soutenu.

— Très difficile. Savoir que tes parents ne sont ni heureux ni fiers gâche le plaisir de la réussite.

— Je comprends mieux pourquoi tu parlais de « garder le contrôle », tout à l'heure. C'est normal que tu aies voulu maîtriser ta vie et ta carrière. Tu peux être fier de toi.

Une chaleur bienfaisante s'insinua en lui. Le sourire compréhensif d'Andrea valait toutes les approbations du monde.

— Fier, je ne sais pas, mais je suis bien dans mes baskets.

— C'est l'essentiel...

Elle se mit à fixer le paysage d'un air absent. Il eut alors la certitude qu'elle n'était pas aussi heureuse qu'elle le prétendait. Hormis quelques missions de sauvetage, elle avait peu de choses à se mettre sous la dent. N'était-ce pas du gâchis pour une femme aussi douée ?

Avec lenteur et dans un grincement de roues, le funiculaire s'arrêta devant eux. Une foule compacte en descendit, mais Cal n'eut guère le temps d'observer les vacanciers, car Andrea lui prit la main pour l'entraîner sur le quai.

— Dépêchons-nous !

Elle se fraya un chemin parmi les voyageurs, et ils entrèrent dans le dernier wagon juste avant que les portes se referment.

— Madame a des exigences, dit-il en riant.

— C'est de là qu'on a la meilleure vue !

Cerise sur le gâteau, ils étaient seuls. À cette heure-ci, les gens descendaient dîner au village plus qu'ils ne remontaient vers l'hôtel.

— Viens par ici...

Il la suivit jusqu'au coin du wagon qui, à son grand étonnement, était une verrière. Fasciné, il prit appui sur la rampe pour s'absorber dans la contemplation du paysage.

Les lumières des maisons et des restaurants s'estompaient, petits points scintillant dans l'ombre des montagnes.

— C'est magique, dit-il dans un murmure.

Un soubresaut du funiculaire faillit déséquilibrer Andrea. Il la retint, puis, incapable de s'en empêcher, plongea dans son regard.

— Un maniaque du contrôle qui cède à la magie... C'est mignon, fit-elle, taquine.

Une tension soudaine envahit l'atmosphère. Comment la mettre en garde ? Elle devait comprendre qu'il était inapte aux relations amoureuses.

— Tu ne me crois pas, marmonna-t-il.

Mary non plus n'avait pas pris ses avertissements au sérieux, et le résultat avait été catastrophique !

— Si, je te crois. Mais il y a bien des moments où tu dois relâcher la pression.

L'univers se mit à tourner à une vitesse vertigineuse. Ils étaient seuls au monde. Plus rien ne comptait hormis cette bulle féerique qui les emprisonnait...

Avant qu'il ait pu réagir, elle se dressa sur la pointe des pieds et l'embrassa sur la joue.

— Que…

— Je t'ai eu ! dit-elle. Si tu contrôlais tout, sans arrêt, je n'aurais pas pu te surprendre.

Était-ce un défi ? Une bataille de volontés ? Il ne maîtrisait plus rien, et ils le savaient tous les deux.

Il recula légèrement. Le regard d'Andrea reflétait la beauté des montagnes. Quand il lui caressa la joue, il eut l'impression de revenir aux chaudes journées d'été malgré le froid polaire.

— J'ai trouvé mon maître, apparemment, chuchota-t-il.

— Peut-être bien…

Elle effleura ses lèvres. Il lui rendit un baiser papillon, dont elle le récompensa par un sourire lumineux. Alors, cédant à la tentation, il l'embrassa, et ce fut un déferlement de passion.

Elle répondait à son ardeur comme si sa vie en dépendait. Comme pour mieux graver ce moment dans sa mémoire…

Oui, cet instant serait *unique*. Ils ne devraient jamais recommencer !

Elle s'accrocha à ses épaules, et il songea qu'elle avait dû, une fois encore, lire dans ses pensées.

— On s'était mis d'accord, protesta-t-il faiblement. Ni toi ni moi ne sommes prêts pour une relation.

— Je sais. Mais… Si on se mentait encore un peu ?

Quand elle reprit ses lèvres, il se dit qu'il était totalement tombé sous son charme. Un lien particulier, défiant toute logique, s'était tissé entre eux.

— C'était presque parfait, fit-elle contre sa bouche.

— Presque ? Que te faut-il de plus ?

— Je voudrais recommencer…

5

Pour une fois, Andrea avait agi avec le cœur au lieu de réfléchir.

Comme elle, Cal était fragile, et puisqu'il l'avait poussée dans ses retranchements, elle avait fait la même chose. Grâce à lui, elle commençait à croire que le passé ne déterminait pas toujours l'avenir. Si elle l'avait compris, lui aussi pourrait y arriver, non ?

Sur le moment, bien sûr, elle n'avait pas pensé à tout cela. Elle avait simplement voulu vérifier une intuition, et elle n'avait pas été déçue : la réalité avait été cent fois plus belle que ses rêves.

Ce baiser passionné et excitant l'avait transportée de joie. Dans les bras de Cal, elle avait eu l'impression d'être la plus belle femme de la Terre, rien de moins !

La magie avait, hélas ! pris fin avec le trajet du funiculaire. Cal l'avait dévisagée avec une tendresse émouvante et teintée de regret, confirmation que les choses en resteraient là.

Il avait raison d'être prudent pour deux. Elle n'était pas assez solide pour avoir quelque chose à lui offrir. Une relation aurait été injuste pour lui.

Sur le quai, il lui offrit son bras avec un sourire triste. Elle y glissa le sien.

— Tu me parles encore ? demanda-t-elle tout bas.

— Bien sûr que oui. Je n'arrêterai jamais de te parler.

— Ouf ! Je suis soulagée.

— Pas de souci. Ce qui s'est passé dans le funiculaire... On oublie, d'accord ?

À quoi bon répondre qu'elle n'oublierait jamais ? La vie continuait. Ils avaient un mariage à organiser.

— D'accord, pourvu qu'on reste amis, dit-elle simplement.

— Avec grand plaisir, Andrea.

Ils regagnèrent l'hôtel en silence. Arrivés dans le hall, ils s'arrêtèrent devant l'ascenseur, gênés. Elle se ressaisit la première.

— Je vais appeler les parents de Giulia, dit-elle. Même s'ils arrivent demain matin, j'avais promis de leur donner des nouvelles ce soir.

— Bien sûr, c'est normal... Tu seras là pour les accueillir ?

— Oui, j'ai un planning assez léger demain.

— Dans ce cas, auras-tu un peu de temps pour discuter du mariage ?

— J'allais te poser la même question. 11 heures, ça irait ?

— Très bien ! Je passerai te prendre à ton cabinet.

Il hésita et sourit.

— J'ai très envie de t'embrasser, mais il ne faut pas. Je t'estime trop pour céder à mes pulsions. À demain, Andrea. Dors bien.

Dormir ? Il plaisantait, sans doute.

Elle secoua la tête et monta dans l'ascenseur. Il avait été raisonnable pour deux. Raisonnable, chevaleresque et adorable. C'était un gentleman comme on n'en faisait plus. Elle ne l'aurait pas autant... apprécié s'il avait été différent.

Le lendemain, fidèle à sa promesse, Cal vint chercher Andrea à son cabinet. Elle découvrit, enchantée, qu'il s'était plongé à fond dans le dossier du mariage et qu'il avait une foule de questions à lui poser.

Si j'ai bien compris, la cérémonie aura lieu ici même ? demanda-t-il.

— Oui. Tu n'es pas allé voir la pièce ?

— Non. J'ai vu tes photos.

— Alors il faut y remédier. Tu te rendras mieux compte sur place.

Elle l'entraîna vers l'arrière du bâtiment, où se trouvaient les salles de conférences. Après avoir ouvert l'une d'elles avec son passe magnétique, elle précéda Cal à l'intérieur.

— On peut sans problème entrer en fauteuil roulant, dit-il. Je crois qu'il y a deux ou trois personnes âgées dans ce cas.

— Tout à fait. Ils participeront aux réjouissances de A à Z.

— Quel endroit magnifique !

D'immenses baies vitrées couraient du sol au plafond, offrant une vue imprenable sur la montagne. Et, grâce à un dôme de verre, on aurait cru pouvoir toucher les cimes.

— Il n'y a pas besoin de décoration, dit-il, visiblement impressionné.

— J'ai suggéré à Maggie de faire simple. On disposera des fleurs fraîches entre les deux rangées de sièges, et quelques compositions florales sur la table du maire. Ce serait dommage de surcharger un endroit aussi beau.

— Exact ! Et pour la réception ?

— On restera dans la sobriété et le naturel. La salle de bal se trouve juste en face, de l'autre côté du couloir. Elle est assez grande pour qu'on puisse y mettre des tables et une piste de danse. En fin d'après-midi, Maggie et Joe reviendront ici, dans cette pièce, pour couper le gâteau. J'espère qu'on aura un magnifique coucher de soleil.

Elle sentit sa gorge se serrer, et soudain le regard de Cal devint brillant. Lui aussi repensait manifestement au coucher de soleil dans le funiculaire. Même s'il s'évertuait à le nier, un lien s'était noué entre eux, aussi solide que les montagnes...

— Ce sera très romantique, dit-il. Tu as pensé à tout.

— J'ai essayé... Comme l'hôtel accueille beaucoup de mariages, je me suis un peu inspirée de ce qu'ont fait les autres.

— Avec ton sens de l'organisation, tu pourrais être une source d'inspiration toi-même. Je pense à tout ce que tu as mis en place ici. Ça m'intéresserait de visiter le cabinet, d'ailleurs. Je n'en ai vu qu'une partie.

Que, lui, professionnel chevronné, s'intéresse à son travail l'intimida. Mais elle ne pouvait guère refuser sa requête.

— Bien sûr. On fera ça un de ces jours.

— Pourquoi pas maintenant ? Puisque tu es libre...

Incapable de trouver un prétexte, elle opina. Ils regagnèrent le cabinet et entrèrent dans la salle d'attente.

— Je la trouve très cosy, dit-il. Elle était comme ça quand tu es arrivée ?

Elle était sûre qu'il avait posé la question en devinant la réponse et rit.

— Non, du tout. C'était une entrée avec un comptoir où le médecin déposait des ordonnances, ou même des cachets, que les clients récupéraient. Ils étaient ravis de pouvoir se soigner tout seuls sans empiéter sur leur précieux temps de vacances. Mais avec moi, la musique a changé. Ils doivent venir me voir, ou Tomas si je suis absente. Ensuite, on leur fournit les médicaments gratuitement.

— J'imagine que les durs à cuire sont légion parmi les skieurs.

— Ne m'en parles pas ! La semaine dernière, un type est venu me demander du paracétamol parce qu'il s'était blessé au poignet. J'ai insisté pour l'examiner : il avait une fracture.

— Il n'a pas dû être enchanté que tu l'envoies à l'hôpital.

— Je l'ai plâtré moi-même. Souvent, les jeunes sportifs sont trop fiers pour dire qu'ils ont mal. Ils ont honte de se blesser devant les copains. Mais j'ai expliqué moi-même la situation à ses amis, et le problème a vite été réglé.

— J'imagine ! Tu as du matériel de radio ici ?

— Oui, j'ai fait acheter un appareil tout simple, mais qui rend de grands services. Tu veux le voir ?

Le regard approbateur de Cal lui faisait du bien. Même si elle s'en défendait, elle avait envie de l'impressionner.

— Bien sûr que je veux le voir. Tu m'as promis une visite guidée, Andrea.

Cal en était parfaitement conscient, la gestion méticuleuse du cabinet ne devait rien au hasard.

Andrea avait anticipé les problèmes et trouvé les meilleures réponses possible. Cette manière d'organiser les choses ne pouvait venir que d'une solide expérience de terrain.

— Tu avais déjà fait ce genre de choses ? demanda-t-il.

— Travailler dans une station de sports d'hiver ? Non, jamais.

Elle avait éludé, et il faillit la pousser dans ses retranchements, mais une fois déjà il s'y était risqué, et le résultat n'avait pas été brillant.

— Ton poste réclame lui aussi de sérieuses capacités d'anticipation, j'imagine, dit-elle.

Ou comment détourner la conversation... Mieux valait la laisser faire, sous peine de la braquer.

— Effectivement. De nombreux pays ont du potentiel, il leur manque juste quelques petites choses. Les collègues me font part de leurs besoins, et j'essaye d'y répondre au mieux. Mon organisation leur donne de l'argent, du matériel, des bourses d'études... C'est très variable.

— T'arrive-t-il de les former en tant que chirurgien ?

Il eut un petit rire.

— Ils m'en ont souvent plus appris que l'inverse. On n'imagine pas ce qu'ils arrivent à faire avec rien. Je leur montre surtout des procédures complexes, impliquant des technologies auxquelles ils n'ont jamais eu accès.

— En général, ces médecins apprennent vite.

— Oh que oui !

Il eut de nouveau la conviction qu'Andrea en avait fait l'expérience. Quelque chose de terrible avait dû se produire à un moment de sa carrière. Elle s'était réfugiée à la montagne, où elle avait pris un poste « tranquille », mais son intérêt pour les pays en développement n'avait pas disparu.

— J'ai beaucoup de photos, si ça t'intéresse..., dit-il.

— Chouette ! Sur ton téléphone ?

— Oui. On pourrait aller déjeuner quelque part ? Je goûterais bien les pizzas...

— Adjugé, vendu.

Andrea était connue comme le loup blanc, remarqua-t-il un peu plus tard, lorsque clients et employés la saluèrent à l'intérieur de la pizzeria. Néanmoins, il devina qu'elle n'avait pas noué de liens véritablement amicaux. Elle semblait vouloir garder ses distances, avec ses collègues comme avec le reste du monde...

Ils s'installèrent près d'une fenêtre et, une fois la commande passée, il eut une idée. Toutes ses photos étaient rangées par zone géographique : il fit glisser son téléphone vers Andrea pour qu'elle choisisse librement. Ses réactions seraient probablement révélatrices. Il devinerait ainsi où elle avait travaillé...

Elle sélectionna d'abord le dossier sur l'Inde, posa quelques questions, puis passa à l'Amérique du Sud. Là, elle s'attarda sur un bloc opératoire mobile qu'il avait installé au Pérou, mais sans émotion particulière, et il élimina ces deux secteurs du globe. Il fallait chercher ailleurs.

Elle interrompit son visionnage à l'arrivée des pizzas, auxquelles ils s'attaquèrent avec appétit.

— Tes photos sont superbes, dit Andrea entre deux bouchées. Tu as un très bon coup d'œil.

— Mon père m'a appris à regarder les choses. Il dit toujours que photographier, c'est dialoguer.

— Ah bon ? Dans quel sens ?

— Pour lui, il n'existe pas de bon reportage sans interaction avec l'environnement. Il faut bien choisir son sujet et, naturellement, le mettre en valeur.

— L'interaction avec un cyclone doit être un peu compliquée, j'imagine !

Pour le public, son père était tout simplement l'un des meilleurs photographes mondiaux. Andrea, elle, allait au-delà des apparences et posait les bonnes questions.

— Dans des cas extrêmes, il dialogue avec lui-même, répondit-il. Il ne vit que pour ça. Les montées d'adrénaline, l'excitation du danger...

— Je vois.

D'autres auraient justifié cette prise de risques par la qualité du résultat, mais pas elle. En tant que médecin, elle connaissait la valeur de la vie humaine.

Abandonnant couteau et fourchette, elle prit un morceau de pizza à la main puis recommença à faire défiler les photos. Nouvelle-Guinée, Malaisie... Toujours rien. Le champ des possibles se resserrait.

— Oh ! Elles sont géniales !

Elle posa machinalement sa pizza, comme pour mieux se concentrer sur l'écran du téléphone. Si la photo était un dialogue, ses souvenirs d'Afrique venaient de trouver une interlocutrice.

Elle était allée en Afrique. Il n'avait pas besoin de l'interroger : il en était sûr. Son visage à la fois bouleversé et radieux parlait pour elle.

Après avoir longuement admiré les clichés, elle repoussa le téléphone d'un geste résolu.

— Dis-moi que tu as pris des photos des montagnes, et de Maggie et Joe.

— Quelques-unes, quand ils ne regardaient pas. Tiens, là...

— Génial ! On obtient souvent de meilleurs résultats en prenant les gens par surprise. Ah ! au fait... Je vais m'atteler au pêle-mêle cet après-midi. Ta sélection est prête ?

— Non, j'hésite encore. Sur certaines photos, Joe n'est vraiment pas à son avantage, dit-il en riant.

— Laisse tomber celles où il est trop moche, mais donne-moi les autres. Il faut bien faire rire un peu les gens.

— Ça marche, tu auras ça au plus vite. Demain après-midi, j'irai jeter un coup d'œil aux bars pour l'enterrement de vie de garçon.

— Si tu veux, je pourrais t'accompagner. J'ai des heures à récupérer, et Tomas sera de permanence au cabinet.

— Bien sûr, avec plaisir. Si on part vers midi, ça me donnera l'occasion de tester un restaurant du village...

— Ma parole, tu ne penses qu'à manger, répondit-elle en riant. Pour la peine, je vais prendre un dessert, tiens !

— Ah ah ! tu es plus gourmande que moi. Je me contenterai d'un café.

Pendant qu'elle étudiait la carte, il l'observa à la dérobée.

Elle semblait goûter les menus plaisirs de la vie, pourtant une pièce manquait au puzzle, comme si elle avait verrouillé une partie d'elle-même en échange de sa tranquillité. L'Afrique était de toute évidence au cœur du problème. Que s'était-il passé là-bas pour la traumatiser à ce point ?

Même si elle n'était qu'une amie, il l'estimait trop pour rester en dehors de son histoire. Il lui devait écoute, estime et compassion.

Il ne pouvait pas faire marche arrière.

6

Le lendemain matin, Andrea se leva en frissonnant.

Pour la deuxième nuit consécutive, elle avait rêvé de Cal et de choses inavouables. Elle avait dû se tourner et se retourner dans son lit, car la couette était tombée sur le parquet. Pas étonnant qu'elle soit complètement gelée !

Après une douche bien chaude, elle bascula en mode professionnel. Néanmoins, la matinée, très calme, la laissa frustrée et insatisfaite. Les photos d'Afrique avaient provoqué une nostalgie inattendue en elle. Elle croyait avoir dépassé ce stade, mais il lui restait de toute évidence beaucoup de chemin à parcourir.

Néanmoins, elle devait dans l'immédiat se concentrer sur le mariage. Que cette fête soit réussie était *la* priorité absolue. Le reste n'avait aucune importance.

Elle ferma le cabinet à midi pile et gagna la réception. Cal l'attendait, bien calé dans un fauteuil. Il l'accueillit avec un grand sourire, rangea son journal dans le porte-revues et enfila son manteau.

— Salut ! dit-il d'un ton gai. L'air est glacial aujourd'hui.

— Oui, couvre-toi bien.

Discrètement, elle le regarda nouer son écharpe. Tous ses gestes étaient élégants, fluides, gracieux. Un vrai régal, et pourtant elle allait respecter ses bonnes résolutions. Autrement dit, oublier ses rêves...

Toute à ses réflexions, elle n'avait pas vu Gina, la directrice de l'hôtel, venir vers eux.

— Andrea, on a un petit souci.

En termes managériaux, cela voulait dire « un gros problème ».

— Que se passe-t-il, Gina ?

— Un garçon de dix ans a disparu. Il s'appelle Matthew. Ses parents ne l'ont pas vu depuis quarante-cinq minutes. On est en train de fouiller l'hôtel pour la deuxième fois, et les équipes d'extérieur sont prêtes.

Andrea opina. Si l'enfant était resté à l'intérieur, il aurait sans doute été repéré. Lors des exercices d'entraînement, elle-même était restée cachée vingt-quatre minutes, pas davantage.

— Il a dû sortir, dit-elle.

— C'est probable, oui. Vu les mauvaises conditions météo ses parents n'ont pas voulu aller skier, et il était apparemment déçu. D'ailleurs, son anorak n'est plus dans leur chambre.

Cette information ne rassura qu'à moitié Andrea. Un enfant seul pouvait vite se perdre et, anorak ou pas, il faisait très froid.

— J'ai appelé Tomas, dit Gina. Il devait prendre sa garde à 14 heures, mais il va venir tout de suite. On a besoin de renforts.

— Bien sûr !

Andrea se retourna dans l'intention d'annuler le déjeuner avec Cal, et se heurta à sa haute silhouette. Elle n'avait pas vu qu'il s'était posté juste derrière elle pour écouter la conversation.

— Je me joins aux recherches, dit-il.

Gina secoua la tête en souriant.

— Merci, mais ne vous embêtez pas. Nos équipes maîtrisent la situation. Nous demandons juste à nos clients de...

— Je suis chirurgien, avec une capacité en médecine d'urgence, dit-il sans la laisser finir. J'ai déjà travaillé dans des missions de sauvetage.

L'expression de Gina changea du tout au tout. Elle le gratifia d'un regard appréciateur.

— Dans ce cas, merci beaucoup, docteur. Andrea vous expliquera quoi faire.

Selon le protocole de secours, Andrea devait rester en stand-by avec Tomas pour accueillir les éventuelles victimes, mais pour chercher un enfant le maximum de personnes devait être sur le terrain.

— Tomas va nous attendre ici, décida-t-elle. Cal et moi, on va prêter main-forte à l'extérieur. Vous coordonnez l'opération, Gina ?

— Bien sûr. En cas de besoin, je vous contacterai par SMS.

— Parfait. Allons-y.

L'organisation des recherches était impressionnante.

Les cours de ski avaient été annulés en un temps record. Les moniteurs s'étaient joints aux recherches, secondés par certains clients. Giorgio, le chef de la sécurité, avait réuni tout le monde sur le perron, où les groupes avaient été dispatchés dans plusieurs directions.

Tandis qu'Andrea s'entretenait avec Giorgio, Cal remarqua des motoneiges qui partaient du haut des pistes. Dieu sait quelle distance le jeune Matthew avait parcourue. Il ne fallait exclure aucune possibilité.

Voyant le responsable tendre un sac à dos à Andrea, Cal s'en empara sans lui laisser le loisir de protester. Moins elle solliciterait son épaule, mieux cela vaudrait !

— D'après nos informations, le gamin porte un anorak rouge, dit-elle. On va escalader cette crête, là-bas.

Elle désigna une arête qui dominait la piste réservée aux enfants.

— Ça semble haut, objecta-t-il. Crois-tu vraiment qu'il aurait pu grimper jusqu'à là-bas ?

— Sait-on jamais ! Il y a un chemin moins raide derrière l'hôtel. On ne doit rien négliger. Et de là-haut, on aura une bonne vision du secteur.

Ils partirent d'un bon pas dans la neige fraîche. Cal scrutait les alentours pour déceler d'éventuelles traces de pas, avec Andrea qui ouvrait la marche. À mi-pente, il la vit se raidir, signe que son épaule se rappelait à elle. Il s'abstint pourtant de tout commentaire : il n'interviendrait que s'il la sentait en réelle difficulté.

— Ça arrive souvent, ce genre de choses ? demanda-t-il.

Elle marqua une pause pour reprendre son souffle.

— Non, heureusement. En général, les gamins perdus sont retrouvés dans l'hôtel, ou près de la piste verte. Tu as mal choisi ta semaine de vacances !

À peine avait-elle fini sa phrase que son téléphone sonna. Elle fronça les sourcils à la lecture du message.

— La deuxième fouille de l'hôtel n'a rien donné. Je m'en doutais.

— Donc, il est bien dehors.

— Et plus tôt on le trouvera, mieux ça vaudra ! conclut-elle.

Ils reprirent leur cheminement, rendu difficile par la pente et l'épaisseur de la neige. Le vent glacial leur piquait le visage, mais la détermination tranquille d'Andrea prouva à Cal, s'il en était besoin, qu'elle n'avait pas l'intention de renoncer.

Lorsque enfin ils atteignirent le haut de la crête, elle tomba à genoux et inspira de grandes goulées d'air. Cette fois, il ne put contenir son inquiétude.

— Andrea ? Ça va ?

— Oui, très bien. Cette montée m'a coupé le souffle, voilà tout.

— Pour être franc, à moi aussi !

Il fit glisser le sac à dos de ses épaules pour en inspecter le contenu. Il contenait du matériel médical, une couverture de survie, un drapeau rouge. Il y avait aussi une paire de jumelles.

Il les porta à ses yeux et, lentement, balaya le paysage en décrivant un arc de cercle.

— Tu vois quelque chose ? demanda Andrea.

— Non... Attends !

Il revint un peu sur la gauche et se focalisa sur un point qu'il avait cru voir bouger. Puis il tendit les jumelles à Andrea.

— Là-bas... Il me semble avoir vu un point rouge...

— Oui ! s'écria-t-elle. C'est lui. Il marche !

Elle ôta ses gants, prit son téléphone et appuya sur un numéro préenregistré.

— Gina... On est au sommet de la crête. Matthew est en bas du versant, côté village. Oui, il faut envoyer l'ambulance des neiges... Super, merci.

Cal avait commencé à inspecter la pente très abrupte qui formait l'autre côté de l'arête. Le temps d'en faire le tour, les ambulanciers ne l'atteindraient pas avant un bon quart d'heure, au moins. Cela risquait d'être trop long...

— Je vais essayer de descendre, dit Andrea, qui avait dû penser la même chose.

Avec ton épaule ? Jamais de la vie !

Un farouche instinct protecteur le submergea. Il n'allait même pas discuter. Jamais il ne la laisserait courir ce risque.

Voyant qu'elle scrutait toujours la piste, il sortit discrètement le drapeau et le posa sur la neige. Puis il reprit le sac, ajusta les bretelles sur son dos et s'élança.

— Cal ! Non !

Andrea eut l'impression de recevoir un violent coup dans la poitrine. De quel droit était-il parti comme ça, sans rien dire ? Rien qu'à le voir descendre le versant abrupt, les bras écartés pour maintenir son équilibre, elle avait la nausée !

Elle n'avait plus d'autre choix que de rester là, maintenant. Elle devrait utiliser le drapeau comme un signal au cas où les ambulanciers ne repéreraient pas Matthew.

Des larmes de rage et d'impuissance lui piquèrent les paupières. Le cauchemar recommençait. Elle avait perdu Judd. Elle ne pouvait pas perdre Cal aussi…

Elle suivit sa progression sans le quitter des yeux, en lui envoyant toute l'énergie et la force qu'elle avait en elle. Mais au moment où elle le croyait tiré d'affaire, il chuta lourdement sur les quinze ou vingt derniers mètres.

Un terrible instant, elle l'imagina grièvement blessé. Puis il se releva, balaya la neige de son pantalon… et lui fit un grand signe. Quel culot !

Elle resta immobile, les poings serrés. Après plusieurs inspirations destinées à évacuer sa colère, elle reprit les jumelles. Cal se trouvait près de Matthew. Ils étaient loin, mais il lui sembla que le garçonnet ne bougeait plus beaucoup. Il devait être complètement transi !

Cal sortit la couverture de son sac à dos et enveloppa l'enfant dedans. Après quoi il le souleva et l'emmena quelques mètres plus loin, contre un éperon rocheux qui offrait probablement un maigre abri contre le vent.

Ils étaient tous les deux sains et saufs. Elle devait se concentrer là-dessus et garder son calme. Lorsque son portable sonna, elle souffla sur ses doigts engourdis avant de balayer l'écran tactile.

— Le gamin est groggy, mais conscient, dit Cal. Il a les pieds mouillés et ne porte pas de gants, mais le reste du corps est chaud et sec. Combien de temps pour l'ambulance, à ton avis ?

Elle inspira profondément pour s'empêcher de lui hurler dessus. Ils régleraient leurs comptes plus tard.

— Environ dix minutes, maximum.

— Génial. À toute.

Après avoir raccroché sans répondre, elle appela Gina. Elle lui résuma la situation, rangea son mobile, puis orienta les jumelles sur le chemin que les ambulanciers allaient suivre.

Lorsque le véhicule à chenilles apparut sur la piste, elle orienta son drapeau vers la direction à prendre. Cinq minutes plus tard, les secouristes s'arrêtaient le plus près possible du versant. Cal, sans doute guidé par leurs voix, les rejoignit à grandes enjambées, Matthew dans les bras.

Cal commencerait à le réchauffer pendant le trajet puis, à l'arrivée, Tomas prendrait le relais afin de dispenser les meilleurs soins possible.

Lentement, Andrea redescendit la crête. Tout allait bien. Matthew était sauvé et Cal, indemne. Elle n'aurait pas dû être aussi furieuse contre lui, pourtant c'était le cas.

Malgré son soulagement, elle bouillonnait de rage.

Galvanisée par la colère, Andrea arriva à l'hôtel en même temps que l'ambulance.

Elle courut dans le hall direction le cabinet, où elle vit Cal déposer Matthew dans les bras de Tomas. Néanmoins, elle ne put suivre son assistant, car une dame, jaillie de la salle d'attente, se précipita vers elle.

— Vous êtes le docteur ? demanda-t-elle, en lui agrippant le bras. Je suis Mme Jones, la mère de Matthew. Dites-moi qu'il va bien !

— Je vais aller le voir, répondit Andrea d'un ton doux.

Elle voulut s'exécuter mais un homme de haute taille, blême et le visage tendu, lui barra le chemin. Le père, sans doute…

Soudain, le passage se dégagea comme par enchantement. Cal s'était interposé, expliquant aux Jones qu'il était médecin et pouvait leur donner toutes les informations voulues.

— Accompagnez-moi en salle d'attente, dit-il, d'un ton calme mais ferme. Laissez ma collègue travailler.

D'habitude, la présence de la mère rassurait les enfants lors d'un examen. Mais en voyant la sienne pleurer, Matthew risquait d'en faire autant. Il n'avait pas besoin d'un stress supplémentaire !

Sur un dernier sourire encourageant, Andrea rejoignit Tomas en salle de soins. Rapide et efficace, ce dernier avait retiré les chaussures, les chaussettes et le jean de Matthew. Il lui avait également enveloppé les jambes dans une autre couverture de survie.

Tandis qu'elle inspectait les doigts et les orteils du bambin, son assistant brancha les ventilateurs spéciaux destinés au réchauffage des patients. Heureusement, cette procédure suffirait dans le cas de Matthew : même si ses extrémités étaient très rouges, le garçonnet ne présentait pas d'engelures.

— Surveille-le, Tomas, s'il te plaît. Je vais aller rassurer ses parents.

Elle les trouva beaucoup plus calmes lorsqu'elle rejoignit la salle d'attente. Cal les avait fait asseoir et leur parlait d'un ton tranquille. Il savait s'y prendre, songea-t-elle, admirative malgré sa colère. Il avait mis les Jones à l'aise et fait retomber la tension...

Ravie d'apporter de bonnes nouvelles, elle résuma la situation.

— Matthew n'a pas besoin d'être hospitalisé, dit-elle en guise de conclusion. Nous le soignerons ici.

— Pouvons-nous le voir ? demanda Mme Jones.

La mère jeta un coup d'œil à Cal, qui lui sourit en retour. Comme pour lui dire : « Je suis fier de vous, vous êtes sage ! »

— Bien sûr, répondit Andrea. S'il se plaint d'avoir froid aux mains et aux pieds, rassurez-vous, c'est normal. Il vaut mieux qu'il sente quelque chose, plutôt que rien du tout. Nous allons le réchauffer progressivement.

— Merci à tous les deux, dit M. Jones d'une voix enrouée. Sans vous...

— Ne pensez pas à ça, répondit gentiment Cal. Votre fils va bien, et c'est tout ce qui compte.

Andrea emmena les Jones en salle de soins, les confia à Tomas, puis rejoignit l'accueil.

— Tout va bien ? demanda Cal.

— Oui, répondit-elle d'un ton bref. On l'a récupéré à temps.

Elle décida de s'en tenir là. Mieux valait parfois garder le silence. Elle ne dirait pas ce qu'elle avait sur le cœur.

Cal, lui, semblait avoir une opinion différente. Son regard insistant la mettait au défi de parler, et finalement elle se planta devant lui, les poings sur les hanches.

— J'aurais apprécié que tu me parles avant de dévaler cette pente, dit-elle, glaciale malgré elle.

— Tu aurais voulu qu'on en discute ?

— Ça se fait, entre collègues.

— Cela aurait-il changé quelque chose ?

Elle poussa un soupir, exaspérée. Elle aurait essayé de le décourager, il aurait insisté. Ils auraient perdu du temps, et il n'en aurait fait qu'à sa tête !

— Si c'était toi qui étais tombée, je serais probablement en train de te remettre l'épaule à l'heure qu'il est ! dit-il avec force.

— N'importe quoi ! J'ai été opérée, Cal. Mon épaule tient le coup. Et si tu veux jouer au médecin consciencieux, commence par appliquer tes principes à toi-même. Tu grelottes. Va donc te réchauffer.

Il avait retiré son manteau dans l'ambulance pour en couvrir Matthew. Son surpantalon était déchiré, et elle distinguait des taches d'humidité sur son jean.

— Je vais très bien, marmonna-t-il, les lèvres serrées.

— Non, pas du tout. Va te réchauffer, et laisse-moi faire mon travail. S'il te plaît.

Il lui lança un nouveau regard pénétrant, mais elle ne cilla pas. S'il croyait la faire céder de cette manière, il rêvait ! Elle avait compris sur cette arête à quel point elle tenait à lui, mais elle n'allait sûrement pas le lui dire…

— D'accord, dit-il. Je suppose que tu vas rester un bon moment avec Matthew. On se voit après ?

Il avait mis tout son charme dans la question, et elle sentit ses bonnes résolutions fléchir. Prenant un air détaché, elle haussa les épaules et ouvrit en grand la porte du cabinet.

— Peut-être, répondit-elle. Je verrai si je peux me libérer. J'ai beaucoup de choses à faire.

7

Le lendemain matin, Cal ne sortit pas de sa chambre.

Andrea était passée le voir brièvement, la veille au soir, pour lui donner des nouvelles de Matthew. Elle lui avait aussi apporté une imprimante-scanner afin qu'il puisse imprimer sa sélection de photos. Mais elle ne s'était pas attardée. Pis, ils s'étaient quittés de manière froide et tendue, si bien qu'il ne savait à présent plus quoi faire.

Un petit coup frappé à sa porte le fit sursauter. Il avait déjà renvoyé diplomatiquement la femme de ménage, mais sans doute celle-ci, consciencieuse, revenait-elle à la charge.

Résigné, il ouvrit le battant.

— Vous êtes gentille, mais aujourd'hui…

Les mots moururent sur ses lèvres. Andrea était là, devant lui, un plateau à la main.

— Je t'ai apporté du chocolat chaud, dit-elle, l'air contrit. Et aussi des œufs au bacon. C'est pour me faire pardonner.

Le cœur de Cal tressauta dans sa poitrine.

— Comment as-tu deviné que j'adorais les œufs au bacon ?

— Mon petit doigt me l'a dit, répondit-elle en souriant.

Elle entra comme un rayon de soleil, et la bonne odeur de nourriture éveilla les papilles de Cal. Il avait sauté le petit déjeuner, et il avait faim !

Les tables de nuit et le guéridon étaient jonchés de photos. Comme Andrea cherchait où mettre son plateau, il l'en débarrassa et le déposa sur le lit. Puis ils s'assirent chacun, précautionneusement, à un bout de la couette.

— Écoute...

— Tu n'as pas à t'excuser, Andrea. C'est moi qui ai compliqué les choses. Ta santé et ta vie ne regardent que toi. *Je* te présente mes excuses pour avoir été intrusif.

Devait-il lui en expliquer les raisons ? Il ne pouvait guère lui avouer à quel point elle le fascinait...

À en croire son air compréhensif, il était déjà pardonné.

— D'accord, dit-elle dans un murmure, mais je n'aurais pas dû...

— Stop ! J'ai récolté ce que je méritais, je ne recommencerai pas. Si on parlait d'autre chose ?

Elle opina sans répondre. Il prit une tasse fumante et but quelques gorgées de chocolat.

— Mmm ! Il est vraiment délicieux.

— J'ai demandé la recette à Craig, notre chef pâtissier, en échanges de traductions. Il ne parle pas très bien italien...

Cal rit.

— Tu es débrouillarde !

Pendant qu'elle sirotait son chocolat, il attaqua les œufs au bacon avec appétit. Elle lui sourit, visiblement plus détendue.

— Tu as bien travaillé, dit-elle.

— J'ai imprimé toutes les photos sympas et rigolotes. Il y en a plus que je ne croyais.

— Rassure-toi, j'en suis au même point. Un seul pêle-mêle ne suffira pas. Je vais emprunter les grands panneaux d'affichage qu'on utilise normalement pour les conférences. En les décorant, on devrait obtenir de beaux effets.

— Excellente idée ! Du coup, on pourrait imprimer certaines photos en plus grand ?

— Bien sûr, ce sera encore mieux.

Il rassembla ses clichés épars et les déposa près d'elle pour qu'elle puisse les regarder en buvant son chocolat. Elle se mit à les trier avec un soin méticuleux.

— J'adore celle-ci..., murmura-t-elle.

— J'ai beaucoup hésité à la mettre. Je ne sais pas si Maggie sera contente de repenser à cette période.

Sur le cliché, Maggie, amaigrie, avait le crâne coiffé d'un bandana, et Joe la tenait par la taille. Le regard de son fiancé reflétait un amour absolu. On avait le cœur serré rien qu'à les voir...

— Je crois que oui, répondit-elle. Ils se marient « pour le meilleur et pour le pire ». Justement, le pire est derrière eux.

— Je te laisse trancher. Tu la connais mieux que moi, dit-il en débarrassant le plateau.

— C'est décidé. On la garde. Maggie m'a toujours dit que Joe lui donnait l'impression d'être la plus belle femme du monde, surtout dans les mauvais moments. Voilà pourquoi leurs liens sont si forts.

Elle prit une nouvelle photo, la regarda... puis la posa sur la couette en soupirant.

— Tu as raison, Cal, j'ai besoin de parler. Seulement, je n'y arrive pas.

Il réfléchit quelques secondes. Il devait se montrer prudent, car il n'avait pas le droit à l'erreur.

— Tu devrais y aller doucement, lui conseilla-t-il. Si tu prenais rendez-vous chez un psychologue ? Tu ne trouveras peut-être pas ton bonheur du premier coup, mais tu finiras bien par faire confiance à quelqu'un...

— Pourquoi pas à toi ?

Il soupira.

— Je suis conscient d'avoir perdu des points. Mon attitude n'a pas aidé. Crois-moi, je le regrette.

— En tout cas, tu as vu des choses. J'avais besoin qu'on me réveille, et tu l'as fait.

Son air triste lui fendit le cœur. Quoi qu'il advienne, il voulait être là pour elle.

— J'aimerais que tu me fasses une promesse, dit-il d'un ton grave. Si tu as besoin de quelque chose, n'importe quoi... demande-le-moi, d'accord ?

Il s'attendait à la voir hocher la tête, comme elle le faisait si souvent. Au lieu de cela, elle fixa ses mains jointes.

— Tu as deviné, pour l'Afrique ? demanda-t-elle d'une voix à peine audible.

— J'ai compris que mes photos te parlaient.

— C'est exact. J'y ai passé quelques années, petite ; mon père travaillait là-bas. J'ai tellement aimé que j'ai voulu y retourner après mes études, mais j'ai d'abord exercé à Londres. Dès que j'ai eu assez d'expérience, je suis partie.

Il la regarda en silence. Il trouvait miraculeux qu'elle lui parle et ne voulait pas l'interrompre.

— Tu connais l'Afrique, dit-elle. Les défis à relever sont énormes, mais quand tu obtiens un résultat, c'est la plus belle des récompenses.

— Que faisais-tu ?

— De la médecine générale, partout où on avait besoin de moi. Petit à petit, je me suis spécialisée dans l'aide aux personnes handicapées. J'ai beaucoup travaillé sur l'amélioration de leur cadre de vie.

Les besoins avaient dû être énormes, car les missions de ce genre étaient encore trop rares.

— Combien de temps es-tu restée là-bas ?

— Trois ans. C'était dur, mais j'aimais mon travail. Et... il y avait Judd.

Un homme chanceux, songea Cal avec une pointe de jalousie. Puis il se souvint que l'histoire avait « mal tourné ».

— Judd était infirmier urgentiste, dit-elle. Il m'a pris sous son aile quand je suis arrivée et m'a montré les ficelles du métier sur le terrain. Finalement, on s'est mis à faire équipe pour agir dans des zones très reculées.

Il garda de nouveau le silence, avec une intuition de catastrophe imminente. Pourtant, il devait écouter ce qu'Andrea avait à dire.

— Finalement, on a posé nos premières vacances en commun. On devait passer six semaines en Angleterre, on allait se présenter à nos familles, on avait hâte... On était en train d'en parler dans la voiture, en rentrant d'intervention. Judd conduisait... La roue du 4x4 s'est mise dans une ornière, on a basculé dans le ravin... Il avait beaucoup plu, et la rivière était presque sortie de son lit.

Elle tremblait, il lui pressa légèrement le bras. Elle se laissa aller contre lui, et il lui entoura les épaules.

— Je ne sais pas comment j'ai fait pour sortir Judd... L'eau montait dans l'habitacle. Il était à peine conscient, et moi, j'avais l'épaule démise... Je l'ai ramené sur la rive.

Elle avait dû déployer des efforts surhumains. En aurait-il été capable, dans les mêmes circonstances ?

— Il n'y avait personne aux alentours, dit-elle en balbutiant. J'ai tout de suite appelé notre dispensaire, mais Judd était trop grièvement blessé. J'ai fait le maximum... Il est mort dans mes bras avant l'arrivée des renforts.

— Andrea... Je suis vraiment, terriblement désolé.

Que dire, que faire ? Il ne pouvait que l'étreindre, la serrer très fort, pour lui montrer à quel point il partageait sa peine.

— Je comprends mieux pourquoi tu ne voulais pas que je descende sur l'arête, hier, dit-il.

— C'était une réaction... idiote.

— Pas du tout ! C'était humain, et tu as été incroyablement courageuse. À ta place, beaucoup de gens auraient fui sans se retourner.

Elle haussa les épaules, mais il comprit que ses paroles lui avaient fait plaisir.

— Après l'accident... j'ai été rapatriée en Angleterre. J'ai été hospitalisée, puis j'ai passé ma convalescence chez mes parents, à Oxford. Maggie a été formidable. Je ne m'en serais pas sortie sans elle.

— Tu lui as tout raconté, je suppose.

— Oui, plusieurs fois. Elle me laissait parler, elle ne m'interrompait jamais. Au bout d'un mois ou deux, j'ai considéré que c'était suffisant. À quoi bon ressasser ? J'ai voulu passer à autre chose. Maggie avait beau me dire d'y aller doucement, je ne l'ai pas écoutée. En tant que médecin, j'aurais dû faire attention à moi, mais...

— ... les cordonnier sont souvent les plus mal chaussés, dit-il, finissant sa phrase. Je connais la musique. Nous ne sommes que des êtres humains, Andrea.

Elle leva vers lui son visage baigné de larmes.

— Ravie de l'entendre. J'ai toujours cru que j'étais indestructible.

Il lui fit un clin d'œil.

— Moi aussi, mais ne le dis à personne...

— Quoi qu'il en soit, j'ai entamé mon deuil, conclut-elle en soupirant. Mais sur le plan professionnel, les choses sont devenues très compliquées. Je n'avais pas pu sauver Judd...

Soudain, la vérité lui apparut clairement. L'homme de sa vie était mort dans ses bras. Qui, après un tel drame, n'aurait pas perdu ses moyens ?

— Tu n'avais plus confiance en toi, dit-il doucement.

— Non. J'ai repris un poste à l'hôpital, mais j'étais paralysée d'angoisse à l'idée de commettre une erreur. Pour l'équipe, j'étais plus un boulet qu'autre chose. Alors je suis venue en vacances ici, pour tenter de me ressourcer. Je séjournais dans une pension de famille. En discutant avec les propriétaires, j'ai appris que le médecin de la station allait partir à la retraite... Tu connais la suite.

— Et là, tu n'as pas eu peur ?

Elle eut un rire sans joie.

— On n'est jamais seul dans un hôtel. On peut toujours compter sur quelqu'un, et Tomas travaillait déjà au cabinet. Et puis, l'équipe de secours avait du potentiel.

— Il ne restait plus qu'à former les gens pour parer à toutes les catastrophes possibles.

— Compte tenu de mon expérience, la directrice m'a poussée à le faire. Moi-même, j'y tenais beaucoup. Et finalement, j'ai retrouvé une certaine sérénité. Voir les montagnes le matin au réveil a quelque chose de rassurant.

— Je comprends très bien, Andrea. Tu es à ta place ici.

Comment avait-il pu croire qu'elle gâchait sa vie et son talent ? Après avoir vécu un drame, elle avait trouvé le meilleur refuge possible.

— Je suis à ma place, certes, mais ça ne me suffit plus, répondit-elle. J'y réfléchis depuis un moment... J'ignore si je serais capable de faire autre chose.

Il l'étreignit plus fort, et elle s'accrocha à lui en soupirant. Elle avait cessé de pleurer. Oserait-il croire que leur discussion lui avait fait du bien ?

— Rien ne presse, dit-il d'un ton doux. Tu as le temps de réfléchir. Un être humain ne se résume pas à son travail.

Soudain, elle se rejeta en arrière et le dévisagea d'un air incrédule.

— Cal Lewis, pourrais-tu répéter, s'il te plaît ? Dans le genre « Faites ce que je dis, pas ce que je fais... »

Il leva les mains en l'air en riant.

— D'accord, c'est mérité !

— Rassure-toi, je te comprends. Tu as dû batailler pour faire le métier de ton choix. Forcément, ça laisse des traces.

Il se laissa tomber en arrière sur la couette et se couvrit le visage des mains.

— Suis-je si transparent ?

— Pour ça, oui. Quant au reste...

— On a tous nos zones d'ombre. Toi comme moi.

— Oui... Bien, si on parlait du mariage ?

Elle avait repoussé les photos pour s'allonger près de lui. Appuyée sur un coude, elle le regardait intensément.

— Les sujets persos, c'est fini ? demanda-t-il. Pas de problème, j'ai saisi le message. Je ne t'embêterai plus avec les choses qui fâchent. Mais... Tu es sûre que ça va ?

C'était le plus important. Son bien-être le préoccupait à un point inimaginable.

— Oui, ça va. Il y a toujours une lumière au bout du tunnel.

Il aurait volontiers approuvé, s'il avait seulement découvert son propre tunnel. Il cherchait encore, hélas !

— Maggie t'a sûrement dit des choses comme ça, devina-t-il.

— Oh que oui !

Il comprenait mieux pourquoi Maggie voulait aider Andrea à avancer. Néanmoins, elle s'était trompée de prince charmant...

Parce qu'Andrea s'était montrée honnête, il lui devait la franchise. La discussion ne pouvait pas en rester là.

— Tu sais, je tâtonne aussi en ce moment. À propos du travail.

— Ah bon ? répondit-elle, l'air intéressé. Dans quel sens ?

Joe lui-même n'était pas au courant de cette histoire. Néanmoins, aborder le sujet avec Andrea lui ferait du bien, il le sentait.

— Le conseil d'administration m'a proposé un poste de directeur, expliqua-t-il. Je me demande si je vais accepter.

— Pourquoi refuserais-tu une promotion ? La peur de perdre le contact avec les patients ?

— Non, car si j'acceptais, je continuerais à opérer. En revanche, je voyagerais moins. Les superviseurs restent à Londres la plupart du temps.

— Et ça t'ennuierait ?

Il n'eut même pas besoin de réfléchir pour connaître la réponse.

— Voyager pour voyager ne m'intéresse pas. Je veux me rendre utile. Si je dois abandonner un peu le terrain pour bâtir des projets essentiels, ça m'ira !

Elle plaqua une main sur son torse en souriant.

— Le hic, je pense, c'est que l'idée n'est pas venue de toi. La proposition t'a déstabilisé. Comme tu veux tout maîtriser, cela te gêne.

— Tu me soupçonnes d'être un peu fier, ou têtu…

Elle éclata de rire.

— Tu aurais sûrement voulu postuler toi-même plutôt qu'avoir la surprise.

— Tu as raison, admit-il. En fait, tu m'as bien cerné. Mais comme je ne vais pas me décider aujourd'hui, on a tout le temps de s'occuper des photos du mariage !

— En d'autres termes, c'est fini pour les sujets persos ? demanda-t-elle d'un ton taquin, lui renvoyant sa propre question.

Il ne put s'empêcher de rire.

— Oui, madame. Mais j'ai apprécié notre discussion.

— Moi aussi… Bon, allez ! Comme tu l'as si bien dit, on a un mariage sur le feu.

8

Les panneaux d'affichage étaient prêts.

Décorés de fleurs en papier et de cœurs multicolores, ils avaient fière allure, et Cal les avait dissimulés dans sa chambre, derrière un paravent, pour que Maggie et Joe ne tombent pas dessus.

Après des débuts difficiles, il avait passé d'excellents moments avec Andrea, ces derniers jours. Il appréciait cette atmosphère de calme après la tempête. Il aimait la voir souriante, détendue et heureuse. Et chaque fois qu'ils se retrouvaient pour régler les détails du mariage, elle lui paraissait plus jolie que la veille…

Ce dimanche, levé tôt, il avait décidé d'aller faire un peu d'exercice. Il avait assez négligé sa pratique sportive depuis le début des vacances. Jouer les paresseux était confortable, mais il y avait des limites !

Comme on pouvait le prévoir à 7 heures du matin, le gymnase était désert… ou presque. En arrivant, il repéra immédiatement Andrea au fond de la pièce. Vêtue d'un legging et d'un débardeur, elle était en train de régler un banc de musculation. Il la rejoignit.

— Bonjour !

Elle sursauta, puis pivota en souriant.

— Oh ! salut… Tu es bien matinal !

— Je n'ai fait aucun sport depuis mon arrivée. Je deviens paresseux… Je comptais m'installer là-bas, dit-il, en montrant le coin situé sous les fenêtres.

— Excellent choix. Tu auras une belle vue.

S'il alla s'installer loin d'elle, ce n'était pas pour l'attrait des montagnes : peut-être n'apprécierait-elle pas de faire ses exercices devant lui. Or, il refusait de gâcher la bonne ambiance qui s'était instaurée entre eux.

Elle tourna la poignée de sa machine en grimaçant.

— Peux-tu regarder, s'il te plaît ? Je n'arrive pas à descendre cette manette.

Il se rapprocha, examina le levier et pesa de toutes ses forces dessus. En vain.

— Désolé, il est complètement bloqué.

Elle poussa un soupir, exaspérée. Elle avait dû choisir la machine la plus facile pour ménager son épaule.

— Je vais voir quelle autre machine je peux prendre, marmonna-t-elle.

Il hésita. Ces derniers jours, elle fléchissait le bras lorsqu'elle souffrait, plutôt que le tenir raide sur le côté. En soi, ce changement d'attitude était révélateur : elle avait décidé de s'attaquer au problème.

— Si tu veux faire des exercices de résistance modérée, on pourrait essayer ensemble, suggéra-t-il.

— Euh... D'accord, merci.

Il s'installa à califourchon sur le banc. Il était certain d'évaluer l'état d'une épaule mieux qu'un appareil, et de fournir ainsi le niveau de résistance optimal.

Elle s'assit face à lui. Il eut un sourire encourageant.

— Mets-toi plus près. Tiens le dos bien droit.

Elle s'avança jusqu'à ce que leurs genoux se frôlent. Alors, il leva la main gauche.

— On va d'abord essayer ton « bon » bras, dit-il. Je veux mesurer ta force normale.

— Oh là là ! Tu fais les choses dans les règles de l'art !

Avait-il le choix ? Il devait se concentrer sur son rôle de soignant plutôt que sur le regard gris-bleu d'Andrea, qui le troublait à un point inimaginable.

— Je n'aurais peut-être pas dû m'en mêler, marmonna-t-il. Dis-moi si ça te gêne.

— Non, au contraire. J'ai besoin d'un avis objectif. Je ne vais pas assez souvent chez le kiné.

Elle appuya la paume contre la sienne et exerça une poussée vigoureuse. Pour une femme aussi menue, elle avait de la force, mais n'allait pas au bout de ses capacités.

— Tu peux faire mieux ! dit-il.

La pression augmenta d'un coup. Il avait positionné son bras dans un angle inconfortable pour que celui d'Andrea soit bien placé, et il commençait à éprouver une réelle tension.

— Stop ! dit-il pour éviter qu'elle se blesse.

— Désolée, répondit-elle avec un sourire taquin. Je ne t'ai pas fait mal, au moins ?

Il rit.

— Je devrais m'en remettre. Allez, fini de rire. On va essayer l'autre…

Sans surprise, le bras blessé d'Andrea était beaucoup plus faible.

— Tu n'as pas travaillé depuis un bon moment, dit-il. C'est évident.

— Je n'essayerai pas de dire le contraire. Mettre ma négligence sur le compte du travail ne servirait à rien, j'imagine ?

— Effectivement. Donne-moi la vraie raison.

Elle soupira.

— Je ne voulais plus y penser. J'ai fait comme si de rien n'était.

— Là, je te crois.

Elle avait assez récupéré pour pouvoir travailler et même reprendre le sport. Néanmoins, elle compensait en permanence. Elle risquait de gros problèmes à long terme… et elle le savait pertinemment.

Il lui fallait seulement un coup de pouce. Avec une bonne discipline de travail, elle pourrait récupérer à 100 %.

— Commençons par les poussées basiques, dit-il. Dix fois suffiront.

Elle approuva, et ils enchaînèrent peu à peu les exercices préconisés par les kinésithérapeutes dans ce genre de cas. Parfois, elle forçait trop, mais s'arrêtait toujours quand il le lui suggérait.

Le plaisir de l'aider avait, heureusement, supplanté le désir physique. Il éprouvait une joie profonde, une exaltation absolue à lui rendre service. Elle avait besoin de lui. Rien n'aurait pu lui faire davantage plaisir.

— Une dernière série, et stop ! dit-il. Il faut suivre le protocole. Comment gères-tu les mouvements arrière ?

— Bof ! admit-elle en soupirant. Ce sont eux qui me posent le plus de problèmes.

— On essaye ?

— Bien sûr !

Elle n'était pas du genre à reculer devant l'obstacle. Elle avait un caractère à soulever des montagnes si le mental répondait présent !

Elle se leva, lui tourna le dos et se rassit. Ses épaules lui effleurèrent le torse, et il déglutit péniblement. Il avait, soudain, beaucoup de mal à retrouver sa posture professionnelle...

— Décale les omoplates vers l'arrière, fit-il d'une voix rauque.

Avec douceur, il lui prit les coudes et mesura la différence entre les deux côtés. La faiblesse à gauche était évidente.

— Je ne vais pas te mentir, ça pourrait être mieux, dit-il. Mais avec un travail régulier, c'est récupérable.

Les effluves d'un shampooing fruité lui chatouillaient les narines. Il ferma les paupières et, bizarrement, se mit à penser au mariage.

— Juste une série de dix, dit-il doucement. Allez... Il faut que je fasse le tour des bars pour choisir celui de l'enterrement de vie de garçon. Ça te dirait de m'accompagner ?

— Je peux me libérer mardi, répondit-elle sans relâcher son effort. J'ai prévu d'aller chercher une partie des invités à l'aéroport. Ils prendront le minibus de l'hôtel. Au lieu de revenir avec eux, je pourrais te rejoindre au village.

— Super, bonne idée !

La pression du bras d'Andrea faiblissait contre sa paume. Il lui lâcha le coude.

— Ça suffit pour aujourd'hui. Ne te fatigue pas trop. Tu sais qu'on va tous skier demain.

— Oui, et même si je suis à la traîne, je n'ai pas l'intention de renoncer.

— Ne t'inquiète pas, ça ira très bien.

Elle avança un peu sur le banc, puis se retourna.

— Merci beaucoup, dit-elle avec un sourire chaleureux. Tu ne pourrais pas rester six semaines, par hasard ?

Elle plaisantait, évidemment, mais l'idée était séduisante.

— Tu n'as pas besoin de moi, répondit-il néanmoins. Tu connais les exercices. Il faut juste t'y tenir.

De manière inexplicable, il était déçu. Il aurait voulu qu'Andrea ait besoin de lui. Il *voulait* se sentir indispensable.

— Si on travaillait un matin sur deux jusqu'à la fin de mon séjour ? dit-il. Ensuite, je m'entraînerais dans la foulée. Je ne dois pas négliger mon activité physique...

Le regard d'Andrea courut de ses épaules à ses cuisses, en passant par son torse. Il ne put réprimer un frisson de désir.

— Ça va, tu t'en sors bien, dit-elle.

Il se leva brusquement. Il devait partir, avant de faire quelque chose qu'il allait regretter !

— On verra comment tu te sens demain après le ski. Si ça va, on fera une séance mardi matin. Ensuite, on pourrait aller ensemble à l'aéroport, puis au village...

— Tu veux m'accompagner à l'aéroport ? Tu n'en vois pas assez pendant l'année ?

— Contrairement à beaucoup de voyageurs, je les aime bien. C'est toujours le début d'une aventure, de nouvelles possibilités.

— Tant mieux alors ! Pour te récompenser, j'offrirai la première tournée au pub.

— Ça marche. Qu'as-tu prévu de faire aujourd'hui ?

— Je vais replonger le nez dans le dossier du mariage, histoire de tout vérifier une quarantième fois.

Il éclata de rire.

— Je fais ma séance de gym et je te rejoins, d'accord ? Je ne vais pas te laisser stresser toute seule.

— Ça me fera plaisir de stresser avec toi, Cal. C'est gentil de le proposer.

9

La présence de Cal lui faisait du bien.

Andrea s'en était rendu compte la veille, d'abord au gymnase, puis quand ils avaient emballé les cadeaux des invités et les sachets de friandises pour les petits.

Sur le plan médical, la routine avait repris ses droits. Tomas gérait le cabinet à la perfection. Grâce à lui, elle pouvait s'autoriser quelques heures de détente et, en ce lundi matin, le soleil brillait haut dans un ciel sans nuages lorsque, après le petit déjeuner, elle se prépara pour le ski.

Elle enduisit d'abord ses cicatrices de crème, chose qu'elle n'avait pas faite depuis longtemps. Ce geste lui avait paru superflu et sans intérêt, mais aujourd'hui elle se disait que, peut-être, elle pourrait prendre mieux soin d'elle. Après tout, cela ne coûtait rien d'essayer…

L'écran total sur le visage était devenu un réflexe incontournable. Elle ne dérogea pas à cette étape, puis s'habilla rapidement.

Maggie, Joe et Cal l'attendaient à la réception. Le sourire radieux de son amie lui alla droit au cœur.

— Aujourd'hui, on ne parle pas du mariage, décréta celle-ci. On fait un break, d'accord ?

Joe prit un air faussement navré.

— Tu en as déjà assez, chérie ? On n'est même pas encore mariés !

Ils quittèrent le hall dans un grand éclat de rire.

Pour cette journée, ils avaient décidé de faire le tour complet des pistes en suivant le soleil pour profiter des meilleurs panoramas. Ils s'étaient inscrits dans un groupe mené par Francine et Bruno qu'ils retrouvèrent, fidèles au poste, en bas des remontées mécaniques.

La montagne offrait le cadre idéal pour décompresser. Cinq pistes et un grand bol d'air plus tard, Andrea prit conscience qu'elle ne s'était pas sentie aussi en forme depuis des lustres.

— Comment te sens-tu ? demanda Cal.

Avec son cache-oreilles, ses lunettes noires et sa barbe de trois jours, il offrait l'image même du touriste décontracté, insouciant… et terriblement sexy.

— Ça va, dit-elle d'une voix assurée. Je n'ai pas mal à l'épaule. De toute façon, j'ai mis mon attelle, au cas où.

— Tu as bien fait.

Ils s'élancèrent côte à côte sur la piste rouge que Francine et Bruno avaient choisi d'emprunter. Tout était calme, silencieux, et, après une descente de rêve, la monitrice rassembla le groupe car l'heure du déjeuner approchait.

Après une courte ascension en télécabine, ils atteignirent un refuge qui dominait toute la vallée.

— C'est dur ! Depuis que Maggie nous a interdit de parler de tu-sais-quoi, j'y pense sans arrêt, dit Cal en riant.

— Quoi, même ici ? Tu exagères. Profite plutôt de la vue !

Elle se sentit rougir lorsque, relevant ses lunettes, il se tourna vers elle.

— C'est beau, en effet…, dit-il doucement.

Impossible de se méprendre sur ses propos : il *la* trouvait belle. Elle lui avait montré sa facette la plus sombre, mais il ne s'arrêtait pas à cela…

— Cal, j'ai réfléchi. Je te dois des excuses.

Il haussa les sourcils.

— Encore ? Qu'as-tu fait, cette fois ?

— Rien… Excuse-moi pour tout. Je n'ai pas été très sympa avec toi au départ. Tu voulais m'aider.

Il eut un sourire compréhensif.

— Pas de problème, j'adore les défis. Tu cherchais juste à te protéger, et moi, je n'avais pas à me mêler de tes affaires.

— D'accord, mais… Tenir tout le monde à distance est stupide. Je dois ménager les personnes qui me font du bien. C'est ton cas.

Elle comprit que sa remarque lui avait plu. Il avait dû être vexé qu'elle le repousse, au départ, mais elle avait changé d'optique. Elle n'avait plus envie de se protéger de lui.

— Tant mieux, répondit-il gentiment. Tu sais quoi ? Je vais faire comme Maggie. Les mots « désolée » et « excuse-moi » sont à bannir pour la journée, d'accord ? On ne va penser qu'aux choses positives.

Elle lui sourit. Dans un tel cadre et en si bonne compagnie, il était facile d'avoir des pensées positives.

Ils entrèrent dans le refuge, où Bruno avait déjà allumé le poêle. Une soupe odorante chauffait au-dessus du foyer, et le groupe s'était installé autour de la table en bois.

Joe fit signe à Cal, qui s'assit à côté de lui. Andrea se glissa près de Maggie.

— Je comprends pourquoi tu aimes ces montagnes, dit cette dernière. Tout est frais, pur… C'est un bel endroit pour prendre un nouveau départ.

Maggie savait de quoi elle parlait. Elle avait tourné le dos à la maladie et aux jours sombres pour regarder vers l'avenir. Le couple qu'elle formait avec Joe, renforcé par les épreuves, en était le plus beau témoignage.

— C'est le lieu idéal pour un m… Tu sais quoi ! répondit Andrea en souriant.

Maggie s'esclaffa.

— Tu respectes la consigne, bravo ! Oui, on a bien fait de venir ici. Non seulement pour le cadre, mais aussi, et surtout, pour te voir. Tu me manques.

— Je vais rentrer à Londres un jour. Je ne sais pas quand…

Peut-être y retournerait-elle dans un avenir proche. Elle ne voulait pas faire de fausse joie à Maggie, mais elle commençait à y penser.

— Je sais que tu reviendras, répondit son amie d'un ton doux. En attendant, je continuerai à m'ennuyer.

— Tu me manques aussi, lui dit Andrea à l'oreille, d'une voix enrouée par l'émotion. Bien plus que tu ne l'imagines. Mais j'avance, Maggie. Tu peux me croire...

Le groupe quitta le refuge après l'avoir soigneusement nettoyé pour les visiteurs suivants.

Francine avait même prévu une énorme tablette de chocolat pour remplacer celle qu'ils avaient mangée. Puis, après avoir remballé les thermos qui avaient contenu la soupe, elle jeta un dernier coup d'œil alentour et donna le signal du départ.

L'organisation de la journée, soigneusement planifiée, les mena sur un autre versant jusqu'en milieu d'après-midi. Ils redescendirent vers l'hôtel à l'heure où le soleil déclinait sur les montagnes, et une Maggie enthousiaste se jeta au cou de Joe. Andrea, émue, les regarda échanger un baiser d'une infinie tendresse.

— Et hop ! une de plus pour le pêle-mêle, lui chuchota Cal.

Il lui montra discrètement la photo qu'il venait de prendre avec son reflex. Maggie et Joe s'y tenaient enlacés, à contre-jour, dans une incroyable lumière rose orangée.

— C'est trop beau..., répondit tout bas Andrea. Elle va pouvoir remplacer celle où Maggie et moi faisons une bataille d'eau dans mon jardin.

Elle ne se trouvait pas à son avantage sur ce cliché d'enfance, mais Cal avait tenu à l'inclure dans le tableau !

— Tut-tut ! n'y compte pas. Si on manque de place, on enlèvera autre chose.

Il rangea son appareil. Il l'utilisait peu, mais il sélectionnait judicieusement ses sujets.

— Tu n'en prends plus ? demanda-t-elle.

— Non, celle-ci me suffit. J'aime garder la spontanéité du moment.

Il la prit par les épaules, comme aurait pu le faire un ami. Qu'étaient-ils l'un pour l'autre au juste ? Ils se connaissaient trop peu pour le savoir. Néanmoins, elle était sûre d'une chose : elle se sentait bien avec lui.

— Maggie nous regarde, dit-elle.

Il eut un petit rire.

— Elle aurait tort de se gêner. Elle prend des photos ?

— Non, elle n'oserait pas !

Il resserra son étreinte, mais au lieu de l'embrasser il la dévisagea intensément. Ils s'étaient montrés honnêtes l'un envers l'autre. Les échanges de baisers, même dans un cadre romantique, n'étaient pas à l'ordre du jour. Elle était pourtant sûre qu'il en avait envie autant qu'elle.

Leurs regards exprimaient mieux que des mots ce qu'ils éprouvaient. Elle se remémorerait toujours ces instants précieux. Quoi qu'il advienne, dans un futur proche ou lointain…

Le crépuscule était presque tombé quand le groupe arriva finalement devant l'hôtel. Mais Cal scrutait toujours la piste, où une étincelle venait d'illuminer les ombres du paysage.

— C'est Bruno ! dit-il. Qu'est-ce qu'il fabrique ?

— Ha ha ! Tu vas vite le découvrir. Ils le font souvent.

Un troisième moniteur avait rejoint ses collègues à mi-pente, avec quatre grandes torches. Bruno en avait allumé une, et quand il alluma les trois autres, de grandes flammes jaillirent dans les airs.

Il donna deux torches à Francine et en garda deux pour lui – une dans chaque main. Puis ils échangèrent un signe de connivence et s'élancèrent vers le bas de la piste en zigzaguant.

Andrea avait vu ce spectacle plusieurs fois déjà, sans jamais se lasser. Les moniteurs s'entraînaient régulièrement pour la descente aux flambeaux, une de leurs fiertés, et elle allait souvent admirer leurs ballets adroits et gracieux.

Les touristes groupés devant l'hôtel applaudirent à tout rompre quand Francine et Bruno s'arrêtèrent devant eux.

— Andrea… Andrea !

Maggie, qui avait déchaussé ses skis, se précipita vers elle en battant des mains.

— Tu as vu ça ? C'est génial ! Je ne voudrais pas abuser, mais… Crois-tu qu'ils pourraient le faire le soir du mariage ?

— On ne parle pas de mariage !

Cal et elle avaient répondu d'une même voix. Joe, qui les avait rejoints, éclata de rire.

— Allez, on lui pardonne, dit-il, indulgent.

— J'ai une bonne raison ! protesta Maggie. Sérieusement, Andrea, serait-ce exagérer que de leur poser la question ?

— Je leur demanderai, promis. Mais je ne te garantis rien.

Cal se retenait de toute évidence de rire, et pour cause : la descente aux flambeaux était l'animation secrète du mariage. Prévue depuis des semaines, elle devait rester une surprise. Huit moniteurs avaient travaillé d'arrache-pied pour mettre au point une nouvelle chorégraphie qui, d'après Francine, promettait d'être époustouflante !

— Merci, tu es mignonne, répondit Maggie. Je ne me fais pas trop d'illusions, si près de la date. Mais sait-on jamais...

— Oui, je...

Cal s'avança, et glissa un bras sous celui de Maggie.

— S'ils ne sont pas dispos, je le ferai moi-même, promit-il. Tout nu, avec une rose entre les dents.

La diversion produisit l'effet escompté : Maggie éclata de rire.

— Je voudrais bien voir ça, fit Joe, hilare.

Les fiancés s'éloignèrent main dans la main, et Andrea se tourna vers Cal.

— Dois-je annuler la descente des moniteurs ? demanda-t-elle, taquine. Quelle couleur veux-tu pour ta rose ?

Il éclata de rire.

— Bleue, si tu trouves. Elle sera assortie à ma couleur de peau !

La deuxième séance de gym avait tenu ses promesses.

Cal avait trouvé Andrea plus concentrée. Elle avait adopté de meilleures postures et, à la fin des exercices, il l'avait chaudement félicitée. Si le mental suivait, elle récupérerait vite. Car chez elle, tout était dans la tête...

De peur de la contrarier, il s'abstint d'aborder le sujet dans le funiculaire qui les emmenait au village. Andrea était ravie de jouer les hôtesses, et le trajet en bus vers l'aéroport permit à Cal d'en apprendre davantage sur les invités, amis et membres de la famille, qui avaient fait le déplacement.

Dans la zone de débarquement, il s'amusa de la voir trépigner d'impatience.

— Depuis quand n'as-tu pas vu tes parents ? demanda-t-il.

— Trois mois. J'ai passé quinze jours en Angleterre avant le début de la saison. Là, on s'appelle une fois par semaine en vidéo, mais ce n'est pas la même chose...

Avisant un premier groupe de voyageurs, elle leur fit de grands signes. Les présentations effectuées, Cal les guida vers le tourniquet à bagages tandis qu'elle surveillait les portes pour repérer les autres.

Elle venait d'orienter trois nouvelles personnes vers lui quand il l'entendit pousser un cri de joie.

— Maman ! Papa !

Un couple d'une cinquantaine d'années se dirigeait, tout sourire, vers elle. Elle étreignit longuement sa mère, puis son père. Alors elle se retourna et fit signe à Cal d'approcher. Il les rejoignit.

— Cal, je te présente mes parents, Linda et George. Papa, maman, c'est Cal, le témoin de Joe...

Il échangea une poignée de main avec les nouveaux venus. La paume de Linda lui parut un peu moite, et elle semblait fatiguée. Sans doute les Allison, comme les autres invités, s'étaient-ils levés de bonne heure pour prendre leur avion. Tout le monde pourrait heureusement se reposer à l'hôtel.

— Andrea nous a expliqué que vous étiez médecin, dit George.

— Tout à fait. Et elle m'a raconté que vous aviez exercé en Afrique.

— C'était il y a longtemps, mais ça me ferait plaisir d'en discuter avec vous. D'après Andrea, vous développez des projets tout autour de la planète. Je serais curieux de savoir ce qui a changé depuis l'époque où je... Linda ?

George s'était interrompu pour lancer un regard anxieux à son épouse, qui vacillait légèrement... puis elle perdit l'équilibre, et ses jambes se dérobèrent. Cal eut tout juste le temps de la retenir avant qu'elle heurte le carrelage.

Il la porta vers une rangée de fauteuils. Elle avait perdu connaissance, et aussitôt George l'aida à l'allonger. Puis il roula sa veste en boule pour la glisser sous la tête de son épouse.

Cal jeta un coup d'œil à Andrea. Blême et le visage tendu, elle n'avait pas bougé d'un millimètre. Elle semblait inconsciente des mouvements de foule autour d'elle.

— George..., murmura Linda.

Cal se focalisa sur elle, en croisant les doigts pour qu'Andrea réagisse. Malgré le choc, elle devait se reprendre. Faute de quoi elle perdrait le peu de confiance en elle qui lui restait...

— Du calme, chérie, dit George d'un ton apaisant.

— Ça va aller. J'ai dû... m'évanouir.

Linda voulut s'asseoir, mais son époux la retint.

— Ne bouge pas. Il faut vérifier que tout va bien.

— Papa a raison, dit Andrea. Sois sage une minute.

Sa voix avait résonné, calme et ferme, derrière Cal. Il s'écarta pour la laisser approcher. Aussitôt, elle se pencha et mit la main sur le front de sa mère.

— Pas de fièvre, déclara-t-elle. Des maux de tête ?

— Non.

George s'était écarté. Posté près de Cal, il observait la scène.

— Laissons Andrea prendre les choses en main, dit-il d'un air entendu.

Ils étaient sur la même longueur d'onde : Andrea devait conduire seule cet examen, pour sa tranquillité d'esprit et, surtout, pour se prouver qu'elle en était capable.

En l'entendant poser les bonnes questions, en la voyant accomplir les bons gestes, Cal sut que la partie était gagnée. Après un moment, elle aida sa mère à s'asseoir.

— Tout va bien, annonça-t-elle. C'était juste un évanouissement.

— C'est ce que je vous disais ! déclara Linda, qui commençait à reprendre des couleurs. J'ai été incapable d'avaler quoi que ce soit dans l'avion.

— Alors tu es à jeun depuis hier soir, dit Andrea d'un ton sévère.

— Euh... Oui.

Une dame âgée, vêtue d'un ciré violet éclatant, approcha. Tout le monde l'appelait « tante Mae », mais Cal ne savait pas de qui elle était parente, au juste.

— As-tu de l'eau dans ton sac, tatie ? demanda Andrea.

La vieille dame fourragea dans sa grande besace, d'où elle extirpa une bouteille et une tasse en plastique fournie par la compagnie aérienne. Andrea la remercia et servit de l'eau à sa mère.

— J'ai aussi récupéré un sandwich ! dit tante Mae, l'air triomphant.

— Non, merci, répondit Linda en souriant. Je me sens beaucoup mieux.

— Taratata ! Tu vas manger quelque chose. Tiens, fit tante Mae, lui tendant le sandwich. C'est un jambon-tomates.

Elle s'assit près de Linda sur la banquette, visiblement décidée à prendre les choses en main. George renfila sa veste et secoua la tête.

— Trois médecins sur place, et Mae fournit le remède miracle ! C'est toujours comme ça...

Cal se mit à rire. Il était vraiment fier d'Andrea. Elle avait paniqué, mais elle s'était reprise, au soulagement visible de son père qui devait beaucoup s'inquiéter pour elle.

Voyant les invités rassemblés autour du tapis roulant à bagages, il les rejoignit et les orienta vers le minibus garé à l'extérieur. À son retour, George avait récupéré leurs valises, et Andrea se dirigeait bras dessus, bras dessous avec sa mère vers la sortie.

Cal aida le chauffeur à ranger les bagages, puis monta dans le bus. Andrea l'arrêta lorsqu'il parvint à sa hauteur.

— Je suis désolée, mais je ne vais pas pouvoir t'accompagner au village, finalement.

— Aucun problème. De toute façon, je préfère rester à l'hôtel avec toi.

Il voulait être présent pour elle, au cas où. Et son sourire lumineux fut la plus belle des récompenses... Après quoi il s'assit à côte de tante Mae pour ce qui lui parut, au final, le trajet en bus le plus cocasse de l'histoire !

Assis dans un fauteuil devant un chocolat chaud, Cal lisait le journal. Habitué aux foules, il n'avait pas l'air le moins du monde perturbé par le va-et-vient continu dans le hall. Andrea s'installa en face de lui et lui tapota le genou.

— Hé ! coucou ! dit-il. Comment va ta mère ?

— Très bien, merci. Papa et moi avons déballé notre science et conclu qu'elle avait eu un léger évanouissement.

Il eut un petit rire.

— La pauvre ! Avec deux médecins, elle est servie.

— Dis plutôt trois. Mon petit frère est urgentiste.

— De mieux en mieux ! Elle doit préférer suivre les conseils de tante Mae. De qui est-elle la tatie, au fait ?

— De personne. C'est la voisine des parents de Maggie. On la connaît depuis qu'on est petites. Elle nous invitait souvent à boire le thé. Elle nous servait dans de la porcelaine pour enfants, et nous confectionnait des minicakes. On était ravies.

— Elle est géniale. Pendant le trajet, elle m'a raconté l'histoire des guerriers samis, dont les femmes combattaient sur des skis armées d'arcs et de flèches.

— Tante Mae est un puits de science. Il y a des livres partout chez elle. Quand je suis partie à la fac, elle m'a donné un peu d'argent pour m'amuser. Elle m'a dit que je serais un bon docteur, comme mon papa.

Andrea sentit ses mains trembler. La vieille dame s'était trompée sur ce point...

— Tu *es* un bon docteur ! dit Cal.

— Non. J'ai paniqué en voyant ma mère s'évanouir.

— Peut-être, mais tu t'es reprise et tu as fait face à la situation.

— Ce n'était pas compliqué. Tante Mae aurait pu établir le diagnostic.

— Écoute... En tant que chirurgien, je n'opérerai jamais un membre de ma famille. Pensais-tu pouvoir rester indifférente lorsque ta mère s'est évanouie ? Ça n'aurait pas été normal !

Elle haussa les épaules.

— Non, en effet.

— Après ce que tu as vécu, tu avais de bonnes raisons d'avoir peur. L'essentiel, c'est que tu aies repris tes esprits. Elle aurait pu avoir quelque chose de grave. Tu n'en savais rien, et tu as pratiqué un check-up complet sans l'inquiéter. Alors oui, tu es un *excellent* médecin.

Il semblait sincère. Il croyait en elle. Peut-être pouvait-elle lui faire confiance.

— Merci, dit-elle.

Il lui lança un regard dubitatif.

— Tu n'as rien d'autre à dire ?

— Non. « Merci » est le mot important. Il résume tout.

— Mon pouvoir de persuasion est meilleur que je ne pensais, répondit-il en souriant. Tu m'en vois ravi.

Elle baissa la tête, puis jeta un coup d'œil à sa montre.

— On a encore le temps de descendre au village, si tu veux.

Il secoua la tête.

— Je préfère rester ici et me coucher tôt.

Elle eut l'intuition qu'il pensait à elle en répondant cela. Il voulait qu'elle se repose !

— C'est la dernière occasion de faire la tournée des bars, insista-t-elle. Les parents de Joe et ceux de Maggie arrivent demain matin. L'après-midi, ce sera répétition générale et ensuite dîner avec tout le monde. Et jeudi soir, il y aura les enterrements de vie de garçon et de jeune fille…

— Je te laisse choisir un bar. Tu les connais. Que recommandes-tu ?

— Cal, je n'ai jamais organisé ce genre de fiesta. Je n'y ai même jamais participé !

Il rit.

— Si j'étais malade, il faudrait bien que tu gères. Je te fais entièrement confiance. Tu connais Joe, le genre d'amis qu'il a…

Elle leva les mains en signe de résignation.

— D'accord, parfait ! Il y a une petite brasserie familiale à cinq minutes à pied du funiculaire. Ils proposent des plats typiques à base de produits frais et servent de très bonnes bières. Cerise sur le gâteau, il y a de la musique et même un karaoké le soir. Qu'en penses-tu ?

Son sourire dissipa la fatigue nerveuse qui pesait sur elle.

— Je n'en pense que du bien, Andrea. Adjugé, vendu.

10

Tout le monde était arrivé à bon port. La répétition générale s'était bien déroulée, et l'enterrement de vie de garçon avait connu un franc succès.

Cal, qui avait supervisé le retour des joyeux lurons, venait de laisser un Joe ravi rejoindre Maggie dans le hall de l'hôtel. Les futurs époux, tendrement enlacés, attendaient l'ascenseur. Maggie était en peignoir en éponge, avec des chaussons aux pieds : une bonne indication pour deviner où les filles avaient passé la soirée !

Il était tard, et Cal aurait dû aller se coucher, mais ce fut plus fort que lui : contournant le bar, il rejoignit la véranda, où se trouvait l'espace balnéo.

Sous la lumière tamisée des lampes LED, le jacuzzi était une invitation à la détente. En approchant, Cal vit Andrea allongée dans les bulles au coin de la grande cabine hexagonale. Elle lui fit signe.

— Salut ! Tout s'est bien passé ?

— Oui, c'était génial. On est revenus entiers, répondit-il en souriant. Et côté filles ?

— On a passé un super moment. Maggie est partie avec Joe.

— Je sais, je viens de les quitter. J'espérais... te trouver là.

Elle fit deux brasses pour se rapprocher de lui. Le verre qu'elle tenait à la main glissa dans les bulles.

— Oups ! fit-elle, bataillant pour le récupérer.

Il s'accroupit, releva ses manches de chemise et y parvint avant elle.

— Ma parole, tu es pompette !

Elle haussa les sourcils.

— Absolument pas. Je n'ai bu que du jus de fruits.

— Ha ha ! moi, de la bière sans alcool. Je voulais garder les idées claires pour surveiller mes troupes.

— Pauvre de toi !

— Oh ! je ne suis pas malheureux. Mais puisqu'on a passé une bonne soirée, que tout le monde est content… On pourrait peut-être boire un verre ensemble ?

— D'accord, si tu viens dans le jacuzzi. On est trop bien là-dedans.

La tentation était trop forte. Cal n'était qu'un être humain, après tout.

Il monta enfiler un caleçon de bain dans sa chambre puis redescendit, vêtu d'un peignoir blanc de l'hôtel, et fit un crochet par le bar avant de rejoindre la véranda.

— Waouh ! du champagne ! dit Andrea quand elle le vit approcher.

— L'occasion le vaut bien, madame…

Il emprunta le plancher chauffant qui menait au jacuzzi, retira son peignoir en frissonnant et se hâta d'entrer dans l'eau bouillonnante.

— Mmm ! C'est génial, dit-il. On est dans un cocon douillet entourés de neige.

— Oui, ça m'enivre presque, cette sensation.

La voir allongée dans les bulles, détendue et heureuse, était complètement ensorcelant. Il emplit deux coupes de champagne et lui en tendit une.

— À quoi trinquons-nous ? demanda-t-il.

— Au succès de la soirée. Et aux futurs mariés.

— À Maggie et Joc. Tchin !

Ils entrechoquèrent leurs coupes. La première gorgée lui fit tourner la tête, mais ce n'était pas l'effet de l'alcool : il était hypnotisé par le regard d'Andrea.

Elle était fascinante, avec ses cheveux légèrement humides relevés en queue-de-cheval. Il aurait pu passer la nuit à admirer les courbes de sa nuque et de ses épaules, à loucher sur ses jambes fines...

— Raconte-moi, dit-elle. L'oncle Pete a-t-il abusé de la bière locale ?

— Il était parti pour, mais je lui ai commandé quelques bières sans alcool, et il n'a pas fait la différence.

— Génial. Maggie craignait qu'il ne gâche la soirée en dépassant les limites.

— Pas de souci, on l'a gardé sous contrôle. C'était judicieux, de choisir un endroit où on pouvait manger. Du coup, tout le monde en a bien profité. Le petit frère de Joe a rencontré une charmante vacancière à qui il a donné son numéro. Quant à papy Dave, c'était lui le plus en forme. Figure-toi qu'il voulait aller dans un autre bar ! Heureusement, je l'ai convaincu de rentrer se coucher, mais il bougonnait que les jeunes de maintenant ne savaient plus s'amuser.

Elle rit.

— Ça ne m'étonne pas. La grand-mère de Maggie attendait les Chippendales. Elle était très déçue d'apprendre que ce genre de spectacle ne plaisait pas à sa petite-fille, et qu'elle n'en verrait aucun.

Il remplit de nouveau leurs coupes, et elle ajouta :

— Maintenant, j'ai un très bon feeling pour ce mariage. Rien de tel qu'une fiesta pour avoir la pêche !

Pour lui, la meilleure partie de la soirée se déroulait là, dans ce jacuzzi, avec elle. En la rejoignant, il avait eu l'impression de rentrer chez lui. Comme quelqu'un qui parle de sa journée avec sa femme, ou sa compagne, en revenant à la maison...

L'envie de la toucher était irrésistible. Il oscillait sur la corde raide, à un souffle de tomber amoureux. Mais hélas ! cela ne suffisait pas. Il avait bataillé dur pour construire sa vie et ne se sentait toujours pas prêt à la partager avec quelqu'un.

Maggie et Joe avaient aisément franchi le pas. Ils avaient fusionné leurs rêves et leurs espoirs. Lui n'était pas sûr d'avoir quelque chose à offrir à une femme, même à Andrea.

— Il se fait tard..., dit-elle.

Son regard lui disait qu'elle non plus n'avait pas envie de partir. Il le fallait, pourtant.

— Oui, on devrait y aller, répondit-il. Une longue journée nous attend demain.

Il sortit du jacuzzi, enfila son peignoir et lui présenta le sien. Elle s'y glissa rapidement, puis en noua la ceinture autour de sa taille mince.

— Merci. C'était la meilleure partie de ma soirée.

— Pareil pour moi, répondit-il en souriant. Il reste du champagne. En veux-tu ?

— Non, merci, ce ne serait pas raisonnable. Ils ont des bouchons hermétiques au bar. On va en récupérer un.

Ils regagnèrent le hall, où le barman leur en fournit volontiers un. La dernière vision de Cal fut la silhouette d'Andrea s'éloignant dans le couloir, en peignoir blanc, la bouteille à la main.

Il dut déployer un énorme effort de volonté pour ne pas la suivre.

La première pensée d'Andrea au réveil fut pour Cal.

À demi nu dans le jacuzzi, il l'avait ensorcelée. Elle avait admiré ses épaules larges, son torse musclé, sa peau mate rendue brillante par la vapeur d'eau. Comment avait-elle réussi l'exploit de ne pas le toucher ? Elle se le demandait encore.

Il incarnait l'homme idéal dont elle avait besoin. Un point pour Maggie...

Elle s'assit brusquement contre les oreillers. Maggie, Joe, le mariage ! Elle devait arrêter de rêvasser !

La soirée de la veille avait été parfaite, mais à présent elle avait beaucoup de choses à faire. En premier lieu, prendre une douche froide, histoire de se remettre les idées en place.

— Cal, au secours ! La grand-mère de Maggie a perdu un de ses appareils auditifs.

Andrea avait dû gérer de nombreux petits problèmes ce matin-là. À présent, elle s'occupait de réceptionner les fleurs Elle ne pouvait pas être partout en même temps !

— Déstresse, je vais l'aider à chercher, répondit-il d'un ton gai. Où est-elle ?

— Euh... Je n'en sais rien. Elle doit fureter dans les couloirs.

— Donc, si je comprends bien, on a peut-être un sonotone retrouvé et une grand-mère perdue ?

Malgré l'agitation du moment, Andrea éclata de rire. L'humour de Cal était le meilleur remède contre les angoisses.

— On peut le voir comme ça, en effet.

— Ne t'inquiète pas, je vais m'assurer que l'appareil et sa propriétaire sont réunis, et qu'ils restent dans notre champ de vision.

Elle rit de nouveau.

— Merci beaucoup. Je te revaudrai ça.

À peine avait-elle fini sa phrase que son téléphone se mit à vibrer. Elle consulta l'écran et se rembrunit.

— Oh non ! Ils auraient dû appeler Tomas. Il est de garde !

— Que se passe-t-il ? demanda Cal.

— Un commis de cuisine est tombé dans l'escalier. Apparemment il n'a rien, mais Craig, le chef, aimerait que je descende par précaution.

— Je peux y aller si tu veux.

— Tu ferais ça ? Je ne voudrais pas abuser, mais il faut que je m'occupe des fleurs et...

— Pas de souci. Je m'occupe de la grand-mère et du cuisinier. C'est comme si c'était fait.

Se penchant vers lui, elle l'embrassa sur la joue.

— Merci beaucoup.

Le contact de sa paume sur sa taille lui donna un frisson. Il l'avait à peine effleurée, mais déjà elle basculait dans un univers enchanté.

— Tout le plaisir est pour moi, fit-il.

Elle résista à l'envie de se jeter dans ses bras et lui sourit. Ils avaient mille choses à faire. Mais plus tard, peut-être...

La journée s'était finalement déroulée au mieux.

Après avoir réglé une foule de détails, Andrea avait emporté sa bouteille de champagne à moitié pleine dans la chambre de Maggie. Elles avaient trinqué et ri comme des gamines, puis Andrea s'était éclipsée pour prendre une douche avant le dîner.

Ce mariage allait être une réussite. Elle n'était visiblement pas la seule à en être convaincue, à en juger par l'ambiance qui régnait au restaurant principal !

Les invités, famille et amis, étaient déjà tous attablés autour d'un apéritif. Elle fut néanmoins déçue de ne pas voir que Cal. Lui avait-il laissé un message ?

Son sac à main vibra au moment où elle allait l'ouvrir pour attraper son téléphone. Elle lut le SMS que Cal venait d'envoyer et se figea.

Problème de dernière minute pour le mariage.

Forcément. Ça aurait été trop beau !

Ne t'inquiète pas, on va gérer. Ne dis rien à personne. Éclipse-toi dès que tu pourras et descends à la cuisine.

Le père de Maggie était en train de porter un toast aux futurs mariés. Andrea jeta un regard autour d'elle et prit une décision rapide : elle ne pouvait pas s'asseoir à table, puis partir au bout de cinq minutes sans éveiller les soupçons.

— Ah ! te voilà ! dit Maggie en lui faisant de grands signes.

Elle se rapprocha mais ne prit pas la chaise que son amie écartait pour elle.

— Désolée, je viens d'être appelée. Rien de trop grave, je pense. Je ne devrais pas en avoir pour longtemps.

— Pas de souci. On sait bien que vous, médecins, êtes constamment sur la brèche.

— On te gardera du champagne au frais, promit Joe.

— Super, merci. À tout de suite.

Elle descendit rapidement à la cuisine, où Cal l'attendait assis dans un coin pour ne pas gêner le service. Il se leva et traversa la pièce à grandes enjambées.

— Tu n'étais pas obligée de venir si vite…

— Cal, s'il y a un problème, c'est forcément urgent !

— Hum ! en fait… oui.

Comme il n'était pas du genre à paniquer, son air inquiet l'alarma au plus haut point.

— Ne tourne pas autour du pot. Je veux tout savoir.

Il lui prit la main sans répondre et lui fit contourner les fourneaux jusqu'au coin pâtisserie. Où ce qu'elle vit lui arracha un cri d'horreur : le gâteau de mariage gisait, informe et en mille morceaux, sur un coin du plan de travail.

— Oh non ! Que s'est-il passé ?

— Le gars qui est tombé dans l'escalier portait le gâteau vers la salle de réception.

— Est-il blessé ?

— Non, il n'a que quelques bleus.

— Ouf ! Mais… Pourquoi montait-il déjà le gâteau ?

— Pour que tu donnes ton avis. Ensuite, ils l'auraient stocké au frais là-haut.

— Je l'aurais forcément trouvé très bien, voyons.

Il haussa les épaules.

— Écoute, on ne peut pas leur en vouloir d'être précautionneux. Ils ont un peu la pression quand même.

— Ah ! d'accord. En fait, c'est ma faute !

— Andrea, je me suis mal fait comprendre, pardon. Ce n'est la faute de personne, c'était un accident. L'essentiel, c'est que le commis n'ait rien de grave.

Elle soupira.

— Évidemment, tu as raison. Le reste doit pouvoir s'arranger. Je vais me calmer, respirer…

— Bonne idée. Je vais faire la même chose.

Il prit plusieurs inspirations, puis dit :

— Pourquoi est-ce qu'on panique ? Si mes mains tremblaient comme ça au bloc, je devrais changer de métier.

— Au bloc, tu connais ton travail. Combien de catastrophes as-tu gérées dans une cuisine ?

— Très bonne remarque. Je vais donc faire comme si j'allais pratiquer une appendicectomie !

— Fais ce que tu veux, mais il nous faut un plan B.

— Il est déjà prêt. Craig va préparer trois nouveaux gâteaux puisque c'est un trois étages. Comme il fallait réagir vite et avec les ingrédients à disposition, on a choisi un gâteau à la carotte pour le bas, un tout chocolat pour le milieu et un cheese-cake rouge velours pour le haut.

— Waouh ! ça m'a l'air très bien !

— Craig m'a assuré que tout serait prêt. Il fera à la dernière minute un glaçage blanc au beurre, et le tour sera joué.

— Ça semble un peu trop beau pour être vrai...

— Le hic, c'est la décoration. L'épouse de Craig est sur le point d'accoucher. Il voulait absolument rester, mais je l'en ai dissuadé. J'ai pris la liberté de dire qu'on s'occuperait du décor. Il m'a donc appris à façonner des roses en sucre.

Cal avait dû tomber sur la tête. Ces choses-là demandaient du doigté, de l'expérience...

— D'accord, dit-elle pourtant. Tu es chirurgien. Tu dois être habile de tes doigts.

— Euh...

— Je te donnerai un scalpel, au besoin. J'en ai une boîte entière.

Il éclata de rire.

— Génial. On va faire l'opération gâteau !

— Voilà. Exactement.

Un petit décor en plastique dépassait des ruines du gâteau. Elle le récupéra : il s'agissait des ministatues à l'effigie des mariés.

— On aura toujours sauvé ça, dit-elle en souriant.

Il lui prit la main et, de manière inattendue, la porta à ses lèvres.

— Tu crois que ça peut marcher ? demanda-t-il.

— Bien sûr ! Ce n'est pas comme si on avait le choix. Le mieux, c'est de remonter dîner pour ne pas éveiller les soupçons. On s'éclipsera le plus vite possible.

— Tu ne pourras pas rester debout jusqu'à l'aube, protesta-t-il. Tu as déjà beaucoup donné aujourd'hui.

— Pas plus que toi. Et en tant que médecins, on a l'habitude des nuits courtes. On va le faire ensemble, Cal. On y arrivera.

Elle le précéda pour sortir de la cuisine. Alors sa voix s'éleva derrière elle.

— J'ai oublié de te dire une chose, Andrea.
Elle se retourna, un peu affolée.
— Quoi donc ?
— Tu es très en beauté, ce soir.

11

Pendant le dîner, Andrea eut beaucoup de mal à rester zen. Comment rire et plaisanter alors que le mariage aurait lieu dix-huit heures plus tard et qu'ils n'avaient pas de gâteau ?

Cal et elle durent attendre le dessert pour partir, prétextant des surprises de dernière minute à organiser. Dans l'allégresse générale, personne ne songea à mettre leur parole en doute, et tandis que Cal gagnait la cuisine, elle monta se changer chez elle.

Après avoir troqué sa robe contre un jean et un T-shirt, elle redescendit à la hâte.

Le service se terminait. Les commis avaient presque fini la vaisselle et le rangement. Malgré les circonstances, découvrir Cal vêtu d'un tablier immaculé, affairé devant le plan de travail, la fit sourire.

Une rose en sucre à la forme parfaite était posée sur le marbre, devant lui.

— C'est le modèle que Craig t'a donné ? demanda-t-elle.

— Pas du tout. L'original est là, sur la petite étagère. Celle-ci est mon deuxième essai. Qu'en penses-tu ?

Elle le dévisagea, médusée.

— Je n'en reviens pas. Elle est parfaite !

— Si tu le dis... Dans ce cas, il en reste une douzaine à fabriquer, plus le reste.

Il indiqua une photographie, scotchée au mur, qu'elle étudia en fronçant les sourcils. Une cascade de roses avec leurs feuilles vertes courait sur les trois étages d'un gâteau. Le créateur avait intercalé des papillons pour faire bonne mesure, ajoutant un cercle de roses minuscules autour des statuettes des mariés.

— N'est-ce pas un peu… ambitieux ? demanda-t-elle.

— Craig nous a laissé des astuces avant de partir. Tout est écrit là, sur ce carnet. Les gars ont fait cuire les gâteaux pendant qu'on mangeait. Le montage et le glaçage sont prévus pour demain matin, de très bonne heure. Il ne manque plus que nos décors, finalement.

— Que puis-je faire ? Tu as l'air de maîtriser les roses…

— Si tu essayais les papillons ?

Elle scruta la photo en plissant les paupières. La suite dépendait de son – de leur – habileté manuelle. Le résultat pouvait être superbe ou catastrophique. Mais elle ne s'avouerait pas vaincue avant d'avoir commencé.

Résolument, elle attrapa un tablier et le noua autour de sa taille.

— Allons-y ! On a du pain sur la planche.

2 heures du matin était généralement le cap difficile d'une garde. Mais cette nuit-là n'était pas ordinaire. Être avec Cal changeait tout, et Andrea ne sentait pas la fatigue.

Énergique et positif, il l'encourageait constamment. Des roses de toutes tailles s'alignaient désormais sur le plan de travail, et il était en train d'y apposer la touche finale, à savoir un vernis sucré rose clair du plus bel effet.

Les papillons d'Andrea, eux, avaient meilleure allure qu'elle n'aurait pu l'espérer. Ils avaient également pris de belles couleurs sous le pinceau expert de Cal, dont la minutie n'avait d'égal que le talent.

— Si tu manques de patients, tu pourras te reconvertir dans la pâtisserie haut de gamme, dit-elle, amusée.

Il s'étira en souriant, les mains derrière la tête.

— Jamais de la vie ! J'ai les nerfs en pelote. Je me demande comment Craig tient le coup.

— Et lui doit se demander comment un chirurgien gère la pression. Autrement dit, à chacun son métier.

— Tu l'as dit… Bien, on en voit le bout. Une dernière rose, et le tour sera joué. On va la faire ensemble.

Elle faillit répondre qu'il s'en sortirait mieux tout seul, mais se ravisa. Il semblait y tenir, et elle ne voulait pas le décevoir.

— D'accord. Si tu veux.

Il la laissa rouler la pâte d'amandes, puis découpa des pétales. Elle essaya alors de leur donner le pli adéquat, en vain.

— Elle est trop moche ! dit-elle. On jette.

— Refais-en une. Comme ça…

Du bout des doigts, il guida sa main pour que les pétales prennent la bonne forme.

— On fait de petits arcs de cercle à partir du milieu, puis on affine les bords… Voilà.

Elle sentit ses doigts frémir sous les siens. Ils étaient en train de créer quelque chose ensemble, à l'unisson, dans le silence de la nuit. L'émotion lui noua la gorge, et elle se tut, bouleversée.

— Magnifique, dit-il tout bas. Il ne nous reste plus qu'à signer notre œuvre.

Il plongea le minipinceau dans le colorant alimentaire et, délicatement, traça un C sur le dos de la fleur. À son tour, elle inscrivit un A tremblotant juste à côté. Puis elle posa la rose à côté des autres et se retourna.

— Cal…

Incapable de se retenir, elle l'entoura de ses bras. Il la serra contre lui.

— Tu ne pensais pas qu'on irait au bout ? demanda-t-il.

— Non.

La tête appuyée contre son torse, elle se délectait d'entendre les battements réguliers de son cœur. Il eut un rire bas.

— Moi non plus, mais on l'a fait, Andrea.

Dressée sur la pointe des pieds, elle déposa un baiser au coin de sa mâchoire. Il soupira, parut hésiter, puis sa bouche captura la sienne en un baiser d'une tendresse infinie.

Douces et fraîches comme des pétales de rose, ses lèvres prenaient sans rien exiger. Elle se sentit faiblir et s'accrocha à son cou, enivrée par la force et la chaleur qui émanaient de lui.

Il l'étreignait comme un trésor précieux et, rien que pour cela, elle ne voulait pas le lâcher...

Il le fallait, pourtant.

— Je... hum ! On devrait ranger, dit-elle en balbutiant.

— Oui. On va préparer les supports pour que Craig et son équipe aient un minimum de choses à faire demain, ou plutôt tout à l'heure.

— La nuit a filé vite. Mais c'était chouette, Cal...

3 heures avaient sonné lorsque, satisfaits, ils quittèrent enfin la cuisine. Cal n'en revenait toujours pas qu'ils aient accompli une pareille tâche, mais Andrea et lui pouvaient être fiers !

— La phase de sommeil est passée, dit-elle, alors qu'ils atteignaient le hall désert. Je me sens en pleine forme.

— Moi aussi. Et soulagé, surtout.

— Ça te dirait, un chocolat chaud ? Ça nous ferait du bien.

Il pourrait se dispenser du chocolat, mais il était en revanche preneur d'un moment supplémentaire en sa compagnie !

— Volontiers, merci.

Ils montèrent à l'appartement d'Andrea, où elle le fit asseoir sur le canapé tandis qu'elle préparait les boissons. Être resté penché avait laissé des traces, comprit-il en se frottant le cou. Ses cervicales n'avaient pas apprécié l'opération roses...

Quand Andrea reparut avec les mugs, il prit le sien et se cala contre le dossier du sofa. Ils dégustèrent leur chocolat dans un silence amical. Ils étaient détendus, heureux du travail accompli. Que demander de plus ?

Voyant qu'Andrea glissait dans le sommeil, il lui enleva sa tasse. Il abandonna les deux mugs sur le tapis et se réinstalla confortablement. Puis il ne pensa plus à rien.

Ils s'étaient endormis dans les bras l'un de l'autre.

Dans un demi-sommeil, Cal avait dû retirer ses chaussures. Il était désormais allongé confortablement sous un plaid, avec Andrea qui pesait à moitié sur lui.

Il s'arrêta presque de respirer devant cette vision incroyable. L'instant n'aurait pas été plus beau s'ils avaient fait l'amour, mais ils étaient tout habillés...

Andrea remua et se passa une main sur le visage. Ainsi, elle était réveillée. Elle aussi devait faire sembler de dormir pour prolonger la magie de l'instant !

Soudain, l'alarme d'un réveil déchira le silence paisible. Elle se dégagea doucement.

— Tu étais réveillé, dit-elle.

— Oui, comme toi.

Ni elle ni lui n'avaient d'explication à donner. Ils avaient réagi de la même manière, en osmose totale, goûtant ces moments d'intimité parfaite.

Il bascula les jambes sur le côté et s'assit, entraînant Andrea avec lui. Attendri, il la vit se passer une main dans les cheveux pour discipliner ses boucles. Avec ses mèches folles, ses joues roses et ses yeux embrumés de sommeil, elle était d'une beauté à couper le souffle !

— J'avais sous-estimé ma fatigue, dit-elle. Je suis tombée comme une masse.

— Oui, moi aussi.

Déjà, le rêve cédait la place à la réalité. Elle s'était levée pour aller éteindre le réveil qui continuait de sonner.

Quand elle reparut, elle s'assit dans un fauteuil. Loin, beaucoup trop loin de lui...

— Craig a dû assembler le gâteau, dit-elle. Il faut qu'on le montre à Joe et Maggie.

— Oui, le plus tôt sera le mieux. J'espère qu'ils ne seront pas trop déçus.

— Franchement, ça m'étonnerait. Il ne ressemblera pas à leur choix initial, mais je fais confiance à Craig. Alors, voyons... je vais prendre une douche et j'irai chercher Maggie. Elle doit être levée, je pense. On se rejoint à la cuisine dans vingt minutes ?

— Parfait ! J'y serai.

Un quart d'heure plus tard, il était déjà en bas. Craig venait de poser les fameuses roses sur le glaçage quand il le rejoignit.

Vu de loin, le résultat était bluffant… Même si quelques pétales semblaient un peu biscornus lorsqu'on se rapprochait.

— Alors, verdict ? demanda-t-il au chef.

— Vous vous êtes surpassés, répondit Craig, enthousiaste. Franchement, bravo ! Regarde comme c'est joli !

— Merci. On a fait le maximum… Comment va ta femme ?

— Rien de neuf. Elle m'a réveillé en pleine nuit, croyant qu'elle allait accoucher, mais c'étaient des… quoi, déjà ?

— Des contractions de Braxton-Hicks. Elles s'arrêtent quand la maman change de position ou marche un peu.

— Voilà ! Franchement, c'est épuisant. Je n'en peux plus d'attendre.

Cal rit.

— Les bébés sortent quand *ils* le décident, pas pour faire plaisir à leurs parents.

— Elle a déjà du tempérament, cette petite, dit Craig en riant. Elle donne de bons coups de pied dans le ventre de sa mère.

Cal sentit une boule lui nouer la gorge. Jamais, sans doute, il ne connaîtrait ce genre d'émotion.

— Si tout va bien, tant mieux…

— Oh ! regarde, les voilà ! l'interrompit Craig.

Andrea, Maggie et Joe venaient d'entrer dans la cuisine. Ils bavardaient gaiement, mais Cal lut une vive inquiétude dans le regard d'Andrea. Après les échanges de salutations, Maggie se tourna vers Craig.

— Qu'est-ce qu'on fait là ? Le menu est testé et approuvé depuis longtemps. C'est une surprise ?

— Une surprise dont on se serait bien passés, dit Andrea. Il y a eu… un petit souci avec le gâteau. On a dû en fabriquer un autre.

Maggie, l'air horrifiée, porta une main à ses lèvres.

— Quoi ? Oh non !

— Tout est arrangé, Maggie…

La future mariée jeta les bras autour du cou de Joe.

— Tant pis s'il n'y a pas de gâteau ! Le plus important, c'est qu'on se marie.

Joe lui embrassa le bout du nez.

— Tu as mal entendu, mon cœur. Ils en ont fait un autre.

Maggie lança un regard fébrile autour d'elle. Comme Andrea semblait tétanisée, Cal prit les choses en main et ouvrit la porte du réfrigérateur principal. Les mariés s'avancèrent… et restèrent bouche bée.

— Andrea et Cal ont travaillé la moitié de la nuit sur le décor, dit Craig. J'ai fait le reste. Je viens de finir.

— Vous avez fait tout ça pour nous ? demanda Maggie. Il est… superbe. Encore plus beau que l'autre !

Elle se jeta dans les bras de Cal avec une telle fougue qu'il faillit basculer en arrière. Puis elle étreignit Andrea, et enfin Craig, avec le même enthousiasme.

— Je ne savais pas que tu étais la championne des roses en sucre, Andrea.

— Le champion, c'est Cal. Moi, j'ai fait les papillons et les feuilles.

— Cal, tu m'étonneras toujours ! dit Maggie. Et ces trois étages, Craig ! Merci à vous trois. Beaucoup, beaucoup, beaucoup… Mais au fait, qu'est-il arrivé au premier gâteau ?

— Un commis de cuisine est tombé dans l'escalier avec. Il le montait à la salle de réception, répondit Andrea.

— Oh ! mince. Il s'est fait mal ?

— Non, il va bien. Le gâteau a amorti sa chute. Il était complètement écrasé.

— Tant mieux, alors. On aurait culpabilisé qu'il y ait un accident grave à cause de notre mariage. Et quand je pense que nos témoins ont rattrapé le coup… C'est le plus beau cadeau que vous pouviez nous faire.

— J'allais le dire, dit Joe en souriant. Merci à vous trois, vraiment. Et puisque tout est bien qui finit bien, je propose qu'on aille se marier. Qu'en penses-tu, mon cœur ?

Maggie glissa le bras sous le sien et l'entraîna vers la sortie.

— Le plus grand bien, mon amour.

12

La cérémonie, simple et émouvante, avait tenu toutes ses promesses.

Maggie, radieuse, avait ébloui les invités, mais Cal n'avait eu d'yeux que pour Andrea. Très élégante en robe rose pâle, coiffée d'un chignon rehaussé de perles, elle était, selon lui, la reine du jour. La femme la plus sexy qu'il eût jamais rencontrée. Une femme dont la beauté n'avait d'égal que la gentillesse et l'intelligence.

Sa manière de contrôler en douceur les événements de la journée l'avait bluffé. Et maintenant que Maggie et Joe venaient d'ouvrir le bal, il allait, enfin, pouvoir lui exprimer son admiration.

— Quelle est la suite du programme ? demanda-t-il en regardant ostensiblement la piste.

— Je crois que le garçon d'honneur a un truc à faire, là, maintenant...

— Ah, bon ? Aurais-je par hasard oublié quelque chose ? répliqua-t-il, taquin.

Si elle savait su ! Il n'avait pensé qu'à ce moment-là tout l'après-midi.

— Je cherche..., fit-elle.

Tout à coup, il l'enlaça, lui arrachant un petit cri. Puis il l'entraîna vers la piste sans lui laisser le temps de dire ouf. Quand elle se blottit contre lui, il la serra plus fort, bouleversé. C'était comme s'ils étaient seuls au monde, comme si les autres danseurs n'existaient plus...

— Tu peux être fière, dit-il. Tu as tout géré à la perfection. Cette journée restera longtemps dans les mémoires.

— Je n'y serais pas arrivée sans toi, Cal. Je te remercie. Vraiment.

— Je n'ai fait que suivre les instructions. Tout était écrit.

Elle appuya la joue contre sa chemise, et il soupira. Même le silence était agréable avec elle. À Londres, le calme risquait d'avoir un goût de solitude.

— Je ne pensais pas qu'au mariage, reprit-elle. Tu m'as aidée à franchir un cap. Je me sens... différente. Plus libre.

Lui aussi avait changé. Chacun avait évolué au contact de l'autre, mais cela suffirait-il ?

Un jour, Andrea serait libérée de ses fantômes. Elle en prenait le chemin. Toutefois, elle avait besoin de temps, et ils n'en avaient pas.

— Je suis content pour toi, dit-il. Vraiment. Tu n'imagines pas à quel point ça me fait plaisir.

Andrea aurait voulu garder Cal pour elle, mais c'était impossible. D'après la tradition, le témoin devait danser avec toutes les dames ou presque. Tante Mae, resplendissante dans une robe rouge à sequins, fut d'ailleurs la première à lui rappeler ses devoirs !

À l'heure du dessert, Joe fit un discours pour raconter à ceux qui n'étaient pas au courant les péripéties de la veille. Lorsqu'il eut terminé, Andrea, postée derrière la fenêtre, leva les bras pour donner le départ de la descente aux flambeaux. Maggie courut vers la baie vitrée en poussant des cris de joie, bientôt imitée par les invités.

Le ballet féerique s'acheva au pied des pistes, où les moniteurs plantèrent les torches dans la neige pour dessiner un cœur. S'ensuivit un tonnerre d'applaudissements puis, comme convenu, Francine et ses amis vinrent rejoindre l'assistance pour trinquer à la santé des mariés et prendre une part de gâteau.

Maggie et Joe firent la première découpe, mais, dérogeant à la tradition, ils insistèrent pour qu'Andrea et Cal les imitent.

Andrea sentit les doigts de Cal se refermer délicatement sur les siens, puis des acclamations chaleureuses retentirent à nouveau dans la pièce lorsqu'ils manipulèrent le couteau ensemble.

Qu'ils le veuillent ou non, ils étaient les autres héros du jour, avec Craig. Le chef ne fut d'ailleurs pas autorisé à quitter la salle sans emporter une énorme part de gâteau, à déguster à la maison avec sa femme !

Par un « heureux hasard », la rose gravée du A et du C avait atterri dans l'assiette d'Andrea. Elle ne s'en aperçut qu'une fois de retour à sa place.

— Ça me gêne de la manger, dit-elle à Cal.

Elle ne pouvait pas la garder non plus, mais elle aurait aimé la conserver éternellement…

— Elle est faite pour ça, voyons !

La réponse de Cal ne l'étonna pas. Il vivait l'instant présent, le « ici et maintenant », sans regarder en arrière ni se tourner vers l'avenir.

Délicatement, elle enleva quelques pétales et les posa sur son assiette, à lui.

— C'est *notre* rose. On partage, dit-elle, décidée.

— Avec grand plaisir.

C'était comme si, par ce geste, ils scellaient un accord tacite, un lien indissoluble, et Andrea finit son dessert en silence. Toute cette symbolique, toutes ces émotions, c'était trop. Elle devait prendre une décision et s'y tenir. Le monde n'allait pas s'arrêter de tourner pour ses beaux yeux.

Elle devait prendre ce que la vie lui offrait, tant qu'elle le pouvait encore.

Elle poussa un soupir de soulagement quand, après avoir souhaité bonne nuit à la ronde, Maggie et Joe regagnèrent leur suite. Quelques invités s'attardaient encore, mais les serveurs de l'hôtel pouvaient très bien gérer les couche-tard !

Elle se rapprocha de Cal, qui observait les danseurs au coin de la piste.

— Un chocolat comme hier, ça te tente ? demanda-t-elle. J'essayerai de rester éveillée.

— Volontiers. Ce serait agréable, de se poser au calme.

Lorsqu'ils arrivèrent chez elle, son premier réflexe fut d'enlever ses escarpins. Cal retira sa veste, dénoua sa cravate et s'installa confortablement sur le canapé.

— Je n'en ai pas pour longtemps, promit-elle.

Quand elle revint, il lui sembla revivre la scène de la veille. Mais cette fois, elle ne s'endormirait pas.

— Il s'en est passé des choses, en douze jours, dit-elle.

— Oui, c'était… parfois intense, parfois compliqué, mais en tout cas très bien. Extraordinaire, même…

Ainsi, ils étaient sur la même longueur d'onde. Elle l'avait toujours senti. Néanmoins, il ne ferait jamais le premier pas. Il était du genre à respecter sa parole.

— Je voudrais… que tu restes avec moi cette nuit, dit-elle simplement.

Voilà, elle avait osé. Les mots étaient lâchés. Elle ne pouvait plus les reprendre.

Le visage de Cal se durcit, et elle frissonna.

— Je ne peux pas, Andrea. J'en ai envie, tu l'imagines bien, dit-il en soupirant. Mais tu l'as dit toi-même : tu n'es pas prête pour une relation.

Il lui cachait quelque chose. Elle s'était montrée honnête, mais elle avait, soudain, la conviction que ce n'était pas entièrement réciproque.

— Tu sais mieux que moi ce qui me convient ? répondit-elle. Je te trouve un peu arrogant, là…

Il leva les mains.

— Pardon, ce n'est pas ça du tout. Simplement… je repars dans deux jours. Je me sens incapable de passer une nuit avec toi et de m'en aller comme si de rien n'était. Tu commences à me connaître. Tu sais que je réfléchis avant de prendre une décision.

— Mais si on est d'accord ? Si on veut les mêmes choses, justement ?

L'espace d'un instant, elle crut qu'il allait oublier ses réserves et l'embrasser. Puis la lueur inquiète reparut dans son regard.

— Je ne suis pas…

Il s'interrompit, secoua la tête. Elle lui pressa l'épaule, mais il tressaillit vivement, et elle retira la main. Alors, de manière inattendue, il la lui prit et la garda dans les siennes.

— Andrea, je suis désolé. Je ne voulais pas dire…

— Que veux-tu dire, au juste ? Allez, hop ! Crache le morceau !

Ses lèvres s'étirèrent en un sourire en coin.

— Je l'ai bien cherché.

— Tout à fait, monsieur !

Il soupira et se rejeta en arrière contre les coussins, les yeux rivés au plafond. Elle attendit patiemment.

— Il m'a fallu du temps pour atteindre mes objectifs. Se dire qu'on a choisi la bonne voie malgré les ambitions contraires de ses parents n'a rien de simple.

— Oui, je m'en doute.

Elle le dévisagea, perplexe. Quel rapport cela avait-il avec *eux* ?

— On n'est pas prêts à s'engager, ni l'un ni l'autre, dit-il.

— Peut-être pas tout de suite, mais quelle importance ? Rien ne nous empêche de vivre le moment présent, Cal.

— Et que se passera-t-il si l'un de nous tombe amoureux ?

Elle déglutit péniblement. Elle avait relégué cette question dans un coin de sa tête. Elle ne voulait pas y penser...

— J'ai blessé une femme, Andrea. Je lui ai fait beaucoup de mal.

— Quoi ? Qu'est-ce que tu racontes ?

L'idée lui paraissait ridicule, invraisemblable. Mais après tout, Cal n'était qu'un être humain. Jamais il n'aurait affirmé cela sans avoir vécu une mauvaise expérience...

— Mary est une fille adorable. À l'époque où on est sortis ensemble, c'était une amie proche. J'ai cru qu'on pourrait avoir une relation simple.

— Savait-elle à quoi s'en tenir ?

— Oui, l'idée venait même d'elle. Elle est avocate et travaillait beaucoup, elle aussi. Vu nos carrières exigeantes, on a pensé qu'une histoire sans engagement pourrait fonctionner.

Andrea sentit un frisson glacé la parcourir. Elle venait, justement, de suggérer la même chose à Cal...

— Que s'est-il passé ?

— Mary est tombée amoureuse, moi pas. Elle était prête à faire des concessions sur le plan professionnel, à revoir ses priorités. Je ne l'aimais pas assez pour en être capable. J'avais beaucoup d'affection pour elle, mais mes sentiments n'avaient pas changé. Elle en a beaucoup souffert.

— Mais nous... ce n'est pas la même chose.

Elle avait répondu sans réfléchir, parce qu'elle avait désespérément besoin de lui. Il secoua la tête.

— Ta vie est ici, Andrea. La mienne est à Londres. On parle de ton cœur et du mien, pas d'un gâteau de mariage. S'ils se brisent, on ne pourra pas les refaire en une nuit.

À ces mots, une vive colère la submergea. Elle était furieuse à cause du gouffre qui les séparait. Elle s'en voulait de s'être autant rapprochée de Cal. Et surtout, elle *lui* en voulait d'avoir raison : après une nuit d'amour, ils ne pourraient jamais se dire adieu comme si de rien n'était...

— Nos cœurs ne vont pas se briser, dit-elle, consciente de mentir.

— Arrête de faire semblant, Andrea. Tu ne peux pas prendre le risque, et moi non plus. Tu le sais très bien.

— Dans ce cas, tu devrais aller te coucher. Maintenant, tout de suite.

Elle avait répondu d'un ton froid, sans pouvoir cacher son amertume. Quand il gagna la porte, attrapant sa veste au passage, elle ne chercha pas à le retenir. Tout était dit. Elle ne s'humilierait pas à essayer de le convaincre.

Le verrou de sécurité se referma automatiquement avec un clic. Cal ne pourrait pas revenir même s'il changeait d'avis. Au fond, c'était une bonne chose.

Elle allait pouvoir se jeter sur son lit et pleurer toutes les larmes de son corps sans risque d'être dérangée.

13

Le restaurant et la véranda chauffée étaient déserts.

À cette heure-ci, la plupart des invités devaient dormir. Sans doute se régaleraient-ils d'un brunch aux environs de midi, mais pour l'instant Andrea, Maggie et Joe étaient parmi les seuls à être debout.

Maggie était allée proposer un café matinal à Andrea. Joe, lui, était parti marcher avec grand-père Dave, qui tenait à lui transmettre les clés d'un mariage réussi !

— Les grands-parents de Joe ont soixante ans de mariage au compteur, dit Maggie en riant. Tu imagines ! Et apparemment, ils ne se disputent jamais.

— Eh bien… Ça doit manquer de sel, non ?

— Tout est dans les apparences, répondit Maggie en riant. D'après la mère de Joe, ils se chamaillent, mais jamais en public. Ils sont malins. Ils règlent leurs histoires entre eux.

— C'est une bonne politique, je trouve.

Elle-même avait résolu de cacher ses problèmes à Maggie. Elle refusait de ternir le bonheur de son amie, même si en parler lui aurait fait du bien.

— Où va-t-on ? demanda Maggie. Joe et moi, on a pris un petit déjeuner dans la chambre, mais tu as peut-être faim.

— Non, pas du tout. Un simple café m'ira très bien.

Elle aurait été incapable de manger quoi que ce soit tant elle avait l'estomac noué.

D'un commun accord, elles gagnèrent la véranda. Malgré le

chauffage, l'air était frais, et elles mirent chacune un plaid sur leurs genoux. Mais Andrea se souciait peu du froid : c'était surtout intérieurement qu'elle était glacée.

— C'est beau, dit doucement Maggie. Tu as fait tant de choses pour moi, Andrea. Je ne sais pas comment te remercier.

— Si tu savais à quel point ça m'a fait plaisir..., répondit Andrea avec émotion. J'ai passé de super moments à organiser ce mariage.

— Andrea ? Ma chérie, qu'est-ce qui t'arrive ?

Maggie avait capturé ses mains. Alors seulement, Andrea se rendit compte qu'elle pleurait.

— Rien... Je veux dire...

Elle essuya ses larmes avec sa manche de pull et esquissa un sourire tremblant.

— C'est la tension qui retombe, dit-elle. J'ai adoré vous avoir tous ici. Et toi, tu vas me manquer.

— Il n'y a rien d'autre ? S'est-il passé quelque chose ?

Le sous-entendu était clair. Maggie voulait dire : « quelque chose avec Cal ». Elles se connaissaient trop pour que sa meilleure amie n'ait rien remarqué.

— Non, prétendit-elle. Et tout va bien. Je suis juste fatiguée.

— Évidemment ! Toi et Cal avez passé une nuit blanche à fabriquer le décor du gâteau.

Maggie l'étreignit longuement.

— Tu es la meilleure amie qu'on puisse rêver d'avoir. N'en doute jamais.

Maggie et Joe devaient partir dans l'heure en lune de miel.

Andrea avait pu éviter Cal toute la journée, mais là, impossible d'y échapper : tout le monde avait rendez-vous dans le hall pour saluer une dernière fois les jeunes époux. Elle ne pouvait pas briller par son absence...

Elle descendit et resta avec ses parents, loin des amis de Joe. Les mariés faisaient le tour des groupes et, après les embrassades, la mère de Maggie leva la main pour demander le silence.

— On va faire quelques photos souvenirs ! dit-elle. J'ai descendu mon appareil exprès.

Andrea voulut s'esquiver, mais Maggie semblait avoir deviné ses intentions.

— Mets-toi près de Joe, dit-elle d'un ton sans appel. Où est Cal ?

Il s'avança, le visage tendu. Puis il esquissa un sourire forcé, et Andrea songea qu'elle-même devait faire piètre figure. Mais la mère de Maggie, aux anges, n'avait visiblement rien remarqué.

— Stop, maman ! dit Maggie en riant. Tu as dû en prendre une centaine.

Elle confisqua l'appareil à sa mère, mais ajouta :

— On va en faire une des témoins, quand même !

Ainsi, l'épreuve n'était pas terminée. Joe s'écarta, et Andrea dut se rapprocher de Cal. Alors elle sentit, presque physiquement, le mur qu'il avait érigé entre eux. Il ne voulait plus la regarder ni la toucher. Finalement, lorsqu'il la prit par les épaules, ce fut à peine s'il effleura son pull !

Dès que Maggie eut fait la photo, il s'éloigna. Les personnes âgées se rassemblèrent pour un dernier cliché, après quoi tout le monde rejoignit la gare du funiculaire.

Au moment du départ, Maggie et Joe, postés à la fenêtre de leur compartiment, firent de grands signes à l'assistance. Cal se joignit aux effusions générales, mais au lieu de s'attarder après le départ du train, il se tourna vers grand-père Dave. Andrea les vit s'éloigner bras dessus, bras dessous, tandis qu'elle-même remontait la côte avec ses parents et ceux de Maggie.

Tout était terminé. À compter de ce soir-là, les gens allaient partir les uns après les autres. Cal devait encore rester deux jours, mais cela n'avait aucune importance : elle n'avait pas l'intention de le revoir, ni de près ni de loin.

Elle avait compris le message. Au temps pour ses illusions.

Cal avait joué son rôle jusqu'au bout. Il avait dû boire trois cafés ce matin-là pour récupérer d'une nuit sans sommeil, mais il avait tenu bon.

Après s'être fait monter un petit déjeuner dans sa chambre, il avait appelé l'aéroport pour changer son billet d'avion. Et à présent, alors que le crépuscule tombait, il se trouvait dans le funiculaire que Maggie et Joe avaient emprunté quelques heures auparavant, direction l'aéroport.

Ce retour anticipé à Londres était la seule décision possible, se répéta-t-il pour la centième fois. Jamais il n'aurait dû aller aussi loin avec Andrea. Elle avait trouvé la paix dans cette station de montagne, et s'il l'aimait un tant soit peu, il devait la laisser tranquille.

Il s'obligea à regarder droit devant lui alors que le funiculaire glissait lentement le long des rails pentus. La tentation de se retourner était forte, mais il ne céderait pas.

Cette histoire appartenait déjà au passé. Elle n'aurait pas d'avenir.

Quatre jours. Cela faisait quatre jours que Cal était parti sans dire au revoir. Andrea avait d'abord été furieuse contre lui, puis contre elle-même, mais désormais elle se sentait seulement engourdie. Vidée. Lessivée.

En public, elle faisait contre mauvaise fortune, bon cœur. Elle passait son temps libre avec ses parents et les invités qui avaient prolongé leur séjour. Mais sitôt refermée la porte de son appartement, elle s'écroulait.

Comment avait-elle pu être assez bête pour tout gâcher ? Elle avait toujours su à quoi s'en tenir avec Cal. Elle aurait pu le garder comme un ami précieux, mais non. Il avait fallu qu'elle franchisse la ligne rouge !

Des coups insistants frappés à sa porte la tirèrent d'un sommeil agité. D'habitude, elle ne se levait jamais si tard, même les jours de repos, mais à enchaîner les nuits blanches, elle tombait d'épuisement...

Les yeux embrumés, elle alla ouvrir. Tante Mae se tenait sur le seuil, vêtue d'un sweat-shirt fuchsia portant le logo de l'hôtel et d'un pantalon de ski beige au tombé impeccable.

— Coucou, tatie. Entre... C'était bien, ta balade en scooter des neiges avec Francine ?

— Génial, ma chérie. J'en reviens tout juste. Oh ! là là... Tu as l'air d'avoir besoin d'un bon café.

— Hum ! oui... Justement, j'allais en faire.

Tante Mae entra sans attendre d'invitation et se dirigea tout droit vers le salon, où elle s'assit sur le canapé.

Andrea fit un détour par la salle de bains, se coiffa rapidement, puis prépara le café. Quand elle rejoignit tante Mae, celle-ci fourrageait, comme souvent, dans son immense cabas en toile.

— Tu as faim, tatie ? Je peux préparer des toasts.

— Non, merci. J'ai pris mon petit déjeuner avant de sortir sur les pistes, tu penses bien. Mais vas-y, toi.

— Un café me suffira, merci.

— Un café... Et ceci ! s'exclama tante Mae, en sortant une petite bouteille de whisky de son sac.

Elle l'avait sans aucun doute récupérée dans le minibar de sa chambre !

— Euh... Il est un peu tôt, non ?

— Aux grands mots, les grands remèdes !

Renonçant à protester, Andrea laissa tante Mae lui en verser quelques gouttes dans son café.

— Cal est beau garçon, je trouve. Il a cette petite étincelle, ce je-ne-sais-quoi qui m'a toujours plu chez un homme.

Voilà, on y était. Elle savait maintenant à quoi s'en tenir.

— C'est vrai, répondit-elle d'un ton calme. Mais tout va bien, tu sais. Je ne vais pas m'écrouler.

Contre toute attente, la vieille dame retira le médaillon dont elle ne se séparait jamais.

— Tu n'as jamais vu ce qu'il y a dedans, je crois. Vas-y, regarde.

Curieuse, Andrea prit le bijou. À l'intérieur se trouvaient deux petites photos : celle d'un jeune homme en uniforme et celle d'un vieux monsieur au sourire irrésistible.

— Ce sont mes deux époux.

— Quoi ? Je n'ai jamais su que tu avais été mariée !

— J'ai épousé Ted à l'âge de dix-huit ans. Il était militaire. Il est mort en service commandé un an plus tard.

Andrea déglutit péniblement. Ses problèmes lui semblaient, tout à coup, très anecdotiques.

— Je suis désolée, répondit-elle d'un ton doux. Tu n'en parles jamais.

— C'est loin tout ça, ma chérie. Dix ans plus tard, j'ai épousé

Harry. Nous avons connu vingt années extraordinaires, et puis il est mort d'une crise cardiaque.

Tante Mae avait toujours eu l'art et la manière de surprendre les gens, mais là cela dépassait tout. Jamais Andrea n'avait vu de photos chez elle, ni entendu la moindre allusion à ses maris...

Elle étreignit tendrement la vieille dame.

— Je ne me doutais pas... Je suis désolée, répétait-elle.

— Ne t'inquiète pas, trésor. Je suis heureuse aujourd'hui, comme je l'ai été autrefois avec eux. Je chéris tous les moments que nous avons passés ensemble.

Tante Mae recula légèrement, et ajouta :

— Harry était un tigre au lit, pour tout t'avouer.

— Tatie !

— Quoi ? Tu crois que les jeunes ont inventé l'amour ? Tu n'as plus douze ans, et tu es médecin. Bref... Cal me fait penser à Harry.

Oubliant le whisky, Andrea avala la moitié de son café d'un coup. L'alcool lui brûla la gorge. Elle se leva en toussant et rattacha le médaillon au cou de tante Mae.

— Que cherches-tu à me dire, tatie ?

— Que j'ai eu une belle vie et que je ne regrette rien. Il faut vivre, Andrea. Si tu ne te bats pas pour tes rêves, tu le regretteras toujours.

— C'est... compliqué. Il ne veut pas de moi.

— Forcément ! Les hommes sont les rois des complications. Mais Cal n'aurait pas dansé avec toi comme ça s'il n'avait rien ressenti...

Andrea eut soudain la gorge nouée. Elle avait pensé la même chose, tout en se disant qu'elle avait dû rêver.

— Merci, tatie, dit-elle, les larmes roulant sur ses joues.

— De rien, mon cœur. À quoi cela servirait-il d'avoir quatre-vingts ans si on ne pouvait pas donner un petit conseil de temps en temps ? Allez, zou ! bois ton café et habille-toi ! J'ai besoin que tu me rendes un service.

Andrea s'essuya les yeux en souriant.

— Bien sûr, lequel ?

— La descente aux flambeaux à skis... Crois-tu que je pourrai y participer ce soir ? Ça a l'air très drôle.

Cette fois, Andrea rit franchement.

— C'est comme si c'était fait ! Je t'accompagnerai pour prendre des photos.

Ses parents et ceux de Maggie voudraient sûrement être témoins de l'aventure, eux aussi. Tout le monde n'avait pas la chance d'avoir un phénomène comme tante Mae dans son entourage.

La vieille dame battit des mains.

— Merci, merci ! Je vais en avoir, des choses à raconter à mes copines de la bibliothèque !

— Alors, cette vie d'homme marié ? Dis-moi tout.

Cal posa deux pintes de bière sur la table et s'assit face à Joe. Ce soir-là, ils s'étaient retrouvés au pub, un rendez-vous hebdomadaire auquel ils dérogeaient rarement.

— C'est génial. Je vote pour ! répondit Joe. Tchin !

Savoir son meilleur ami heureux faisait du bien à Cal. Joe, au moins, avait trouvé le bonheur...

— Bon, ça y est, tu as signé ? demanda Joe.

— Hier matin. Le conseil d'administration m'a proposé de concevoir des projets pendant deux mois. Ensuite, je prendrai officiellement les rênes du bureau de Londres pour développer mes stratégies.

— Bravo, je te félicite ! Je suis content que tu aies franchi le pas, après toutes ces tergiversations.

— Merci. J'ai été bien conseillé.

Par-delà les airs, Cal adressa un remerciement muet à Andrea. Depuis son retour, deux semaines plus tôt, il ne pensait qu'à elle. Il voulait qu'elle aille bien, qu'elle soit heureuse. Rêver d'elle lui permettait de tenir le coup quand il avait trop mal. Quand son cœur se déchirait dans sa poitrine...

Joe leva les sourcils.

— C'est nouveau ? Depuis quand écoutes-tu les conseils ?

Depuis Andrea.

— On change, tu sais.

— Venant de toi, ça m'étonne un peu. Oh ! mais je crois comprendre... Andrea ?

— C'est la femme de ma vie. Ça se voit tant que ça ?

— Comme le nez au milieu de la figure. Elle le sait, au moins ?

— Non. Elle est trop fragile. Elle a trouvé son équilibre là-bas. J'ai peur de lui faire plus de mal que de bien.

Joe, pensif, se frotta le menton.

— En es-tu sûr ? Rappelle-toi ce que tu me disais pour Maggie.

— C'est différent. Tu n'es pas aussi têtu que moi. Tu m'as assez souvent répété que j'étais une tête de mule.

Le visage d'Andrea dansa de nouveau devant lui. Il eut l'intuition qu'elle lui parlait, qu'elle croyait en lui comme il croyait en elle. L'idée qu'un jour peut-être ils auraient assez changé tous les deux pour se rejoindre était son unique lumière au bout du tunnel.

— Écoute, Cal… Si vous vous aimez, ce serait mieux d'affronter les problèmes ensemble.

— Non. La recette magique ne fonctionnera pas pour nous. Tout simplement parce que c'est *moi* le problème !

Joe, le nez dans sa bière, marmonna une réponse inintelligible. Tout était dit. Cal n'avait plus envie d'en parler.

Il se dirigea vers le grand appui de fenêtre, où un échiquier était disposé. Jouer lui changerait sûrement les idées… ou pas. Mais il était prêt à tout tenter pour ne pas devenir fou.

14

Une semaine plus tard

— Andrea ?

Cal la dévisageait comme s'il avait vu un fantôme. Finalement, il se ressaisit et ouvrit sa porte en grand.

— Je suis content de te voir !

— Moi aussi, Cal.

— Entre, je t'en prie. Tu es venue voir Maggie et Joe ?

Elle le suivit dans l'entrée de son appartement. Il referma la porte derrière eux.

— Non, j'arrive de l'aéroport, je dois prendre le train pour Oxford. Je voulais faire une surprise à mes parents.

C'était une piètre excuse, mais il parut la prendre pour argent comptant. Il se montrait aussi neutre et amical que s'il accueillait une vieille connaissance de retour à Londres.

— J'allais me faire du thé. En veux-tu un ? demanda-t-il sur le ton de la conversation.

— Avec plaisir, merci.

Il la précéda en direction de la cuisine, où il brancha une bouilloire électrique. Elle réprima une envie folle de le secouer. Allait-il continuer longtemps comme cela ?

— Je me demande si j'ai bien fait de venir, fit-elle finalement.

— Ah, bon ? Pourquoi ?

— Parce que le Cal Lewis dont je me souviens était un peu plus franc et honnête que toi en ce moment !

Pendant trois semaines, elle aussi n'avait fait semblant de rien. Perdue dans le brouillard, elle avait continué à vivre, à sourire comme si de rien n'était. Puis elle avait réagi.

Cal s'était figé, et l'intensité de son regard la bouleversa. S'il ne parlait pas maintenant, tout de suite, elle allait fondre en larmes. Ou l'assommer avec la poêle qui séchait sur l'égouttoir...

— Qu'est-ce que tu fais là ? demanda-t-il enfin, l'air si inquiet qu'elle se sentit fondre.

— Je suis venue te parler. J'en avais besoin.

— Je croyais qu'on s'était tout dit.

Il savait bien que c'était faux. Mais comment le lui faire admettre ?

Elle se rapprocha de lui. De près, son langage corporel était particulièrement révélateur : il ne pouvait pas contrôler la petite veine qui battait à son cou, ni la dilatation de ses pupilles !

— Alors, ça fait quel effet ? murmura-t-elle sans le quitter du regard.

— Ça me fait... trop d'effet.

— Idem.

Du bout des doigts, mais sans la toucher, il suivit le contour de son visage. Sa peau fourmilla comme s'il avait posé la main sur elle.

— Il y a quelque chose de spécial entre nous, Andrea. Si je suis parti, c'est justement parce que je ne pouvais plus résister.

Au moins, il était honnête. On avançait.

— Après ton départ, j'étais furieuse contre toi, répondit-elle. Le lendemain, tu me manquais déjà. En réfléchissant bien, je me suis mise en colère contre moi-même. Je me suis reproché de n'avoir rien fait pour te retenir. Et tu me manquais toujours.

Contre toute attente, il lui sourit, d'un sourire sincère et lumineux. Il baissait enfin le masque. Il était temps.

— C'est un processus psychologique normal, répondit-il.

Le sifflement de la bouilloire les fit sursauter. Il l'éteignit, puis se retourna vers elle avec un sourire d'excuse.

— Je vais faire le thé.

— Oui, d'accord.

Elle aussi avait besoin de laisser retomber la pression, car ses genoux tremblaient. Mais au moins, ils avaient progressé.

Cal avait même reconnu l'évidence beaucoup plus vite qu'elle n'aurait pu l'espérer !

Le plateau prêt, il l'invita à le suivre au salon, où il posa théière et mugs sur une table basse encombrée de papiers et de journaux.

— Je te dérange, dit-elle. C'est samedi, mais tu travailles.

Il regarda les dossiers comme s'il les voyait pour la première fois. Puis, d'un grand geste, les envoya sur le tapis.

— Plus maintenant, Andrea.

Il n'avait pas réussi à faire semblant.

Andrea le poursuivait partout depuis trois semaines. Elle hantait ses pensées jour et nuit. Comment aurait-il pu lui faire croire qu'il n'éprouvait rien ?

Maintenant qu'elle était assise à un bout du canapé et lui à l'autre, il n'éprouvait plus la même pulsion irrépressible que dans la cuisine. Néanmoins, l'attraction demeurait intacte.

— Andrea, ce qui se passe entre nous... risque de nous détruire, dit-il.

— Pourquoi ?

— Parce que tu as trouvé ton équilibre et que je risque de tout casser. Que deviendras-tu si, malgré nos efforts, cela ne marche pas ?

Ils auraient le cœur brisé tous les deux, mais il ne s'inquiétait pas pour lui. Il ne pensait qu'à elle !

La douceur de son regard l'émut au plus profond. Il savait déjà qu'il ne supporterait pas de la perdre...

— Tu as peur de me faire du mal, mais c'est impossible, répondit-elle d'un ton ferme. Certes, j'étais très bien à la montagne, mais j'ai changé grâce à toi. Aujourd'hui, tout ce qui compte, c'est qu'on soit réunis.

Il n'osait pas y croire, il rêvait... C'était trop beau.

— Tu n'en sais rien, objecta-t-il. On a passé deux semaines ensemble et on n'a même pas...

— ... fait l'amour ? compléta-t-elle, les joues rosies.

— Je mentirai en disant que je n'y ai pas pensé, mais il y a bien plus important. On se connaît à peine !

— Je sais tout ce que j'ai besoin de savoir, Cal. Je t'aime. Tu es l'homme de ma vie. Le reste n'est que des détails.

Il lui sourit.

— Je n'aurais pas appelé ça des « détails », mais bon...

— Toi non, évidemment !

Une soudaine vague de chaleur déferla sur lui. Andrea l'aimait. Elle l'aimait tel qu'il était, avec ses qualités et ses défauts, et il l'aimait en retour. Il l'avait toujours su. Il avait seulement mis du temps à l'accepter.

Avec elle, il se sentait prêt à franchir des montagnes. La pièce manquante du puzzle de sa vie était assise là, près de lui. La vie lui offrait une seconde chance. Il aurait été fou de la laisser partir.

Elle prit une profonde inspiration, puis ajouta timidement :

— On a peut-être besoin de temps pour réfléchir.

— Tu penses que *j'ai* besoin de temps, mais...

Il lui prit les mains et les garda prisonnières des siennes.

J'ai assez tergiversé, Andrea. Je sais avec qui je veux passer le reste de ma vie. Je t'aime. Je t'aime depuis le premier jour, la première minute, la première seconde. Alors si tu as une solution pour nous deux, je prends !

— Oh ! Cal... Je n'ai pas toutes les réponses, mais je crois en toi. Et si tu me fais confiance aussi, tout sera possible.

Il se pencha vers elle et s'arrêta à quelques millimètres de sa bouche.

— Tout ? chuchota-t-il. Sans restriction ?

— Sans aucune restriction, mon amour.

Cal avait embrassé Andrea jusqu'à lui faire perdre la raison.

Quand il la souleva pour l'emmener dans sa chambre, elle se blottit contre son épaule en frissonnant de désir. Il se montrait à la fois tendre et passionné, et sitôt franchi le seuil il la fit asseoir sur son lit avec une délicatesse touchante.

Il prit son temps pour la déshabiller, ponctuant chaque geste de caresses ensorcelantes. Mais soudain, alors qu'il dénudait ses épaules, une timidité soudaine l'envahit. Il était si beau, si parfait. Et s'il trouvait ses cicatrices affreuses ?

— Cal, je…

Il l'étreignit de toutes ses forces.

— Parle-moi, lui dit-il à l'oreille.

— Mon épaule… Je ne me suis jamais préoccupée de son aspect. Je m'en moquais, en fait. Elle n'est sûrement pas très jolie.

Il l'attira sur ses genoux.

— Tu es la plus belle femme que j'aie jamais rencontrée, Andrea. Je pourrais te répondre que tes cicatrices sont sans importance, mais c'est faux. Elles sont importantes, parce qu'elles font partie de toi et que tout, chez toi, me tient à cœur. Si tu veux essayer de faire quelque chose – et seulement si tu en as envie – je serai là pour t'encourager. Mais il ne faudra surtout pas le faire pour moi. C'est ton bien-être qui compte…

Elle sentit sa gorge se nouer. Existait-il homme plus gentil et plus attentionné ?

Elle lui prit le visage à deux mains et l'embrassa passionnément. L'amour ne mentait pas. Cal était sincère, franc et honnête. Il serait toujours là pour elle.

— Tu seras là pour moi ? demanda-t-il, en écho à ses pensées.

— Toujours, promit-elle. Je te soutiendrai dans tout ce que tu entreprendras. On gérera notre vie au gré du vent…

— Rien ne me plaira davantage que de me laisser porter par les courants avec toi. Je t'aime, Andrea.

Ils échangèrent un baiser ardent. Puis, immergés dans un océan de douceur, ils continuèrent de se déshabiller mutuellement. Chacun goûtait, explorait et caressait l'autre à l'envi dans une soif insatiable de découverte. Oubliés, les doutes et les questions. Seul comptait le besoin immense qu'ils avaient l'un de l'autre.

Ce petit jeu dura aussi longtemps qu'ils purent. Enfin, n'y tenant plus, Cal renversa Andrea en arrière sur les oreillers et s'allongea sur elle.

— Andrea… Tu n'imagines pas à quel point j'en ai rêvé.

Il vint en elle avec une extrême douceur. Ivre de joie, elle noua les jambes autour de sa taille et se perdit dans le tumulte qu'il faisait naître en elle.

Il n'y avait aucune incertitude, aucune limite.

Elle avait enfin trouvé sa place. Et pour la vie cette fois.

Les premiers rayons du soleil baignaient la chambre d'une douce lueur. Blottie entre les bras de Cal, Andrea n'avait jamais été aussi heureuse.

— Tu m'avais bien caché ça..., dit-elle.

— Quoi donc, mon ange ?

— Je n'imaginais pas que la réalité serait plus belle que mes fantasmes.

Il lui sourit.

— Parce que tu fantasmais sur moi ? C'est génial. Maintenant, je vais rêver de toi en train de rêver de moi.

— Et avant ?

— Je pensais juste à toi sans arrêt. L'obsession a commencé dix secondes après notre première rencontre, et elle a duré jusqu'à hier matin. Ensuite, mes rêves sont devenus réalité. Et j'en redemande, mon trésor !

Elle éclata de rire.

— Ça tombe bien. Je n'ai rien de prévu aujourd'hui.

— Et pour la suite ? Londres ou l'Italie ? Qu'en penses-tu ?

— Londres, répondit-elle d'un ton ferme. J'y ai déjà réfléchi.

— Tu es sûre ? Je sais à quel point tu aimes les montagnes.

— Je t'aime surtout, toi. Et ta vie professionnelle est ici.

— Elle l'a été jusqu'à présent, mais je pourrais bouger.

Il pourrait abandonner son travail, renoncer à sa carrière pour elle. Il ne parlait pas à la légère et le ferait sans hésitation, tout comme elle était prête à quitter l'Italie. L'amour, le vrai, ne s'embarrassait pas de « détails ». Il valait tous les sacrifices.

— Les Alpes ne vont pas changer de place, répondit-elle doucement. On pourra y aller quand on voudra. Mais moi, j'aimerais revenir à Londres. Je suis partie depuis trop longtemps et j'ai beaucoup de choses à faire ici.

— Si tu es sûre, vraiment sûre...

Elle le fit taire d'un baiser. Pour elle, la question était réglée.

— D'accord, dit-il en souriant. Va pour Londres, mais à une condition.

— Laquelle ?

— Puisque j'ai deux mois pour m'intégrer dans mes nouvelles

fonctions, je peux travailler depuis l'Italie. Je vais passer du temps avec toi là-bas pour préparer ton départ en douceur.

— Mais... Tu crois ? Tu as sûrement une foule de choses à organiser ici et...

Il lui posa un doigt sur la bouche pour la réduire au silence.

— Ma place est avec toi, et on trouvera toujours des solutions. Au début, j'aurai des entretiens avec des gens qui vivent aux quatre coins du monde. Je peux organiser des visioconférences depuis l'Italie aussi bien que depuis mon bureau de Londres.

— Tu en es sûr ?

— Certain ! Et j'aurai bien besoin de toi pour éplucher les projets. Ton aide me sera précieuse. Tu es la reine de l'organisation, mon cœur, dit-il en souriant.

— J'en serai ravie. Tu le sais bien.

Elle lui noua les bras autour du cou et l'embrassa.

— Maintenant que le problème géographique est résolu et que ton cas est réglé, il ne reste plus que moi. Mais il n'y a aucune urgence. On verra ça plus tard...

Il sourit contre ses lèvres.

— Ah bon ? Et que comptes-tu faire là, maintenant ?

— Je vais commencer à organiser notre vie. Je propose d'inscrire « Grasses matinées crapuleuses » dans la case du dimanche matin.

— Excellente idée... Si on s'y mettait tout de suite ?

— Avec joie, mon amour.

Cal avait passé le meilleur week-end de sa vie.

Le lundi matin, il avait accompagné Andrea à l'aéroport en promettant de la rejoindre le vendredi soir. Puis il s'était mis au travail. Il avait planifié sa nouvelle carrière et obtenu le soutien total de ses collègues.

Ce mardi après-midi, Andrea l'avait appelé. Elle avait donné sa démission, avec préavis de deux mois pour que l'hôtel puisse se retourner. Elle comptait former son successeur, faire les choses dans les règles, et elle avait bien raison.

Ce soir-là, Cal souriait en pianotant le numéro de Joe sur son mobile. Il perdit peu de temps en salutations et alla droit au but.

— J'ai un service à te demander, mon gars.

— Bien sûr ! Lequel ?

— Je t'ai dit qu'Andrea était la femme de ma vie, l'autre jour.

— Euh… En effet, répondit Joe d'un ton prudent.

— Andrea est assez kamikaze pour penser que moi, je suis l'homme de sa vie. Et c'est là que tu entres en scène.

Le rire heureux de Joe lui fit chaud au cœur.

— Vas-y, Cal. Explique-moi tout !

Andrea l'attendait sur le quai du funiculaire.

Les portes à peine ouvertes, Cal se précipita à l'extérieur. Elle se jeta dans ses bras avec une telle fougue qu'elle faillit écraser le bouquet de roses qu'il tenait à la main.

— Tu m'as manqué, dit-il.

— Toi aussi. On va devoir rattraper le temps perdu. Mais avant, que dirais-tu d'un petit dîner en amoureux ?

— J'en rêve, ma chérie.

Elle avait réservé sa table favorite, près de la fenêtre, au restaurant de l'hôtel. Vu de là, le paysage majestueux était époustouflant.

— Ça va te manquer, dit-il doucement.

— Peut-être un peu…

— Beaucoup même, et ce sera normal. Il ne faudra surtout pas réprimer ta nostalgie.

Ils en avaient rediscuté au téléphone, et il s'était assuré qu'elle avait bien mûri sa décision. C'était le cas. Il lui faisait confiance.

— Oui, ce sera dur de partir, dit-elle. Mais il faut que je rentre a la maison et que j'aille de l'avant.

— On prendra tout le temps nécessaire. Le conseil d'administration ne voit aucun inconvénient à ce que je reste en Italie avec toi.

— C'est tellement adorable de ta part… Sachant cela, j'appréhende beaucoup moins.

Ils passèrent le dîner à planifier les semaines à venir et les mois suivants. Après le dessert, Cal jeta un nouveau coup d'œil par la fenêtre.

— Il fait doux ce soir. Si on faisait un tour dans la véranda ?

— Excellente idée. J'ai très envie de t'embrasser au clair de lune...

Il alla chercher leurs manteaux au vestiaire. En revenant, il glissa un mot au maître d'hôtel, qui attendait le signal. Et lorsqu'il entra dans la véranda avec Andrea, une petite table avait été préparée pour eux.

Les serveurs s'étaient déjà éclipsés. Cal ouvrit la bouteille de champagne qui attendait dans son seau en argent. Il montra l'étiquette à Andrea. Elle le regarda, étonnée.

— La classe ! dit-elle.

— C'est Joe qui me l'a conseillé.

— Je vois. Donc, pendant que Maggie et moi parlons de déménagement, ces messieurs papotent sur les grands crus...

Il rit, fit sauter le bouchon et versa le liquide pétillant dans deux coupes en cristal. Ils trinquèrent les yeux dans les yeux, amoureusement.

— C'était mon idée, dit-il. Mais Joe est au courant, bien sûr.

Il s'agenouilla devant Andrea. Elle faillit lâcher sa coupe, qu'il lui enleva pour la poser un peu plus loin.

— Veux-tu m'épouser ? demanda-t-il très doucement. C'est mon dernier rêve, le plus beau, le début de notre avenir.

— Oui, répondit-elle, les larmes aux yeux. Oui, Cal. J'en ai rêvé, moi aussi.

Il fouilla dans sa poche, en retira un petit écrin et l'ouvrit. Émerveillée, elle contempla la bague de fiançailles. Il avait choisi deux diamants montés sur un nœud d'or. Le symbole de leur nouvelle vie.

— C'est trop beau, dit-elle alors qu'il la lui glissait au doigt.

— Cette bague nous ressemble. Ces pierres sont inséparables, comme nous le serons désormais.

— Ton choix est parfait. Merci, mon amour...

Elle le fit lever, se jeta dans ses bras. Alors, avec les montagnes éternelles pour témoins, ils scellèrent leur engagement d'un baiser passionné.

Épilogue

Deux paons se promenaient sur les pelouses d'un vert étincelant. Le jardin botanique offrait un somptueux cadre naturel pour un mariage, et aucune décoration, ou presque, n'avait été nécessaire.

On avait disposé des rangées de chaises de part et d'autre de l'allée centrale. Les invités attendaient, assis au soleil dans un écrin de verdure, leurs tenues colorées offrant un contrepoint parfait à la végétation. Avec sa robe fuchsia et son grand chapeau bleu, tante Mae n'était pas en reste. Elle s'était installée au premier rang, avec les parents d'Andrea.

De sa place, Cal écoutait avec amusement les commentaires émerveillés de la vieille dame. Il était assis à côté de Joe, sous une arche en fer forgé d'où pendaient de luxuriantes grappes d'orchidées. Son témoin et ami prenait son rôle très à cœur. Il était même étonnamment agité, lui d'habitude un modèle de calme.

— J'ai les bagues, tout va bien, répéta-t-il après avoir vérifié sa poche pour la dixième fois.

— Je ne m'inquiétais pas, répondit Cal en souriant.

— Mais enfin ! Tu pourrais faire semblant d'être un peu stressé.

— Stressé ? Pourquoi donc ? Je n'ai jamais été aussi zen.

Et c'était vrai. Il ne voyait aucune raison d'être nerveux. Il était même très serein à la perspective d'épouser la femme de sa vie.

Les six mois qui venaient de s'écouler n'avaient pas été de tout repos, mais Andrea et lui avaient trouvé leur équilibre. Bien sûr, elle avait beaucoup pleuré en quittant l'Italie. Il lui avait fallu quelques semaines pour se faire à sa nouvelle vie, et il l'avait soutenue à fond, conscient qu'elle ne regrettait pas son choix et qu'elle avait simplement besoin de temps.

L'horizon s'était considérablement éclairci quand, après des recherches intensives, elle avait décroché le poste de ses rêves.

Son travail de médecin dans un centre pour enfants handicapés lui allait à la perfection. Si elle avait douté de ses compétences, les recruteurs, eux, ne s'y étaient pas trompés : ils l'avaient engagée deux jours après l'entretien !

Depuis, Andrea et lui traçaient leur chemin avec amour et enthousiasme, main dans la main, conscients de leur chance d'être réunis.

Le nouveau poste de Cal le satisfaisait pleinement. Comme prévu, il voyageait moins, mais quand il devait se déplacer Andrea soutenait ses projets à fond. Elle avait même retardé sa propre entrée en fonctions d'une semaine pour l'accompagner en Afrique, un séjour riche en émotions qui les avait encore rapprochés.

Pour la première fois depuis longtemps, il admettait enfin, en toute simplicité, qu'il était heureux.

— Aujourd'hui, au moins, le gâteau est intact...

La voix de Joe interrompit sa rêverie. Il rit.

— Oh ! je ne m'inquiète pas. Ça va sûrement être *le* gâteau de l'année !

Maggie avait tenu à le concevoir elle-même, avec l'aide d'un chef pâtissier. Joe et elle s'étaient beaucoup entraînés pour réaliser, de leurs mains, le décor en sucre.

Son ami secoua la tête en soupirant.

— Tu aurais pu me prévenir, quand même. Être témoin n'est pas de tout repos. J'étais beaucoup moins stressé dans le rôle du marié.

— Relax, Max ! La cérémonie ne va pas durer longtemps. Ensuite, tu pourras profiter des jardins et boire une petite coupe... Au fait, tu connais la demoiselle d'honneur d'Andrea ? Elle s'appelle Maggie. Elle est super mignonne.

Joe se détendit enfin et rit. Puis ils se levèrent tous les deux d'un même mouvement ; l'orchestre à cordes s'était mis à jouer.

Cal tendit le cou pour apercevoir Andrea, au bout de l'allée. Mais comme le voulait la tradition, Maggie fit son entrée la première, flanquée de deux adorables fillettes qui jetaient consciencieusement des pétales de roses autour d'elles.

Enfin, il la vit. Resplendissante dans son fourreau de dentelle blanche, une couronne de fleurs minuscules dans les cheveux, Andrea s'avançait, radieuse, au bras de son père. Il eut l'impression qu'elle volait vers lui. Son père avait toutes les peines du monde à lui faire adopter un rythme modéré de circonstance !

Dès qu'elle fut près de lui, Cal prit sa main et l'étreignit.

— Prête ? demanda-t-il à voix basse.

— J'ai cru que ce moment n'arriverait jamais. Marions-nous vite, mon amour !

Alors, oubliant la tradition, ils échangèrent un tendre baiser sous les regards indulgents et ravis de l'assistance.

KATE HARDY

Une promesse à tenir

BLANCHE

HARLEQUIN

Titre original :
A PROMISE... TO A PROPOSAL?

Ce roman a déjà été publié en 2020.

1

C'était une journée pluvieuse. La mer était grise, la plage déserte.

Mais Ellis Webster n'en avait cure. Il voulait se rappeler les bons moments. Se souvenir de Tom avant que la maladie ne le frappe, et célébrer avec les parents et l'épouse de son ami défunt la grande amitié qui les avait unis durant tant d'années.

Il sortit du sac qu'il avait apporté deux couvertures qu'il étendit sur le sable humide pour qu'ils puissent s'y agenouiller tous les quatre, puis quatre pelles et quatre seaux de couleurs vives.

Brenda planta avec détermination sa pelle dans le sable et commença à remplir son seau.

— Je me souviens de vous deux quand vous faisiez cela, enfants, dit-elle avec un tremblement dans la voix. Vous adoriez aller à la plage. Hiver comme été, si l'on vous demandait ce que vous vouliez faire, vous réclamiez l'un et l'autre de venir ici construire un château de sable.

Ellis, ému, hocha la tête, incapable de parler.

Lui aussi se rappelait cette époque où la vie était simple, où ses parents se montraient aussi insouciants que ceux de Tom. Mais, face à la mort de Sally, ceux-ci n'avaient pas eu la même réaction que Brenda et Mike Fisher, qui parlaient de leur enfant avec amour et le gardaient vivant dans leur cœur. Au contraire, ils avaient tout recouvert d'une chape de plomb.

Ils commencèrent tous les quatre à construire en silence un château de sable, comme Tom et lui lorsqu'ils étaient petits garçons. Quand l'édifice fut terminé, Ruby sortit de son sac un petit drapeau fabriqué avec un bâtonnet de glace et une photo de Tom. Une photo qui rappela à Ellis un de ses meilleurs souvenirs : leur explosion de joie lorsque son ami et lui avaient eu les résultats de leur examen de fin d'études secondaires, dont la réussite leur permettait d'aller ensemble faire leurs études supérieures à Londres.

Pour Tom, il s'agissait d'un pas de plus vers la réalisation de son rêve. Pour lui-même, cela signifiait la possibilité de fuir une maison familiale devenue un mausolée.

— Il avait dix-huit ans, alors, dit Mike d'une voix douce en prenant le drapeau que Ruby lui tendait. Le monde s'offrait à lui.

En fait, Tom avait eu très peu de temps pour en profiter. Même pas la moitié d'une vie.

— Il était exceptionnel, dit Ellis d'une voix brisée.

— Oui, c'est vrai, acquiesça Mike en plantant le drapeau au sommet du donjon.

Brenda et Ruby se tenaient par la main. On voyait à leurs yeux brillants qu'elles retenaient leurs larmes.

Ellis et Mike creusèrent une douve tout autour du château, puis ils se relayèrent tous les quatre pour déposer les cendres de Tom dans ce petit fossé, qu'ils comblèrent ensuite avec du sable. Ensuite, Ruby recouvrit le tout de pétales de rose.

Il commençait à pleuvoir. Ils déplacèrent les couvertures hors d'atteinte de la marée et s'y installèrent sous les deux vastes parapluies qu'Ellis avait mis dans la voiture, vu les prévisions météorologiques. Après quoi, il ouvrit une bouteille de champagne.

— A Tom, dit-il après avoir rempli leurs verres. Et puissent tous les souvenirs que nous avons de lui faire en sorte que les sourires l'emportent sur les larmes.

Mike, Brenda, Ruby et lui levèrent leur verre en l'honneur du disparu, la gorge serrée.

Ils regardèrent la marée monter lentement, emportant avec elle le château de sable et la photo de Tom, qui disparurent dans les vagues. Les pétales de rose furent les derniers à surnager.

Lorsque ce fut terminé, ils remontèrent dans la voiture, et Ellis déposa chez eux les parents de Tom.

— Voulez-vous venir manger quelque chose avant de prendre la route ? proposa Brenda quand ils furent arrivés devant la porte.

Ellis étouffait dans cette ville. Il n'avait qu'une hâte : retourner à Londres, loin des mauvais souvenirs.

— Merci, mais...

— Je comprends, dit Brenda. Tu veux profiter de ton passage ici pour aller voir tes parents.

Ne voulant pas lui ôter ses illusions, il hocha la tête.

Aujourd'hui tout particulièrement, il se sentait incapable d'affronter ces derniers. Ils devineraient certainement ce qu'il était venu faire, et ils penseraient aussitôt à Sally. Et, comme toujours, ils se réfugieraient dans un silence glacial au lieu de lui parler ou de le serrer dans leurs bras.

Même s'il comprenait les raisons de leur comportement — lorsque l'on a perdu un être cher, se couper des autres peut sembler le seul moyen d'éviter d'avoir de nouveau le cœur brisé —, il avait du mal à le supporter. Il avait toujours l'impression que lorsqu'il avait perdu sa sœur, vingt ans plus tôt, il avait aussi perdu ses parents. S'il était resté assez proche de ses frères aînés, le choix de carrière qu'il avait fait avait malgré tout creusé un fossé entre eux et lui. Les parents de Tom avaient été son soutien pendant son adolescence, et il leur en était toujours très reconnaissant. En souvenir de Tom, il veillerait sur eux comme ils avaient veillé sur lui.

Brenda le serra dans ses bras.

— Merci d'être là avec nous.

— Je serai toujours là, Brenda. Ce n'est pas parce que Tom est...

Il se tut, incapable de prononcer le mot. Il ne pouvait pas.

— ... Qu'il n'est plus ici, reprit-il, que vous ne faites plus partie de ma vie. Vous comptez beaucoup pour moi. Vous savez que je vous considère comme mes autres parents.

Des larmes brillèrent dans les yeux de Brenda. Elle lui tapota l'épaule, trop émue pour parler, puis elle prit Ruby dans ses bras.

— Je vous enverrai un texto quand nous serons arrivés à Londres, promit Ruby avant de claquer sa portière.

Peu après, voyant qu'il prenait la direction de l'autoroute pour rentrer à Londres, elle lui lança un regard étonné.

— Je croyais que tu passais voir tes parents ?

— Non, pas aujourd'hui.

— Ecoute, je peux retourner chez Brenda et Mike et attendre chez eux que tu repasses me prendre. Je peux aussi rentrer en train. Ne te crois pas obligé de me ramener à Londres si tu as envie d'aller les voir.

C'était bien là le problème : il n'avait aucune envie de voir ses parents. Surtout aujourd'hui. Il se reprochait un peu son égoïsme, mais il savait aussi qu'il devait se protéger.

— Une autre fois, dit-il.

— Tu es sûr ?

— Oui, tout à fait sûr. Mes parents sont... compliqués.

Elle lui saisit la main et la serra un bref instant.

— Je sais, dit-elle dans un souffle.

Dans les mois qui avaient suivi le décès de Tom, il s'était un peu confié à elle, il lui avait révélé la tragédie qui avait assombri sa vie.

Sa sœur aînée Sally s'était accordé une année de liberté avant d'entrer à l'université. Elle était partie enseigner dans un pays lointain et était tombée enceinte par accident. Elle ne s'en était pas rendu compte tout de suite. Quand elle était tombée malade, on avait cru qu'il s'agissait d'un virus. Lorsqu'on avait enfin compris qu'elle souffrait d'une hyperémèse gravidique, une forme grave des nausées de la grossesse, c'était trop tard. Elle s'était beaucoup affaiblie, et une complication lui avait été fatale. Ses parents ne s'étaient jamais remis de sa mort. Le fait qu'il leur reste trois fils n'avait pas suffi à les sortir de l'indifférence glacée dans laquelle ils s'étaient enfermés depuis.

Durant le trajet du retour, Ruby et lui gardèrent le silence, écoutant un chanteur que Tom avait toujours apprécié. Cela s'accordait bien avec le temps pluvieux et leur état d'esprit.

Arrivé à Londres, Ellis gara la voiture devant la maison de Ruby et accompagna celle-ci jusqu'à sa porte.

— Je te remercie pour cette journée, Ellis. Sans toi, je ne sais pas comment j'aurais pu m'en sortir ces derniers mois.

— Mais toi aussi tu m'as aidé.

Il l'étreignit.

Très mauvaise idée. A présent, il sentait son parfum, une

délicate odeur de violette. Et elle trouvait parfaitement sa place dans ses bras.

C'était la veuve de son meilleur ami, se répéta-t-il intérieurement. Non, non, et non, il ne devait même pas y penser. Il ne toucherait pas à cette femme. Jamais.

— On se voit demain au travail. Appelle-moi si tu as besoin de moi.

— Merci, Ellis, dit-elle en lui donnant un baiser sur la joue.

Depuis des mois, il rêvait de l'embrasser. Un bref instant, il faillit tourner la tête afin que les lèvres de Ruby rencontrent les siennes, mais il se retint.

— Je ferais mieux d'y aller, murmura-t-il.

Il se hâta de partir avant de faire quelque chose d'idiot et rentra chez lui en broyant du noir.

Les sentiments qu'il éprouvait pour Ruby étaient déplacés. Sans compter qu'il risquait de perdre une de ses amies les plus proches s'il lui proposait de sortir avec lui. Elle ne voyait en lui qu'un ami. Lui en demander davantage serait stupide. Surtout que, en matière de relations amoureuses, il n'était pas vraiment un cadeau.

Le poste d'obstétricien qu'il occupait au London Victoria n'était que temporaire. Il remplaçait actuellement une consœur partie en congé de maternité, mais d'habitude il travaillait pour une association humanitaire qui fournissait une aide médicale à l'étranger. Ce qui voulait dire que ses relations avec les femmes étaient spéciales : soit il entretenait une liaison à distance et voyait peu sa petite amie qui finissait par se lasser de l'attendre, soit il avait des aventures sans lendemain qui se terminaient lorsqu'il partait prendre un poste ailleurs. Lorsqu'il s'était marié avec Natalia, il avait cru que ce serait l'exception à la règle, qu'il pourrait concilier son métier et sa vie amoureuse. Quelle erreur ! Aussi se contentait-il à présent de brèves rencontres où chacun ne songeait qu'à passer un bon moment sans rien attendre de plus. Ainsi, personne n'était déçu quand ça prenait fin.

Il savait que lorsque Ruby aurait tourné la page, elle exigerait autre chose qu'une brève aventure ou une relation en pointillé. Elle voudrait plus que ce qu'il était capable de lui offrir. S'il réclamait davantage qu'une simple amitié, il risquait de gâcher un lien devenu vraiment important pour lui au cours des dix-huit derniers mois. Il préférait l'avoir seulement pour amie que de la voir disparaître de sa vie.

La situation était délicate. Il avait promis à Tom de veiller sur Ruby. Tant qu'elle n'aurait pas trouvé un autre homme avec qui partager sa vie — quelqu'un qui lui convienne et la traite comme elle le méritait —, comment l'abandonner ?

Son contrat se terminait dans deux mois, quand Billie reprendrait son travail. Il avait déjà accepté une mission d'un mois pour son association caritative. La tâche consistait à créer un nouveau dispensaire au Zimbabwe. Il partirait dès que son contrat au London Victoria aurait pris fin.

Ce départ à l'étranger le soustrairait à la tentation. Tout ce qu'il avait à faire, c'était enfouir ses sentiments au fond de lui, comme d'habitude, et tout se passerait bien.

Ruby regarda Ellis s'éloigner avec un inconfortable sentiment de culpabilité : pendant un moment, elle avait été tentée de l'embrasser sur les lèvres plutôt que sur la joue.

Comment pouvait-elle avoir envie d'embrasser un autre homme que son mari ? Et cela le jour du premier anniversaire de sa mort ? C'était à la fois si mesquin, si égoïste, si mal !

Elle referma sa porte, dégoûtée d'elle-même.

Elle savait que Tom avait demandé à Ellis de veiller sur elle. Si celui-ci se rendait compte qu'elle voyait en lui autre chose qu'un ami, cela risquait de tout gâcher entre eux. Il s'était toujours comporté parfaitement avec elle. En tentant de donner à leur relation une autre direction, elle pourrait le perdre — et ça, elle ne le voulait pas. Il faisait partie de sa vie, et elle y tenait. Beaucoup.

Pourtant, elle avait l'impression qu'elle le perdrait de toute façon. Ellis avait la bougeotte, comme disait Tom, il retournerait travailler pour son association d'aide médicale.

Au décès de Tom, elle avait eu le cœur déchiré. Depuis un an, elle essayait de recoller les morceaux. Ce serait stupide de tomber amoureuse de quelqu'un d'absent la plupart du temps, qui n'avait pas les mêmes désirs qu'elle et qui la quitterait pour aller travailler au loin. Certes, il reviendrait de temps en temps en Angleterre, mais elle se retrouverait seule à Londres à l'attendre. Et si elle le suivait à l'étranger, elle aurait le mal du pays car sa famille lui manquerait. C'était sans solution. Ellis n'était pas l'homme qu'il lui fallait. Le mieux était d'écouter sa raison.

Maintenant qu'elle était rentrée, elle ne savait pas quoi faire. Elle se sentait désœuvrée, solitaire, et elle regretta de n'avoir pas demandé à Ellis de l'emmener dîner quelque part. Pendant près d'une heure, elle erra dans la maison, incapable de s'asseoir pour lire ou faire des mots croisés.

Soudain, on sonna à la porte.

Son cœur fit un bond, et elle resta dans l'expectative.

Ellis était-il revenu ?

Non, bien sûr. C'était stupide de penser cela !

Elle alla ouvrir et trouva sur le seuil sa meilleure amie Tina avec dans les mains un gâteau fait maison.

— Un jour comme aujourd'hui, dit Tina, j'ai pensé que tu aimerais peut-être avoir un peu de compagnie pour la soirée. J'ai fait un gâteau au citron.

Son préféré ! A coup sûr, son amie l'avait fait spécialement pour elle. Il devait être encore chaud.

— Oh ! merci ! s'écria-t-elle en serrant Tina dans ses bras. Il n'y a personne au monde que j'avais plus envie de voir que toi en cet instant !

Non, pas même Ellis. Parce que, avec Tina, elle n'éprouvait pas ce vague sentiment de culpabilité qu'elle ressentait avec Ellis en dehors du cadre professionnel.

Après s'être débarrassée de son manteau, Tina alla dans la cuisine mettre de l'eau à bouillir pour le thé comme si elle était chez elle.

— Comment ça s'est passé ? demanda-t-elle.

Ruby lui sourit.

Vraiment bien. La pluie n'a rien gâché. Ellis avait apporté deux grands parapluies et des couvertures imperméables pour que l'on puisse s'asseoir. On a fait un château de sable, déposé les cendres dans la douve, jeté des pétales de rose, bu du champagne et porté un toast à Tom, et on a laissé la mer emporter le château et les cendres.

— Cela a l'air parfait... Enfin, aussi parfait que possible en de telles circonstances.

Le thé était prêt. Tina coupa deux parts dans le gâteau au citron et lui tendit une tasse fumante.

— A Tom, dit-elle en levant sa tasse pour trinquer avec Ruby. Il me manque, mais je suis heureuse de l'avoir connu. C'était un type adorable.

— Oui, c'est vrai...

Ruby avala une gorgée de thé pour faire disparaître la boule qu'elle avait dans la gorge.

— Tu sais, tu as le droit de pleurer, dit Tina.

— Non. Je veux me souvenir de lui en souriant, pas en pleurant. Il n'aurait pas voulu qu'on soit triste...

— Mais ?

Elles s'étaient rencontrées au début de leurs études d'infirmières. Elles étaient amies depuis si longtemps qu'elles se comprenaient sans avoir besoin de parler.

— Mais je me sens un peu coupable, c'est tout.

— Pourquoi ? demanda Tina, l'air étonné.

Ruby n'était pas tout à fait prête à admettre qu'elle avait des sentiments pour Ellis, mais elle savait qu'elle pouvait se confier sans crainte à Tina.

— Parce que, demain, ça fera un an et un jour que Tom nous a quittés — ce qui marque officiellement la fin du deuil. Il ne cessait de répéter les derniers mois qu'il ne voulait pas que je reste seule quand il ne serait plus là. Il voulait que j'ai une vie heureuse avec quelqu'un qui m'aime autant que lui.

— Tu vas me faire pleurer, dit Tina en la prenant dans ses bras. Mais il avait raison. Tu es jeune. En réalité, à vingt-neuf ans, tu es encore pratiquement un bébé.

Ruby se mit à rire. Tina n'était son aînée que de six mois.

— Tu sais, Tina, trente ans, ce n'est pas vieux.

— Non, tu as raison. Dis-moi, Ruby, ajouta-t-elle en la regardant attentivement, aimerais-tu rencontrer quelqu'un ?

— J'aime Tom, et je l'aimerai toujours, mais je crois que je suis prête à tourner la page. La dispersion des cendres, aujourd'hui, a marqué la fin d'un chapitre. Mais les gens vont peut-être mal me juger et penser que je devrais attendre plus longtemps avant de songer à refaire ma vie ?

— Rappelle-toi qu'on ne peut pas plaire à tout le monde. Ça ne regarde personne d'autre que toi. Tu es la seule à savoir quand tu seras prête.

— J'imagine, oui. C'est juste que...

Elle secoua la tête et soupira.

— Tu l'as dit toi-même, insista Tina, Tom voulait que tu sois heureuse. Tu as sa bénédiction.

Même si elle tombait amoureuse de son meilleur ami ? Il lui faudrait du temps pour se faire à cette idée.

— Tu sais, reprit Tina, on a un nouveau chef de clinique en neurologie. C'est un type sympathique, célibataire, qui vient d'arriver à Londres. Peut-être que...

— Peut-être, répéta Ruby.

— Rien ne t'oblige à te décider maintenant, mais réfléchis-y. En attendant, on pourrait regarder un film divertissant en reprenant de ce gâteau ?

— Bonne idée ! Allons-y.

Et Ruby entraîna son amie dans la salle de séjour.

Mais elle eut du mal à se concentrer sur le film.

Elle ne cessait de penser à Ellis. Ellis et ses yeux gris, Ellis qui avait la bougeotte mais avait renoncé à ses voyages pour rester auprès d'elle. Le meilleur ami de son mari.

Que se passerait-il si... ?

2

Ruby examinait Mme Harris avec des gestes très doux.

— Est-ce que tout va bien ? demanda la patiente d'une voix angoissée.

— Votre état général est satisfaisant, mais nous avons une petite complication : votre bébé préfère garder les fesses en bas et la tête en l'air. Je voudrais en parler au médecin pour envisager les différentes solutions possibles pour votre accouchement.

— Le bébé n'est pas dans la bonne position ? demanda Jennifer Harris en se mordillant la lèvre.

— Actuellement, il se présente par le siège. C'est une position fréquente en début de grossesse, mais en général le bébé se retourne et se met de lui-même la tête en bas avant de naître. Le vôtre ne s'est pas encore tourné, voilà tout.

— Cela signifie-t-il qu'il a un problème ?

— Non. C'est le cas de trois bébés sur cent, et pour toute sorte de raisons. Je vais chercher le Dr Webster pour en parler avec lui. Ne vous faites pas trop de souci, nous avons différents moyens de convaincre ce bébé de se retourner.

Elle sourit et quitta la pièce pour se rendre dans le bureau d'Ellis, et son cœur fit un bond lorsqu'elle le vit.

Il avait troqué sa tenue verte de chirurgien contre un costume gris anthracite, une chemise blanche et une cravate. Il était absolument superbe. Il aurait eu sa place dans les pages d'un magazine de mode pour faire la publicité d'un grand parfum.

Allons ! Elle devait s'interdire ce genre de pensée. Ellis était un ami et un collègue, rien de plus. Réclamer davantage serait de la gourmandise.

Elle frappa à la porte restée ouverte et s'appuya contre le chambranle.

— Salut, Ellis. Est-ce que je peux te déranger un instant ?

Il leva les yeux et lui sourit.

— Bien sûr, dit-il. Y a-t-il un problème ?

— Une complication. J'ai une femme enceinte de trente-sept semaines qui va avoir son premier enfant. Le bébé se présente par le siège. Or, elle tient à accoucher par voie naturelle, sans aucune intervention. Je voulais te demander de venir avec moi pour lui parler des différentes options qui s'offrent.

Elle savait que beaucoup d'obstétriciens, en voyant la situation de Jennifer Harris, insisteraient pour procéder à une césarienne. Mais Ellis possédait une expérience qui dépassait largement les limites de l'hôpital, et elle avait le ferme espoir qu'il voie les choses différemment et donne à Mme Harris une chance d'accoucher comme elle le souhaitait.

— Pas de problème. L'as-tu avertie que les bébés ne respectent jamais les plans que leurs mères ont élaboré pour l'accouchement ?

Elle sourit.

— Je le fais toujours.

— Et toi, qu'en penses-tu ?

— Je propose de commencer par une VCE pour voir si nous pouvons amener le bébé à se retourner.

La VCE ou version céphalique externe consiste à manipuler l'abdomen de la mère pour tourner l'enfant en présentation céphalique.

— Mais si ça ne marche pas, poursuivit Ruby, j'espère pouvoir faire appel à un obstétricien qui accepte le principe d'un accouchement vaginal par le siège.

Le regard appuyé qu'elle lança à Ellis indiquait clairement qu'elle pensait à lui.

— Je crois qu'il y a eu seulement deux cas de ce genre dans le service depuis mon arrivée ici, et ces jours-là je n'étais pas de garde, dit il. Les médecins de cet hôpital sont ils hostiles aux accouchements en siège par voie basse ?

— Theo est merveilleux, dit-elle. Il apporte tout son soutien aux sages-femmes et il est partisan de réduire autant que possible le nombre d'interventions chirurgicales...

Theo Petrakis était le directeur de la maternité du London Victoria.

— Mais, comme tu le sais, ce type d'accouchement n'est pas si courant, et j'ai besoin d'avoir près de moi quelqu'un qui en ait une certaine expérience.

— C'est pour cela que tu m'en parles ?

— Tu as tout compris, dit-elle avec un grand sourire.

— Comme il s'agit d'un premier enfant, rien ne garantit que le bassin de la mère soit assez large pour un accouchement de ce type...

Il prit un air pensif.

— D'accord. Si la VCE ne réussit pas, et à condition que le bébé ne soit ni trop gros ni trop petit, que sa tête ne se balance pas et que le bassin de la mère semble permettre l'accouchement par voie basse, je t'aiderai. Tu peux m'appeler dès qu'elle aura commencé le travail, même si je ne suis pas de garde. Mais, en retour, je vais te demander une faveur.

Elle sentit son cœur s'accélérer.

Qu'allait-il lui demander ? Un baiser ?

Ridicule ! Il fallait qu'elle cesse de fantasmer sur Ellis. C'était parfaitement déplacé. Ils étaient au travail, elle devait garder un esprit strictement professionnel.

— Bien sûr. Que veux-tu ?

— J'aimerais que tu demandes à cette future maman de permettre à deux jeunes membres du personnel médical d'assister à l'accouchement. Ce sera leur première naissance par le siège. Il s'agit d'une sage-femme et d'un médecin.

— Les grands esprits se rencontrent ! J'allais justement te demander s'il y avait quelqu'un que tu souhaitais faire venir pour observer comment les choses se déroulent.

Et elle se réjouissait qu'il ait pensé à inviter une sage-femme, et pas seulement un obstétricien.

— Je vais rassurer Mme Harris et lui dire que nous ferons tout notre possible pour qu'elle accouche comme elle le désire.

Je l'avertirai que, si le bébé se trouvait en détresse, nous serions amenés à faire une césarienne, et qu'elle doit se préparer à cette éventualité.

— Et c'est là que j'entrerai en scène, dit Ellis.

— Tu n'auras qu'à la regarder en battant tes longs cils noirs... En fait, mieux vaut t'en abstenir. Tu ressembles déjà beaucoup plus à une star de cinéma qu'à un médecin.

— Très drôle, Ruby, dit Ellis en feignant d'être offusqué.

Mais il n'avait pas du tout l'air fâché.

Elle devait absolument chasser toutes ces idées folles de son esprit. Si elle faisait des avances à Ellis et qu'il les repousse... Bien sûr, il se comporterait avec élégance et gentillesse, mais cela créerait malgré tout une tension, ce qui gâcherait leur amitié et leur relation de travail. Or, elle ne voulait pour rien au monde risquer d'abîmer l'une ou l'autre.

Peut-être était-ce la solitude qui l'amenait à nourrir tous ces fantasmes ? Elle devrait accepter l'offre de Tina qui souhaitait lui faire rencontrer le médecin arrivé récemment dans le service de neurologie.

— Qu'est-ce qui te rend si songeuse ? demanda Ellis.

Pas question de lui révéler ses pensées intimes !

— Ma patiente. Elle va être mère pour la première fois, répondit-elle en souriant.

C'était vrai. Mais ce n'était pas toute la vérité.

De retour dans la salle de consultation, elle fit les présentations.

— Madame Harris, je vous présente le Dr Ellis Webster, l'un de nos médecins. Ellis, voici Jennifer Harris. C'est son premier bébé. Elle est enceinte de trente-sept semaines, et l'enfant se trouve très à l'aise dans la position du siège.

— Ravie de faire votre connaissance, madame Harris, dit Ellis en serrant la main à la jeune femme, le sourire aux lèvres. Ruby me dit que vous voudriez accoucher le plus naturellement possible.

— Je ne veux pas de péridurale, et encore moins de césarienne. Est-ce que le fait que l'enfant ne se présente pas dans la bonne position m'obligera à subir une césarienne ?

— C'est une possibilité, dit Ellis. Mais il se peut aussi que vous accouchiez par voie vaginale. Comme le bébé se présente par le siège, sa tête, qui est la partie la plus volumineuse de son corps, sort en dernier, ce qui complique un peu les choses. Puis-je vous examiner ?

La voyant hocher la tête, il commença son examen avec des gestes très doux.

— Comme vous l'a dit Ruby, déclara-t-il, nous pouvons essayer de persuader votre bébé de se retourner. Il existe une procédure qu'on appelle VCE, l'abréviation de version céphalique externe. Ruby est experte en ce domaine.

— Voilà comment ça se passe, expliqua Ruby. On exerce des pressions sur votre abdomen pour encourager le bébé à effectuer une culbute afin de se mettre la tête en bas.

— Et ça réussit toujours ? demanda Mme Harris.

— Dans cinquante pour cent des cas environ, répondit Ellis. Et si ça ne marche pas aujourd'hui, on peut toujours faire une nouvelle tentative demain. Je dois pourtant dire que, même si le bébé se retourne, il arrive parfois qu'il décide de se remettre dans l'autre sens.

— Et si vous faites cette VCE, qu'arrivera-t-il à mon bébé ? Cela risque-t-il de lui faire du mal ?

Ruby la rassura aussitôt.

— Tout ira bien pour lui. Nous le garderons constamment sous surveillance avant, pendant et après la VCE. Il existe un risque infime que vous commenciez à avoir des contractions, et aussi que le rythme cardiaque du bébé s'accélère un peu. D'habitude, il redevient très vite normal, mais il faut que vous sachiez que, parfois, il reste trop rapide et, dans ce cas, vous devrez avoir une césarienne.

— Mais il s'agit d'un risque infime, n'est-ce pas ?

— Oui, vraiment infime.

— Très bien, alors, dit Jennifer Harris.

Elle marqua une pause.

— Et est-ce que cela va me faire mal ? s'enquit-elle.

— Cela peut être un peu désagréable, en effet. Mais si vous avez mal, vous n'aurez qu'à nous le dire, et nous arrêterons immédiatement.

La future maman semblait soucieuse.

— Si cette méthode ne marche pas, cela signifie-t-il que je devrai subir une césarienne ?

— Votre bébé a le poids idéal, dit Ellis. Il n'est ni trop gros ni trop petit. Cependant, je voudrais vérifier que son cou est bien droit avant d'accepter de procéder à un accouchement vaginal. Si sa tête ballotte, je préférerais procéder à une césarienne pour assurer sa sécurité.

— Y a-t-il quelque chose que je puisse faire pour l'aider à se retourner ou pour qu'il reste dans la bonne position pendant que vous pratiquerez la VCE ? Dois-je rester assise ou m'allonger d'une certaine façon ?

Ruby secoua la tête.

— Je crains que cela ne change rien.

— Alors, pourquoi ne s'est-il pas mis dans la bonne position ?

— Il existe tout un tas de raisons, expliqua Ellis. Quelquefois, c'est lié à la position du placenta. Comme je vous l'ai dit, la partie la plus volumineuse du corps du bébé, c'est sa tête. Comme il a tendance à gigoter et qu'il cherche la position la plus confortable, il choisit celle qui offre le plus d'espace à sa tête : la partie inférieure de l'utérus. Il se retrouve donc tête en bas. Mais si le placenta est en position basse, c'est dans la partie supérieure de l'utérus qu'il y a plus de place, et le bébé se présente alors par le siège.

Il sourit.

— Parfois, c'est juste une question de hasard. Les bébés n'en font qu'à leur tête, et je connais beaucoup de mamans qui n'ont pas accouché de la manière qu'elles avaient choisie. Aussi, ne soyez pas trop déçue si nous ne pouvons pas suivre à la lettre le plan que vous vous êtes fixé pour mettre votre enfant au monde.

— Nous ferons tout notre possible pour que tout se passe comme vous le souhaitez, intervint Ruby, mais le Dr Webster a raison. Les bébés sont parfois très têtus.

— Je pense que cet enfant va beaucoup ressembler à son père, soupira Jennifer. Est-ce que Ian pourra être présent lorsque vous tenterez d'amener le bébé à se retourner ?

— Bien sûr, dit Ruby. Nous pourrions tenter la VCE cet après-midi après l'heure du déjeuner. Pensez-vous que cela laissera assez de temps à votre mari pour arriver ici ?

La patiente hocha la tête.

— Je vais lui téléphoner. Merci beaucoup à vous deux.

— Je vous reverrai cet après-midi, madame Harris, dit Ellis en lui adressant un sourire.

Ses consultations terminées, Ruby s'apprêtait à prendre sa pause-déjeuner lorsqu'elle vit Ellis sortir de la cuisine réservée au personnel.

— Tu as le temps d'aller déjeuner à la cantine ? demanda-t-il.

— Oui, bonne idée.

Ils s'y rendirent en bavardant de choses et d'autres. Au comptoir, Ellis opta pour le menu végétarien comme il le faisait toujours.

— Bon prétexte pour te goinfrer de pâtes et de pain à l'ail, dit Ruby pour le taquiner. Tu es vraiment drogué aux glucides !

— Les protéines sont importantes, mais j'ai travaillé dans des zones où les gens sont si pauvres, et le coût des...

Il s'interrompit.

— Tu me fais marcher, n'est-ce pas ?

— C'est très facile de te taquiner, Ellis, dit-elle en riant. Tu es si sérieux ! Ecoute, je sais pourquoi tu es végétarien, et j'admire tes principes.

— Mais tu ne les partages pas.

— Je regrette, mais, pour moi, le bacon végétarien ne vaudra jamais le vrai bacon.

Il éclata de rire.

— Tu es une vraie hédoniste ! Mais aussi une droguée aux glucides, tout comme moi. Je vous ai déjà vues devant un gâteau, Tina et toi. Au bout de trois secondes, il n'en reste pas une miette !

— Touchée, reconnut-elle en souriant.

— Tu te sens prête à faire la VCE cet après-midi ?

— Tout à fait prête. J'aimerais bien que Coral, notre nouvelle sage-femme stagiaire, assiste à cette manipulation, si Mme Harris est d'accord et toi aussi.

— Bien sûr ! Tu sais, je pense comme toi qu'il faut donner aux étudiants l'occasion d'acquérir le plus d'expérience possible.

— C'est une des choses que j'aime chez toi : tu te montres toujours plein de bon sens, et si raisonnable. Merci.

Du bon sens. Raisonnable.

Ce n'était pas le cas lorsqu'il avait épousé Natalia, songea Ellis avec ironie. Il avait perdu la tête, et tous deux en avaient payé le prix. Mais Ruby avait dit que c'était une des choses qu'elle aimait chez lui. Qu'aimait-elle d'autre encore ?

Allons ! Il ne devait pas se poser ce genre de question. Ruby Fisher était son amie. La femme de son meilleur ami — enfin, sa veuve. Il était temps qu'il se ressaisisse.

— J'essaie d'avoir du bon sens, dit-il d'un ton léger.

— Ellis, je... heu... je voudrais avoir ton avis.

Elle semblait soucieuse.

Il fronça les sourcils.

— Quel est le problème ?

— Il ne s'agit pas vraiment d'un problème, mais... aujourd'hui, cela fait un an et un jour que Tom est mort.

Oui. Il le savait. Il avait célébré cet anniversaire avec elle la veille sur une plage du Suffolk.

— Et, après un an et un jour, on est censé avoir terminé la période de deuil.

Il sentit son sang se glacer. Où Ruby voulait-elle en venir ?

— Jamais je n'oublierai Tom, reprit-elle, mais il ne cessait de me répéter qu'il ne voulait pas que je passe le reste de ma vie à le pleurer. Il voulait que je continue de vivre.

Il se sentit pris de vertige.

Quoi ? Etait-elle en train de dire qu'elle avait envie de s'engager dans une nouvelle relation amoureuse ? Qu'elle avait rencontré quelqu'un ? Qui ? Où ? Comment ?

— Et Tina veut me présenter son nouveau collègue du service de neurologie, acheva Ruby.

Allait-elle vraiment se rendre à un rendez-vous ? Avec quelqu'un d'autre ? Mais... mais...

— Ellis ? Tu ne dis rien.

Elle semblait encore plus soucieuse.

— Tu trouves que c'est trop tôt ? demanda-t-elle.

— Je...

Il avançait en terrain miné. Si sa réponse était maladroite, il la blesserait — et c'était bien la dernière chose qu'il voulait. Mais l'idée de la voir sortir avec un autre le rendait malade.

C'était différent quand elle était mariée avec Tom. Jamais il n'aurait fait le moindre geste pour détruire le mariage de son ami. Mais, maintenant, Ruby était veuve, et il ne se faisait pas à l'idée qu'elle se lie à quelqu'un d'autre.

Si elle était vraiment prête à se lancer dans une nouvelle relation, il pourrait peut-être lui demander de sortir avec lui ?

Mais si elle lui disait non, comment pourraient-ils reprendre leur bonne vieille amitié, sachant qu'ils n'éprouvaient pas les mêmes sentiments l'un envers l'autre ?

Il ne voulait pas s'exposer au risque de la perdre. Aussi allait-il encaisser le coup et se résigner. Même s'il avait l'impression d'avoir été mis en charpie.

— Je pense que tu es la mieux placée pour en juger, dit-il lentement. Tu es la seule à savoir si tu es prête ou non.

« Je pense que tu es la mieux placée pour en juger. »

C'était bien Ellis tel que Ruby le connaissait, plein de bon sens et de sagesse. Et cela prouvait bien qu'elle ne l'intéressait pas. Sinon, n'aurait-il pas sauté sur l'occasion pour lui proposer de sortir avec lui ? Heureusement qu'elle ne lui avait fait aucune avance. Cela aurait pu gâcher leur amitié. Elle tenait trop à lui pour prendre le risque de le perdre.

— Je crois que tu as raison, dit-elle. Mais je n'aimerais pas que les gens me prennent pour la Veuve joyeuse et qu'ils pensent que j'ai oublié Tom. Et je me sens coupable d'avoir envie de sortir de nouveau avec quelqu'un.

Elle se sentait encore plus coupable d'être attirée par Ellis, d'autant plus qu'il venait de montrer clairement que ce n'était pas réciproque.

— Tu aimeras toujours Tom, dit Ellis, mais la vie continue, et il ne voulait pas que tu restes seule. Il voulait que tu sois heureuse.

Peu importe ce que pensent les gens. Fais ce qui est le mieux pour toi, Ruby, ce qui te rend heureuse.

Elle se demandait parfois si elle retrouverait jamais le bonheur qu'elle avait connu. Peut-être se montrait-elle trop exigeante ? Beaucoup de gens n'avaient pas la chance de goûter à ce bonheur-là ne serait-ce qu'une fois dans leur vie, alors avait-elle le droit, elle, d'espérer le connaître une seconde fois ?

Ellis lui prit la main, et à ce contact, elle sentit des picotements dans tout le bras.

— Sois heureuse, Ruby. Je t'y encourage. Si quelqu'un y trouve à redire, envoie-le moi, je lui remettrai les idées en place.

Il lui parlait comme l'aurait fait un grand frère. C'était ainsi qu'elle devait le considérer : comme un frère, et non comme l'homme avec qui elle aimerait sortir.

Après déjeuner, Ruby reçut les Harris qui patientaient dans la salle d'attente.

— Accepteriez-vous que Coral, ma sage-femme stagiaire, assiste à la procédure ? demanda-t-elle.

— Oui, bien sûr, dit Jennifer Harris. Je ferai tout ce que vous voulez si vous parvenez à amener ce bébé à se retourner !

— Je ferai de mon mieux, dit Ruby en souriant. Et je vous remercie. Je vais d'abord faire une échographie pour voir où en est le bébé. Si je suis satisfaite de ce que je vois, je vous donnerai des médicaments qui détendront votre utérus. Cela ne fera aucun mal ni à vous ni au bébé, mais cela permettra à l'enfant d'avoir plus de place pour effectuer sa culbute.

— Très bien. Est-ce que le gentil docteur va venir ?

— Le Dr Webster ? Oui. Il est en train de téléphoner, mais il va arriver. J'irai chercher Coral et je vous la présenterai. Allongez-vous et dénudez votre ventre… Hum, je crains que mon gel ne soit un peu plus froid que celui de la salle d'échographie.

— Ça m'est bien égal, répondit Jennifer en souriant.

Après que Ruby eut vérifié que tout allait bien, elle fit pivoter l'écran afin que les Harris voient l'image du bébé.

— Le voici, dit-elle. Il a l'air de se trouver très confortable dans cette position.

— Espérons qu'il ne se montre pas trop têtu et qu'il se décide à bouger, commenta la future maman.

— Je vais vous donner à présent les médicaments destinés à détendre votre utérus, annonça Ruby, joignant le geste à la parole. Mettez-vous à l'aise, je reviens dans un instant.

A son retour, elle vit qu'Ellis était déjà là. Elle présenta les Harris à Coral, puis expliqua à cette dernière ce qui allait se passer.

— Ce que nous allons faire aujourd'hui, c'est une VCE : une version céphalique externe. L'idée est de dégager les fesses du bébé du bassin de sa mère. J'ai administré à Mme Harris un médicament qui doit aider l'utérus à se détendre, et nous avons effectué une échographie pour voir le bébé. A présent, madame Harris, je vais appuyer sur votre abdomen pour encourager le bébé à faire une sorte de culbute. Cela durera entre une minute et une minute et demie. Comme je vous l'ai dit, ce sera peut-être un peu désagréable, mais pas douloureux. Si vous avez mal, il faut me le dire tout de suite, et j'arrêterai immédiatement.

— Très bien.

La future maman semblait nerveuse, et Ruby remarqua qu'elle serrait très fort la main de son mari.

— Vous le verrez peut-être faire sa culbute, dit-elle en souriant. Regardez bien mes mains.

Coral s'approcha et, silencieuse, suivit attentivement la manœuvre que Ruby effectuait avec douceur mais fermeté.

Le bébé refusa de bouger.

Au bout de deux minutes, Ruby s'arrêta.

— Y a-t-il un problème ? s'enquit la patiente d'une voix inquiète.

— Non, c'est juste que ce bébé n'est pas décidé à changer de position aujourd'hui.

— Plus la procédure dure longtemps, moins elle a de chances de réussir, expliqua Ellis. Mais ne vous inquiétez pas, nous pouvons toujours recommencer demain.

Ils procédèrent à une nouvelle échographie, et Ellis rassura les Harris.

— Ce bébé va très bien. Son rythme cardiaque est presque le

même qu'avant que Ruby ne commence la VCE. Vous pouvez donc rentrer chez vous maintenant ou, si vous préférez, rester dans la salle d'attente jusqu'à ce que vous vous sentiez prêts à partir.

— Si nous recommençons demain et que cela échoue encore, je serai obligée de subir une césarienne, n'est-ce pas ? dit Jennifer.

— Pas nécessairement, la corrigea Ruby. Souvenez-vous de ce que je vous ai dit ce matin : si la VCE ne marche pas, nous pouvons encore essayer un accouchement vaginal par le siège. Nous devrons juste nous montrer un peu patients.

— Si cela peut vous rassurer, ajouta Ellis, il m'est arrivé une ou deux fois de faire naître au milieu des champs des bébés qui se présentaient par le siège.

— Au milieu des champs ? répéta Ian Harris, l'air incrédule.

— Je travaille depuis plusieurs années pour une association humanitaire qui s'occupe d'aide médicale. J'ai donc procédé à des accouchements dans des zones touchées par des catastrophes naturelles, souvent privées d'eau courante.

La future maman se mordit la lèvre.

— C'est terrible ! Et moi qui suis là à me plaindre, alors que je vais bénéficier d'un lit confortable et de tout l'équipement médical nécessaire. Je me sens… coupable.

— Il ne faut pas, dit Ellis. Tout cela est nouveau pour vous, il est naturel que vous ayez des inquiétudes. A vrai dire, je me ferais plus de souci si vous n'en aviez pas du tout.

— Je pense qu'il vaudrait mieux faire une césarienne, intervint Ian Harris. J'ai regardé sur internet ce qu'on disait sur les accouchements par le siège, et j'ai vu que ça présente des risques. La tête du bébé peut se trouver coincée, ou l'enfant risque de souffrir de lésions du cerveau.

— Il circule plein d'histoires effrayantes sur internet, dit doucement Ellis. C'est la même chose dans les magazines. On met l'accent sur les cas exceptionnels et les drames parce que ça fait sensation. Personne ne vous dira que la plupart des femmes accouchent normalement, sans aucun problème. Comme dit Ruby, il faut juste montrer un peu plus de patience quand il s'agit d'un accouchement par le siège. Je préfère ne pas trop intervenir et laisser la maman faire les choses à son rythme. Je n'entre en scène que s'il y a un réel problème.

— Alors, je n'aurai pas besoin d'avoir une épisiotomie ? demanda Jennifer avec espoir.

— Espérons que non. Nous verrons comment cela se passe. Cependant, si le travail n'a pas progressé au bout d'une heure, je conseillerai de pratiquer une césarienne. L'expérience m'a appris que si le travail n'avance pas, c'est signe de complication, et alors vous aurez besoin d'être aidée.

— Très bien, dit Jennifer Harris.

Voyant que la jeune femme essayait de retenir ses larmes, Ruby s'assit au bord du lit et lui prit la main.

— Nous ferons tout notre possible, je vous le promets. Nous sommes avec vous. Et si les choses ne se passaient pas exactement comme vous l'auriez souhaité, je vous en prie, ne vous faites aucun reproche. Vous aurez agi pour le mieux et c'est déjà très bien.

— D'accord, dit Jennifer d'une petite voix.

Ruby la serra dans ses bras.

— Tenez bon, tout va bien se passer.

3

Le lendemain, Jennifer Harris revint à l'hôpital avec son mari afin de tenter une nouvelle VCE.

— Toute la journée, dit-elle, je n'ai pas été très en forme. Je me suis réveillée au milieu de la nuit avec mal au ventre. J'ai dû manger quelque chose qui ne me convenait pas.

— Allongez-vous, dit Ruby. Je vais vous examiner avant d'essayer une autre VCE.

En s'installant, la patiente fit la grimace.

— Désolée. J'ai senti de nouveau des élancements.

Ruby commença son examen.

— Peut-être ce mal de ventre avait-il été provoqué par quelque chose d'autre, comme... des contractions.

Jennifer écarquilla les yeux.

— Mes élancements, ce serait ça, des contractions ?

Ruby hocha la tête, souriante.

— Etant donné que votre col est dilaté de trois centimètres, je pense que c'est le travail qui commence.

— Mais je ne suis enceinte que de trente-sept semaines ! C'est trop tôt pour que le bébé naisse maintenant. Pensez-vous que ce soit la VCE d'hier qui a provoqué cela ?

— C'est possible. Ou alors, votre bébé a décidé que son anniversaire tomberait à la date d'aujourd'hui, ajouta Ruby avec un sourire. Ne vous inquiétez pas. Peu d'enfants naissent le jour prévu. Certains arrivent quinze jours avant, d'autres ont un retard de dix jours, ou même davantage. A trente-sept semaines, votre bébé a des poumons assez développés pour venir au monde sans que cela lui pose de problème.

— Vais-je devoir subir une césarienne ?

— Espérons que non. Je vais demander que l'on avertisse le Dr Webster. Et je vais vous faire une échographie pour voir exactement comment se présente l'enfant.

Elle alla demander Ellis, puis elle rejoignit les Harris et commença l'échographie en tournant l'écran pour que les futurs parents puissent en profiter.

— On voit ici que le bébé est prêt à naître, dit-elle. Sa tête est inclinée vers l'avant, comme je le souhaitais, et il est dans ce qu'on appelle la position par le siège franche. C'est la moins compliquée, l'enfant a les jambes tendues devant lui.

— Alors, je peux tenter d'accoucher normalement ? demanda Jennifer Harris.

Ellis arriva à temps pour entendre la question.

— Je vous ai examinée hier et j'ai vu que votre bassin était assez large pour permettre le passage du bébé. Votre enfant n'est pas trop petit, ce qui diminue le risque de problèmes avec le cordon ombilical. Et il n'est pas trop gros, il ne restera donc pas coincé. Je suis satisfait de la position qu'il a prise, tête penchée en avant. Alors, oui, nous pouvons tenter l'accouchement naturel.

Il sourit.

— Comme je vous l'ai dit hier, je suis partisan de laisser les choses se faire le plus naturellement possible, aussi ne vais-je pas vous dire maintenant si vous devrez subir une épisiotomie ou s'il faudra utiliser des forceps. Cela se finira peut-être ainsi, mais nous ferons de notre mieux pour vous aider à accoucher comme vous le souhaitez. Toutefois, je tiens à vous rappeler que tout retard dans la progression du travail peut signifier une détresse fœtale, et vous devrez alors subir une césarienne. Pas d'héroïsme, d'accord ?

— D'accord, répondit Ian Harris d'un ton ferme.

— D'accord, dit à son tour son épouse, d'un ton moins convaincu.

Ellis se tourna vers Ruby.

— La dilatation ?

— On est à trois centimètres.

— Bien. Il va s'écouler un moment avant que votre bébé n'arrive, aussi je vous suggère de marcher un peu. La force de la pesanteur l'aidera à descendre. Cela vous ennuierait-il, madame Harris, si Coral — la sage-femme stagiaire que vous avez rencontrée hier — et un jeune médecin assistaient à votre accouchement ?

— Non, pas du tout, répondit la future maman.

Elle serra la main de son mari.

— Notre bébé va naître aujourd'hui, Ian ! Je n'arrive pas à y croire.

Il fallut attendre deux heures pour que Mme Harris soit prête à mettre son enfant au monde. Coral et Lance, le jeune médecin, arrivèrent pour assister à l'accouchement. Ruby dispensa ses conseils à Jennifer.

— Appuyée sur les coudes et les genoux, vous serez dans une position confortable pour vous et efficace pour faire naître le bébé, parce qu'elle vous permet de bouger un peu. Et en prenant appui sur vos coudes plutôt que sur vos mains, vous épargnez vos poignets.

— A moins que vous ne vouliez absolument une péridurale, ajouta Ellis, je vous conseille de choisir le mélange oxygène-protoxyde d'azote pour soulager la douleur, ou bien de la péthidine. Une péridurale risque de ralentir l'accouchement.

— Je ne veux pas de césarienne, dit Jennifer, alors je prendrai le mélange oxygène-protoxyde d'azote.

— Très bon choix.

Ruby se tourna vers Coral et Lance.

— L'élément principal à conserver en mémoire lors d'un accouchement par le siège, c'est de se garder d'intervenir et de se montrer patient. Si l'on touche la mère, ses muscles se contractent.

— On n'intervient que si le bébé a vraiment besoin d'aide, expliqua Ellis. C'est pourquoi nous utilisons un moniteur fœtal pour surveiller le rythme cardiaque de l'enfant.

Ruby encouragea Jennifer Harris à bien respirer pendant les contractions.

— Je vois le bébé, annonça-t-elle enfin. A la prochaine contraction, je veux que vous poussiez un bon coup.

Les fesses du bébé se présentèrent en premier, puis, lors de la contraction suivante, accompagnée d'une vigoureuse poussée de la mère, le dos et les épaules apparurent.

Ruby échangea un regard avec Ellis.

Il avait les yeux humides, comme chaque fois qu'elle participait à un accouchement avec lui. Elle aussi, d'ailleurs. Ce moment où une vie nouvelle venait au monde était si précieux, et partager ces instants était un vrai privilège.

Elle appréciait énormément de travailler avec lui. Il était d'un grand soutien et savait écouter à la fois la mère et les sages-femmes. Et il ne poussait pas les futures mères vers le bloc opératoire à la première alerte.

A la poussée suivante, les jambes du bébé sortirent.

— Parfait, dit Ruby. Vous êtes géniale ! Ses jambes sont dehors, maintenant. Respirez bien.

Les épaules et les bras se dégagèrent à leur tour, et elle se mit en position, prête à attraper le bébé.

— On y est presque. A la prochaine contraction, poussez le plus fort que vous pouvez. Criez si ça vous fait du bien, hurlez, faites ce que vous voulez, mais poussez !

Enfin, la tête du bébé émergea. Son visage était bleu. A première vue, on lui aurait donné 4 au score d'Apgar — une note très basse.

— Il ne pleure pas ! s'inquiéta Ian Harris, paniqué.

Ellis s'employa à rassurer le père.

— Tout va bien. Je sais que cela peut faire peur, mais c'est courant dans le cas d'un accouchement par le siège. Voulez-vous couper le cordon ombilical ? Ensuite, nous réchaufferons un peu ce petit bonhomme avant de lui faire un gros câlin.

Heureusement, la proposition suffit à distraire M. Harris de sa peur. Il coupa le cordon tandis que Ruby enveloppait le bébé dans une serviette chaude. Elle le plaça ensuite sur le matelas chauffant, où il reçut de l'air chaud.

— Veux-tu que j'examine le bébé pendant que tu retires le placenta ? proposa Ellis.

— Oui, s'il te plaît, répondit-elle avec un sourire.

Elle fut soulagée d'entendre bientôt bébé Harris crier et Ellis donner le bilan de santé du nouveau-né.

— Je suis ravi de vous annoncer que votre petit garçon prend une jolie couleur rose. Et il a 9 au score d'Apgar.

Elle savait que cette dernière information lui était destinée et sentit sa tension disparaître.

Tout allait bien. Mieux encore, Ellis n'avait pas mentionné une quelconque dysplasie de la hanche, pourtant courante en cas de naissance par le siège.

Finalement, bébé Harris se retrouva dans les bras de sa maman, peau à peau, et prit son premier repas de lait maternel. Après quoi, il s'endormit.

Ruby examina la jeune maman.

— Je suis contente de vous dire que vous n'avez pas besoin d'agrafes, annonça-t-elle. Félicitations.

— Sans vous, je n'y serais jamais arrivée, murmura Jennifer Harris. J'avais si peur d'être obligée de devoir passer par ce que déciderait le docteur !

Ruby sourit.

— En réalité, ici, les médecins sont tous excellents, mais je dois dire qu'Ellis Webster est tout à fait exceptionnel, ajouta-t-elle en baissant la voix. Surtout, n'allez pas le lui répéter, sinon sa tête va tellement enfler qu'il ne pourra plus franchir la porte pendant une semaine...

Jennifer pouffa de rire.

— On va vous installer dans votre chambre, poursuivit Ruby, et vous pourrez faire connaissance avec votre bébé. Il est magnifique, dit-elle en lui caressant la joue.

— Avez-vous des enfants ? s'enquit l'heureuse maman.

— Non, répondit Ruby.

Ils y avaient songé très sérieusement, Tom et elle. Puis la leucémie de Tom avait été diagnostiquée, et cela n'avait plus jamais été le bon moment pour en reparler.

— Un jour peut-être, ajouta-t-elle d'un ton rêveur.

Une image surgit dans sa tête : elle se voyait, fatiguée et rayonnante, un bébé dans les bras. Ellis était auprès d'elle. Il lui tenait la main et caressait la tête de l'enfant.

Ridicule ! Tout à fait déplacé ! Ellis était son ami, seulement son ami. Elle ne devrait vraiment pas se laisser envahir par de telles pensées. Elle avait rendez-vous samedi soir avec un homme qui ne ressemblait en rien à Ellis : le nouveau chef de clinique du service où travaillait Tina.

Ellis ne vit pas Ruby de tout le week-end.

Il savait qu'elle avait rendez-vous avec un collègue de Tina. Il devait rester en retrait, lui laisser l'occasion de sortir de nouveau avec un homme. Même s'il n'avait qu'une envie : la jeter sur son dos pour l'emmener dans son repaire.

Ridicule. Ruby ne voyait en lui qu'un ami. Alors, il devait refouler ce désir stupide. Elle méritait de connaître de nouveau le bonheur... Dommage seulement que ce soit avec un autre que lui.

Lorsqu'il vit Ruby le lundi à l'heure du déjeuner, il arbora son plus grand sourire.

— On va manger un sandwich ensemble ?

— Avec plaisir.

Il attendit qu'ils soient assis à la cantine pour poser la question qui lui brûlait les lèvres.

— Alors, comment s'est passé ton rendez-vous ?

— Bien.

Le sourire de Ruby était un peu exagéré.

— Mais ? insista-t-il.

Elle plissa le nez.

— C'est un type gentil, mais je ne crois pas qu'il soit prêt à faire de nouvelles rencontres. J'ai l'impression qu'il n'est pas encore complètement remis de son divorce.

— Ah ! Il traîne un passé derrière lui.

Ruby eut un petit sourire.

— Tu ne crois pas que, arrivés à notre âge, nous sommes tous dans ce cas ?

— Mmh...

— Regarde, toi, par exemple, dit-elle doucement.

Ah non ! Il n'avait pas envie de parler de son passé. Ruby savait qu'il avait divorcé, mais il ne lui avait pas raconté toute l'histoire.

— Tom disait toujours que tu ne restais jamais en place parce que tu essayais de sauver toujours plus de gens pour réparer la façon dont on avait laissé mourir ta sœur.

— C'est en partie vrai, sans doute. Mais je voulais déjà être médecin, même quand Sally était encore là.

Après la mort de Sally, il avait voulu aller travailler à l'étranger plutôt que de rester dans un hôpital anglais, et cela avait creusé un fossé entre ses frères et lui. Ils ne parvenaient pas à comprendre pourquoi il prenait de tels risques, alors qu'ils avaient déjà perdu Sally. Il avait essayé de leur faire comprendre qu'il voulait sauver les femmes qui risquaient de connaître le même sort que leur sœur et que cela impliquait de travailler à l'étranger. Mais ses efforts avaient été vains. Ils lui en voulaient toujours.

— Et ce n'est pas non plus ce qui m'a poussé à devenir obstétricien, reprit-il. J'avais toujours désiré travailler en médecine d'urgence, comme Tom. Et puis, un jour, j'ai fait un remplacement dans une maternité, et j'ai été conquis. Je suis tombé amoureux de ce moment si merveilleux où on est témoin du miracle de l'apparition d'une vie toute neuve.

— C'est aussi ce qui m'a poussée à devenir sage-femme. Et je ne me lasse pas d'assister à ce moment.

— C'est encore plus beau dans un monde où tout est difficile et où on a l'impression qu'il faut vraiment un miracle pour que les choses se passent bien. Ce premier petit cri...

Chaque fois, ça lui amenait les larmes aux yeux et le rendait en même temps heureux d'être vivant.

— Tu as encore la bougeotte, hein ? dit-elle. Je sais que tu repars dans deux mois pour ton association humanitaire.

— Ça a été décidé il y a déjà un bon moment.

Et il avait vraiment envie de retourner là-bas.

Le problème, c'était qu'il avait aussi envie de rester à Londres. Mais il ne savait pas s'il en serait capable. Pas si elle se mettait à fréquenter quelqu'un et que cela devienne sérieux. Il avait promis à Tom de veiller sur elle et il tiendrait sa promesse. Mais il ne pensait pas que cette promesse l'oblige à se réjouir de la voir sortir avec un autre homme.

— De toute façon, dit-il, nous ne parlions pas de moi, mais de ton rendez-vous.

— Je dirais que c'est un type bien, mais que ce n'est pas le bon moment, répondit-elle en haussant les épaules.

— Pourrait-il être l'homme qu'il te faut si le moment était mieux choisi ?

La réponse risquait de lui faire mal, mais il voulait savoir.

— Probablement pas. Il n'y a pas eu cette petite étincelle entre nous. Alors que la première fois que j'ai vu Tom...

— Oui, je sais.

Il tendit le bras et lui pressa brièvement la main.

Grave erreur. Parce que, à ce contact, il ressentit une décharge électrique dans chacune de ses fibres nerveuses.

Cette étincelle, il savait ce que c'était. Ruby la lui déclenchait régulièrement. En comparaison, toutes ses autres rencontres, y compris celle de son ex-femme, lui paraissaient fades. Mais Ruby était vulnérable, Tom lui manquait, et sans doute n'était-elle pas encore prête à refaire sa vie. Sans compter son travail à lui...

Tout cela faisait qu'elle lui était inaccessible.

— Dis-moi, lança-t-il d'un ton léger, si tu n'as pas de rendez-vous le week-end prochain, on pourrait peut-être faire quelque chose ensemble ? Il y a ce film d'action qui sort...

Ruby se mit à rire.

— Un film d'action ? Ellis, je t'aime beaucoup...

Comme un ami, se rappela-t-il douloureusement.

— Mais les films d'action, ce n'est pas vraiment ce que je préfère, acheva-t-elle.

— Celui-ci raconte une vraie histoire, protesta-t-il.

— Vraiment ? ironisa-t-elle. Très bien, si tu en as si envie, je t'accompagne. Mais je veux une glace et du pop-corn.

— Marché conclu.

Ce n'était pas vraiment ce qu'on pouvait appeler un rendez-vous, mais c'était suffisant. Parce qu'il n'avait pas le droit de réclamer davantage.

4

La semaine fut très chargée dans le service. Le jour que préféra Ruby fut celui où elle aida à la naissance de jumeaux qui vinrent au monde dans un bassin d'accouchement aquatique. Les choses se passèrent exactement comme la mère des jumeaux l'avait souhaité. Tout se déroula dans une atmosphère paisible et joyeuse, et ce fut une bonne expérience pour Coral.

Le samedi après-midi, il se mit à pleuvoir, et comme prévu, Ellis vint la chercher pour l'emmener au cinéma voir le fameux film d'action. Comme promis, il lui acheta une glace et du pop-corn. Même si le film n'était pas vraiment sa tasse de thé, elle l'apprécia grâce à la compagnie d'Ellis.

Ils dînèrent dans un petit bistrot italien, de pâtes au pesto accompagnées d'une bouteille de vin rouge. Puis Ellis la raccompagna chez elle.

— Veux-tu entrer boire un café ? proposa-t-elle.

— Avec plaisir, répondit-il en souriant.

Ils s'installèrent confortablement sur le canapé pour siroter leur café.

— Tina dit que je ne devrais pas déjà renoncer à avoir des rendez-vous.

— A-t-elle prévu de te faire rencontrer un autre de ses collègues ?

— Non. Elle m'a conseillé d'essayer l'un de ces sites de rencontres sur internet...

Elle vit Ellis hausser les sourcils.

— Quoi ? Tu n'approuves pas ?

— Ruby, accepter un rendez-vous avec quelqu'un qui est l'ami d'une amie, cela garantit d'une certaine manière qu'il s'agit de quelqu'un de bien. Mais avec un site de rencontres, on a affaire à de parfaits inconnus. Et les gens ne se montrent pas toujours sincères. Ils donnent des photos qui datent de plusieurs années et déclarent s'intéresser à tout un tas de choses dans le seul but de séduire.

— Il y a peut-être des gens bizarres qui se comportent de cette manière, mais il s'agit d'une petite minorité. Les autres ne font pas ce genre de choses. Ne sois pas si cynique, Ellis. Et réfléchis. Tu as trente-deux ans, et moi vingt-neuf. A notre âge, la plupart de nos amis sont en couple. Il existe très peu de célibataires. Si ce n'est pas dans le cercle des amis ou au travail, où a-t-on l'occasion de faire des rencontres ?

— Là, je reconnais que tu marques un point.

Elle se tut quelques instants.

— En fait, tu sais quoi ? Tu devrais essayer.

— Quoi ? demanda-t-il.

— De mettre ton profil sur un site de rencontres.

Ellis fixa Ruby, dérouté.

— Pourquoi ?

— Parce que tu n'es sorti avec personne depuis un an.

— Mais si !

— Oui, par-ci par-là, mais rien de sérieux.

Non. Parce qu'il n'entretenait pas de relation sérieuse depuis son divorce. Il préférait garder les choses sur un mode léger et simple, et se concentrer sur son métier plutôt que sur sa vie sentimentale. Sans compter qu'il luttait depuis des mois contre les sentiments déplacés que lui inspirait Ruby.

— J'ai été très occupé.

— Franchement, Ellis, tu ne dois pas t'empêcher de vivre à cause de moi.

Il frissonna. Saurait-elle ?

— Je sais que Tom t'a demandé de veiller sur moi, mais ça ne doit pas se faire au détriment de ton propre bonheur.

Il se détendit.

Visiblement, Ruby ne songeait qu'à la promesse qu'il avait

faite à Tom, elle ne soupçonnait pas ce qu'il ressentait pour elle. Ce qui était aussi bien. Parce qu'il ignorait ce qu'elle éprouvait pour lui, et même si elle verrait jamais autre chose en lui que le meilleur ami de son mari.

— Je suis très bien comme je suis, déclara-t-il.

— Mais ne te sens-tu pas seul, Ellis ?

— Si, parfois, mais j'ai d'excellents amis et un travail que j'adore. Ça me suffit.

S'il continuait de se le répéter régulièrement, il finirait peut-être par le croire.

Le mardi matin, à l'hôpital, Ellis reçut du tribunal une requête écrite à laquelle il ne s'attendait pas. Il partit à la recherche de Ruby pour lui en parler.

— As-tu un instant à m'accorder ? demanda-t-il lorsqu'il l'eut trouvée. Je voudrais te parler de quelque chose.

— Désolée, mais j'ai des rendez-vous toute la matinée, et je suis déjà très en retard. Tu veux qu'on déjeune ensemble ?

— Oui, très bien. Ce n'est absolument pas urgent.

Sauf que, à l'heure du déjeuner, il n'était plus disponible. Il avait été appelé pour un accouchement difficile. Lorsqu'il put faire une pause en milieu d'après-midi, Ruby était à son tour auprès d'une mère qui mettait son enfant au monde.

Finalement, il passa prendre un verre chez elle après le travail.

— Alors, de quoi voulais-tu me parler ? s'enquit-elle.

— Ce matin, j'ai reçu une requête écrite de demande d'information du tribunal.

— Du tribunal ? C'est plutôt inquiétant.

Il secoua la tête.

— Non, personne ne devrait avoir d'ennuis dans le service. Il ne s'agit pas d'un cas de négligence ou de quoi que ce soit de ce genre. C'est à propos d'un bébé que toi et moi avons aidé à naître l'année dernière. Bébé Edwards. Ses parents se sont séparés, et Billy Edwards réclame un test de paternité.

Ruby fit la grimace.

— C'est triste... Les demandes de ce type sont fréquentes de nos jours.

— Mais là, la situation est inhabituelle. C'est pourquoi le tribunal m'a écrit. Les résultats du test de paternité montrent que Billy Edwards est bien le père du bébé.

— Si la paternité est prouvée, quel est le problème ?

— C'est que Grace Edwards n'est pas la mère du bébé.

Ruby fronça les sourcils.

— Comment ça ? Avait-elle bénéficié d'un don d'ovule et d'une fécondation in vitro ?

— Non. J'ai étudié son dossier aujourd'hui. La conception et la grossesse se sont déroulées sans intervention ni complication. Grace Edwards a simplement subi une césarienne parce que le bébé était en souffrance fœtale.

— Mais si l'ex-mari est bien le père et qu'il s'agissait de son ovule à elle, Grace ne peut qu'être la mère de cet enfant, non ? C'est une évidence biologique, Ellis.

— C'est vrai. Sauf que les tests génétiques disent le contraire. Et l'ADN ne ment pas.

— Peut-être y a-t-il eu une erreur dans les tests ?

— Ils ont vérifié en refaisant une seconde fois les tests ADN et ils ont obtenu exactement les mêmes résultats. Bébé Edwards est lié génétiquement à Billy, mais pas à Grace.

Ruby ouvrit de grands yeux.

— C'est surréaliste. Comment est-ce possible, Ellis ?

— C'est bien pour cela que le tribunal m'écrit. Je vais en discuter avec Theo Petrakis, mais je voulais d'abord t'en parler pour savoir si tu te rappelais quelque chose de particulier concernant cet accouchement.

— Non. Il faudrait que je relise le dossier pour me rafraîchir la mémoire, car je ne me souviens pas en détail de tous les accouchements que j'ai faits ici. Mais s'il s'était passé quelque chose d'inhabituel dans le cas de bébé Edwards, je ne l'aurais sans doute pas oublié.

— Je vais en parler avec un des généticiens, juste pour m'assurer que je ne passe pas à côté d'un élément important. Il est clair que, dans cette histoire, il manque une pièce du puzzle. Mais je n'arrive pas à voir laquelle.

— Si tu as besoin de moi, je suis à ta disposition.

Tout de suite, pensa-t-il, mais il se retint de le formuler tout haut.

— Merci.

Le week-end suivant, Ellis avait accepté l'invitation de Ruby à déguster un verre de vin sur son balcon pour profiter de la relative douceur de la soirée.

— Ce matin, dit-elle en fixant le parc en contrebas, Tina a recommencé à me parler des sites de rencontres sur internet. Mais je ne crois pas pouvoir jamais rencontrer quelqu'un capable de remplacer Tom.

Que dire ?

— Non, bien sûr. Mais c'est encore relativement récent.

— Tu crois que c'est trop tôt pour recommencer à sortir avec un homme ?

— Tu es la seule à pouvoir répondre à cette question Ruby...

Même s'il avait envie de lui dire de regarder ce qu'elle avait sous les yeux, il devait l'encourager.

— Tu peux toujours dresser la liste de ce que tu recherches chez un homme.

— Tu m'aiderais à le faire ?

— Sans doute Tina serait-elle plus douée que moi pour t'aider dans cette tâche.

— Mais toi, tu peux me donner ton regard d'homme, ce que ne peut pas faire ma meilleure amie.

— D'accord. On va essayer. Il nous faut d'abord un stylo et du papier.

Ruby se rendit dans le salon et revint avec un stylo et un bloc-notes qu'elle lui tendit.

— Bon. Par quoi veux-tu qu'on commence ?

— Par mon profil. Comment puis-je me décrire ?

Comme la plus belle femme du monde. Mais il n'allait pas lui dire cela. Pourtant, avec son air de lutin et ses immenses yeux bleus,

Ruby lui rappelait Audrey Hepburn. Bien que, chez elle, il n'y ait rien de fragile. Ruby était forte, courageuse. Magnifique.

Il la regarda.

— Une jolie petite sage-femme ? proposa-t-il.

Elle poussa un grognement.

— Non, parce que je serais contactée par tous ces types qui fantasment sur le mythe des infirmières perverses et court vêtues. Je ne veux pas me retrouver face à ce genre de bonhomme !

— Et si on disait : « une jolie petite femme exerçant une profession libérale » ? Et j'ajouterais : « exigeante ».

— C'est vrai, je le reconnais, dit-elle en riant.

— Bon, résumons : une jolie petite femme exerçant une profession libérale, exigeante, recherche... Que recherches-tu, Ruby ?

— Quelqu'un de plus grand que moi.

— Ce n'est pas difficile, puisque tu ne mesures pas plus d'un mètre soixante, souligna-t-il avec un sourire taquin.

Elle lui donna une petite tape.

— Bon, ne parlons pas de la taille. En réalité, l'extérieur n'a guère d'importance.

— Tu ne cherches donc pas un homme ayant le physique d'une star de cinéma ?

— Aucune femme digne de ce nom ne repousserait un sosie de Brad Pitt. Mais pour parler sérieusement, c'est la personnalité qui compte le plus.

— Un bon sens de l'humour ?

— Oui, mais pas quelqu'un qui passe sa vie à ironiser. Ça me rendrait folle. Et je n'aime pas les gens qui font de l'humour en s'en prenant aux autres. Je trouve ça mesquin.

— Un homme sérieux, alors.

— Mais avec un joli sourire et sachant s'amuser.

— Comme je le disais, tu es exigeante. Un homme sérieux avec un joli sourire et sachant s'amuser... Crois-tu que tu devrais ajouter aussi : « exerçant une profession libérale » ?

— Peut-être.

Il le nota sur sa feuille.

— Quoi d'autre ?

— Pas un fou de sport. Je ne veux pas passer mes week-ends à me frigorifier au bord d'un terrain de football. Quelqu'un qui aime le cinéma, toutes sortes de musiques, et les longues promenades.

— D'accord. Et qu'attends-tu ? Une amitié ? Une histoire d'amour ?

— Les deux. Je voudrais qu'on soit amis et amants.

Oui. Tout comme lui.

— Une amitié pouvant déboucher sur une histoire d'amour.

— On dirait que tu as déjà rédigé des profils de ce genre. Ou peut-être en as-tu lu beaucoup ? insinua Ruby.

Il lui sourit.

— Je t'assure, je n'ai jamais rencontré personne par le biais des petites annonces. En général, j'ai connu des femmes au travail.

— Mais tu n'es pas sorti avec grand monde depuis que je te connais.

En partie parce qu'il n'avait rencontré personne qui lui fasse autant d'effet qu'elle. Ce n'est pas bien de sortir avec une femme quand on sait d'avance que ça ne mènera à rien, votre cœur étant déjà pris ailleurs.

— J'ai été très occupé.

— Peut-être est-ce le moment pour toi de faire une nouvelle tentative. Nous allons aussi dresser ton profil.

— Mais je n'ai pas l'intention de m'inscrire sur un site de rencontres !

— Si je le fais, tu le fais aussi ! Donne-moi le stylo et le bloc-notes.

Il les lui tendit.

— Bon. Médecin GBBr.

— GBBr ?

Grand, Beau, Brun. Voyons, Ellis, tu connais sûrement ce sigle !

— Et aussi BSDH, dit-il, impassible. Bon Sens De l'Humour. Tout le monde met ça dans son profil.

— Tu es sérieux et profond.

Il fit la grimace.

— Autant dire ennuyeux.

— Non, tu sais t'amuser. Mais quelquefois, tu as besoin qu'on te fasse sortir de ta coquille. Sérieux et profond, répéta Ruby, avec des principes.

— Et voilà, maintenant, je ressemble à un personnage de roman victorien ! Celui qui n'obtient pas la fille dont il rêve parce qu'il est vieux jeu.

— Tu n'es pas vieux jeu, Ellis ! dit-elle en souriant. Tu as des principes... Et des fossettes.

— Des fossettes ?

Il la regarda, perplexe.

— Quand tu souris. Sais-tu que, à la maternité, j'ai entendu certaines mamans soupirer en te voyant sourire ? Comme le personnel féminin.

— Mais non, voyons ! protesta-t-il avec un grognement. Bon, arrêtons ça tout de suite.

— Eh ! Terminons ce profil d'abord ! Que cherches-tu, Ellis ?

Il pouvait mentir. Ou bien se risquer à dire la vérité.

— Une femme brillante et pétillante, capable de faire sortir mes fossettes.

— Ah, c'est très bien. Végétarienne ?

— Non, pas nécessairement. Je cherche quelqu'un qui apprécie la bonne chère, les films et les promenades le long de la mer.

— Une amitié débouchant peut-être sur une histoire d'amour ?

— Ça me paraît très bien. Bon, qu'est-ce que ça donne ?

Il se pencha pour lire ce qui était noté sur le bloc-notes. Puis il revint à la page où il avait décrit le profil de Ruby.

— Jolie petite femme exerçant une profession libérale cherche homme sérieux exerçant une profession libérale, doté d'un joli sourire et sachant s'amuser, aimant les films, la musique et les longues promenades, afin de nouer une amitié pouvant déboucher sur une histoire d'amour, lut-il à haute voix.

Ruby s'empara du bloc-notes et tourna la page.

— Médecin GBBr, sérieux et profond, avec des principes, cherche jeune femme brillante et pétillante capable de lui faire sortir ses fossettes. Recherche une fan de cinéma qui apprécie les promenades au bord de la mer, afin de nouer une amitié pouvant déboucher sur une histoire d'amour.

Il poussa un grognement.

— Cette histoire de fossettes, c'est vraiment pathétique.

— Mais non ! On la laisse. Tes fossettes sont adorables.

Elle revint à sa propre liste.

— Tu sais quoi, Ellis ? Les critères que j'ai décrits pourraient parfaitement te correspondre.

Il sentit son cœur faire un bond.

Etait-ce l'occasion qu'il attendait ? Ruby était-elle en train de suggérer qu'elle serait prête à sortir avec lui ?

— Et ma liste pourrait bien te décrire, toi aussi, dit-il doucement.

Ils échangèrent un long regard. On aurait dit que l'air s'était mis à bourdonner autour d'eux.

Devait-il faire le premier pas ?

Si Ruby réagissait mal, il pourrait toujours dire demain matin que c'était à cause du vin. Il se confondrait en excuses et sauverait leur amitié. Et si elle réagissait bien...

— Peut-être que nous n'avons besoin ni l'un ni l'autre de nous inscrire sur un site de rencontre, dit-il.

Ruby ne repoussa pas cette idée et n'eut pas l'air horrifié.

Alors, il se pencha vers elle et s'autorisa enfin ce qu'il rêvait de faire depuis un an et même davantage.

Il s'empara délicatement de ses lèvres.

5

Ruby sentit des picotements sur sa bouche dès qu'Ellis posa ses lèvres sur les siennes. C'était chaud. Doux. Une exploration plus qu'une exigence. Délicat. Chaque baiser, chaque caresse lui faisaient désirer davantage.

Elle avait rêvé de cet instant, mais la réalité était bien différente. C'était délicieux — et terrifiant. Délicieux, parce qu'elle savait maintenant que l'attirance qu'elle éprouvait pour Ellis était réciproque. Terrifiant, parce que si tout cela tournait mal, elle risquait de le perdre. Or, elle n'aurait pas la force de supporter à nouveau la perte d'un être aimé.

Lorsqu'il s'écarta, il avait le regard sombre. Se sentait-il inquiet ? Coupable ? Ou les deux ? Elle n'aurait pu le dire.

— Désolé, dit-il. Je n'aurais pas dû faire ça. Je...

Il se tut en esquissant une grimace.

Prise de panique, elle lui saisit la main.

— Non. Ellis, toi et moi... Nous sommes des amis.

— Oui, bien sûr.

— J'aime être avec toi.

— Oui, sans doute.

Maintenant, il parlait d'un ton poli et neutre. Pensait-il avoir fait une erreur ? Ou bien avait-il peur qu'elle ne pense que c'était une erreur ?

Elle devait prendre des risques, se montrer sincère.

— Ellis, tu corresponds à tous les critères de ma liste. Mais si je sors avec toi... J'ai peur, Ellis. Tu n'as pas souvent de petite amie attitrée, et quand tu en as une, ça ne dure jamais longtemps. Et dans deux mois, tu retournes travailler pour ton association caritative.

— Pour une mission d'un mois, oui. Comme tu le sais, je vais aider à monter un nouveau dispensaire au Zimbabwe.

Elle le regarda, apeurée.

Il y avait tant d'instabilité dans ce pays. Les risques étaient énormes.

Comme s'il avait deviné le cours de ses pensées, Ellis prit la parole d'un ton calme.

— Il s'agit d'une zone assez reculée qui a vraiment besoin d'aide. Surtout en obstétrique. Il y a si peu de personnel médical, là-bas, alors que beaucoup de drames pourraient être facilement évités.

C'était cela qui l'attirait là-bas, elle le savait. Le besoin de sauver des femmes comme sa sœur.

Oui, il avait besoin d'aller là-bas. Mais y séjournerait-il le temps d'installer le dispensaire, ou plusieurs mois ?

— Et que se passera-t-il après cette mission d'un mois ?

— Pour l'instant, je n'ai pas encore la réponse…

De toute évidence, s'ils sortaient ensemble, elle souffrirait.

Elle ne dit rien, mais Ellis dut voir de l'inquiétude dans son regard.

— D'accord, dit-il. Oublions ça et restons amis.

— Oui… Enfin, non.

Elle secoua la tête.

— Je ne sais pas. Je ne m'y attendais pas.

— Je suis désolé.

— Moi pas. Enfin, si. Et… Je ne suis pas très claire, n'est-ce pas ? dit-elle en faisant la grimace.

— Non, pas très.

Elle nota une lueur d'amusement dans son regard.

Peut-être était-ce le moment de lui parler franchement.

— J'avais envie que tu m'embrasses…, avoua-t-elle.

Ellis resta impassible.

Etait-elle en train d'arranger les choses ou de les aggraver ?

Mais, en même temps, ça me fait peur. Je ne peux pas me permettre de te perdre, Ellis. Je ne supporterais pas de ne plus te voir. Et tes histoires sentimentales ne durent jamais longtemps. Tu as dit toi-même que la vie en couple ne t'attirait pas, même quand tu étais avec ton ex-femme. Et tu vas bientôt repartir à l'étranger, sans même savoir quand tu reviendras.

— Si je ne me suis pas mis en couple, c'est parce que je n'ai jamais connu de femme qui me donne vraiment envie de passer ma vie à son côté.

Elle ne connaissait pas tous les détails concernant le mariage d'Ellis. Lorsqu'il lui en avait parlé, il avait affirmé n'être plus amoureux de son ex-femme. Mais lorsqu'il disait n'avoir jamais rencontré quelqu'un qui lui donne envie de vivre en couple, faisait-elle partie du lot ? Ou bien était-elle celle qui pourrait le faire changer d'avis ?

— Et puis, dit-elle, tu es le meilleur ami de Tom. Je me sens coupable.

— Te sentais-tu coupable lorsque tu es sortie avec le collègue de Tina ?

— Non.

— Alors, quelle différence y a-t-il entre sortir avec lui ou avec moi ?

— Toi, je te connais.

A ses yeux, Ellis comptait, même si elle ne voulait pas vraiment l'admettre. Et puis, le monde avait besoin de gens comme lui, d'êtres généreux qui puissent changer les choses. Lui demander de rester à Londres serait égoïste de sa part.

Elle lui tenait toujours la main. Il lui caressa doucement la paume avec son pouce.

— Tu pourrais faire comme si tu ne me connaissais pas, suggéra-t-il. Faire comme si je répondais simplement à ta petite annonce… Ruby, tu voudrais recommencer à sortir, mais en même temps tu as peur, n'est-ce pas ?

— C'est vrai.

— Parce que tu crains que ça ne se termine mal ?

S'il lui avait posé cette question à propos d'un autre homme, elle aurait répondu non. Mais s'agissant de lui, oui, elle avait peur que les choses tournent mal et qu'il disparaisse de sa vie.

— Je ne sais pas, dit-elle, l'esprit de plus en plus confus.

— Quels seront tes horaires de travail, vendredi ?
— Je serai de service tôt le matin.
— Alors, pourquoi ne pas nous donner une chance vendredi soir ?
— Avoir un vrai rendez-vous, tu veux dire ?
— Oui, c'est cela.
Elle prit une profonde inspiration.
— Pour faire quoi exactement ?
— Dîner, peut-être. Danser. Ce que tu veux.
Est-ce qu'il l'embrasserait encore ?
A cette pensée, elle sentit son corps s'enflammer.
Prendrait-elle le risque de sortir avec lui ? Et d'affronter la culpabilité qui l'envahissait à l'idée de nouer une nouvelle relation ?
— Ruby ?
Elle avala sa salive.
— D'accord. Mais à condition que chacun paye sa part.
Ellis fronça les sourcils.
— Non. Lorsque j'invite quelqu'un à dîner, je tiens à payer. Et ça n'implique rien de plus, si c'est ce qui t'inquiète. Un dîner n'est qu'un dîner. Point final.
— Alors, la prochaine fois, c'est moi qui t'inviterai, d'accord ?
— Ce n'est pas vraiment dans mes habitudes.
— Je vois.
— Alors, Ruby, veux-tu dîner avec moi vendredi ?
— Je...
— Nous passerons une soirée agréable et détendue. Nous nous habillerons avec élégance, nous ferons un bon repas arrosé d'un bon vin, et nous irons danser, si cela te dit.
C'était tentant. Mais, en y réfléchissant bien, Ellis était la dernière personne avec qui elle devrait sortir. Ils n'attendaient pas la même chose de la vie. Il avait été un merveilleux soutien pour elle pendant la maladie de Tom et après sa mort, mais elle savait qu'elle ne pourrait pas le retenir toujours auprès d'elle. Ce ne serait pas loyal. Et leurs styles de vie respectifs n'étaient pas compatibles, lui toujours en mouvement, elle très casanière.
Elle voulut donner le change et masquer l'état de confusion dans lequel elle se trouvait.

— Tu sais danser ? demanda-t-elle.

— Ce sera pour moi l'occasion de le savoir, et pour toi de le découvrir. Tu n'auras qu'à mettre des hauts talons et du rouge à lèvres.

Il lui posa un baiser sur les doigts.

— On se voit demain au travail, dit-il. Et vendredi, je viendrai te chercher à 19 heures.

Ruby referma sa porte, un peu sonnée.

Elle avait rendez-vous avec Ellis Webster.

Elle n'arrivait pas à croire qu'elle avait accepté. Ni même lui avoir dit qu'il l'attirait et qu'il correspondait en tout point à ce qu'elle recherchait chez un homme.

Lui qui fuyait les relations à long terme, il aurait dû prendre ses jambes à son cou ! D'autant plus qu'il allait repartir à l'étranger sans même savoir quand il reviendrait...

Mais il ne s'était pas enfui. Il lui avait demandé de sortir avec lui, et il avait ajouté qu'elle aussi correspondait en tout point à ce qu'il recherchait chez une femme.

Tout semblait parfait : un bonheur qu'elle n'avait jamais espéré retrouver un jour, et avec un homme que Tom avait apprécié et aimé comme un frère.

Mais ce pouvait aussi être la pire des erreurs. Quel impact cela aurait-il au travail, si les choses se passaient mal entre eux ? Ellis n'était pas seulement son ami, c'était aussi un collègue avec qui elle adorait travailler.

Et qu'arriverait-il lorsqu'il s'en irait ? Entretiendraient-ils une relation à distance ? Trouveraient-ils un compromis ? Ou alors, tout se terminerait-il de la pire des façons ?

Elle allait devoir se montrer très, très prudente.

Au beau milieu d'une matinée particulièrement chargée dans le service, Ellis reçut un appel téléphonique d'une échographiste.

— Docteur Webster, puis-je vous demander votre avis ?

— Bien sûr. Quel est le problème ?

— J'ai des inquiétudes à propos du bébé d'une future maman que je suis en train d'examiner. Il montre des signes d'anémie fœtale. Le flux sanguin est un peu trop rapide.

— Quel âge a ce bébé, et qui est la sage-femme de la maman ?

— L'enfant a vingt-six semaines, et la sage-femme, c'est Ruby.

— Très bien. J'arrive tout de suite, et je vais voir si Ruby peut venir avec moi.

Celle-ci était en pleine consultation, mais elle promit de le rejoindre dès qu'elle aurait terminé.

L'échographiste le présenta à la patiente, Mme Perkins.

— Le Dr Webster va nous donner son avis, dit-elle.

Dès qu'il regarda l'écran, il sut que l'échographiste avait vu juste : le flux sanguin du bébé était réellement trop rapide.

— Est-ce que mon bébé a des problèmes ? demanda Helen Perkins d'un ton inquiet.

— Pour l'instant, dit-il, il ne s'agit que de prendre des précautions, aussi tâchez de ne pas vous faire de souci. Il se peut que le bébé souffre d'une légère anémie, mais nous pouvons y remédier.

En consultant la fiche médicale de la patiente, il vérifia son groupe sanguin et comprit d'où venait le problème.

— Je vois que vous êtes Rhésus négatif. Et je lis ici que vous avez reçu des injections anti-D.

— Oui. Ce n'est pas la chose la plus agréable au monde, mais ça vaut la peine de tout faire pour maintenir le bébé en bonne santé.

De toute évidence, on lui avait expliqué que si le bébé était Rhésus positif, son organisme à elle développerait des anticorps qui traverseraient le placenta et attaqueraient les globules rouges du bébé, provoquant une anémie. Les injections d'anti-D devaient empêcher son organisme de développer des anticorps. Sauf que, apparemment, ça n'avait pas fonctionné.

— Le groupe sanguin de votre mari est-il Rhésus positif ? interrogea-t-il.

— Oui. C'est pour cette raison qu'on m'a fait des injections d'anti-D, parce que le sang du bébé avait des chances d'être Rhésus positif, lui aussi.

A cet instant, Ruby entra dans la pièce.

— Bonjour, Helen, dit-elle en souriant à Mme Perkins. Comment allez-vous ?

— Moi, je vais bien, mais ils pensent que mon bébé souffre d'anémie, répondit Mme Perkins. Pourtant, j'ai eu toutes ces injections d'anti-D. Je n'en ai pas manqué une seule.

— Il existe un cas où l'anti-D ne fonctionne pas, dit Ellis en venant s'asseoir près d'elle. Votre dossier médical dit qu'il s'agit là de votre premier bébé. Mais puis-je vous demander si vous avez déjà été enceinte auparavant ?

— Non, je ne crois pas.

— Il est possible que vous ne vous en soyez pas rendu compte, dit doucement Ruby. Vous avez pu avoir un retard de règles et penser que c'était dû au stress, et vos règles ont ensuite été plus abondantes que d'habitude.

— Je..., commença Mme Perkins.

Elle secoua la tête, et une larme roula sur sa joue.

— C'est tellement stupide ! Je n'arrive pas à me rappeler...

— Cela a pu se passer il y a longtemps, expliqua-t-il. Il arrive souvent qu'une femme tombe enceinte, qu'elle ne s'en rende pas compte et qu'elle perde le bébé avant même d'avoir soupçonné qu'elle en attendait un. Si cela vous est arrivé, il est fort possible que votre organisme ait déjà été sensibilisé aux anticorps, et en conséquence, le recours à l'anti-D s'est avéré inefficace pour vous.

— Alors, c'est ma faute si le bébé souffre d'anémie ?

— Absolument pas ! Vous avez fait exactement tout ce qu'il fallait, mais ce sont des choses qui arrivent. Je voudrais procéder à certains tests, madame Perkins. J'aimerais prélever un échantillon du sang du bébé.

— Comment ferez-vous ?

— On prélève un minuscule échantillon sanguin à l'aide d'une aiguille. Pour vous, ce ne sera pas agréable parce que l'aiguille doit traverser l'abdomen pour atteindre l'utérus. La procédure est la même que pour une amniocentèse.

— Oh ! je ne m'inquiète pas pour moi ! Je veux juste que le bébé aille bien.

— Je vous promets que nous vous surveillerons de très près, dit Ruby. Vous n'avez pas à vous inquiéter.

— Nous pouvons prélever cet échantillon ici, dès maintenant, proposa-t-il, ou bien attendre que quelqu'un vienne vous tenir compagnie, si vous préférez.

— J'aimerais que Joe soit là. C'est mon mari. Il devait assister à l'échographie, mais il a eu une urgence au travail.

De nouveau, une larme coula sur sa joue.

— Si j'attends, je fais peut-être courir un risque au bébé ?

Ruby lui passa un bras autour des épaules tandis qu'Ellis lui tendait un mouchoir en papier.

— Mais non, dit-il d'un ton rassurant. Nous pouvons parfaitement attendre que votre mari soit là.

— Que se passera-t-il si le bébé a de l'anémie ?

— Je ne veux pas vous effrayer, mais une anémie sévère peut provoquer une défaillance du cœur, et même entraîner la mort de l'enfant. Mais cet échantillon sanguin nous permettra de savoir si le problème est sérieux ou non, et s'il le faut, nous ferons une transfusion de sang au bébé.

La pauvre Mme Perkins semblait sous le choc.

— Vous voulez dire que mon enfant va naître aujourd'hui ? Mais je n'en suis qu'à vingt-six semaines de grossesse ! Ce n'est pas possible ! Mon bébé ne va pas arriver maintenant ?

— Non, pas aujourd'hui, affirma Ellis. S'il doit y avoir une transfusion, cela se fera grâce à une aiguille alors que l'enfant est encore dans votre utérus. Nous pratiquerons une anesthésie locale pour que vous ne sentiez rien, mais cela veut dire que vous devrez rester ici toute la nuit. Nous devrons recommencer cela tous les quinze jours jusqu'à la naissance du bébé, mais les transfusions arrêteront l'anémie.

— Voulez-vous que je téléphone à Joe de votre part ? proposa Ruby.

— Oui, s'il vous plaît. Mais si le bébé souffre d'anémie, comment se fait-il que je ne me sois aperçu de rien ? Et je suis sûre d'avoir mangé plein de légumes verts, et de la viande rouge deux fois par semaine.

— Franchement, déclara Ellis, vous n'y êtes pour rien. Et la façon dont vous vous nourrissez est parfaite pour vous et pour le bébé. Tâchez de ne pas trop vous inquiéter. Je repasserai vous voir dans l'après-midi, d'accord ?

L'échantillon sanguin du bébé révéla qu'il souffrait d'une anémie assez préoccupante. Ellis et Ruby se rendirent auprès de M. et Mme Perkins.

— Est-ce que notre bébé va bien ? demanda Mme Perkins.

— L'échantillon montre qu'il souffre d'anémie, répondit Ellis. Comme je vous l'ai expliqué, nous allons y remédier en pratiquant une transfusion sanguine.

— Le bébé va recevoir cette transfusion alors qu'il est encore dans le ventre de sa mère ? interrogea M. Perkins. N'est-ce pas dangereux ?

— La méthode est assez invasive, c'est vrai, reconnut Ruby, et il existe un risque, certes très faible, qu'elle provoque une fausse couche ou le déclenchement précoce du travail.

— Et que se passera-t-il si l'enfant ne reçoit pas la transfusion ? demanda M. Perkins.

— L'anémie s'aggravera, et d'autres problèmes se présenteront.

— Lesquels ?

— Le bébé risque d'avoir des problèmes cardiaques. Et, je suis désolé de vous dire cela, dans le pire des scénarios votre femme pourrait accoucher d'un enfant mort-né.

M. Perkins était à présent pâle comme un linge.

— A mon avis, continua Ellis, même si le traitement est invasif, la transfusion sanguine est indispensable. Les avantages sont bien supérieurs aux risques.

— Si nous acceptons, que va-t-il se passer ? demanda Mme Perkins.

— Nous vous ferons une anesthésie locale pour insensibiliser la zone, ainsi vous ne sentirez rien, promit Ellis. Nous vous donnerons un sédatif pour vous détendre, et un autre sédatif au bébé pour nous assurer qu'il ne bouge pas pendant la procédure.

— Cela veut dire que, après, vous ne sentirez pas le bébé bouger pendant un petit moment, indiqua Ruby. Mais c'est tout à fait normal, et l'effet du sédatif se dissipera pour vous deux au bout de deux ou trois heures.

— Nous ferons une échographie qui nous montrera la position du bébé, précisa Ellis. Ensuite, nous lui injecterons quelques millilitres de sang en plantant l'aiguille dans le cordon ombilical, ce qui permet au sang d'être mieux absorbé.

— Cela n'aura lieu qu'une fois ? demanda Mme Perkins.

— Nous ferons une échographie chaque semaine afin de voir comment va le bébé, dit Ellis. Mais il est très probable qu'il aura besoin d'une transfusion toutes les deux à quatre semaines jusqu'à sa naissance.

— Quel sang va-t-il recevoir ? s'enquit M.Perkins.

— Le sang d'un donneur soigneusement vérifié. Groupe O Rhésus négatif, précisa Ellis. A partir de maintenant, vous êtes sous ma responsabilité et celle de Ruby, aussi vous nous verrez toujours lorsque vous viendrez à l'hôpital. Et si vous avez le moindre souci à n'importe quel moment, je veux que vous nous appeliez ou que vous veniez nous voir. D'accord ? C'est pour cela que nous sommes là. Pour veiller sur vous et vous rassurer.

— D'accord, dit Mme Perkins. Nous le ferons. Quand aura lieu la première transfusion ?

— Aujourd'hui. Et j'aimerais que vous restiez ici cette nuit pour qu'on puisse garder un œil sur vous.

— Je suis d'accord, dit M. Perkins. S'il arrivait quelque chose, Helen, tu serais sur place.

— Mais les risques qu'il arrive quelque chose sont vraiment infimes, assura Ellis. Y a-t-il quelqu'un que vous voudriez prévenir ?

— Non, dit M. Perkins, mais puis-je rester avec Helen pendant cette intervention ?

— Oui, bien sûr, confirma Ruby.

La procédure ne prit que quelques minutes, et pendant son déroulement, Ruby ne cessa de parler aux Perkins, leur expliquant chaque étape et s'assurant qu'ils voyaient bien le bébé sur l'écran. Elle leur montra le petit cœur qui battait régulièrement afin de les rassurer et de leur prouver que l'administration d'un sédatif ne nuisait en rien à l'enfant.

— Comme vous l'a dit Ruby, rappela Ellis, l'effet du sédatif disparaîtra au bout de trois heures environ. Ne vous inquiétez pas si vous ne sentez plus l'enfant bouger pendant un petit moment.

Je vais vous prescrire des antibiotiques afin d'être sûr que vous n'attrapiez aucune infection. Mais si vous sentez que cela brûle ou vous fait mal, ou bien s'il apparaît une rougeur ou un saignement dans la zone où j'ai planté l'aiguille, dites-le immédiatement aux infirmières, d'accord ? Je repasserai vous voir.

Après qu'Helen Perkins eut été transférée dans une chambre, Ruby fit un clin d'œil à Ellis.

— Voilà quelque chose que tu n'aurais pas pu faire au milieu des champs ou dans un tremblement de terre, dit-elle doucement. Et tu as adoré cela, pas vrai ?

Celui-ci lui sourit

— Empêcher qu'un drame ne se produise ? Oui, tu as raison. Ce que j'aime le plus, c'est le sentiment de pouvoir changer le cours des choses.

Maintenant qu'Ellis avait vu qu'il pouvait être aussi utile dans un hôpital londonien que dans une association humanitaire, elle espérait de tout son cœur que cela l'incite à revenir à Londres une fois sa mission terminée.

— Es-tu toujours d'accord pour vendredi ? s'enquit-il.

Elle hocha la tête.

— Oui, toujours.

— Parfait.

Soudain, il se pencha vers elle et l'embrassa sur la bouche.

— Ellis !

— C'était juste pour vérifier. A plus tard, je vais aller m'assurer que Mme Perkins est bien installée.

Elle était prête à parier que, dans la soirée, Ellis téléphonerait pour prendre des nouvelles de sa patiente. Il était comme cela : un homme bon, soucieux des autres.

L'idée de sortir avec lui l'excitait et la terrifiait à la fois.

Cela pourrait être tellement merveilleux ! Mais si cette mission d'un mois lui faisait prendre conscience qu'il aimait avant tout bouger ? Voudrait-il qu'elle l'accompagne à l'étranger ? Elle n'avait pas envie de quitter le London Victoria. Elle adorait son travail dans cette maternité.

Elle savait aussi combien il tenait à sa liberté. Il faudrait donc que l'un d'eux se sacrifie. Elle ne voulait pas qu'il ait des regrets ou qu'il se sente piégé. S'il revenait à Londres après sa mission, ce devait être parce qu'il aurait envie d'être avec elle, et non parce qu'il se sentirait des obligations envers elle ou envers Tom. Pour rien au monde elle ne voulait le voir renoncer à quelque chose pour elle, tout comme elle avait le sentiment qu'Ellis ne souhaitait pas la voir renoncer à quelque chose pour lui.

Peut-être ferait-elle mieux de renoncer à ce rendez-vous. Oublier combien Ellis l'attirait et se montrer raisonnable. Trouver quelqu'un d'autre, quelqu'un qui serait heureux de rester à Londres…

Le problème, c'était son attirance pour Ellis qui grandissait de jour en jour. Surtout depuis qu'elle avait découvert que c'était réciproque et qu'Ellis ne la voyait pas seulement comme une amie.

Peut-être devrait-elle cesser de se torturer l'esprit. Il n'y avait qu'à laisser faire les choses. Et espérer que tout se passe bien.

6

La journée du vendredi s'avéra très chargée, et Ruby s'en réjouit car cela l'empêcha de penser à son rendez-vous avec Ellis. Rentrée chez elle, elle passa un temps fou à choisir ce qu'elle allait porter. Elle finit par opter pour une petite robe noire qu'elle aimait bien et chaussa des escarpins assortis.

Elle achevait de se maquiller lorsqu'on sonna à la porte. Consultant sa montre, elle vit qu'il était 19 heures pile.

Le cœur battant, elle alla ouvrir.

Ellis était là, incroyablement beau, sanglé dans un costume sombre. Il avait mis une chemise blanche et une cravate de soie.

Avec un petit sourire timide, il lui tendit un bouquet de roses roses.

— J'ai pensé que des roses rouges seraient un peu trop criardes.

Etait-ce le fruit de son imagination, ou était-il tout aussi nerveux qu'elle ?

Elle lui sourit.

— Merci, Ellis. Elles sont magnifiques. Je vais les mettre dans l'eau. Entre, je t'en prie.

— Tu es superbe…

Il se pencha, sans doute pour lui donner un baiser sur la joue, et leurs têtes se heurtèrent.

Ellis lui lança un regard gêné.

— Désolé. Je ne voulais pas te faire de mal. Je… heu…

— Tout va bien, assura-t-elle.

Mieux que bien, en réalité, car cette maladresse prouvait qu'il était aussi mal à l'aise qu'elle.

Tandis qu'elle mettait les fleurs dans un vase, Ellis la regarda faire, appuyé contre le comptoir de la cuisine.

— J'ai réservé une table dans un restaurant pas très loin d'ici, dit-il. Il fait doux, ce soir. Veux-tu que nous y allions à pied ou préfères-tu que j'appelle un taxi ?

A cet instant, il jeta un coup d'œil à ses escarpins.

— Ah, oublie ça. Nous irons en taxi.

— Tu m'avais dit de mettre des hauts talons, lui rappela-t-elle en souriant. Mais tu as raison, il fait bon ce soir, allons-y à pied. Je vais prendre une paire de chaussures plates, je me changerai en arrivant au restaurant.

Durant le trajet, leurs mains se frôlèrent à plusieurs reprises, jusqu'au moment où Ellis entremêla ses doigts aux siens. Il garda alors sa main dans la sienne pendant le reste de la promenade. Ce doux contact déclencha chez elle des picotements qui la troublèrent au point qu'elle ne trouva plus rien à dire. Finalement, elle se raccrocha au travail.

— J'espère que tout va bien se passer pour Mme Perkins.

— J'en suis sûr. Mais c'est toujours angoissant pour les parents quand il arrive quelque chose de ce genre. En fait, c'est un des rares cas où j'en viens à proposer une césarienne précoce, dans l'intérêt du bébé.

— Je te rejoins sur ce point. Il vaut mieux renoncer au type d'accouchement qu'on avait prévu, plutôt que...

Elle se tut. Ils savaient tous les deux quel était le pire des scénarios en cas d'anémie fœtale.

— Oui, dit Ellis d'un ton grave.

Lorsqu'ils arrivèrent au restaurant, elle troqua ses chaussures plates contre ses escarpins et laissa son sac et son manteau au vestiaire.

Alors qu'ils se dirigeaient vers leur table, elle entendit un craquement et trébucha. Elle dut s'agripper au bras d'Ellis pour ne pas tomber.

Elle venait de briser le talon de son escarpin !

— Heureusement que je suis venue avec d'autres chaussures,

dit-elle avec un petit sourire forcé. Je vais retourner au vestiaire les mettre.

— Je suis désolé.

— Ce n'est pas ta faute. C'est moi qui suis maladroite. Ne m'attends pas, je te rejoindrai à notre table.

Elle ôta ses escarpins et retourna pieds nus au vestiaire.

C'était bien la peine d'avoir fait des frais de toilette ! Mais elle ne devait pas laisser sa déception gâcher la soirée, se dit-elle en allant retrouver Ellis dans la salle du restaurant.

Après qu'ils eurent commandé leur repas et une bouteille de sauvignon blanc de Nouvelle-Zélande, ce fut au tour d'Ellis de se montrer maladroit : alors qu'il était en train de remplir le verre de Ruby, il le heurta, et le vin se répandit sur la nappe. Quelques gouttes arrivèrent sur les genoux de Ruby.

— Oh non ! s'écria-t-il, horrifié. Je suis désolé.

— Tout va bien, dit-elle. Cela va sécher. De toute façon, c'est du vin blanc, alors la tache s'en ira au lavage.

Elle lui sourit.

— Nous voilà à égalité en ce qui concerne la maladresse, ce soir. Un point partout.

— Oui, mais je suis vraiment désolé, Ruby. Nous étions censés passer une charmante soirée.

Jusqu'à présent, cela ressemblait davantage à un désastre.

— Ce n'est pas grave, assura-t-elle.

Le serveur vint changer la nappe et dresser une nouvelle table, affichant un air contrarié devant ce surcroît de travail.

La commande se faisait attendre. Des clients arrivés après eux étaient déjà servis, alors qu'Ellis et elle avaient choisi des plats très simples qui ne demandaient pas un temps de préparation particulièrement long.

— Je me demande s'ils ne nous ont pas oubliés, dit Ellis. Je vais aller voir ce qu'il se passe.

Lorsqu'il revint, il avait l'air désolé.

— Apparemment, notre commande s'était glissée sous la pile en attente. Ils vont nous servir maintenant.

— Très bien, dit-elle en s'efforçant de prendre un ton plein de gaieté.

Lorsque les plats arrivèrent enfin, elle n'eut pas le cœur de dire à Ellis que son poulet était dur et ses légumes ramollis. En le voyant jouer avec le contenu de son assiette, elle sut que le plat qu'il avait choisi n'était pas meilleur que le sien.

— Veux-tu un dessert et un café ? proposa-t-il poliment.

— Merci, mais je crois que je vais m'arrêter là.

— Moi aussi. Je vais demander l'addition.

Ils durent attendre un long moment avant d'obtenir l'addition, mais finalement Ellis put régler la note et quitter enfin le restaurant avec Ruby.

Ce rendez-vous était le pire qu'il ait jamais eu. Le repas avait été mauvais, le service pire encore et, comme Ruby avait cassé le talon de son escarpin, il ne voulait pas lui proposer d'aller danser, de crainte qu'elle ne se sente gênée. Et maintenant il ne savait pas quoi lui dire tandis qu'il la raccompagnait chez elle.

Ce qui était complètement fou, parce qu'il avait toujours été capable de parler avec Ruby.

Peut-être était-ce le signe qu'ils n'auraient pas dû avoir ce rendez-vous ? Il ne voulait surtout pas lui faire de mal. Elle méritait mieux que cela.

— Veux-tu venir boire un café ? proposa-t-elle lorsqu'ils arrivèrent devant sa porte.

En temps normal, il aurait accepté et passé un moment à bavarder avec elle. Ce soir, il avait juste envie de rentrer chez lui avant que la tension entre eux ne s'amplifie

— Non, je vais te laisser te reposer.

— Eh bien, merci pour cette soirée, dit-elle avec un sourire.

Il savait qu'elle disait cela uniquement par politesse.

— Ce fut un plaisir, répondit-il.

Ce qui ne reflétait pas du tout la verité. En fait, tout avait été vraiment horrible. Même les rendez-vous qu'il avait eus dans son adolescence n'avaient jamais été un tel fiasco.

Au moment de la quitter, il n'osa pas l'embrasser. Pas même un baiser sur la joue. Il lui adressa seulement un sourire gêné, attendit qu'elle soit rentrée chez elle et s'en alla.

Il se sentit très mal tandis qu'il rentrait chez lui à pied.

Finalement, une fois rentré, il envoya un texto à Ruby.

Je suis désolé pour ce soir. Ce fut un vrai désastre.

Il reçut aussitôt une réponse.

Ce n'est pas ta faute.

Vraiment ? S'il n'était pas responsable du fait qu'elle ait cassé son talon, en revanche, il aurait dû mieux choisir le restaurant.

Il reçut un autre message.

Si tu t'es senti aussi nerveux que je l'étais moi-même, je crois que ça s'est mal passé parce que nous avons tous les deux essayé d'en faire trop.

« Nerveux » ?

Oui. Il s'était senti nerveux. Inquiet à l'idée qu'il pouvait tout gâcher. Et, de toute évidence, Ruby avait eu la même crainte. Ils n'avaient même pas été capables de bavarder librement comme ils le faisaient toujours.

Il était grand temps d'arranger tout cela.

Il composa le numéro de Ruby.

— Salut, Ellis, dit-elle.

— Salut ! Tu as vu juste, Ruby. J'étais nerveux, moi aussi. Ce qui est stupide, parce que nous nous connaissons depuis longtemps, toi et moi.

— C'est vrai.

— Si nous étions sortis ensemble comme nous le faisons habituellement, en toute simplicité, nous aurions ri de tous ces incidents. Mais, tu as raison, comme il s'agissait d'un rendez-vous, nous voulions que tout soit parfait, et ça nous a rendu les choses plus difficiles.

— Sans doute, dit-elle d'un ton neutre.

— Peut-être pourrions-nous faire une nouvelle tentative. Mais cette fois, nous resterons dans la simplicité et ne nous mettrons pas la pression.

— A quoi penses-tu ?

— Nous pourrions faire une promenade dimanche matin, si tu es disponible et s'il fait beau. Et après, nous pourrions aller déjeuner quelque part.

— Génial. A quelle heure ?

— Je passerai te chercher à 10 heures, d'accord ? Et pas de hauts talons, cette fois.

Elle éclata de rire.

— Sûrement pas, si nous devons nous promener. D'accord. Dimanche, 10 heures.

Après avoir raccroché, il se sentit beaucoup mieux.

Et encore mieux le dimanche matin, en voyant le soleil briller dans le ciel d'un bleu limpide. Ce serait une belle matinée de septembre, propice à une promenade au milieu d'une végétation parée des couleurs de l'automne — un mélange d'or, de rouge et de bronze.

Lorsque Ruby lui ouvrit la porte, il l'embrassa sur la joue, et cette fois sans lui heurter la tête ni éprouver aucun embarras. Tout semblait juste, tout simplement.

Il sentit le doux parfum floral qu'elle portait, et des picotements sur ses lèvres lorsqu'il les posa sur sa joue.

Elle lui avait paru magnifique vendredi soir avec sa petite robe noire et ses hauts talons, mais ce matin il la trouvait tout aussi sublime avec son jean délavé, sa chemise de soie bleue qui faisait ressortir la couleur de ses yeux et ses chaussures de sport. Une petite Vénus miniature, pensa-t-il, avec des rondeurs qu'il aurait aimer toucher...

Mais aujourd'hui il devait prendre les choses sur un mode léger.

Ils se rendirent en métro à Kew, où Ruby insista pour payer les tickets qui donnaient accès aux jardins.

— Tu as payé le dîner de vendredi, alors c'est mon tour. Inutile de discuter.

— D'accord, à condition que tu me laisses t'offrir le déjeuner.

— Entendu, dit-elle avec un sourire.

Il prit plaisir à marcher avec elle dans les jardins jusqu'à l'Arboretum, où ils empruntèrent la passerelle qui parcourait la canopée. A plusieurs reprises, sa main frôla celle de Ruby, jusqu'au moment où il entremêla ses doigts aux siens. Ce léger contact déclencha chez lui une onde de chaleur qui l'envahit tout entier.

Aujourd'hui, tout semblait tellement plus naturel que lors de leur rendez-vous raté de vendredi soir ! Peut-être que ça finirait par marcher entre Ruby et lui…

Ils s'arrêtèrent dans un café pour déjeuner d'une soupe chaude, de pain artisanal et de fromage.

Le repas était beaucoup plus simple que celui qu'ils avaient pris au restaurant, mais le service était bien meilleur. Il se sentait détendu, et cette fois il profita pleinement de la compagnie de Ruby au lieu de s'angoisser à l'idée qu'un nouvel incident risque de tout gâcher.

Ils se promenèrent dans les serres main dans la main, puis marchèrent dans les allées jonchées de feuilles mortes. Il se baissa pour ramasser un marron d'Inde.

— Il est de la même couleur que tes cheveux, dit-il avec un sourire en le donnant à Ruby.

— Merci. C'est très poétique, Ellis.

Et elle mit le marron dans sa poche en souriant.

Ce sourire fit perdre la tête à Ellis. Il ne put résister à l'envie de prendre Ruby dans ses bras et de l'embrasser.

Comme elle lui rendait son baiser, il la serra plus étroitement contre lui. Elle lui passa les bras autour du cou, pressant son corps contre le sien. Les yeux clos, il accentua son baiser, avec le sentiment que le soleil de cette fin d'après-midi d'automne emplissait son cœur.

Lorsqu'il s'écarta, il vit que Ruby avait les pupilles dilatées et les pommettes toutes roses. Il eut envie de lui dire qu'il la trouvait magnifique, mais les mots lui semblaient bien fades pour exprimer ce qu'il ressentait. Alors, il lui vola un dernier baiser en espérant qu'elle avait deviné ce qu'il avait en tête.

Comme la lumière du jour commençait à baisser, ils prirent le métro pour regagner l'appartement de Ruby.

— Je n'ai pas envie que cette journée se termine déjà, dit-elle sur le pas de sa porte. Veux-tu rester dîner avec moi ?

— Avec grand plaisir. Je te servirai de marmiton, si tu veux.

— Volontiers.

Il connaissait bien la cuisine de Ruby pour y avoir préparé quelques repas lorsque la maladie de Tom s'était aggravée. Il avait voulu soulager Ruby et aussi s'assurer que Tom et elle mangent assez pour garder leurs forces.

Ruby sortit d'un placard une bouteille de vin blanc dont elle lui montra l'étiquette.

— Il ne s'agit pas d'un grand cru, est-ce que ça ira ?

— C'est parfait, répondit-il en souriant. Et, cette fois, j'essaierai de ne pas renverser ton verre.

Bizarrement, il n'avait aucun mal à rire ce soir de ce qui l'avait tellement gêné lors de ce rendez-vous lamentable. Il était prêt à parier que, dans les années à venir, l'une de leurs histoires préférées serait celle du pire rendez-vous de leur vie.

— Tu serais partant pour un risotto ? demanda Ruby.

— Absolument ! J'adore le risotto.

Ils le préparèrent ensemble et dînèrent dans la cuisine.

Le repas, l'ambiance, tout était parfait. En guise de dessert, Ruby servit de la crème glacée accompagnée de petits sablés.

— Cette journée a été vraiment délicieuse, dit-elle après qu'ils eurent fini de dîner et de faire la vaisselle.

— Moi aussi, j'ai adoré. Mais maintenant, je ferais mieux de te laisser.

Il lui avait déjà pris une bonne partie de sa journée. En vouloir davantage serait abuser.

— Oh ! je n'ai pas grand-chose à faire ! J'avais l'intention de m'installer sur le canapé pour regarder ce concours de danse qui passe à la télévision. Si ça te tente, je te propose de rester pour le regarder avec moi.

Comment résister à une telle invitation ?

Surtout que Ruby finit par s'asseoir sur ses genoux, blottie dans ses bras.

— Quel est ton type de danse préféré ? demanda-t-il.

— J'adore les danses de salon où la cavalière, vêtue comme une princesse, tournoie avec son partenaire dans une valse romantique.

Elle se mit à rire et fredonna quelques notes de *Moon River*.

— J'ignorais que tu savais chanter, dit-il.

— Oh ! mon répertoire est très restreint ! Tom disait que je chantais cet air-là parce que mon registre vocal était limité comme celui d'Audrey Hepburn, et que *Moon River* avait été écrit exprès pour qu'elle puisse le chanter.

— Tu me fais penser à Audrey Hepburn avec ta coiffure de lutin et tes grands yeux. Sauf que tes yeux à toi sont bleus.

Ruby prit un air ravi.

— C'est une de mes actrices préférées ! J'adore ses films. Et ceux de Grace Kelly aussi.

Des films qui finissaient bien ? Voilà quelque chose qu'il ne pouvait pas lui promettre.

Ne voulant pas gâcher l'ambiance, il ne dit rien et la garda simplement contre lui.

La danse suivante était une valse, mais elle n'avait rien à voir avec le style romantique que Ruby disait apprécier. Celle-ci évoquait quelque chose de sombre, de violent et de sensuel.

— Cette chorégraphie est tout à fait surprenante, commenta Ruby. Ah, pouvoir danser de cette façon avec quelqu'un...

Il ne put résister à la tentation.

— Veux-tu danser avec moi ?

— Maintenant ? Attends... Es-tu en train de me dire que tu es capable de danser comme ça ?

— J'ai été en mission pour mon association en même temps qu'une femme médecin originaire d'Argentine. Elle nous a appris à danser le tango. Et cette danse, là, sur l'écran, ressemble plus à un tango qu'à une valse.

— Ellis, tu m'étonneras toujours, dit Ruby avec un sourire plein de sensualité. J'adorerais danser avec toi.

— Alors, va mettre des hauts talons. Pendant ce temps-là, je pousserai les meubles contre les murs pour nous faire un peu de place.

Lorsqu'elle revint, chaussée de hauts talons, il chercha sur son iPod une musique qui convienne et baissa le son de la télévision.

— Prête ?

Ruby hocha la tête.

— Tu n'as plus qu'à me suivre, dit-il.

La musique était à la fois sexy et intense, comme la danse elle-même. Les yeux de Ruby avaient foncé, ils étaient devenus presque bleu marine.

Il adorait la tenir dans ses bras, la serrant tout contre lui tandis qu'ils évoluaient au rythme de la musique. A la fin, il la renversa en arrière, la retenant solidement. En voyant sa gorge nue, comme offerte, il ne put résister à l'envie de la couvrir de baisers.

— C'est comme cela que c'était censé se passer, vendredi soir, dit-il d'une voix enrouée.

— Ellis, je... Je n'imaginais pas que tu savais danser ainsi.

— Dans l'équipe, nous avions quelqu'un qui jouait vraiment bien de la guitare. Il nous accompagnait pendant que Sofia nous apprenait les pas du tango.

— Je n'imaginais pas que vous aviez le temps de vous distraire, en mission. Je pensais que vous étiez totalement pris par votre travail.

— C'est le cas, mais on se débrouille pour avoir des moments à soi, même au milieu d'une zone dévastée. Ça aide à tenir le coup.

— Je comprends. Ellis, serait-ce abuser que te demander de me faire danser encore une fois ?

Il aurait préféré la porter jusqu'à son lit, mais il eut la force de résister à la tentation. Ce qu'il voulait, c'était lui faire plaisir.

A la fin de la seconde danse, il s'abstint d'embrasser Ruby, conscient qu'il risquait de perdre le contrôle de lui-même.

— C'était incroyable, dit-elle doucement. Merci.

Elle lui sourit.

— Vous êtes quelqu'un de bien mystérieux, Ellis Webster.

— Peut-être. Et si nous regardions la suite du spectacle ?

Reprenant sa place sur le canapé, il installa Ruby sur ses genoux. A la fin de l'émission, il lui donna un baiser léger.

— Maintenant, je dois vraiment y aller. Je travaille de bonne heure demain matin.

— Merci pour cette belle journée, Ellis, dit-elle en lui rendant son baiser. Elle m'a vraiment plu. Est-ce que... nous pourrions recommencer ?

— Nous donner rendez-vous ou bien danser ?

— Les deux.

Il sourit.

— Nous pourrions peut-être faire une liste des endroits où nous aimerions aller lors de notre prochain jour de congé

— En premier, je choisirais Hampton Court Maze. Je n'y suis jamais allée.

— Alors, nous nous y rendrons la prochaine fois que nous aurons tous les deux un jour de libre.

— A condition qu'il ne pleuve pas, précisa-t-elle. Ce ne serait pas aussi amusant de déambuler dans le labyrinthe en étant trempés jusqu'aux os.

— Tu as raison.

Il l'embrassa encore.

— Dors bien, Ruby. On se voit demain, au travail.

7

Blottie dans les coussins du canapé, Ruby feuilletait distraitement une revue médicale lorsqu'un article attira son attention.

Le cas qu'il évoquait rappelait celui dont Ellis lui avait parlé — cette femme qui avait accouché d'un enfant dont l'ADN ne correspondait pas au sien.

Elle devait montrer cet article à Ellis.

Le lendemain matin, elle alla le trouver au moment de la pause.

— Aurais-tu un moment ? demanda-t-elle.

— Bien sûr. Quel est le problème ?

— J'espère qu'il s'agit plutôt d'une solution. Tu te souviens des tests ADN qui disaient que Grace Edwards n'était pas la mère biologique de son bébé ?

— Oui.

— En as-tu parlé avec Theo ou avec l'équipe de généticiens ?

— Seulement à Theo pour l'instant, et il est aussi intrigué que moi par cette situation. Pourquoi cette question ?

— Parce que j'ai peut-être une théorie à te proposer. Hier soir, j'ai lu un article qui parle d'un cas rappelant celui de Grace Edwards. Je te l'ai apporté, ajouta-t-elle en lui tendant la revue. Je l'ai marqué d'un Post-it. Je me trompe peut-être, mais je pense que Grace Edwards présente la même bizarrerie biologique que la femme dont parle l'article — c'est une chimère, c'est-à-dire une personne qui a en elle deux types d'ADN au lieu d'un seul.

Ellis parcourut rapidement l'article et haussa les sourcils.

— Tu pourrais bien avoir raison, Ruby. Cette femme a eu à

l'origine une jumelle avec deux œufs différents fertilisés par deux spermatozoïdes différents. Puis, en tout début de grossesse, les œufs ont fusionné, et elle a absorbé sa jumelle.

— Grace aurait donc deux types d'ADN en elle, le sien et celui de sa sœur jumelle.

— Oui, c'est assez hallucinant quand on y réfléchit !

— L'article explique que si l'on a en soi deux types d'ADN, celui de la peau peut être différent de celui du cœur ou des poumons.

— Peut-être que les cellules des ovaires de Grace appartenaient à l'origine à sa jumelle et non à elle. Cela voudrait dire que sa jumelle est la mère biologique du bébé.

Ruby hocha la tête.

— Cela expliquerait pourquoi l'ADN de Grace ne correspond pas à celui de son enfant. Dans l'étude de cas exposé dans cet article, la mère a exigé qu'un témoin assermenté assiste à l'accouchement de son deuxième enfant afin de prouver qu'elle était bien la mère de ce bébé. Comme, cette fois encore, les tests d'ADN ne montraient pas de lien génétique entre la mère et l'enfant, ils ont décidé de tester l'ADN de différents organes de cette femme. C'est là qu'ils ont découvert une correspondance entre l'ADN de la mère et celui du bébé.

— Chez une chimère, il est impossible de prédire quelles sont les cellules qui appartiennent à l'une ou à l'autre des jumelles. En cas d'une recherche en filiation, la seule solution consiste en effet à effectuer des tests d'ADN sur différentes cellules pour voir s'il y a ou non un lien génétique entre la mère et l'enfant. Ruby, tu es géniale !

— Mais non. C'est par hasard que je suis tombée sur cet article.

— Mais tu as su établir aussitôt le lien avec le cas de Grace Edwards. Maintenant, je vais pouvoir répondre au tribunal et leur suggérer de procéder à de nouveaux tests d'ADN. Puis-je t'emprunter cette revue pendant quelques jours ?

— Bien sûr, dit-elle avec un sourire. Bon, je te laisse travailler.

— Attends... Quel est ton prochain jour de congé ?

— Jeudi.

— Comme moi. Si on allait à Hampton Court ce jour-là ? A condition qu'il fasse beau, évidemment.

— Tout à fait d'accord.

— Il s'agit d'un rendez-vous, lui susurra Ellis.

Elle se sentit aussitôt envahie par une onde de chaleur.

Le mercredi fut une journée particulièrement difficile. Quand une jeune femme très maigre se présenta à la consultation prénatale sans rendez-vous, Ruby sut que ce cas ne devait pas être traité par Ellis. Cela risquait de réveiller chez lui des souvenirs trop douloureux.

— Je ne peux rien garder dans l'estomac, expliqua Mme Bywater. Je souffre de nausées terribles toute la journée. J'ai lu plein de livres qui parlent de ce problème, et j'applique à la lettre tous les conseils qu'ils donnent, mais rien n'y fait. Ma mère m'a dit de venir vous consulter car cela fait déjà un mois que je vomis tout le temps. J'ai beaucoup maigri au lieu de prendre du poids.

— Je pense que vous souffrez de ce qu'on appelle l'*hyperemesis gravidarum*. C'est une forme sévère des nausées liées à la grossesse qui atteint une femme sur cent environ. Parfois, on retrouve cela d'une génération à l'autre dans la même famille. Savez-vous si votre mère a souffert de cela ? Ou bien avez-vous une sœur qui a connu le même problème ?

— Je n'ai qu'un frère. Je ne crois pas que ma mère ait eu ce genre de nausée quand elle était enceinte, mais je sais qu'elle a fait une dépression postnatale. J'imagine que je vais en avoir une, moi aussi, ajouta-t-elle avec un petit sourire forcé.

— Pas nécessairement. Cependant, nous veillerons sur vous et vous apporterons toute l'aide nécessaire.

Elle tendit à sa patiente un verre d'eau fraîche.

— Buvez cela lentement. L'échantillon d'urine que vous m'avez donné montre que vous êtes deshydratée. Je vais vous faire hospitaliser afin que nous puissions analyser votre sang et vous mettre sous perfusion.

— Et je cesserai d'avoir ces nausées ?

— Vous en êtes à douze semaines de grossesse, dit Ruby en consultant ses notes. Je regrette de devoir vous dire cela, mais souvent l'*hyperemesis* se prolonge jusqu'à la vingtième semaine, et chez certaines femmes plus longtemps encore.

— Oh non ! s'écria Mme Bywater. Je ne crois pas que je pourrai le supporter. Je me sens tellement malade tout le temps. Si cela doit durer encore des mois et des mois…

Elle frissonna.

— Il y a certaines choses que vous pouvez faire, dit Ruby. Par exemple, tenez un journal de bord et notez ce que vous mangez ainsi que les moments où vous êtes malade. Cela vous permettra d'observer s'il y a des heures où vous avez davantage de nausées et si c'est associé à certaines nourritures. Il vaut mieux que vous mangiez peu et souvent plutôt que de faire de gros repas. Et lorsque vous arrivez à avaler quelque chose, vous devez ensuite rester assise bien droite sur votre chaise pendant un petit moment afin de réduire le risque de reflux gastrique.

— Et ne pas me laver les dents tout de suite après avoir mangé, et boire souvent de petites gorgées d'eau froide ou sucer un glaçon, et aussi prendre l'air aussi souvent que possible, compléta la patiente en levant les yeux au ciel.

Ruby lui sourit.

— Je vois que vous avez lu tous les bons ouvrages ! Ce sont là d'excellents conseils. Je vais vous faire hospitaliser au moins pour la journée, et peut-être resterez-vous aussi demain pour mieux vous reposer. Il faut vous mettre sous perfusion pour vous réhydrater.

Lorsqu'elle se mit en quête d'un obstétricien, le premier qu'elle trouva fut Ellis.

— Tu n'es peut-être pas le médecin le plus indiqué pour t'occuper de cette patiente, dit-elle prudemment. Je préférerais que quelqu'un d'autre la prenne en charge.

— Pourquoi ?

— Parce que cette future maman souffre d'*hyperemesis*.

Ellis tressaillit.

— Au contraire, protesta-t-il, je suis exactement la personne qu'il faut pour la soigner !

— Es-tu vraiment sûr de le vouloir ? demanda-t-elle en lui posant la main sur le bras.

— Oui. Je sais que tu es pleine de bonnes intentions à mon égard et je t'en remercie, mais j'ai besoin de le faire.

Elle était certaine qu'il se comporterait en vrai professionnel, comme toujours. Il ferait en sorte que ce qui était arrivé à Sally n'arrive pas à cette patiente. Mais à quel prix ? S'occuper de ce cas risquait de rouvrir chez lui de vieilles blessures.

Refoulant ses craintes, elle l'emmena au chevet de Mme Bywater.

— Je vous présente le Dr Webster, dit-elle. Il a beaucoup d'expérience et va pouvoir vous aider.

— Merci. Je... Oh ! excusez-moi !

La patiente mit la main devant se bouche. Il était clair qu'elle était prise d'une nouvelle nausée.

Ruby lui tendit un haricot.

— Allez-y, c'est fait pour ça.

Lorsque Mme Bywater eut fini de vomir, Ruby fit disparaître le haricot en s'assurant qu'elle en avait un propre à portée de main au cas où Mme Bywater serait reprise de nausées.

— Ma pauvre, je vous plains, dit Ellis d'un ton compatissant. Buvez un peu d'eau pour vous nettoyer la bouche.

— J'ai appris par Mme Fisher que je pourrais être malade jusqu'à la vingtième semaine, ou même davantage, murmura Mme Bywater d'une voix éteinte.

— Malheureusement, elle a raison. Mais nous pouvons vous venir en aide de différentes façons. Il faut d'abord vous réhydrater. Nous allons aussi faire une analyse de sang pour savoir exactement ce dont vous avez besoin.

Si le médecin qui s'était occupé de Sally avait fait cela avant de l'hydrater et s'il lui avait donné de la thiamine, elle n'aurait pas développé une encéphalopathie de Wernicke...

— On utilisera probablement la solution de Ringer, qui vous redonnera du calcium et du potassium. Et vous devez vous reposer, poursuivit-il. J'imagine que vous ne dormez pas très bien ?

— Je suis malade même la nuit. Et j'ai mal aux côtes à force de vomir tout le temps. J'ai même craché du sang ce matin. J'ai eu peur, c'est pour cela que je suis venue vous voir.

— Ne vous inquiétez pas pour ce saignement. Il est sans doute dû à une rupture de petits vaisseaux dans votre gorge. Cela n'a rien de grave.

Il lui préleva rapidement un échantillon de sang pour l'analyser.

— Nous pouvons aussi vous donner des médicaments qui diminueront vos nausées, ajouta-t-il.

— Cela ne risque pas de faire du mal à mon bébé ?

— Autrefois, les anti-nauséeux pouvaient créer des problèmes chez l'enfant, mais les médicaments modernes sont sans danger. Et ils vous aideront à vous sentir mieux.

— Tout ce que je veux, c'est retrouver l'impression d'être normale. Je crois que je n'aurai pas d'autre enfant si mes grossesses doivent toujours se dérouler de cette façon !

— Les femmes qui souffrent d'*hyperemesis* ont tendance à subir cela chaque fois qu'elles sont enceintes. Il faudra que vous preniez ce problème en compte et que vous fassiez en sorte d'avoir toute l'aide et le soutien nécessaires la prochaine fois que vous attendrez un enfant.

— Il n'y aura pas de prochaine fois. Je ne veux pas me retrouver une seconde fois dans cette situation.

— Ruby va finir de s'occuper de vous. Dès que j'aurai les résultats de votre analyse de sang, je saurai quoi mettre dans votre perfusion. Et vous allez vous sentir beaucoup, beaucoup mieux dans quelques heures, je vous le promets.

— Merci, docteur. Vous avez été si gentil.

— C'est pour ça que je suis ici. Et si vous avez la moindre inquiétude, surtout n'hésitez pas à nous en parler, à Ruby ou à moi. Vous pouvez aussi vous adresser à n'importe quel membre de l'équipe, ils sont tous vraiment très bien. Nous ferons tout pour que vous vous sentiez mieux le plus rapidement possible. Une fois que vous serez réhydratée, je vous donnerai un médicament contre la nausée, et après, vous pourrez prendre un repos bien mérité.

Son service terminé, Ruby alla retrouver Ellis dans son bureau.

— Salut ! lança-t-elle. Je t'emmène manger une glace.

— En quel honneur ?

— Les glaces font toujours du bien au moral.

— Mais je vais très bien !

En fait, le regard absent d'Ellis disait le contraire, et elle en devinait la raison. Comme elle l'avait redouté, le cas de Mme Bywater avait réveillé chez lui de mauvais souvenirs.

— Bon, d'accord, reconnut-il. Tu as raison. Accorde-moi vingt minutes pour que j'en finisse avec cette paperasse.

— Un quart d'heure, pas plus.

Elle ne voulait pas lui laisser le temps de ruminer de sombres pensées.

Un quart d'heure plus tard, ils se rendirent dans un café qui se trouvait au coin de la rue, et elle commanda deux sundaes.

— Mon malaise était donc si visible ? demanda Ellis.

— Non, pas du tout. Tu t'es comporté en parfait professionnel. Mais il se trouve que je bénéficiais de certaines informations.

— Je vois.

Il dégusta sa glace en silence pendant quelques instants, puis reposa sa cuiller.

— Tu sais, en voyant Sally souffrir de vomissements, ils ont pensé qu'elle avait simplement attrapé un virus. Un mois auparavant, elle avait été victime de troubles digestifs. Lorsque les nausées sont devenues violentes, personne n'a imaginé qu'elle était enceinte. Elle prenait la pilule et ne l'oubliait jamais.

Les vomissements avaient dû rendre la pilule moins efficace, se dit Ruby. Sally n'avait sans doute pas songé qu'elle devait utiliser pendant quelque temps une méthode contraceptive supplémentaire.

— Peu de gens savent que l'*hyperemesis* peut se manifester très tôt, dès le premier mois de grossesse. C'est pourquoi l'entourage de Sally a pensé qu'elle était de nouveau victime d'un virus. Le médecin qui s'est occupé d'elle voyait qu'elle vomissait beaucoup, alors il l'a mise sous perfusion pour la réhydrater, mais en omettant de vérifier d'abord son taux de thiamine.

Ruby hocha la tête.

Des vomissements prolongés diminuent le taux de thiamine dans l'organisme. Une réhydratation faite avec une solution contenant du dextrose abaisse encore plus le taux de thiamine.

— Elle a développé une encéphalopathie de Wernicke ?

Ellis hocha la tête.

— Elle a eu des troubles visuels, une démarche hésitante et des épisodes de confusion mentale. Les symptômes classiques. Mais, là encore, tout le monde a cru que c'était dû au virus. Elle a fini par avoir une CIVD.

Une coagulation intravasculaire disséminée. Ce qui peut entraîner une insuffisance organique si ce n'est pas traité.

— Elle a perdu connaissance et ne s'est jamais réveillée, continua Ellis. Mais je ne voulais pas t'attrister avec tout cela. Je suis désolé.

— Tu n'as pas à t'excuser, Ellis. Cela a dû être très dur pour toi de t'occuper de cette patiente qui souffre du même problème que celui qu'a eu ta sœur. C'était pour cette raison que je ne voulais pas que tu te charges de Mme Bywater.

— Je sais, Ruby. Mais je suis heureux de l'avoir fait, parce que j'ai l'impression d'avoir pu changer le cours des choses.

— Même si cela réveille en toi de vieilles blessures ?

— Oui. C'est dur de savoir que si Sally avait été bien soignée, elle aurait survécu, mais je pense que ce pourrait être le cas de beaucoup de mes patients. Je sais que je peux faire la différence. Et c'est une des raisons pour lesquelles j'adore mon travail. Je peux empêcher d'autres familles d'être dévastées comme l'a été la mienne.

— Tom disait que, après ce drame, tes parents se sont repliés sur eux-mêmes.

Ellis soupira.

— Maintenant que je suis plus âgé, je peux comprendre pourquoi. Ils essaient de se protéger, d'éviter de nouvelles souffrances.

— Cela a dû être vraiment dur pour toi et tes frères, surtout que vous étiez très jeunes quand c'est arrivé.

— Eux avaient respectivement seize et quatorze ans, et moi douze. Oh ! on s'en est tiré ! dit-il avec un haussement d'épaule. On était là les uns pour les autres.

— Je suis contente que tu sois proche d'eux.

— Je l'étais. Mais ça s'est gâté par la suite. Le fait que je travaille à l'étranger les a beaucoup inquiétés, et aujourd'hui encore ils n'acceptent pas mon choix. Ils pensent que je me mets en danger.

— Mais tu es en danger quand tu travailles dans une zone de guerre ou de catastrophe naturelle !

— Pourtant, je suis toujours là, sain et sauf. Je dois dire que les parents de Tom ont été pour moi comme une seconde famille. Ils ont été formidables quand c'est arrivé.

— J'en suis heureuse. Et heureuse aussi qu'ils t'aient aujourd'hui.

— Ils t'ont aussi. Et maintenant, si on changeait de sujet, Ruby ?

— Bien sûr.

Mais elle ne put s'empêcher d'y repenser durant toute la soirée. La façon dont Ellis s'était exprimé lui donnait l'impression qu'il avait envie de repartir en mission, et peut-être ne reviendrait-il pas. Elle devait veiller à ne pas lui abandonner complètement son cœur...

Le jeudi suivant, le temps était idéal, avec un beau ciel bleu et un air vif. Une journée d'automne parfaite.

Ellis et Ruby prirent le train jusqu'à Hampton Court.

— Quel superbe endroit ! s'exclama Ruby en découvrant la résidence royale.

— Veux-tu que nous visitions d'abord les jardins, au cas où le temps se gâterait ? proposa Ellis.

— Bonne idée. J'ai vraiment très envie de voir le labyrinthe. Il paraît que c'est le plus ancien labyrinthe végétal qui existe.

— Il faut environ vingt minutes pour en atteindre le centre, dit Ellis en souriant. Es-tu prête à te lancer ?

— Fin prête !

Ils s'engagèrent dans les allées bordées d'ifs et empruntèrent à plusieurs reprises des voies sans issue. Il leur fallut bien plus de vingt minutes pour rejoindre le centre du labyrinthe — mais comme Ellis s'arrêtait pour l'embrasser à chaque cul-de-sac, Ruby n'était pas pressée d'arriver.

— J'adore l'ambiance sonore qu'ils ont créée ici, s'exclama-t-elle. Ces rires d'enfant et ces frous-frous de jupes, c'est comme si les fantômes du passé hantaient ce labyrinthe.

— Je t'imagine bien dans une robe de l'époque Tudor, dit Ellis en la couvant du regard. Tu serais fabuleuse, vêtue d'un velours bleu de la même couleur que tes yeux.

Elle lui vola un baiser.

— Quel poète vous faites, docteur Webster ! Moi, je te vois bien avec une cape et un chapeau de velours cramoisi évoquant la pourpre royale.

Il éclata de rire.

— Si nous allions visiter le palais, à présent ?

En entrant dans le bâtiment, ils découvrirent que les visiteurs pouvaient emprunter une cape de velours rouge.

— Nous devrions le faire, suggéra-t-elle en souriant.

— Absolument.

Elle le trouva très beau avec sa cape. Elle n'avait aucun mal à l'imaginer en courtisan de l'époque des Tudor. Il était aussi grand, aussi fort et aussi séduisant que le jeune roi Henri VIII lui-même.

Elle adora la chapelle avec son plafond bleu et or, et la grande galerie qui avait vu jouer autrefois les comédiens de Shakespeare. Mais ce qui capta le plus son attention, ce furent les cuisines, notamment celle consacrée au chocolat.

— Elle a été construite au XVIIe siècle par les souverains Guillaume et Marie, leur expliqua le guide. Le chocolat était alors une boisson très chère, réservée à l'aristocratie. Le cuisinier chargé de le préparer jouissait d'un statut privilégié au palais. Il était l'une des rares personnes autorisées à servir le roi dans ses appartements privés.

— Le chocolat qu'ils buvaient à l'époque était-il différent de celui que nous avons aujourd'hui ? demanda-t-elle.

— Tout était fait à la main. Les fèves de cacao étaient chauffées et broyées jusqu'à former une pâte qu'on versait ensuite dans des moules pour former de petits gâteaux.

— Et l'on mangeait ces gâteaux ? demanda Ellis.

— Non. A l'époque, on ne croquait pas le chocolat, on le buvait. On mélangeait l'un de ces gâteaux avec de l'eau, du vin ou du lait, on ajoutait du sucre et des épices — les plus prisées étaient la vanille et le piment. Et, tous les matins, le roi prenait une tasse de chocolat chaud accompagnée de friandises.

Le guide leur sourit.

— Si cela vous intéresse, vous pouvez assister cet après-midi à une démonstration de fabrication de chocolat à l'ancienne et ensuite goûter à ce breuvage. Les démonstrations ont lieu toutes les heures.

— C'est très tentant, dit Ruby.

Ils laissèrent le guide s'occuper d'autres visiteurs et continuèrent leur promenade dans le palais.

— Je vous imagine très bien, Tina et toi, prenant votre petit déjeuner en buvant du chocolat chaud et en dégustant des friandises, ironisa Ellis.

Elle se mit à rire.

— Sache que c'est un des grands plaisirs de la vie.

— J'avais raison, tu es une hédoniste.

— Absolument ! Il faut savoir profiter de la vie, Ellis.

— Oui, c'est vrai, dit-il en la prenant par la taille.

Après avoir exploré le palais, ils retournèrent dans les cuisines assister à la fabrication du chocolat. Au moment de la dégustation, Ruby apprécia celui à la vanille, alors qu'Ellis préférait celui au piment.

— Tu es comme les explorateurs espagnols qui ont découvert le chocolat, dit Ruby. Je te vois comme l'un d'entre eux — un vrai conquistador.

Ellis n'était pas un citadin. C'était l'homme des grands espaces sauvages. Tout le contraire d'elle. Il l'avait taquinée en la traitant d'hédoniste, mais elle n'avait jamais vu l'intérêt de faire du camping, de dormir par terre et de se priver d'eau courante. Bref, ils étaient très différents l'un de l'autre...

Mais, pour l'instant, elle était bien décidée à profiter du moment présent et de ce délicieux sentiment qui naissait entre eux.

Le dimanche après-midi, Ruby partit faire du shopping avec Tina qui allait être la marraine de sa nièce et qui était à la recherche d'un cadeau. Ruby lui avait promis de l'aider à trouver quelque chose.

— Dommage que cela n'ait pas marché entre Roger et toi, dit Tina en faisant allusion à son nouveau collègue.

Ruby haussa les épaules.

— C'est un gentil garçon, mais je ne suis pas sûre qu'il soit prêt à nouer une nouvelle relation. Il m'a donné l'impression de ne s'être pas remis de son divorce, le pauvre.

— Et toi ? T'es-tu inscrite sur un site de rencontres sur internet ?

— Pas encore.

Tina lui lança un regard inquisiteur.

— Me cacherais-tu quelque chose ?

Oui, mais il était trop tôt pour en parler. De toute évidence, l'attirance qui existait entre Ellis et elle était réelle, mais serait-il jamais prêt à entretenir une relation durable ?

— Oh ! Pourquoi n'essayerais-tu pas cette robe, Tina ? suggéra-t-elle. Je suis certaine qu'elle t'irait très bien.

— Tu cherches à faire dévier la conversation. Cela veut dire que tu me caches vraiment quelque chose. Bon, tu as le choix. Ou bien tu me racontes tout maintenant, ou bien je te soumets à un interrogatoire en règle au moment du café, et tu devras alors tout me dire.

— Je n'appelle pas cela un choix, Tina !

— Je suis ta meilleure amie, Ruby. A qui d'autre vas-tu te confier ?

— C'est vrai. Bon, très bien. Oui, je vois quelqu'un, mais nous n'en sommes qu'au tout début.

— Qui est-ce ?

— Nous voulons tous les deux garder cela secret.

— Tu sais bien que je n'irai jamais le dire à personne ! Qui est-ce, Ruby ?

— Ellis.

— Ellis ? Tu veux dire Ellis Webster ?

— Pourquoi es-tu si étonnée ? rétorqua Ruby. Est-ce parce qu'il était le meilleur ami de Tom ?

— Non, ce n'est pas cela.

— Alors, c'est quoi ?

— Je me rappelle que Tom disait qu'Ellis était incapable de se stabiliser. Il est revenu en Angleterre depuis dix-huit mois environ, mais n'a-t-il pas prévu de repartir pour son association humanitaire ?

— Il s'est engagé pour une mission d'un mois qui doit démarrer dans quelques semaines. Mais ça ne veut pas dire qu'il restera là-bas après. Si Billie décide de faire une pause dans sa carrière, Theo proposera peut-être le poste à Ellis.

— Mais Ellis est-il prêt à s'installer en Angleterre ?

— Je ne sais pas, avoua-t-elle.

— C'est ce qui m'inquiète, dit doucement Tina en la serrant dans ses bras. S'il a encore la bougeotte, tu risques de souffrir.

— Ou bien, nous pouvons décider de rester simplement amis.

— Peut-être. Que souhaites-tu vraiment, Ruby ?

— Continuer à voir Ellis. Et j'aimerais qu'il ait envie de rester en Angleterre. Cela fait un moment que j'ai des sentiments pour lui. Alors que j'étais sur le point de m'inscrire sur ce site de rencontres, je lui ai demandé son avis sur la liste de critères décrivant mon idéal d'homme. Il s'est trouvé qu'il correspondait en tout point à ma liste.

Elle marqua une pause.

— Je l'ai alors taquiné et lui ai demandé de faire la même chose. Il est apparu que je correspondais parfaitement à son idéal de femme. Alors, nous avons pensé que nous devrions faire un essai.

— J'espère vraiment, dans votre intérêt à tous deux, que ça marchera entre vous. Tant qu'il te rend heureuse. Mais si jamais il te faisait du mal...

— Il ne le fera pas. Pas volontairement.

— Ne t'accroche pas trop à lui, conseilla Tina. C'est un type bien, mais il a la bougeotte, et pas toi.

— Comme je te l'ai dit, nous n'en sommes qu'au tout début. Et maintenant, si tu essayais cette robe ? proposa Ruby d'un ton léger.

Pendant que Tina se livrait à ses essayages, elle s'interrogea. Son amie avait-elle raison ? Ne devrait-elle pas prendre ses distances avec Ellis ? Ne nourrissait-elle pas de trop d'espoirs ? Ou bien était-il tout simplement trop tôt pour se poser des questions sur l'avenir et devait-elle profiter du moment présent ?

8

A la fin de la semaine, Helen Perkins fut informée que son bébé devait subir une nouvelle transfusion sanguine intra-utérine. Ce fut Ellis qui s'occupa d'elle.

Ruby était là pour soutenir Helen et Joe.

Elle aimait la façon dont Ellis s'adressait aux Perkins, leur expliquant tout ce qu'il faisait et répondant à toutes leurs questions sans jamais leur laisser croire qu'elles pouvaient être stupides. Elle aimait aussi le voir s'attarder un moment, une fois la procédure terminée, au lieu de se précipiter vers la patiente suivante.

Le Dr Webster était décidément un homme bien.

Ellis tourna l'écran vers les Perkins pour qu'ils voient battre le cœur de leur bébé et se sentent ainsi rassurés.

— Voilà un bébé qui fait un petit somme, dit-il. C'est tout à fait normal, puisqu'il a reçu un sédatif. Tout se passe comme prévu.

— Merci, docteur Webster, dit Joe Perkins en lui serrant la main. Nous vous sommes très reconnaissants.

— C'est mon travail. Je préfère que vous me posiez un millier de questions plutôt que vous voir vous en aller avec des soucis plein la tête. Je ne veux pas que les futurs parents que je reçois se rongent d'inquiétude.

Et si, elle, elle lui posait des questions ? songea-t-elle. Ellis lui répondrait-il aussi honnêtement qu'il le faisait avec ses patients ? Ou bien s'enfuirait-il, pris de panique ?

Mais elle garda le silence et raccompagna les Perkins jusqu'à la chambre qu'occupait Helen.

Le lundi suivant, dans la matinée, Theo fit venir Ellis dans son bureau.

— Billie aimerait revenir dans un mois et demi et reprendre son travail, mais à temps partiel. Je pense que nous aurons besoin d'un autre obstétricien à plein temps, et j'essaye de convaincre nos financiers d'accepter. Je vais sûrement y parvenir. Je sais que vous devez bientôt repartir en mission pour votre association humanitaire, mais j'espère que vous avez l'intention de revenir, car j'aimerais vous proposer ce poste. Vous faites de l'excellent travail avec l'équipe, vous êtes parfait avec les patientes, vous avez beaucoup plus d'expérience que n'importe lequel de vos collègues, et vous savez former les jeunes recrues et leur donner confiance en elles. J'aimerais vraiment que vous acceptiez de travailler ici.

— Je vous remercie, dit Ellis, mais pour l'instant je n'ai aucune idée de ce que je ferai une fois ma mission terminée, et je ne voudrais pas vous laisser dans l'incertitude.

Aurait-il envie de rester à l'étranger ? Voudrait-il rentrer à Londres pour être avec Ruby ? Cela avait-il des chances de marcher entre eux ? Il était encore trop tôt pour le dire. Et il ne voulait pas commettre la même erreur qu'avec Natalia. Ils s'étaient jetés tête baissée dans le mariage pour découvrir finalement qu'ils n'avaient rien en commun.

Ruby était-elle vraiment la femme qui lui donnerait envie de se poser ? Et que se passerait-il s'il la laissait tomber comme il avait laissé tomber Natalia ?

— Réfléchissez-y, dit Theo. Je ne vous demande pas de me donner votre réponse maintenant. Réfléchissez à ce que vous voulez vraiment faire.

— Je vous remercie.

— Si vous voulez mon avis, je pense que Ruby et vous, vous allez bien ensemble.

Ellis le regarda avec stupeur.

Theo savait-il ?

— Elle ne m'a absolument rien dit, s'empressa d'ajouter le directeur. Et aucune rumeur ne court sur vous dans l'hôpital. Rassurez-vous, vous ne faites l'objet d'aucun ragot.

— Mais alors, comment vous... ? commença Ellis.

Theo sourit.

— Je suis passé par là, moi aussi, lorsque j'ai commencé à sortir avec Maddie. Et, arrivé à un certain stade, j'ai eu besoin que l'on me secoue un peu. Pensez-y.

Son sourire s'évanouit.

— Si vous décidez d'accepter le poste que je vous offre, souvenez-vous que rien, absolument rien, ne doit perturber le travail de l'équipe.

— Je suis d'accord, déclara Ellis. Au travail, les patientes sont toujours ma priorité. Et je veille soigneusement à séparer ma vie privée de ma vie professionnelle.

— Parfait, dit Theo en lui serrant la main. Revenez me voir lorsque vous aurez pris votre décision. J'aimerais vraiment que vous acceptiez, mais à condition que vous soyez tout à fait sûr de votre choix. D'accord ?

— D'accord, dit Ellis.

Il alla trouver Ruby au moment de sa pause.

— Serais-tu libre après le travail ?

— Oui. Pourquoi ?

— J'aimerais échanger quelques idées avec quelqu'un.

— Je suis la femme qu'il te faut, répondit-elle aussitôt.

Oui, il en était convaincu, pensa-t-il. Mais cela ne lui faisait-il pas aussi peur qu'à lui ?

— Dînons ensemble, proposa-t-il. Que dirais-tu d'aller manger des tapas ?

— J'adore les tapas ! A tout à l'heure, alors.

Leur journée terminée, Ruby et Ellis se rendirent dans un petit bar espagnol du centre de Londres.

— Je n'étais encore jamais venue, dit Ruby en s'installant à une table. Cet endroit me plait beaucoup. Qu'allons-nous commander ? Le menu propose plein de bonnes choses !

— Prends tout ce que tu veux.

Ils choisirent un assortiment de tapas accompagné d'une bouteille d'excellent *rioja*.

— De quoi voulais-tu me parler ? demanda-t-elle, devinant que quelque chose préoccupait Ellis.

— Theo m'a convoqué dans son bureau ce matin. Mais peut-être devrais-je garder pour moi ses confidences…

— Tu sais bien que je ne dirai rien à personne. Et rien d'étonnant à ce que Theo ait voulu te parler, puisque tu remplaces Billie et que son congé de maternité prend bientôt fin. Alors, j'imagine qu'elle va revenir ?

— A temps partiel.

— Et toi ? Que vas-tu faire ?

— Je travaillerai à plein temps jusqu'à ce qu'elle revienne. Ensuite, je partirai pour cette mission d'un mois à l'étranger. En fait, Theo veut recruter un autre obstétricien à plein temps, et il me propose le poste. Je devrai passer un entretien d'embauche. Il dit qu'il s'agit d'une formalité mais qu'il est obligé de publier une offre de recrutement ouverte à tous.

— Je vois.

Elle aurait aimé voir Ellis accepter la proposition de Theo, mais à condition qu'il ait vraiment envie de rester en Angleterre. Mieux valait lui poser la question sans détour.

— Je sais que tu es revenu à Londres pour être auprès de Tom, et tu es resté après sa mort parce qu'il t'avait demandé de veiller sur moi. Mais que désires-tu vraiment, Ellis ?

Ellis prit une grande inspiration.

Il voulait tout.

Il savait pourtant qu'il ne pouvait pas en même temps vivre avec Ruby et retourner travailler à l'étranger pour son association. Elle adorait son travail ici et se sentait heureuse à Londres. Il n'avait pas le droit de lui demander de laisser tout derrière elle pour parcourir le monde avec lui en ne restant jamais plus de quelques semaines au même endroit. Il allait devoir choisir. Et, de toute façon, sacrifier quelque chose.

— Ce qui se passe entre nous, c'est très nouveau, dit-il.

— En effet, acquiesça Ruby, impassible.

Il n'avait aucune idée de ce qu'elle pensait, à part le fait qu'elle souhaite n'exercer aucune pression sur lui.

Et s'il s'avérait qu'ils pouvaient avoir tous les deux ce qu'ils voulaient ?

Le mieux était de lui poser la question.

— Mon association ne recrute pas que des médecins, tu sais. Elle engage aussi des infirmières et des sages-femmes. Si je repartais en mission de façon permanente, serais-tu tentée de m'accompagner et de travailler à l'étranger ?

Ruby changea d'expression. Elle semblait très surprise. De toute évidence, elle n'avait jamais songé à cette solution.

Il se sentit pris de panique.

— Tu n'es pas obligée de me répondre tout de suite. Prends ton temps. Réfléchis-y, et nous en reparlerons plus tard.

— D'accord.

La conversation prit un tour plus léger, et lorsque leur commande arriva, ils y firent honneur tout en bavardant de tout et de rien. Pour dessert, Ruby demanda des churros avec une sauce au chocolat parfumée à la cannelle, qu'elle partagea avec lui.

— Le café est sûrement aussi bon que le reste, mais que dirais-tu d'aller plutôt le boire chez moi ? proposa-t-il.

— Bonne idée. Nous pourrons discuter plus facilement.

Il sentit une bouffée d'adrénaline monter en lui.

Cela voulait-il dire qu'elle avait déjà pris sa décision ? Irait-elle avec lui à l'étranger ou resterait-elle à Londres ?

Ils prirent le métro pour aller chez lui. Il prépara le café, sortit d'un placard un paquet de petits sablés et, n'y tenant plus, aborda sans attendre le sujet qui le préoccupait.

— As-tu eu le temps de réfléchir à ce que je t'ai dit ?

— Oui. Je sais que je vais te paraître affreusement égoïste, mais travailler pour une association médicale humanitaire ne m'a jamais tentée, Ellis. J'adore mon travail ici, et je veux rester relativement proche de ma famille et de celle de Tom. Manchester n'est qu'à deux heures de Londres par le train, et le Suffolk aussi. Si je partais travailler à l'étranger, je ne les verrais plus très souvent.

Il remplit les tasses, pensif.

Il n'ignorait pas qu'elle était très proche de sa famille et de celle de Tom. Ce n'était pas bien de lui demander de s'éloigner de ceux qu'elle aimait.

Ruby lui saisit la main.

— Mais je tiens assez à toi pour te laisser partir si c'est ce que tu veux. Jamais je ne tenterai de te retenir contre ton gré.

Cela voulait dire qu'il devait faire un choix : repartir sans Ruby ou rester à Londres avec elle. Il ne pouvait pas avoir les deux.

— Si je postule pour cette place dans notre hôpital et que, une fois ma mission finie, je reviens à Londres pour occuper ce poste — à condition, bien sûr, que Theo n'ait pas trouvé un meilleur candidat —, que se passera-t-il ? Franchirons-nous une nouvelle étape dans notre relation ?

— Est-ce ce que tu veux ?

— Franchir une nouvelle étape ? Oui.

— Mais ?

C'était tout Ruby, ça. Elle avait deviné qu'il y avait un mais.

— Mon mariage s'est mal terminé, Ruby. Cela me fait peur. Si je prends ce poste à l'hôpital et essaye de vivre avec toi, et que finalement ça ne marche pas entre nous... Je ne veux pas te faire du mal.

— Moi non plus, je ne veux pas te faire du mal. Mais que s'est-il passé ? Pourquoi as-tu divorcé ?

— J'ai connu Natalia à l'occasion d'une mission. Elle travaillait pour la même association que moi. Nous étions dans une zone frappée par de graves inondations. Ce fut un vrai coup de foudre entre nous. Nous sommes devenus amants, et puis un jour Natalia a été surprise par une brusque montée des eaux. Elle a failli se noyer. Heureusement, on a pu la sauver, mais j'ai eu peur de la perdre, et... je l'ai demandée en mariage alors que nous ne nous connaissions que depuis un mois. Elle a dit oui. Deux semaines plus tard, nous étions mariés. Je pensais qu'elle aimait son travail autant que j'aimais le mien, mais j'ai découvert alors qu'elle rêvait d'autre chose.

— Quelque chose qui ne t'attirait pas ?

— Oui. Elle pensait que, une fois mariés, nous irions vivre dans son pays ou dans le mien, probablement dans une grande ville. Moscou ou Londres, ça lui était égal.

— Et toi, tu n'avais pas envie de renoncer à tes voyages.

— Non.

— Vous n'aviez jamais abordé le sujet avant de vous marier ?

— J'avais vingt-cinq ans et manquais de maturité, tout comme elle. Nous avons décidé de nous séparer, et cela s'est fait à l'amiable. Après le divorce, nous avons perdu contact. J'espère qu'elle est heureuse aujourd'hui.

— Et maintenant, sais-tu ce que tu attends de la vie ? As-tu envie de repartir à l'étranger pour ton association humanitaire ?

— Oui, parce que j'adore mon travail. Mais j'ai aussi envie de rester avec toi.

— J'ai déjà perdu quelqu'un que j'aimais profondément, Ellis. Je ne suis pas sûre d'être prête à m'exposer de nouveau à ce risque. Peut-être ferions-nous mieux de rester bons amis.

— Est-ce ce que tu veux ?

— Oui et non. J'ai envie d'être avec toi. Mais je sais aussi que tu as besoin de faire ce que tu aimes, et jamais je ne voudrais t'en empêcher. Si tu décides de rester à Londres alors que tu as encore la bougeotte, tu finiras par te sentir pris au piège, et tu m'en voudras. Il faut que nous sachions l'un et l'autre ce que nous voulons vraiment. Nous nous connaissons depuis longtemps, mais ça ne fait que quelques jours que nous sommes devenus plus intimes. Imagine que nous découvrions que nous ne voulons pas les mêmes choses ?

— Eh bien, nous en discuterons et trouverons un compromis. N'est-ce pas cela, une relation entre adultes ?

— Sans doute. Est-ce ce que tu souhaites ? Une relation entre adultes ? Avec moi ?

— Oui. Pour l'instant, je ne peux pas te promettre que tout ira bien entre nous. Que tout sera parfait et sans nuages.

— Personne ne peut faire une telle promesse, Ellis. La vie change parfois la donne.

— Ce que je te promets, c'est de toujours essayer d'être honnête avec toi.

— C'est tout ce que je te demande. Ça me suffit.

— Alors, toi et moi...

Il lui prit la main et la porta à ses lèvres.

— Je n'arrive pas à croire que cela nous arrive.

— Moi non plus.

— Ruby...

Se penchant vers elle, il lui frôla les lèvres d'un baiser léger. Pendant un instant, elle resta tendue, puis elle poussa un petit soupir et se laissa aller dans ses bras.

C'était tout ce qu'il désirait : Ruby abandonnée, douce et chaude, dans ses bras. Et l'embrasser jusqu'à ce qu'ils en aient le vertige.

Il accentua son baiser et se retrouva bientôt allongé sur le canapé, Ruby étendue sur lui. Il avait glissé les mains sous son chemisier et lui caressait le dos.

— Désolé, dit-il. Je crois que je brûle les étapes.

Il rajusta les vêtements de Ruby et, s'asseyant sur le canapé, il l'attira sur ses genoux pour la serrer dans ses bras.

— Désolée, dit-elle à son tour en lui caressant le visage. Nous voilà en train de nous présenter mutuellement nos excuses en faisant preuve d'une extrême politesse.

— Je te désire depuis longtemps, Ruby, mais, comme tu l'as dit, ça ne fait que quelques jours que nous sommes devenus plus intimes. Je veux attendre que tu sois tout à fait prête à franchir la prochaine étape.

— Je t'en remercie. Parce que j'en ai envie moi aussi, mais...

— Je sais. Cela fait peur.

Il lui posa un baiser sur le front.

— Puis-je être franc avec toi ? Je ne souhaite pas que notre première fois ait lieu à Londres. J'aimerais que ça se passe ailleurs, dans un endroit où toi et moi n'aurions aucun souvenir.

— Cela va-t-il poser un problème ? Je parle... du passé.

— Non. Je n'essaye pas d'entrer en compétition avec Tom, et je sais que tu ne fais pas de comparaison entre lui et moi, parce que nous sommes très différents. Et j'aimais Tom comme un frère. Mais je veux quelque chose qui n'appartienne qu'à nous. J'imagine que tu es déjà allée à Paris et à Rome avec Tom ?

— Oui. Ce sont mes deux villes préférées. Avec Tom, nous avons visité Florence, Venise, Sorrente, Verone.

— Alors, écartons l'Italie. Et Paris. Mais j'aimerais un endroit aussi magique.

— Et toi ? Quel est l'endroit le plus magique où tu es allé ?

— L'Outback australien, répondit-il sans hésiter. Uluru, ou Ayers Rock, est un lieu extraordinaire. Ce rocher de grès rouge à l'aube, puis pourpre et bleu au soleil couchant... Je n'ai jamais rien vu de semblable. Et le ciel étoilé est exceptionnel, car il n'y a aucune pollution liée à l'éclairage artificiel. On lève les yeux et l'on voit la Voie lactée et les nuages de Magellan se dessiner dans le ciel. C'est un des spectacles les plus incroyables qu'il m'ait été donné de voir.

— Es-tu resté longtemps là-bas ?

— Quelques jours. J'étais en congé. J'ai pris un avion et j'ai passé deux semaines à voyager à travers l'Australie. J'ai eu le privilège de visiter Uluru en compagnie d'un aborigène. Il m'a montré les grottes, les peintures rupestres, et il m'a parlé de la culture de son peuple, notamment de la médecine traditionnelle. Sais-tu qu'ils utilisent la sève d'un arbre proche de l'eucalyptus comme désinfectant et, en inhalation, pour soigner la toux et le rhume ?

Elle sourit.

— J'aurais parié que tu avais parlé de cela avec lui. Tu aimes vraiment la nature sauvage et indomptable, n'est-ce pas ?

— En partie seulement. J'imagine que tu préfères les grandes villes ?

— Celles qui ont de beaux bâtiments, un passé historique et une bonne gastronomie. Le shopping ne me passionne pas.

— Peut-être pourrions-nous aller quelque part, juste tous les deux.

Elle ouvrit de grands yeux.

— Et franchir l'étape suivante ?

— D'abord pour passer un moment ensemble et prendre la vie comme elle vient. Nous aurons chacun notre chambre, ainsi il n'y aura aucune pression. Si ça arrive, ce sera fantastique. Et si ça n'arrive pas, nous attendrons d'être prêts tous les deux.

— Aucune pression, répéta-t-elle.

Elle lui caressa le visage.

— Penses-tu que nous ferons ce voyage bientôt ?

— Quand auras-tu trois jours de congé d'affilée ?

— Je dois vérifier sur mon agenda. Nous pourrions essayer de synchroniser nos temps libres.

Ellis lui donna un baiser léger.

— Sûr. Et nous verrons bien ce qui arrivera, ajouta-t-il.

Quelques jours ensemble dans un endroit où ils n'auraient aucun souvenir ni l'un ni l'autre. Un endroit où ils se construiraient de nouveaux souvenirs. Où peut-être ils feraient l'amour pour la première fois...

Ruby était partagée entre l'excitation et la culpabilité.

N'était-ce pas trop tôt, si peu de temps après la mort de Tom ? Et n'était-ce pas le début de la fin de sa relation avec Ellis ? Elle avait vu le visage de ce dernier s'illuminer quand il avait parlé de l'Outback australien et de son amour pour le travail à l'étranger. Serait-il heureux s'il restait en Europe, ou son attirancc pour ses missions à l'autre bout de la planète serait-elle la plus forte ?

9

L'idée de découvrir un nouveau coin de la planète emplissait de joie Ellis. Notamment parce qu'il allait partager cela avec Ruby. Ce serait un endroit nouveau pour tous les deux.

A l'heure du déjeuner, il se rendit dans une agence de voyage pour prendre différentes brochures proposant des week-ends dans de grandes villes européennes, puis il envoya un texto à Ruby.

J'ai une pile de brochures. Veux-tu venir ce soir après le travail pour qu'on organise notre voyage ?

Elle répondit aussitôt.

Désolée, je ne peux pas. Je travaille tard jusqu'à vendredi, et ensuite je vais à Manchester passer la journée avec ma famille.

Il ne voulut pas lui laisser voir combien il était déçu.

Pas de problème. Fais-moi savoir quand tu auras un moment de libre pour qu'on fasse cela ensemble.

Il reçut un autre texto.

Tu pourrais venir avec moi à Manchester, si ça te dit ?

Comme son petit ami officiel ?

Il n'était pas certain d'être prêt à rendre publique leur relation, et encore moins à être présenté à la famille de Ruby comme son soupirant attitré. Tant qu'il ne serait pas absolument sûr que cela marche entre elle et lui, il préférait ne pas rendre les choses trop officielles.

Il lui envoya un nouveau message.

Désolé, je travaille vendredi. Peut-être t'accompagnerai-je la prochaine fois ?

Ils se retrouvèrent finalement le dimanche suivant pour feuilleter ensemble les brochures qu'il avait rapportées de l'agence de voyage.

— Un hôtel de glace… Comme c'est romantique ! dit Ruby. Et nous pourrions peut-être voir des aurores boréales ? J'adorerais cela.

Son sourire s'effaça.

— Tom avait eu envie d'aller là-bas, mais nous n'en avons pas eu le temps.

— Je sais, dit Ellis en la prenant dans ses bras. Peut-être ferons-nous cela une autre fois. Là, nous ne pouvons pas nous absenter très longtemps, et puis rien ne garantit que nous puissions voir des aurores boréales !

— De plus, la nuit tombe vite à cette saison, nous n'aurions pas le temps de voir beaucoup de choses. Et pourquoi pas Barcelone ?

— Il paraît que la Sagrada Familia est extraordinaire. Nous pourrions choisir cette destination. Ou peut-être Vienne.

— Ah, Mozart… Comme nous ferons ce voyage à la fin d'octobre, il y aura peut-être déjà des marchés de Noël. J'aimerais beaucoup voir cela.

— Et que dirais-tu de la ville aux mille flèches ?

— Où est-ce ?

— Il s'agit de Prague, en République tchèque.

— C'est là que tu voudrais aller, n'est-ce pas ? dit Ruby en souriant.

Elle avait raison. Mais comment l'avait-elle deviné ?

— Qu'est-ce qui te fait dire ça ? s'enquit-il.

— La façon dont ton regard s'est illuminé quand tu as mentionné cette ville. Exactement comme lorsque tu m'as parlé du ciel étoilé de l'Outback australien.

— Bien observé.

Ruby commença à regarder de près la brochure sur Prague.

— Tous ces ponts sur la rivière… Prague me semble une très jolie ville. Elle rappelle un peu Florence ou Paris.

— Et en octobre nous pourrions avoir un peu de neige. Ce serait vraiment romantique.

— D'accord. Allons à Prague.

— Génial. Les hôtels ont tous l'air d'être de magnifiques bâtisses dans le style Art nouveau.

— Je vais adorer ! En tout cas, je tiens à ce que nous partagions les frais de ce voyage.

Il soupira.

— Nous avons déjà eu ce genre de conversation, Ruby. J'aimerais que tu acceptes simplement mes invitations, sans penser que cela t'engage à quoi que ce soit. J'ai juste envie de te faire plaisir.

— M'emmener passer trois jours à l'étranger, ce n'est pas la même chose que m'inviter au restaurant, Ellis.

— Je ne te le proposerais pas si je ne pouvais pas te l'offrir.

— Nous ferons moitié-moitié, insista Ruby d'un ton déterminé, en croisant les bras.

— Et si je payais l'hôtel et les billets d'avion, et toi les repas ? suggéra-t-il.

— Ainsi que les billets d'entrée dans les lieux que nous visiterons.

Sentant que ça la mettrait plus à l'aise, il accepta.

— C'est entendu.

— Parfait.

— J'essayerai de trouver un hôtel situé en centre-ville, et je réserverai deux chambres. Ainsi, il n'y aura aucune pression. Nous allons juste goûter le plaisir de découvrir ensemble un pays que nous ne connaissons ni l'un ni l'autre.

— Merci, Ellis, dit doucement Ruby. J'apprécie beaucoup.

— Je sais.

Il lui donna un baiser léger.

— Et il nous faut acheter un guide de la ville...

Elle se mit à rire.

— Qu'y a-t-il de si drôle dans ce que j'ai dit ?

— Comme tu passes ta vie à voyager, je pensais que tu étais plutôt du genre à partir à l'aventure.

— Mais non ! Lorsque j'ai la chance d'explorer un nouvel endroit, j'aime bien m'informer auparavant afin de profiter au maximum du temps que je passerai dans le pays.

— Je comprends ! J'irai acheter un guide demain, à la pause-déjeuner. Comme je suis rarement allée à l'étranger, je me sens tout excitée.

— Moi, je suis surtout impatient de passer du temps avec toi et de découvrir cette ville en ta compagnie.

— Ce programme me plaît. Si je comprends bien, je dois prendre des chaussures de marche et des vêtements confortables ?

— Et peut-être une robe habillée, si nous décidons d'aller dîner dans un endroit chic.

— Promets-moi de ne pas me renverser un verre de vin dessus ! dit Ruby en éclatant de rire.

Il rit aussi, sachant qu'elle faisait allusion à leur fameux premier rendez-vous raté.

— Je ferai de mon mieux.

Le jour du départ arriva enfin. Ils prirent le train pour se rendre à l'aéroport.

— Quel hôtel nous as-tu trouvé ? demanda Ruby tandis qu'ils faisaient la queue à l'enregistrement des bagages.

— Il se trouve juste à côté de la place Venceslas. Nous serons à dix minutes à pied de la vieille ville et à un quart d'heure de la rivière, la Vltava.

L'aéroport de Prague était à quinze kilomètres de la ville. Pour se rendre à leur hôtel, ils prirent un taxi qu'Ellis avait eu la précaution de réserver afin d'éviter la file d'attente.

La découverte de Prague, avec ses maisons blanches de quatre ou cinq étages, coiffées de toits orange, les charma. Partout où leurs regards se portaient, ils voyaient des dômes, des mosaïques et quantité de grandes fenêtres.

— C'est magnifique ! s'exclama Ruby. Ça me rappelle un peu Paris.

— A moi aussi. Mais regarde cela !

Il désigna les tours et les clochers qui se dressaient dans le ciel de Prague.

— Je comprends pourquoi on l'appelle la ville aux mille flèches ! dit Ruby. Rien qu'au sommet de cette tour, il doit bien y en avoir une douzaine. Je suis si impatiente de visiter tout cela, Ellis, ajouta-t-elle en souriant.

Il entremêla ses doigts aux siens.

— Moi aussi.

Le taxi les déposa devant leur hôtel. Un portier en uniforme vint prendre leurs bagages et les accompagna jusqu'à la réception, dont le luxe fascina Ruby. Le centre du hall, tout en marbre et en vitraux Art nouveau, était occupé par une table où était disposé un énorme bouquet de lis et de pivoines.

— Cet endroit est superbe, dit-elle dans l'ascenseur qui les menait à leurs chambres. Mais cela a dû te coûter une fortune. J'imagine que nous sommes dans l'hôtel le plus cher de Prague.

— Non, le plus cher a vue sur la rivière. Je me suis adressé à eux, mais malheureusement, leur suite présidentielle est actuellement occupée par une star de cinéma.

Ruby éclata de rire.

— Par ailleurs, ajouta-t-il, c'était légèrement au-dessus de mes moyens, ce qui n'est pas le cas de cet hôtel-ci.

— Je ne m'attendais pas à ce que… Eh bien… C'est superbe, mais je me sens un peu mal à l'aise que tu aies dépensé autant d'argent pour moi.

— Rappelle-toi ce que je t'ai dit, Ruby. J'ai envie de te faire plaisir et de te voir sourire.

— Je vois.

Elle se mordilla la lèvre.

— Excuse-moi, je me comporte comme une gamine ingrate. Je regrette, ce n'était pas ce que je voulais.

— Je sais. Mais tu ne dois pas te sentir obligée à quoi que ce soit. Nous sommes là pour passer deux jours à explorer la ville et à prendre du bon temps. Pas d'horaire, pas de programme. A une exception près : j'ai réservé une table ici pour demain soir parce qu'il y aura un orchestre. J'ai pensé que ce serait amusant de danser ensemble après le dîner.

— L'idée me plaît beaucoup.

— Allons défaire nos bagages, et nous partirons à la découverte de la ville.

— Génial ! Alors, on se retrouve dans un quart d'heure.

Il ne fallut pas plus de dix minutes à Ruby pour s'installer.

La chambre en imposait par son élégance raffinée, le lit était d'une largeur incroyable et d'un grand confort, et la salle de bains, tout en marbre, était équipée d'épaisses serviettes de bain moelleuses.

— Je me sens vraiment gâtée ! dit-elle en rejoignant Ellis dans le couloir.

Il lui sourit. Ses yeux gris semblaient exprimer le même bonheur que celui qu'elle sentait bouillonner en elle.

— Très bien ! C'était l'idée. Viens, allons visiter Prague.

Ils partirent à la découverte de la vieille ville qui enchanta Ruby avec ses maisons Art nouveau, remarquables par leurs murs peints en jaune, en rose ou en blanc, coiffées d'un dôme et percées de grandes fenêtres cintrées.

Voyant une foule patienter devant un bâtiment, Ellis consulta son guide.

— Nous sommes devant l'horloge astronomique de l'hôtel de ville, expliqua-t-il. C'est la plus ancienne qui fonctionne encore. Elle montre les mouvements du soleil et de la lune à travers le zodiaque.

— Elle est si belle avec toutes ces couleurs, vert, bleu, doré, dit Ruby d'un ton admiratif. Se passe-t-il quelque chose à chaque changement d'heure ?

— Apparemment, les statues s'animent. Veux-tu que nous attendions pour voir cela ?

Juste avant que l'heure sonne, le spectacle commença, faisant apparaître les douze apôtres, puis la figure de la Mort frappa la cloche sous l'œil ravi des touristes qui avaient attendu ce moment.

— C'est surprenant que cette horloge, construite il y a six cents ans, fonctionne toujours, observa Ruby. Je suis si contente que nous soyons venus ici !

Ils déambulèrent dans la vieille ville et marchèrent jusqu'à la rivière. Avisant un petit café qui donnait sur les eaux rapides de la Vltava, ils s'y arrêtèrent pour déjeuner d'un sandwich et d'un café.

— Aimerais-tu faire une promenade en bateau ? proposa Ellis.

— Quelle bonne idée ! J'ai rarement eu l'occasion d'en faire, car

Tom souffrait du mal de mer. Même une croisière sur la Tamise le rendait malade !

— Je me souviens d'un voyage scolaire dans le sud de la France où nous étions censés observer la vie marine à travers le fond de verre du bateau où nous avions embarqué. Je n'ai rien vu, car j'ai passé mon temps à chercher des sacs pour Tom qui n'arrêtait pas de vomir !

— Pauvre Tom, cela a dû être affreux pour lui… Et aussi pour ceux qui l'entouraient, ajouta-t-elle avec un sourire. Je suis si heureuse que nous puissions parler de lui, Ellis ! Cela rend les choses plus faciles.

— Nous l'aimions tous les deux, c'est un lien de plus entre nous. Jamais je ne l'oublierai ni n'éviterai d'en parler…

Contrairement à ses parents qui ne voulaient plus jamais évoquer le souvenir de Sally.

— Je veux me souvenir de tous les bons moments passés avec lui et en sourire, poursuivit-il. Exactement comme je le fais pour Sally.

Durant toute la promenade en bateau, ils se tinrent par la main. Comme ils passaient sous un pont décoré de centaines de cadenas, Ruby les montra du doigt à Ellis.

— Tu as vu ? C'est devenu une tradition dans beaucoup de villes européennes, que les amoureux accrochent sur un pont un cadenas portant leurs initiales.

— C'est bien mieux pour l'environnement que de graver son prénom sur le tronc d'un arbre, commenta Ellis.

De retour sur la terre ferme, ils franchirent le pont Charles, admirant les statues et la vue sur les autres ponts qui enjambaient la Vltava.

— J'ai peine à croire que ce pont a près de sept cents ans, dit-elle. J'ai adoré l'histoire qu'a racontée le guide, sur le bateau, quand il expliquait que, pour rendre le pont plus solide, les bâtisseurs mélangeaient des œufs au mortier. Je me demande si c'est vrai.

— Qui sait ? En tout cas, l'histoire est jolie.

Main dans la main, ils parcoururent les rues de la ville,

s'arrêtant dès que quelque chose leur attirait l'œil et consultant leur guide pour en savoir plus.

Ils trouvèrent un petit restaurant à l'atmosphère romantique qui servait de la cuisine locale. Consulté par Ruby, le serveur lui conseilla des boulettes de bœuf à la crème accompagnées d'airelles. Ellis opta pour une épaisse tranche de fromage pané servi avec une salade de pommes de terre.

— Tout cela a l'air très bon, mais peut-être pas pour nos artères, dit-elle lorsque le serveur se fut éloigné.

— Nous l'éliminerons sans mal dès demain, affirma Ellis en souriant. J'ai pensé que nous pourrions visiter le château.

— C'est très tentant.

Le repas s'avéra excellent. Après s'être partagé un pudding aux prunes arrosé de beurre fondu et saupoudré de sucre, ils regagnèrent leur hôtel en admirant la ville sous son éclairage nocturne.

Ruby ne s'était pas sentie aussi détendue depuis longtemps.

— Tu as vraiment eu une idée géniale de m'amener ici ! Merci, Ellis.

— Tu es contente ? J'en suis ravi.

Comme Ellis lui passait un bras autour des épaules, elle le prit par la taille, heureuse de ce contact.

De retour à l'hôtel, ils commandèrent un chocolat chaud qu'ils burent au bar avant de se rendre dans leurs chambres.

Le moment était-il venu ? se demanda-t-elle, le cœur battant à tout rompre.

Ellis lui donna un baiser devant sa porte puis s'écarta.

— Bonne nuit, Ruby. Dors bien.

Visiblement, il ne s'attendait pas à ce qu'elle lui propose d'entrer dans sa chambre, pas plus qu'il ne l'invitait dans la sienne.

— Toi aussi, dit-elle d'un ton enjoué avant d'entrer dans sa chambre.

Mais elle ne put s'empêcher d'en éprouver une certaine déception.

Peut-être avait-il raison. Précipiter les choses serait une erreur. Et il avait déjà commis l'erreur d'épouser Natalia dans la précipitation. Il devait se sentir aussi hésitant qu'elle.

Plus tard, allongée dans son lit, elle songea à Ellis. A leur promenade dans la ville, main dans la main. Aux baisers qu'il lui avait donnés aux moments les plus inattendus. A la chaleur et à la douceur de ses bras autour de sa taille.

Et si elle lui téléphonait ?

Elle saisit l'appareil, composa les premiers chiffres du numéro de la chambre d'Ellis, puis raccrocha.

Elle ne voulait pas tout gâcher entre eux. Demain serait un autre jour.

Demain, peut-être...

Ellis ne parvenait pas à s'endormir, l'esprit obsédé par Ruby.

Tout à l'heure, devant la porte de sa chambre, elle avait eu l'air si vulnérable qu'il avait failli la prendre dans ses bras et la garder avec lui.

Mais il ne voulait exercer aucune pression sur elle. C'était pour cette raison qu'il avait réservé deux chambres séparées. Pour qu'elle comprenne qu'il était prêt à attendre le moment où elle se sentirait prête à franchir une nouvelle étape avec lui.

Et s'il lui téléphonait maintenant ? S'il lui demandait de venir le rejoindre dans sa chambre, simplement pour qu'ils se blottissent l'un contre l'autre et dorment ensemble ?

Non, ce ne serait pas loyal. Il ne fallait pas qu'elle se sente obligée à quoi que ce soit sous prétexte qu'il avait payé les frais du voyage. Et puis, ils n'en étaient qu'au tout début de leur histoire. Il attendrait qu'elle soit prête, comme il se l'était promis. Il resterait calme, raisonnable, maître de lui-même...

Mais, oh, comme il la désirait !

10

Le lendemain matin, après avoir pris au restaurant de l'hôtel un copieux petit déjeuner composé d'une omelette au fromage et aux champignons, de toasts, de fruits, de yaourt, d'un jus d'orange et d'un cappuccino, Ellis et Ruby montèrent dans un tramway pour se rendre au château.

Arrivés à destination, ils admirèrent le panorama qui s'offrait à eux depuis la colline.

— D'après le guide, ce château est le plus grand qui existe, expliqua Ellis.

Ruby n'eut aucun mal à le croire. Les cours se succédaient et les murs semblaient s'étendre à l'infini.

Ils se rendirent dans la partie la plus ancienne du château et s'engagèrent dans un large escalier de brique aux marches peu élevées.

— Aucun rapport avec les escaliers de nos châteaux anglais, fit-elle observer.

Ellis consulta son guide et haussa un sourcil.

— Celui-ci n'était pas destiné aux gens, dit-il.

— Non ? A qui, alors ?

— Le croirais-tu ? Il était fait pour les chevaux ! On l'appelle l'escalier des cavaliers, car ils l'empruntaient, juchés sur leurs montures, pour aller disputer des joutes dans la salle Vladislav.

Parvenus en haut des marches, ils pénétrèrent dans une immense salle, très longue, avec un plafond voûté, de grandes fenêtres et d'énormes lustres en fer.

— J'imagine très bien la scène, murmura-t-elle. Cette salle est assez grande pour que des chevaliers s'affrontent sous l'œil des spectateurs.

Ils visitèrent ensuite les jardins en terrasse qui offraient une vue exceptionnelle sur la ville depuis le mur d'enceinte.

En entrant dans une autre cour, ils découvrirent la cathédrale Saint-Guy.

— Elle me rappelle beaucoup Notre-Dame de Paris avec ses tours jumelles et sa rosace.

— Et il y a un clocher. Nous devrions y monter.

— D'accord.

L'ascension s'avéra sportive.

— Tu es toute rose, fit remarquer Ellis lorsqu'ils atteignirent le sommet.

— Tu veux souligner le fait que je n'ai pas ta forme olympique, dit-elle en faisant la grimace. Contrairement à toi qui n'es pas rouge comme une tomate et tout en sueur.

— Mais non ! Tu es adorable, dit-il en l'embrassant. Tu veux bien que je fasse un selfie de nous deux ?

— D'accord, à condition que tu m'envoies ensuite la photo sur internet.

Collant sa joue contre celle de Ruby, il prit la photo tandis qu'ils affichaient tous deux un grand sourire.

— Ma petite amie et moi au sommet de la cathédrale, comme le prouve la flèche derrière nous.

« Ma petite amie et moi ».

Elle sentit un frisson la traverser.

Ils poursuivirent leur promenade dans les autres parties du château et visitèrent les petites maisons de la Ruelle d'Or.

Elle fut fascinée par la boutique de l'herboriste, avec ses étagères étroites chargées de pots et de bouteilles et ses bouquets d'herbes qui séchaient, accrochés aux chevrons.

— C'était avec cela que l'on soignait, autrefois…

Ellis hocha la tête.

— Dans certains endroits où j'ai travaillé, on ne dispose pas de ces potions ni de ces onguents. Même avoir de l'eau chaude est un luxe.

En l'écoutant évoquer ses missions à l'étranger, elle se rappela l'avertissement de Tina. Ce serait folie de sa part que de tomber amoureuse d'un homme qui n'avait pas envie de rester en Angleterre.

Leur visite terminée, ils s'approchèrent des stands installés devant les grilles du château et s'offrirent un *trdelnik* — un gâteau roulé en spirale autour d'un bâtonnet, qui se mangeait chaud, saupoudré de sucre et de cannelle.

— C'est délicieux ! s'exclama-t-elle dès la première bouchée. A mi-chemin entre les crêpes que l'on mange à Paris et les doughnuts que l'on trouve en Angleterre.

Marchant dans les rues pavées, ils arrivèrent dans le parc de Petrin.

— Profitons de ce que nous sommes ici pour monter dans la tour panoramique, proposa Ellis. C'est une réplique de la tour Eiffel en plus petit. Elle ne fait que le quart de sa hauteur. Mais comme elle se trouve au sommet d'une colline, elle offre une vue imprenable sur la ville.

Le vent s'était levé, et lorsqu'ils atteignirent le haut de la tour, elle constata avec surprise que l'ouvrage oscillait légèrement sous la force des bourrasques. Ellis, la voyant nerveuse, la prit dans ses bras pour la rassurer.

— Le guide disait vrai ! Le paysage vu d'ici est extraordinaire. Ce toit doré doit être celui du théâtre devant lequel nous sommes passés quand nous étions sur la rivière.

— Et, là, c'est la Maison Dansante, dit-elle en montrant le bâtiment moderne qui se dressait de l'autre côté de la rivière. Peut-être pourrions-nous aller regarder cela de plus près demain ?

— Bonne idée.

Main dans la main, ils regagnèrent leur hôtel.

— Notre table sera prête dans une heure et demie environ, dit Ellis lorsqu'ils furent devant les portes de leurs chambres. Veux-tu que l'on prenne un verre au bar avant de dîner ?

— Avec plaisir. J'irai frapper à ta porte lorsque je serai prête, d'accord ?

— Très bien.

Il l'embrassa et sourit.

— J'ai vraiment apprécié cette journée et je suis heureux de l'avoir partagée avec toi.

— Moi aussi... Même si j'ai eu un peu peur au sommet de cette tour qui oscillait !

Après s'être douchée, elle enfila la nouvelle petite robe noire qu'elle avait achetée spécialement pour ce séjour à Prague, puis elle se coiffa, se maquilla et alla frapper à la porte d'Ellis, s'en voulant un peu de se sentir aussi nerveuse.

Ellis portait un smoking et un nœud papillon.

— Tu es superbe ! s'exclama-t-elle.

— Toi aussi. J'ai très envie de t'embrasser, ajouta-t-il en la prenant dans ses bras, mais je ne voudrais pas abîmer ton rouge à lèvres.

— Tu pourras m'embrasser plus tard.

— Je prends cela pour une promesse.

— C'en est une — et je tiens toujours mes promesses.

Ils prirent un verre de vin au bar avant de se rendre à leur table dans le restaurant.

Elle jeta un coup d'œil au menu.

— Cet établissement a obtenu des étoiles au guide Michelin, Ellis !

— Je sais, et ce dîner figurera sur la note de l'hôtel.

— Certainement pas ! On a dit que je payerais les repas.

— Tu pourras toujours m'inviter à déjeuner demain. J'aimerais qu'on ne revienne pas là-dessus.

— Merci, Ellis. Mais tu n'étais vraiment pas obligé...

Le serveur leur apporta du champagne et, en guise d'amuse-bouche, des ravioles fourrés à la truffe.

— C'est divin ! s'exclama-t-elle.

Ellis sourit.

— Dans ta liste de critères, ne parlais-tu pas d'un partenaire capable d'apprécier la bonne chère ?

— Absolument ! acquiesça-t-elle en riant.

En entrée, ils dégustèrent une salade de roquette, tomate et mozzarella assaisonnée avec du vinaigre balsamique, dont ils apprécièrent la fraîcheur et la jolie présentation. Ellis eut ensuite des ravioles à la betterave parfumés à la ricotta et au thym, tandis qu'elle se régalait avec du bar grillé accompagné de petits légumes. Mais, pour elle, le clou du dîner fut la crème brûlée qu'on leur servit en dessert.

— Jamais je n'ai fait un aussi bon repas de toute ma vie, soupira-t-elle lorsqu'ils eurent terminé.

— Venant d'une fine gastronome comme toi, c'est un vrai compliment.

Après le dîner, ils dansèrent comme Ellis l'avait promis. Une femme à la voix rauque chantait du jazz, accompagnée par un piano, une basse et une guitare. La lumière tamisée créait dans la salle un climat d'intimité. Blottie dans les bras d'Ellis, Ruby était prête à danser toute la nuit.

Lorsque la chanteuse eut terminé son tour de chant, Ellis proposa de retourner au bar.

— Je crois que j'ai assez bu, ce soir, dit-elle en souriant.

— Alors, je te raccompagne jusqu'à ta chambre.

Ils prirent l'ascenseur dont les miroirs reflétaient leur image à l'infini.

— J'ai très envie de t'embrasser, dit Ellis, la voix enrouée.

— Fais-le, murmura-t-elle.

Il lui adressa un sourire qu'elle jugea le plus sexy du monde et lui administra un baiser qui ne prit fin que lorsque l'ascenseur s'arrêta à leur étage.

— Le moment est venu pour moi de te dire bonne nuit, dit Ellis lorsqu'elle s'arrêta devant la porte de sa chambre.

Elle hésita. En cet instant précis, elle savait exactement ce qu'elle voulait. Elle brûlait du désir de lui demander de rester avec elle, mais si cela allait tout gâcher ?

Jamais elle n'avait été lâche. Si les choses devaient mal tourner, eh bien, tant pis.

— Et si je n'avais pas envie que tu me dises bonne nuit ? demanda-t-elle doucement.

— Es-tu en train de me dire que... ?

— Reste avec moi, Ellis.

— Es-tu sûre que c'est ce que tu veux vraiment ?

— Tout à fait sûre.

Elle ouvrit sa porte. Alors, Ellis la souleva dans ses bras pour lui faire franchir le seuil de sa chambre.

Les rideaux étaient déjà tirés, et la pièce n'était éclairée que par la douce lumière de la lampe de chevet.

— C'est aussi romantique que la lueur des bougies, commenta Ellis.

— Et beaucoup moins dangereux ! Si on allumait des bougies dans cette chambre, on déclencherait certainement l'alarme incendie. Tu imagines ?

— Tu as toujours l'esprit si pratique ! dit Ellis en riant. C'est une des choses que j'adore chez toi... Ce que j'adore aussi, c'est ta bouche.

Du bout du doigt, il suivit le dessin de ses lèvres.

Elle ouvrit la bouche et s'empara de son doigt.

Le souffle court, Ellis posa sur elle un regard obscurci.

— Tu me rends fou, Ruby. Je te désire tellement ! Il y a si longtemps que je te veux.

— Moi aussi, je te veux.

Elle commença à lui dénouer son nœud papillon.

Il sourit.

— Ah, c'est ainsi ?

Il la fit pivoter sur elle-même et descendit la fermeture Eclair de sa robe en l'embrassant tout le long de sa colonne vertébrale, du cou jusqu'aux reins.

Débarrassée de sa robe, elle se tourna vers lui.

— A mon tour.

Et elle se mit à lui déboutonner sa chemise. Pour lui faciliter la tâche, Ellis ôta sa veste de smoking, et elle fit glisser la chemise de ses épaules.

— Parfait, dit-elle en caressant ses pectoraux. J'ai toujours pensé que tu pourrais poser pour un grand parfum...

Elle laissa ses doigts courir sur son abdomen.

— Et tes tablettes de chocolat sont parfaites aussi.

— Attention ! Mon ego risque d'exploser.

Il l'attira à lui et l'embrassa avec ardeur.

— Tu es si belle, Ruby ! Là, maintenant, j'ai envie de te couvrir de baisers absolument partout.

— Ça me va, approuva-t-elle, les jambes molles.

— Et j'ai l'intention de prendre tout mon temps, ajouta-t-il d'une voix rauque en lui ôtant son soutien-gorge.

Il prit en effet tout son temps. Elle n'aurait su dire qui acheva de déshabiller qui, mais elle se retrouva étendue de tout son long sur les draps, les yeux clos, et elle sentit le matelas se creuser sous le poids de son compagnon.

— Te rends-tu compte à quel point j'ai envie de toi ? murmura-t-elle, n'en pouvant plus d'attente.

— J'espère que tu en as envie autant que moi. Je te désire tant que j'en perds la tête. Tu es si belle ! Encore plus belle que je ne l'avais imaginé dans mes rêves.

Galvanisée par ses caresses, elle se cambra.

— Maintenant, Ellis... Je t'en prie, maintenant.

Comme il se relevait, elle fut prise de panique. Aurait-il changé d'avis ?

Le voyant sortir de son portefeuille un petit sachet carré, elle se mordit la lèvre.

Comment avait-elle pu oublier ce détail ?

— Je n'avais aucune idée de ce qui allait réellement se passer entre nous, mais j'ai pris mes précautions.

— Toujours aussi raisonnable !

— Ce qui ne veut pas dire ennuyeux, précisa-t-il en la rejoignant sur le lit.

Ça, elle en était convaincue. Elle savait qu'avec Ellis, elle ne risquait pas de s'ennuyer.

Ce qui se passa ensuite dépassa toutes ses espérances. Ellis se révéla un amant fabuleux, au point qu'elle perdit pied dès les préliminaires.

Haletante, elle rouvrit les yeux.

— Ellis...

Elle était incapable d'aligner deux mots à la suite.

Il la serra contre lui en souriant.

— C'est bon de savoir que je peux faire perdre ses moyens à la femme la plus intelligente que je connaisse ! Mais ce n'est qu'un commencement, ajouta-t-il, malicieux.

— Tu ferais mieux de tenir ta promesse, murmura-t-elle.

— Oh ! n'aie pas peur !

Et il tint sa promesse au-delà de ce qu'elle avait pu imaginer.

Lorsque, au comble du plaisir, elle cria, Ellis poussa un long cri en écho, avant de se laisser retomber près d'elle.

Un peu plus tard, il se leva et se rendit dans la salle de bains pour se débarrasser de son préservatif. Lorsqu'il revint, il s'allongea près d'elle et la prit dans ses bras.

— Ellis, je...

— Chut. Cette nuit, laissons-nous vivre, tout simplement.

Il y avait si longtemps qu'elle n'avait pas dormi dans les bras d'un homme ! Si longtemps qu'elle n'avait pas eu le sentiment d'être protégée et chérie.

Elle tendit la main pour éteindre la lampe de chevet, se blottit contre Ellis et s'endormit dans ses bras.

Ellis resta éveillé un moment, tenant Ruby contre lui.

Ce qui venait de se passer entre eux était pour lui une révélation. Jamais il n'avait connu ça avec personne. Pas même avec Natalia.

Cela lui donnait de l'espoir pour l'avenir. Peut-être que ça pourrait vraiment marcher entre eux ?

En même temps, il se sentait pris de panique. Il avait cru aimer Natalia, pour découvrir ensuite qu'ils n'attendaient pas la même chose de la vie.

Qu'est-ce que Ruby attendait de la vie ? Faire de nouveau un mariage où elle mènerait une vie stable, non loin de leurs familles ? Il ne savait pas s'il était capable de lui offrir ce genre de vie. Pourrait-il renoncer à ses voyages ? N'avait-il pas commis encore une erreur qui risquait de blesser une personne très chère ?

Il soupira intérieurement.

Il avait dit à Ruby : « Cette nuit, laissons-nous vivre tout simplement », et voilà qu'il se laissait envahir par le doute au lieu de profiter de l'instant présent. Il devrait suivre son propre conseil. Demain, il serait temps de réfléchir à tout ça.

Cette nuit, il goûtait le bonheur de la tenir endormie dans ses bras.

11

Le lendemain matin, lorsque Ruby se réveilla, elle se sentit toute chaude et confortable. Se rappelant ce qui s'était passé dans la nuit, elle éprouva un certain embarras qui fit bientôt place à de la culpabilité.

Ellis lui posa un baiser sur l'épaule.

— Ruby...

Elle se tourna vers lui.

— Depuis quand es-tu réveillé ?

— Assez longtemps. Qu'y a-t-il ? s'enquit-il en lui caressant le visage.

Elle respira un grand coup.

— Toi et moi. La nuit dernière.

— Ça te pose un problème ? dit-il d'un ton neutre.

— Oui. Non.

Elle ferma les yeux.

— Je ne regrette pas ce que nous avons fait, mais je me sens coupable.

— Pourquoi ? Nous sommes libres tous les deux. Nous avons des sentiments l'un pour l'autre, et cette nuit nous n'avons fait que leur obéir.

— Tu es le premier depuis Tom, murmura-t-elle. Le seul à part Tom.

— Et je m'en sens très honoré, dit-il doucement.

Elle ouvrit les yeux.

— Honoré ?

— Mais oui. Honoré que tu m'aies choisi. Ruby, tu ne dois pas te sentir coupable. Tu ne trahis pas Tom.

— C'est l'impression que j'ai.

— Tom t'aimait assez pour vouloir que tu retrouves le bonheur après sa mort. Tu n'as pas à l'oublier, mais la vie continue.

— Je me sens un peu ridicule.

— Il ne faut pas. Tu es humaine, tout simplement. On ne contrôle pas ses sentiments en appuyant sur un bouton marche-arrêt. Aucun de nous ne le peut.

— Es-tu en train de me dire que, toi aussi, tu te sens coupable ?

— Tu es la femme de mon meilleur ami, alors, oui, d'une certaine façon, je me sens coupable. Mais si Tom était vivant, jamais je n'aurais fait quoi que ce soit qui puisse mettre votre mariage en danger. Tom nous a quittés il y a un an. Il nous manque à tous les deux et nous manquera toujours, mais nous devons accepter le fait qu'il ne soit plus là, et je crois qu'il serait heureux de nous voir trouver le bonheur ensemble, toi et moi...

Il sourit.

— Mais il me ferait sans doute un sermon sur l'importance de l'engagement pour s'assurer que je ne te fasse jamais de mal.

— Pour l'instant, nous ne pouvons pas nous promettre que cela durera toujours.

— Bien sûr. Mais nous pouvons profiter du moment présent.

— Tant que cela durera ?

— Et cela peut durer beaucoup plus longtemps que nous ne le croyons. Avec de la chance.

— Il faut que je cesse de ruminer, reconnut-elle en se forçant à sourire.

— Et moi, il faut que je boive un café. De combien de temps as-tu besoin pour te doucher ?

— Ça dépend si je me douche seule ou pas...

Il sourit.

— J'adore ta façon de voir les choses, Ruby ! En réalité...

Ils descendirent juste à temps pour le petit déjeuner.

Après avoir déposé leurs bagages dans la réserve de l'hôtel en attendant que leur taxi vienne les chercher, ils décidèrent de profiter pleinement de leur dernière journée à Prague.

— Qu'aimerais-tu visiter aujourd'hui ? demanda Ellis.

— C'est toi qui as le guide. Que proposes-tu ?

— J'aimerais bien voir de près la Maison Dansante. Et aussi aller dans ce café qu'Einstein fréquentait.

Elle se mit à rire.

— Tu veux marcher sur ses traces ?

— Uniquement dans ce café, répondit Ellis en riant à son tour. Je m'abstiendrai de développer sa théorie de la relativité.

Ils se rendirent à la Maison Dansante puis marchèrent le long de la rivière en se tenant par la main. Ils finirent par trouver le café où Ellis voulait aller et s'y arrêtèrent pour boire un café en dégustant un gâteau. Voyant que, pendant cette pause, le soleil d'automne avait laissé la place à de gros nuages menaçants, ils passèrent le reste de la journée à visiter des musées.

Vint enfin le moment de récupérer leurs bagages à l'hôtel et de prendre le taxi qui les conduirait à l'aéroport.

Prague occuperait toujours une place particulière dans son cœur, songea-t-elle. La ville où Ellis et elle avaient fait l'amour pour la première fois.

Mais, une fois rentrés en Angleterre, que se passerait-il ? Resteraient-ils aussi proches l'un de l'autre ?

Ellis devait se poser les mêmes questions. Lorsqu'ils arrivèrent devant la porte de Ruby, à Londres, il aborda franchement le sujet.

— Bon, qu'allons-nous faire, maintenant ?

— Je ne sais pas, répondit-elle. Que désires-tu ?

— Es-tu prête à rendre officielle notre relation ?

Elle fronça le nez.

— Ne le prends pas mal, mais pourrais-je en parler d'abord aux parents de Tom ?

— Tu as raison, c'est préférable. Si cette situation les gêne, nous pouvons garder le secret encore un moment, le temps qu'ils s'habituent à l'idée.

— Merci de si bien comprendre les choses.

Il lui donna un petit baiser.

— On se voit demain au travail ?

— Oui. Et merci pour ce voyage à Prague. C'était merveilleux.

— Oui, absolument merveilleux.

Un bref instant, elle aurait juré avoir vu de la tristesse dans le regard d'Ellis.

— L'échographie montre que vous êtes enceinte de vingt-deux semaines, madame Falcon, dit Ellis.

— Je n'arrive pas à le croire, soupira Anita Falcon. J'ai quarante-cinq ans et un fils de quinze ans. Comment ne me suis-je pas rendu compte que j'attendais un enfant ? Je ne l'ai découvert que la semaine dernière !

Une larme roula sur sa joue.

— Il y a dix ans, reprit-elle, j'aurais été enchantée de donner un petit frère ou une petite sœur à Max. Mais comment vais-je élever un enfant aujourd'hui, alors que mes parents vivent chez moi… Mon père a perdu la tête, mon fils passe ses examens au mois de juin, et mon mari risque de se retrouver au chômage le mois prochain, ce qui veut dire que je ne peux pas m'arrêter de travailler, ne serait-ce que quelques mois. Et ma grossesse est trop avancée pour envisager de l'interrompre, si cette idée me traversait l'esprit. Comment ai-je pu ne me rendre compte de rien ?

Enfouissant son visage dans ses mains, elle se mit à sangloter.

Ruby s'assit à côté d'elle et lui passa un bras autour des épaules.

— Ne soyez pas si dure avec vous-même. Tout un tas de raisons peuvent expliquer qu'une femme ne se rende pas compte qu'elle est enceinte. D'après ce que vous venez de dire, vous subissez du stress, en ce moment.

Anita s'essuya les yeux du revers de la main.

— Il n'a pas été facile de trouver le moyen d'aider mon père. Nous voulions tous qu'il garde le plus longtemps possible son indépendance, et je souhaitais soulager maman. C'est pourquoi ils sont venus s'installer chez nous.

— Se retrouver sous le même toit que ses vieux parents n'a rien d'évident, surtout s'ils ont des problèmes de santé. Vous vous inquiétez pour eux, pour votre fils et pour le travail de votre mari. Cela fait beaucoup.

— J'attribuais au stress l'état dans lequel je me trouvais. Comme je n'avais pas mes règles depuis quatre mois, je pensais que c'était le début de la ménopause. De même, quand je devais me lever la nuit pour uriner, je me disais que c'était un effet de l'âge. J'ai tout mis sur le compte de la ménopause et du stress, d'autant plus que je n'ai aucune nausée, alors que j'en avais de très fortes lorsque j'attendais mon fils Max.

— Le corps réagit différemment à chaque grossesse. Une femme peut souffrir de terribles nausées pour son premier enfant et n'en avoir aucune pour le second. Avez-vous pris du poids ?

— Environ cinq kilos, répondit Anita. Là encore, j'ai cru que l'âge et le stress étaient les responsables. Et aussi le fait que je mange beaucoup de chocolat pour lutter contre l'angoisse.

— Certaines femmes prennent peu de poids durant leur grossesse. Si elles font de l'exercice physique ou sont déjà en surpoids avant de tomber enceintes, il arrive que leur grossesse ne soit pas visible pendant un bon moment.

— Par ailleurs, intervint Ellis, si vous présentez une rétroversion utérine, ce qui est le cas d'une femme sur cinq, l'abdomen ne s'arrondit pas avant au moins douze semaines.

Anita les regarda, une lueur d'espoir dans le regard.

— Alors, si je ne me suis pas aperçue que j'étais enceinte, ce n'est pas totalement dû à ma stupidité ?

— Vous n'avez pas du tout été stupide, affirma Ruby. Il s'est écoulé quinze ans entre vos deux grossesses, ce qui explique que vous ayez oublié ce que l'on ressent quand on est enceinte. Et vous avez eu trop de soucis ces derniers temps pour repérer les signes qui auraient pu vous alerter.

— J'ai eu de terribles brûlures d'estomac la semaine dernière. J'ai pensé que c'était dû au stress et à l'abus de chocolat. Je suis allée voir mon généraliste. Lorsqu'il m'a annoncé que j'étais enceinte, je n'ai pas voulu le croire.

Elle se mordit la lèvre.

— Quand je pense à la façon dont je me suis nourrie ces derniers temps... J'ai mangé des fromages à pâte molle, des œufs à peine cuits, j'ai bu du vin, alors que j'aurais dû...

Elle se tut, au bord des larmes.

— Et vous avez peur d'avoir fait du mal au bébé, dit Ellis. Mais ce que l'on voit sur l'écran, c'est un bébé qui a le poids voulu à cette date de la gestation, dix doigts et dix orteils, et un rythme cardiaque des plus stables. Je n'ai rien constaté qui m'inquiète en tant qu'obstétricien. D'autre part, il vous reste dix-huit semaines pour manger beaucoup de légumes verts.

— Je ne vais pas y manquer, dit Anita avec un sourire vacillant.

— D'autres membres de la famille peuvent-ils vous aider ?

— J'ai un frère aîné, mais il fait l'autruche quant aux problèmes que connaissent mes parents. Je ne peux donc pas compter sur lui. Il trouve toujours des excuses pour ne pas venir les voir, alors qu'il ne vit pas si loin que ça.

A ces mots, Ellis éprouva un bref sentiment de culpabilité. Depuis des années, il se trouvait une foule d'excuses pour ne pas rendre visite à ses parents. Notamment en invoquant le fait qu'il travaillait à l'étranger.

— Et la famille de votre mari ? demanda-t-il.

— Disons que ma belle-mère se fera un plaisir de raconter partout que, moi qui me crois si intelligente, j'ai été trop stupide pour savoir utiliser les méthodes contraceptives, et assez bête pour ne pas m'apercevoir que j'étais enceinte. Mais j'ai une amie merveilleuse. Je peux compter sur elle. Et je crois que Max et Nick, une fois qu'ils auront surmonté le choc, seront là pour moi aussi.

Ruby lui pressa la main.

— C'est génial. Et nous aussi, nous sommes là pour vous. Si vous avez la moindre inquiétude entre deux rendez-vous, venez nous voir. Nous disposons d'une consultation sans rendez-vous dans notre service.

— Je vous remercie. Je suis désolée de m'être effondrée comme je viens de le faire. Ce n'est pourtant pas mon genre.

— C'est à cause des hormones, dit Ruby. Et puis, vous avez de lourdes charges sur les épaules, en ce moment. Si j'étais à votre place, je réagirais comme vous.

— Vraiment ?

— Vraiment.

Ellis lui tapota l'épaule.

— Bien, nous allons finir de vous examiner et vous fixer un

rendez-vous pour dans quinze jours. Il faut vous surveiller de près — en raison de votre âge, et non parce que quelque chose nous inquiéterait particulièrement. Mais si jamais vous aviez un souci, venez nous voir sans attendre le jour du rendez-vous.

— Vous avez été si gentils tous les deux, dit Anita. J'ai honte de m'être montrée aussi stupide...

— Cessez de vous faire des reproches, lui intima-t-il. Les études montrent qu'une femme sur cinq cents environ ne se rend pas compte avant la vingtième semaine qu'elle est enceinte. Vous n'êtes donc pas stupide.

— Merci à vous deux. Ce bébé n'était pas programmé, mais jamais il n'aura l'impression de n'avoir pas été désiré.

Dans la soirée, Ruby retrouva Ellis chez lui. Blottie dans ses bras sur le canapé du salon, elle évoqua le cas d'Anita.

— Cette pauvre femme qui est venue nous voir cet après-midi est confrontée à tout un tas de problèmes.

— Tomber enceinte à son âge n'est pas facile, dit Ellis, et elle doit en plus veiller sur ses parents, soutenir son fils à la veille de ses examens et faire face au chômage possible de son mari. Avec tout ce stress, pas étonnant qu'elle n'ait pas mesuré qu'elle attendait un bébé.

— Si je me retrouvais dans sa situation, je ne pourrais pas laisser mes parents se battre seuls avec leurs problèmes, mais je ne voudrais pas non plus les arracher à leur environnement familier et les faire venir chez moi. Comme je suis fille unique, ce serait à moi de trouver une solution. Je quitterais probablement Londres pour retourner à Manchester.

— Si cela arrivait à mes parents, dit Ellis, j'aurais du mal à leur venir en aide. Ils nous cachent leurs difficultés, à mes frères et moi. Si on leur pose des questions, on se heurte à un mur.

Il poussa un soupir.

— On se fait du souci pour eux. Mais s'ils refusent notre aide, nous ne pouvons pas les forcer à l'accepter.

— J'imagine que, en travaillant à des milliers de kilomètres, avec un million de problèmes de tout genre à régler, tu n'as pas trop le temps de t'inquiéter pour eux.

— Tu veux dire que mon métier me sert d'échappatoire ? C'est en partie vrai. Et j'en ai un peu honte. J'y ai pensé quand j'ai entendu Anita parler de son frère, qui trouve toujours des excuses pour ne pas rendre visite à leurs parents. C'est ce que je fais, moi aussi.

— Ellis, tu es un être humain, lui rappela-t-elle en lui caressant le visage. Nous avons tous nos limites. Et tu ne peux pas sauver tout le monde ni régler tous les problèmes.

Il lui donna un baiser léger sur les lèvres.

— Je sais. Certaines choses ne trouvent pas de solution. Et l'on doit accepter de faire tout son possible tout en sachant que ça reste très insuffisant.

— J'aimerais parfois disposer d'une baguette magique.

— Moi aussi. Mais je te remercie. Grâce à toi, je me sens mieux.

— Je n'ai rien fait du tout !

— Mais si. Je peux me confier à toi et je sais que tu ne me juges pas. Cela fait une énorme différence.

— Oh ! Ellis ! dit-elle, les yeux pleins de larmes.

— Bon, changeons de sujet de conversation, maintenant, et parlons de quelque chose de plus léger.

— Brenda et Mike viennent à Londres le week-end prochain, annonça Ruby après s'être mouchée.

Elle marqua une pause.

— Je pense qu'il est temps que nous leur disions, pour nous deux.

— Je souhaite le faire avec toi. J'adore les parents de Tom. Même si toi et moi n'étions pas ensemble, je t'aurais demandé si je pouvais passer chez toi leur dire bonjour.

Il lui caressa la joue.

— Mais maintenant que nous sommes ensemble, j'ai d'autant plus envie d'être là avec toi pour leur apprendre la nouvelle...

Il lui vola un baiser.

— Et j'espère aussi te convaincre de rester ici cette nuit.

— Je n'ai rien pris avec moi !

— Je peux te fournir une brosse à dents, presque toutes les

affaires de toilette dont tu pourrais avoir besoin. Et, si tu veux, nous mettrons ton linge dans la machine à laver. Il sera propre et sec demain matin. Tu as ton uniforme à l'hôpital, tu n'as ni chat ni chien à nourrir, et je ne suis pas mauvais pour confectionner des œufs brouillés servis sur un toast. Et je te préparerai aussi du jus d'orange. Du vrai — une orange pressée, pas du jus venant d'une bouteille.

Elle éclata de rire.

— Vous êtes très persuasif, docteur Webster. Je n'ai aucun argument à t'opposer. Je serai ravie de rester avec toi.

— Bien, dit-il en l'embrassant encore.

Ils franchissaient une nouvelle étape dans leur relation.

C'était une autre raison de rester à Londres. Il connaissait Ruby beaucoup mieux qu'il n'avait connu Natalia. Ils s'entendaient admirablement, tous les deux.

Cependant, il avait encore des doutes. Sa dernière relation sérieuse avait été un échec. Celle-ci ne le serait-elle pas, elle aussi ?

12

— Je me sens horriblement nerveuse, dit Ruby le dimanche matin.

— Tout se passera bien, affirma Ellis pour la rassurer. Ne t'inquiète pas.

Mais elle ne pouvait s'empêcher d'avoir des craintes. Elle voulait être avec Ellis, mais elle redoutait de perdre Brenda et Mike. Lorsqu'ils sauraient qu'elle fréquentait un autre homme, la rejetteraient-ils ?

On sonna à la porte.

Elle courut ouvrir et accueillit Brenda et Mike, qui la serrèrent dans leurs bras et lui offrirent un bouquet de fleurs.

— Oh ! Ellis, tu es là aussi ! s'exclama Brenda. Quel plaisir de te voir !

Elle l'embrassa, et Mike échangea avec lui une poignée de main.

— Puis-je vous offrir un café ? demanda Ruby.

— Avec plaisir, répondit Brenda.

— Je vais le préparer, annonça Ellis.

— Et moi, je vais mettre ces fleurs dans un vase, dit Ruby avec un sourire.

Lorsqu'elle se retrouva dans la cuisine seule avec Ellis, elle l'interrogea en baissant la voix.

— Quand allons-nous leur dire ?

— Le plus tôt sera le mieux.

— Très bien. Je vais essayer d'être courageuse.

De retour dans le salon, elle attendit qu'ils soient tous assis en train de boire leur café en grignotant des biscuits, pour entrer dans le vif du sujet.

— Il y a quelque chose que je voudrais vous dire, commença-t-elle.

— Nous t'écoutons, ma chérie, dit Mike.

Elle respira un grand coup.

— Je vous en prie, n'allez pas croire que je pourrai jamais oublier Tom, mais...

— ... tu as rencontré quelqu'un, la coupa Brenda d'un ton bienveillant.

Ruby, surprise, la regarda fixement. Etait-ce donc si évident ?

— Heu... oui, répondit-elle, mal à l'aise.

— Ma chérie, cela fait plus d'un an qu'il est mort, et tu es encore jeune. Je suis certaine que Tom ne voudrait pas que tu passes le restant de tes jours à le pleurer.

— Alors, ça ne vous contrarie pas si je vois quelqu'un ?

— Tant qu'il se conduit bien avec toi, précisa Mike. Si ce n'était pas le cas, alors, oui, ça me poserait un problème.

— Ne vous inquiétez pas, dit Ellis. Souvenez-vous : Tom m'a demandé de veiller sur elle.

— Tu as donc rencontré le soupirant de Ruby ? demanda Brenda.

Il toussota.

— Disons que vous le connaissez vous aussi depuis déjà un bon nombre d'années...

Brenda et Mike le regardèrent fixement, et il vit la surprise faire place au soulagement sur leurs visages.

— Mais nous ne voulions pas rendre la nouvelle publique avant d'être sûrs que vous nous approuviez, ajouta-t-il.

— Nous vous approuvons, dit doucement Brenda. Nous sommes plus que d'accord.

Mike sourit.

— Je regrette de ne pas avoir apporté une bouteille de champagne.

— En fait, avoua Ellis, j'en ai apporté une en espérant que je ne tentais pas le sort. Si vous n'aviez pas approuvé que Ruby et moi sortions ensemble, j'aurais proposé de porter un toast à la mémoire de Tom. Est-ce que je vais chercher cette bouteille ?

— Oui, oui ! dit Brenda en battant des mains. Et nous vous souhaitons à tous les deux tout le bonheur du monde !

Ce soir-là, Ruby, allongée sur le canapé du salon, évoqua en souriant la réaction des parents de Tom.

— Je suis si heureuse qu'ils nous approuvent !

— Moi aussi, dit Ellis. Serais-tu prête alors à ce que nous annoncions la nouvelle à tout le monde demain ?

— Oui, je pense. Je dois t'avouer que j'en ai déjà parlé à Tina.

Il savait que Tina était la meilleure amie de Ruby.

— Et qu'en pense-t-elle ?

— Elle a souligné le fait que tu as la bougeotte et que je ferais mieux de ne pas trop m'attacher à toi.

— Je n'ai pas la bougeotte, Ruby. J'ai l'impression que je vais avoir du mal à t'en convaincre — et quelques autres personnes aussi.

Elle lui caressa la joue.

— Je ne doute pas de toi. Cependant, tu as l'habitude de voyager tout le temps !

— Je suis pourtant resté à Londres pendant plus d'un an et demi, souligna-t-il.

— Cela ne te manquerait pas de travailler à l'étranger et de découvrir constamment de nouveaux endroits ?

— Si. Mais ce dont je suis sûr, c'est que tu me manquerais plus encore, dit-il tendrement.

La nouvelle se répandit rapidement au sein de l'hôpital la semaine suivante. Ruby fut agréablement surprise de voir que tout le monde semblait se réjouir pour eux, d'autant plus qu'ils avaient clairement fait comprendre que leur vie privée ne changerait en rien leur relation professionnelle.

Un matin, Ellis se rendit dans le bureau des sages-femmes pour montrer à Ruby une lettre qu'il avait reçue de Grace Edwards.

— Tu te souviens ? dit-il. Tu pensais qu'elle était peut-être une chimère. Eh bien, elle a subi d'autres tests d'ADN qui ont révélé que tu avais vu juste. Le tribunal a classé l'affaire. Grace dit que ses relations avec son ex-mari commencent à s'améliorer, pour le plus grand bien de l'enfant.

— Voilà une bonne nouvelle. Je suis si contente que les choses s'arrangent pour elle.

— Pas seulement pour elle, la corrigea Ellis en lui volant un baiser. Je n'aurais jamais cru être un jour aussi heureux.

— Tout comme moi, dit-elle en lui rendant son baiser.

— Hé, vous deux, vous êtes censés donner le bon exemple aux plus jeunes, lança d'un ton malicieux Coral, la sage-femme stagiaire, qui passait devant eux.

Ellis se mit à rire.

— Mais c'est ce que nous faisons !

Les semaines qui suivirent donnèrent à Ruby l'impression de passer à la vitesse de l'éclair. Ellis et elle essayaient d'être ensemble le plus souvent possible, mais arriva le jour qui marquait la fin du remplacement qu'il effectuait à l'hôpital.

Ce soir-là, tous les membres du personnel qui n'étaient pas de garde se réunirent avec lui autour d'une pizza pour lui dire au revoir et lui offrir un cadeau de départ. Il s'agissait d'une trousse d'urgence un peu particulière, puisqu'il y trouva des chaussettes, du chocolat et du savon, ce qui le fit beaucoup rire. Il reçut aussi une carte signée de chacun des membres de l'équipe.

— Nous avons très envie de vous revoir, Ellis, déclara Theo. Je ne veux exercer aucune pression, mais nous avons tous envie que vous reveniez travailler ici. Et je compte bien avoir la réponse à la question que je vous ai posée dès que vous aurez remis un pied sur le sol anglais.

En d'autres termes, Theo était impatient de savoir si Ellis allait accepter le poste qu'il lui avait offert.

— D'accord, dit ce dernier en souriant. Message reçu.

— Et nous voulons recevoir régulièrement des textos pour avoir de vos nouvelles, déclara Iris, la sage-femme en chef.

— En fait, répondit Ellis, je ne pourrai prendre contact avec personne lorsque je serai là-bas. Le dispensaire où je vais se trouve dans un coin reculé du Zimbabwe. Il n'y a ni accès à internet ni réseau pour les téléphones portables.

Ruby avala sa salive.

Ellis l'ayant déjà mise au courant, elle était préparée à entendre toutes ces précisions, mais elle avait encore du mal à accepter la situation.

Voulant alléger l'atmosphère, elle plaisanta.

— Alors, j'imagine que tu ne pourras pas non plus nous envoyer de carte postale ?

— Le temps que je trouve quelqu'un qui se rende dans une grande ville disposant d'un bureau de poste, et que cette personne accepte de prendre la carte, d'acheter un timbre et d'expédier le tout en Angleterre, je serai probablement rentré avant que la carte ne vous arrive ! Et cela, même si je m'en occupe le jour même de mon arrivée.

Pas de téléphone, pas de texto, pas d'e-mail, et pas même une lettre. Un long mois sans aucun contact.

Elle avait confiance en Ellis, mais comment des amoureux parvenaient-ils à entretenir une relation à distance en n'ayant aucune nouvelle l'un de l'autre pendant des semaines ? Etait-ce à cela que ressemblerait sa vie à l'avenir ?

Elle fit dévier la conversation et se mit à taquiner Ellis, avec les autres membres de l'équipe.

Lorsque, la petite fête terminée, ils rentrèrent tous deux chez lui, il la prit dans ses bras.

— Ruby, je sais que cela va être très dur de ne pas pouvoir communiquer durant un long mois. Mais s'il y avait une urgence, sache que tu pourras toujours téléphoner à John, au siège de l'association. Il trouvera quelqu'un capable de m'envoyer un message radio. Et puis, si vraiment c'est ce que tu veux, je peux encore renoncer à cette mission.

Ellis ferait cela pour elle ?

Oui, son regard montrait qu'il était sincère. Il était prêt à renoncer à sa mission pour elle.

Mais elle ne pouvait lui demander un tel sacrifice. Elle ne voulait pas non plus qu'il parte au Zimbabwe en se sentant coupable de la quitter. Elle devait se montrer courageuse, lui donner le sentiment qu'il pouvait s'en aller sans aucune arrière-pensée.

— Tu as promis d'aller là-bas. Je ne t'inciterai pas à trahir ta promesse. Il faut tenir tes engagements, dit-elle avec un petit sourire vacillant.

Cette nuit-là, ils firent l'amour comme si c'était la dernière fois. Ce fut si bon que c'en était presque insupportable. Plus tard, blottie dans les bras d'Ellis, elle laissa silencieusement couler les larmes sur ses joues dans l'obscurité, faisant semblant de dormir.

Le lendemain, elle tint à accompagner Ellis à l'aéroport.

Comme ils quittaient son appartement, elle s'étonna de le voir n'emporter qu'un sac à dos.

— J'ai du mal à croire que tu n'aies que cela comme bagage !

— J'ai appris à voyager léger, répondit-il en souriant. Ruby, je vais revenir, tu sais.

— Je sais.

— Ruby, je t'...

Elle le fit taire en posant un doigt sur ses lèvres.

Elle avait deviné ce qu'il allait dire. Ces mots, elle voulait les entendre. Mais pas maintenant.

— Attends d'être de retour, dit-elle doucement.

Ils prirent le train pour se rendre à Heathrow et parlèrent peu durant le trajet. En attendant le départ de l'avion, ils burent un dernier café ensemble. Puis vint le moment où le vol pour Harare fut annoncé par haut-parleur.

— Je dois y aller, dit Ellis en la serrant dans ses bras. On se revoit dans un mois. Je vais compter les jours un par un. Il ne se passera pas une journée sans que je pense à toi.

— Moi aussi, je penserai à toi...

Elle ne pleurerait pas. Elle ne le laisserait pas prendre l'avion en se sentant coupable et malheureux à cause d'elle.

— Va là-bas où tu vas pouvoir changer les choses. Je suis fière de toi. Je veillerai sur ton appartement et ferai en sorte que tu aies du pain frais et du lait quand tu rentreras. On se revoit dans un mois, acheva-t-elle dans un souffle.

— Ruby... Je voudrais ne pas partir.

— Si tu y renonçais, tu le regretterais toute ta vie. Pars. Fais ce que tu sais si bien faire. Va aider à installer ce dispensaire qui va changer la vie des gens là-bas.

Il l'embrassa avec passion.

— Je vais bientôt revenir.

— Je sais.

Elle ne quitta pas l'aéroport avant d'avoir vu l'avion décoller.

Lorsqu'elle prit le train pour rentrer chez elle, elle se demanda pourquoi le soleil brillait dans un ciel sans nuages. Pourquoi le temps n'était-il pas triste et pluvieux, en harmonie avec son cœur en berne ?

Le lendemain, Ruby rendit visite à une nouvelle maman dont le bébé était né à trente-six semaines de grossesse. A présent, l'enfant avait trois jours, et le teint et le blanc des yeux très jaunes.

Elle regretta qu'Ellis ne soit pas là pour expliquer aux jeunes parents la situation. Il excellait tellement dans cette tâche ! Mais il fallait qu'elle se débrouille sans lui.

— Si votre bébé a le teint et les yeux jaunes, dit-elle, c'est parce qu'il a trop de bilirubine dans le corps.

— Qu'est-ce que la bilirubine ? demanda Mme Patterson.

— C'est un pigment jaune que le corps fabrique lorsque les globules rouges du sang — ceux qui font circuler l'oxygène dans tout l'organisme — sont défaillants. D'habitude, le foie élimine la bilirubine — en fait, c'est votre foie qui s'en charge quand l'enfant est encore dans votre ventre. Trois bébés sur cinq présentent un début de jaunisse. C'est pourquoi nous procédons à une analyse du sang du bébé dès la naissance. Votre petite fille semble avoir une forte jaunisse, et Coral m'a dit que vous aviez du mal à la nourrir.

— Alors, c'est ma faute ?

— Non, pas du tout. La jaunisse explique pourquoi elle se nourrit mal.

— Il va falloir qu'elle suive un traitement ?

— En fait, le meilleur traitement, c'est l'exposition au soleil, mais, à cette époque de l'année, l'ensoleillement est faible. Alors, nous utilisons la photothérapie par fibre optique. Cela consiste à coucher le bébé sur un matelas qui diffuse une lumière spéciale sur le dos de l'enfant. Cette lumière est absorbée par la peau, ce qui a pour effet de dissoudre la bilirubine, et le foie du bébé peut alors l'éliminer.

— C'est tout ? s'étonna Mme Patterson. Vous allez simplement l'allonger sur un matelas spécial ?

— Et nous surveillerons le taux de bilirubine dans son sang jusqu'à ce qu'il commence à baisser. Votre petite fille va perdre un peu d'eau, alors nous serons peut-être amenés à la placer sous perfusion pour la réhydrater. Vous pourrez rester auprès d'elle pendant tout ce temps, vous continuerez à la nourrir et à lui changer ses couches. Elle ira déjà beaucoup mieux dans un jour ou deux.

— Et après, elle ira tout à fait bien ?

— Absolument.

C'était vrai pour le bébé. Et si elle s'obstinait à répéter que tout irait bien aussi entre Ellis et elle, cela finirait par être vrai.

Ellis se réjouissait vraiment que son rythme de travail au Zimbabwe confine à la folie. Il était tellement occupé qu'il n'avait pas le temps de penser à quel point Ruby lui manquait. Le soir, il était si fatigué qu'il s'endormait dès qu'il posait la tête sur l'oreiller. Même s'il s'entendait bien avec les autres membres de l'équipe, il ne frayait pas avec eux autant qu'il le faisait autrefois. Tous les soirs, il s'appliquait à écrire à Ruby sur un carnet acheté spécialement pour rédiger ces lettres. A son retour, il lui donnerait ce journal de bord pour qu'elle sache qu'il avait pensé à elle tous les jours de leur séparation.

La veille de son départ, il reçut un appel radio de John, le gestionnaire d'affectation de son association humanitaire.

— Je sais que c'est beaucoup te demander, Ellis, mais je voudrais que tu prolonges ta mission. Acceptes-tu de rester deux semaines de plus ?

Deux ans auparavant, il aurait dit oui sans hésiter. Aujourd'hui, c'était différent. Il aimait Ruby, il avait besoin de la retrouver.

— Je regrette, dit-il, mais c'est non. J'adore ce travail, mais j'ai rencontré quelqu'un à Londres. Et maintenant, j'ai besoin de rentrer chez moi. Pour de bon.

Chez lui, c'était Londres. Parce que Ruby y était.

A condition qu'elle n'ait pas changé d'avis à propos de leur relation pendant qu'il était à l'étranger.

— Je comprends, dit John. J'ai l'impression que nous avons eu beaucoup de chance que tu acceptes de nous rejoindre pour cette mission d'un mois.

— J'avais promis de la faire, et je tiens toujours mes promesses.

— Tu vas nous manquer. Et si jamais tu changes d'avis, nous serons ravis que tu reviennes travailler avec nous, ne serait-ce que pour quelques jours.

— Tu seras le premier au courant, promit Ellis.

13

Ellis avait délibérément trompé Ruby sur sa date de retour, lui indiquant celle du lendemain du jour où il devait véritablement arriver en Angleterre. Il voulait ainsi lui éviter de s'angoisser si quelque chose le retardait et qu'il était dans l'impossibilité de l'en avertir.

Le voyage lui parut interminable. Dès qu'il eut franchi la zone de contrôle des passeports à Heathrow, il sortit son téléphone de sa poche, mais ses mains tremblaient tellement qu'il fit tomber l'appareil dont l'écran se brisa sur le sol.

Il le ramassa en maugréant.

— Oh ! non, ce n'est pas vrai ! Comment vais-je téléphoner à Ruby, à présent ?

— Vous avez un problème, mon vieux ?

Il se retourna et se trouva face à l'un de ses compagnons de voyage. Il lui montra son téléphone dont l'écran était brisé.

— J'ai réussi à protéger ce portable pendant le mois que je viens de passer dans un coin reculé de la planète où j'ai installé un dispensaire, et voilà que, à peine arrivé ici, je le fais tomber... Quel idiot je fais ! conclut-il en secouant la tête.

— Tenez, servez-vous du mien, dit l'homme en lui tendant son téléphone.

— Merci beaucoup. Je n'en aurai pas pour longtemps.

Il prit l'appareil et voulut composer le numéro de Ruby, puis il s'arrêta brusquement.

— Oh non ! s'exclama-t-il. Je ne me souviens plus du numéro

de la personne que je voulais appeler. Comment puis-je être aussi nul ?

L'homme s'esclaffa.

— C'est le problème avec ces appareils. On se fie tellement à eux que, lorsqu'ils lâchent, on est perdu.

— Vous avez raison. En tout cas, je vous remercie de votre aide, ajouta-t-il en lui rendant son téléphone.

Après avoir franchi la douane, il se rendit dans une boutique et acheta un téléphone à carte. Ayant trouvé sur internet le numéro de l'hôpital, il le composa et, deux secondes plus tard, il était en relation avec la maternité.

— Bonjour, Iris. Ne dites rien... c'est Ellis. Est-ce que Ruby est là ?

— Oui. Mais je croyais que vous ne deviez revenir que demain ?

— Mon voyage de retour s'est passé plus facilement que je ne le pensais. Je vous en prie, ne dites rien à Ruby ! Je veux lui faire la surprise.

— Promis.

— Merci. J'arrive tout de suite.

Avec pour tout bagage son sac à dos, il sauta dans le train pour regagner le centre de Londres, puis il prit le métro qui l'amena près du London Victoria. Après s'être arrêté à la boutique de l'hôpital pour acheter un gros bouquet de fleurs, il se dirigea vers la maternité.

Iris était à l'accueil.

— Bienvenue à la maison ! dit-elle. Ruby se trouve dans la cuisine du personnel, et je suis sûre qu'elle est seule, chuchota-t-elle en lui adressant un clin d'œil.

— Merci.

Il lui lança un baiser du bout des doigts et se rendit directement dans la petite cuisine.

Appuyée contre le comptoir, Ruby sirotait un café. En le voyant apparaître, elle faillit laisser tomber sa tasse.

— Ellis ! Je croyais que tu ne rentrerais que demain !

— Parfois, les vols ont du retard. Je ne voulais pas que tu t'inquiètes, alors j'ai préféré te dire que mon retour était prévu pour demain et non pour aujourd'hui.

Il posa le bouquet sur le comptoir, se débarrassa de son sac à dos et la prit dans ses bras.

— Tu m'as tellement manqué ! dit-il en l'embrassant.

Se serrant contre lui, elle lui rendit son baiser avec la même fièvre. Lorsqu'il s'écarta enfin, il remarqua qu'elle avait des rougeurs sur le visage.

— Oh ! mon Dieu ! Je suis désolé. C'est ma barbe. J'aurais dû d'abord me raser — et prendre une douche.

Il fit la grimace.

— Excuse-moi. Je ne dois pas sentir très bon.

Ruby éclata de rire.

— Ne t'inquiète pas ! L'essentiel, c'est que tu sois là. Combien de temps t'a pris ce voyage ?

— J'ai fait six heures de Jeep pour aller du dispensaire à Harare. Là, j'ai dû attendre un bon moment, puis le vol entre Harare et Heathrow a duré près de vingt heures, en comptant les escales. Et cela a été encore très long pour atteindre le centre de Londres. A mon arrivée à Heathrow, j'ai voulu te téléphoner, mais tu ne croiras jamais ce qui m'est arrivé.

Il lui raconta la chute de son portable et l'impossibilité de se souvenir ensuite de son numéro de téléphone.

— Tu imagines ? Quel idiot je suis !

Elle lui caressa la joue.

— Rassure-toi, je crois que, moi aussi, je serais incapable de me rappeler ton numéro. Je compte sur mon portable pour le garder en mémoire.

Il lui déposa un baiser dans le creux de la main.

— Tu m'as tellement manqué. Je t'aime, Ruby. Je t'aime tellement ! Et je veux rester ici, à Londres, avec toi.

— Ellis, tu es parti un mois. Tu viens de voyager pendant près de trente-six heures, tu n'as sans doute pas beaucoup dormi. Je pense que nous devrions avoir cette conversation lorsque tu auras retrouvé tous tes moyens.

La peur s'empara de lui.

Ruby aurait-elle changé d'avis ? Portait-elle aujourd'hui un autre regard sur leur relation ?

Elle sortit une clé de la poche de son pantalon.

— Tiens, prends-la, dit-elle. C'est la clé de chez moi. Ton appartement est probablement glacial, et ton réfrigérateur totalement vide. Pensant que tu rentrais demain, j'avais prévu de tout préparer pour ton retour ce soir après le travail. Chez moi, tu pourras te doucher, te restaurer et dormir un peu en attendant que je rentre. Je demanderai à Tina de me rendre le double que je lui laisse habituellement.

— Merci, dit-il en prenant la clé qu'elle lui tendait.

Il sortit de son sac à dos le petit carnet qu'il avait emporté au Zimbabwe et le lui tendit.

— Je t'ai écrit tous les jours pendant que j'étais là-bas. C'était le seul moyen de me sentir proche de toi alors que j'étais à des milliers de kilomètres de Londres.

— Tu m'as écrit tous les jours... Tu m'as tellement manqué, murmura-t-elle, la voix enrouée. Ellis, je t'aime, moi aussi.

Il la prit dans ses bras et la serra étroitement contre lui.

— Tu as raison, j'ai besoin de dormir. Mais je serai réveillé lorsque tu rentreras, et alors nous pourrons parler.

Il lui donna un baiser, puis, lui reprenant le carnet, il déchira la dernière page et la mit dans sa poche.

— Que fais-tu ? demanda Ruby.

— Je veux être là quand tu liras cette dernière page.

Prenant le bouquet qu'il avait posé sur le comptoir, il le tendit à Ruby.

— C'est pour toi. Je sais, ces fleurs ne sont pas géniales, mais je voulais juste...

— Elles sont très belles, Ellis. Après avoir fait ce long voyage, tu as pensé à m'offrir des fleurs !

Ruby l'embrassa de nouveau et se blottit dans ses bras.

— Va à la maison et dors. Je rentrerai bientôt. Bienvenue chez toi, Ellis. Je suis tellement heureuse de te retrouver !

Son sourire continua de lui réchauffer le cœur tandis qu'il regagnait l'appartement. Après s'être lavé et rasé, il se rendit dans la chambre d'amis qu'il avait si souvent occupée pendant la maladie de Tom. A peine eut-il posé la tête sur l'oreiller qu'il s'endormit.

Ruby profita de sa pause-déjeuner pour prendre connaissance des lettres qu'Ellis lui avait écrites chaque jour. Installée dans un coin de la cantine avec un sandwich et un café, elle se plongea dans la lecture du carnet.

Cela ressemblait à un journal de bord. Ellis décrivait le fonctionnement du dispensaire, l'équipe avec laquelle il travaillait, les patientes qu'il voyait. Mais il parlait aussi de ses sentiments. Il disait combien elle lui manquait, combien il aurait voulu être à Londres, même s'il adorait son travail. Il racontait que, en regardant le ciel la nuit, il se disait qu'ils ne voyaient pas les mêmes étoiles puisqu'ils n'étaient pas dans le même hémisphère, et qu'il se sentait encore plus seul.

Elle avait la gorge nouée par l'émotion. Les sentiments qu'Ellis lui portait n'avaient pas changé. Il semblait bien qu'ils aient une chance d'avoir une relation durable.

Lorsqu'elle rentra en fin d'après-midi, l'appartement était silencieux. Elle se dirigea vers sa chambre, mais Ellis n'y était pas. Il avait eu la délicatesse de ne pas se coucher dans le lit qu'avait occupé son meilleur ami.

Prenant soin de ne pas faire de bruit, elle ouvrit la porte de la chambre d'amis.

Ellis dormait à poings fermés. Il avait encore les traits tendus et le visage marqué par la fatigue.

Elle brûlait d'envie de le réveiller, mais elle s'en abstint, consciente qu'il avait besoin de récupérer après un voyage aussi épuisant. Voyant son sac à dos posé par terre, elle se dit qu'elle pouvait au moins faire quelque chose pour lui.

Elle s'empara du sac et referma doucement la porte derrière elle.

Lorsque Ellis ouvrit les yeux, il entendit des bruits discrets dans l'appartement.

Ruby était rentrée.

Comme il cherchait son sac à dos afin d'y prendre ses vêtements, il ne le trouva pas au pied du lit, là où il croyait l'avoir posé.

Peut-être l'avait-il laissé dans la salle de bains ?

Mais il n'y était pas non plus.

Ruby avait dû l'entendre marcher, car elle l'appela.

— Ellis ? lança-t-elle depuis la cuisine.

Vêtu simplement de son boxer-short, il se hâta de la rejoindre.

— Excuse-moi, dit-il, je ne trouve plus mes vêtements.

Elle sourit.

— Ils étaient dans ton sac à dos, et maintenant ils tournent dans la machine à laver. Je pensais que tu dormirais plus longtemps et qu'ils seraient secs lorsque tu te réveillerais.

Elle prit un air coupable.

— De toute évidence, j'ai été trop bruyante. Désolée, je ne voulais pas interrompre ton sommeil.

— Tu ne m'as pas réveillé... Ruby, je suis si heureux d'être de retour chez moi ! ajouta-t-il en la serrant dans ses bras.

Oui, il se sentait vraiment chez lui. C'était une sensation nouvelle. Etrange, mais agréable.

— Et moi, dit Ruby, je suis si contente que tu sois là ! Mais tu dois mourir de faim, non ?

— Je crois que la fatigue m'a coupé l'appétit. Pour l'instant, tout ce que je veux, c'est être avec toi. Mais je prendrais volontiers une tasse de thé.

Il jeta un regard à son boxer-short.

— Sauf que, franchement, je n'ai pas la tenue qui convient.

— J'ai donné tous les vêtements de Tom à une œuvre de charité, je ne peux donc rien te prêter. Tout ce que je peux faire, c'est te donner une serviette de toilette, si tu as froid.

— Je n'ai pas froid. C'est juste que je me sens un peu nu.

— Pour ma part, je trouve le spectacle plutôt agréable, déclara Ruby en rougissant légèrement.

— Moi aussi, j'apprécie ce que je vois, dit-il.

Et il lui donna un long baiser.

Après avoir préparé deux tasses de thé, ils s'assirent autour de la table de la cuisine.

— As-tu lu le carnet que je t'ai donné ? demanda-t-il.

Ruby hocha la tête.

— Oui, j'ai tout lu, à part la dernière page. Celle que tu as arrachée.

— Et que j'ai mise dans mon... Ruby, as-tu vidé mes poches avant de mettre mon jean dans la machine à laver ?

Elle pâlit brusquement.

— Non.

— Ah !

— Es-tu en train de me dire que j'ai mis cette dernière page dans la machine ? Oh non, je n'ai pas pu faire une chose pareille !

Ses yeux s'emplirent de larmes.

— Maintenant, je ne saurai jamais ce que tu avais écrit.

— Ne t'en fais pas, je me rappelle chaque mot de cette dernière lettre que je t'ai adressée. Je vais te les dire. Tu m'as manqué lorsque j'étais au Zimbabwe, Ruby. Il y avait un grand vide dans ma vie, et mon travail ne me suffisait plus. La veille de mon départ, John m'a joint par radio et m'a demandé de rester deux semaines de plus. Il y a deux ans, j'aurais accepté sans la moindre hésitation. Mais cette fois, j'ai dit non. Parce que je voulais rentrer à la maison. Je voulais revenir, Ruby. Pour te voir. Pour être avec toi.

Quittant sa chaise, il s'agenouilla devant elle.

— Je n'avais pas prévu de faire cela ici. Je voulais un endroit romantique... Et une tenue plus élégante que celle-ci, ajouta-t-il avec un sourire. Mais je me rends compte que ça n'a pas d'importance, et je suis incapable d'attendre plus longtemps pour te dire que je t'aime. Je veux vivre avec toi, Ruby. J'ai trouvé la seule personne qui me donne envie de me poser quelque part — toi. Et j'ai envie de fonder une famille avec toi ici, à Londres. Tu es l'amour de ma vie. Veux-tu m'épouser ?

Ruby resta si longtemps silencieuse qu'il commençait à croire qu'elle allait dire non.

— Oui, murmura-t-elle enfin, d'une voix tremblante.

Soulagé, il respira un grand coup, se releva et la serra dans ses bras.

— Merci, mon Dieu ! J'ai cru que tu allais refuser. J'avais si peur que tu n'aies changé d'avis durant mon absence !

Une larme roula sur la joue de Ruby.

— Tu m'as tellement manqué, Ellis ! Et je craignais tant que tu ne veuilles pas revenir.

— Mais non. Tu me manquais de plus en plus à mesure que

le temps passait. J'étais impatient de rentrer. Et maintenant me voilà ici pour de bon.

— Tu n'es pas obligé de renoncer complètement à ton ancienne vie, tu sais. Je ne veux pas que tu aies des regrets plus tard. Si tu partais, disons, deux semaines tous les six mois, tu pourrais continuer de faire ce travail que tu adores.

— Mais tu m'as fait comprendre que je pouvais aussi être utile ici, comme lorsque j'ai fait cette transfusion intra-utérine pour sauver le bébé d'Helen Perkins...

Il marqua une pause.

— Tu as raison, ces missions risquent parfois de me manquer. J'ai passé le plus clair de ma carrière à l'étranger. La solution que tu suggères pourrait marcher.

— Mais... ?

Encore une fois, elle avait deviné qu'il y avait un mais.

— Je déteste l'idée de te laisser seule ici. Je sais que je t'ai déjà posé la question et que tu as répondu non, mais si je partais seulement de temps en temps pour de courtes missions, envisagerais-tu de m'accompagner ?

— Si la mission était vraiment courte, oui, pourquoi pas ?

— Parfait ! Je t'aime, dit-il en l'embrassant. Et dès que mes vêtements seront secs, on annoncera la nouvelle au monde entier.

— Hum, Ellis, il va falloir attendre encore un peu avant que tu puisses t'habiller. Alors, on a le temps de fêter ça en privé d'abord.

— C'est ça que j'adore chez toi, dit-il en souriant. Tu as toujours des idées géniales !

Epilogue

Deux ans plus tard

Assis au bord du lit dans une chambre de la maternité du London Victoria, Ellis, un bras passé autour des épaules de Ruby, couvait des yeux leur fils, un tout petit bébé au visage écarlate, qui lui tenait solidement le doigt.

— La vie ne pourrait pas être plus belle, madame Webster, dit-il tendrement. Et je vous aime tous les deux énormément, et plus encore.

— Nous aussi, nous t'aimons, déclara Ruby. N'est-ce pas, Tom ?

Pour toute réponse, le bébé se mit à bâiller, ce qui les fit rire tous les deux.

— Je suis heureuse que tu aies pu revenir à temps pour sa naissance.

— Ça a failli ne pas se faire. Un premier bébé est censé naître avec un peu de retard, et non avec deux semaines d'avance. Surtout quand son père part travailler dans un coin perdu à des milliers de kilomètres de là pour une semaine seulement, en s'imaginant qu'il dispose d'un mois environ avant que le bébé n'arrive…

Il leva les yeux au ciel.

— Très mauvais calcul ! Je crains que cet enfant ne soit un fichu entêté.

— Tout comme son père, dit Ruby pour le taquiner.

— Lorsque, arrivé à l'aéroport, j'ai ouvert mon téléphone

et lu ton texto disant que le travail avait commencé... J'ai cru m'évanouir !

— Allons ! dit-elle en souriant. Pense à tous ces bébés que tu as aidé à mettre au monde.

— C'est très différent lorsqu'il s'agit de ma femme et de mon bébé.

Il se pencha pour poser un baiser sur le front de son fils.

— Heureusement, reprit-il, la femme qui était devant moi dans la file de gens attendant pour le contrôle des passeports m'a demandé si j'allais bien. Quand je lui ai dit ce qui m'arrivait, elle m'a laissé passer devant elle, et tous les autres ont fait comme elle, ce qui m'a permis de gagner du temps et de pouvoir te rejoindre plus rapidement. C'est surprenant de voir comme de parfaits inconnus peuvent être gentils.

— C'est vrai. Mais toi aussi, tu sais être gentil et généreux. Dis-toi qu'on reçoit autant qu'on donne.

— Sans doute, dit-il en souriant. Je t'aime, Ruby. Et j'aime notre bébé. J'ai du mal à croire que nous ayons fait quelque chose d'aussi parfait. Je suis impatient de vous ramener tous les deux à la maison...

La jolie maison entourée d'un jardin qu'ils avaient achetée juste avant de se marier.

— Et impatient aussi de voir tous ses grands-parents découvrir leur petit-fils, poursuivit-il. Parce que ce bébé va avoir six grands-parents : tes parents, les miens, et ceux de Tom, que je considère presque comme mes parents. Il n'est pas question qu'ils se sentent mis à l'écart.

Ruby le regarda en souriant.

— Voilà encore quelque chose que j'adore chez toi : le sens de la famille que tu montres maintenant.

— Grâce à toi, je dois dire. Tu t'es donné beaucoup de mal pour faire sortir mes parents de leur coquille. Tu as changé ma vie, Ruby. Jamais je n'aurais cru être un jour aussi heureux.

— Et moi, je n'aurais jamais cru connaître une seconde fois le bonheur. Une chance pareille est presque indécente.

— Mais non ! Comme tu disais, on reçoit autant qu'on donne, et tu donnes beaucoup. Tout ce que je souhaite, c'est pouvoir vous